눈물 없는 좋은 세상, 훈통령

눈물 없는 좋은 세상, 훈통령

발행일	2021년 7월 26일		
지은이	진목		
펴낸이	손형국		
펴낸곳	(주)북랩		
편집인	선일영	편집	정두철, 윤성아, 배진용, 김현아, 박준
디자인	이현수, 한수희, 김윤주, 허지혜	제작	박기성, 황동현, 구성우, 권태련
마케팅	김회란, 박진관		
출판등록	2004. 12. 1(제2012-000051호)		
주소	서울특별시 금천구 가산디지털 1로 168, 우림라이온스밸리 B동 B113~114호, C동 B101호		
홈페이지	www.book.co.kr		
전화번호	(02)2026-5777	팩스	(02)2026-5747

ISBN   979-11-6539-896-5 03810 (종이책)   979-11-6539-897-2 05810 (전자책)

(주)북랩 성공출판의 파트너

북랩 홈페이지와 패밀리 사이트에서 다양한 출판 솔루션을 만나 보세요!

홈페이지 book.co.kr   •   **블로그** blog.naver.com/essaybook   •   **출판문의** book@book.co.kr

---

작가 연락처 문의 ▸ ask.book.co.kr

작가 연락처는 개인정보이므로 북랩에서 알려드릴 수 없습니다.

진목 소설

눈물 없는
좋은 세상,
훈통령

북랩 book Lab

머리말

몇 권의 책을 출간하며 글을 쓴다는 것은 고된 작업이지만 행복한 일이기도 하다. 특히 인생 후반전에 이렇게 글을 써서 책으로 출간한다는 것은 다른 분들이 누리지 못하는 나만의 즐거움이고 행복이다. 나아가 이 책이 누군가에게 기쁨을 주고 행복을 준다면 작가로서는 더욱 행복한 일이다. 이번 책은『눈물 없는 좋은 세상, 훈통령』이라는 소설이다. 물론 글 내용에는 사실과 허구가 결합되어 있다. 주인공 훈이는 부잣집 귀한 아들로 태어나지만 어머니가 원하지 않은 임신으로 태어나 백혈병으로 병원에 입원한다. 아버지 문 사장은 돈을 버는 사업의 귀신이다. 그리고 돈으로 누릴 수 있는 모든 것을 누리며 살고, 고용한 직원들에게 갑질을 한다. 어머니도 돈으로 할 수 있는 모든 일을 하며 상식 이하의 삶을 살아가며 훈이를 돌보지 않는다. 그래서 늘 부모를 원망하며 부모에 대한 복수심을 가지고 살아간다. 그러나 함께 입원한 천주교 신자인 베로니카와 베드로를 만나고 그들의 권유로 천주교 신자가 되면서 그의 부모에 대한 원망이 사라지고 마침 아버지 문 사장이 간병인으로 보낸 성씨를 만나 그와 친구가 된다. 그는 북한 39호실 공작원으로 문 사장의 심복이었다. 그리고 훈통령의 친구이자 충실한 사업 파트너로 변신한다. 북한을 드나들며 북한에서 어렵게 연명하는 인민들을 돕는다. 그리고 남한의 권력자들도 조직을 통하여 잘 이용한다. 그러는 와중에 훈이 어머니가 아들 훈이 명의로 땅 투기를 하고 증권에 투자한 사실을 알게 된다. 훈이는 성씨에게 자기 명의로 된 땅들을 찾아서 토지 수용으로 국가로부터 받는 돈을 직접 훈이가 받아 챙긴다. 처음에는 어머니의 저항이 있었지만 아들 명의로 된 땅이니 그 돈을 챙기는 것은 아들의 권리이다. 훈이는 골수 이식을 받아 그의 백혈병이 완치되자 성씨와 함께 북한 인민을 돕는 사업을 펼치기로 하고 통천마을을 만든다. 그리고 탈북하여 남한에서 적응하지 못하는 인민들이 찾아와 쉬면서 안식을 얻을 수 있도록 한다. 그리고 민간 차원의 대북 지원 사업을 문 사장과 연계하여 한다. 그러나 철저하게 그 혜택이 북한 인민들에게 가도록 한다. 물론 북한 최고 존엄의 통치자금도 철저하게 챙겨준다. 성씨는 장마당 사업을 독점하고 그 사업을 통하여 북한 인민의 배고픈 문제를 해결하고 더 나아가 많은 신흥 돈주들을 만들어 북한 경제에 민간 차원의 도움을 준다. 권력자들에게도 뇌물을 바치며 인민들이 살길을 찾아준다. 그리고 훈이는 사업 파트너로 성 총무와 우씨, 강씨 등 탈북 주민들과 비밀 조직원들을 만나 모든 사업을 비밀로 한다. 그리고 대성공을 거둔다. 결국 통천마을은 '요람에서 무덤까지'의 복지 이상을 실현한다. 한편 육아원, 유치원, 초등학교, 중학교, 고등학교를 설립하여 이상 교육을 시키고 글로벌 대학교를 국내 캠퍼스로 유치하여 남북한을 비롯한 전 세계의 후진국 학생들을 입학시켜 세계에 한국의 위상을 높이기로 한다. 정치 권력자들이 밥그릇 싸움으로 상호 갈등과 분열을 획책하는 것에 염증을 느낀 훈이는 부모로부터 받은 엄청난 돈을 좋은 곳에 사용한다. 어머니도 훈이의 멋진 모습에 개과천선하여 훈이를 돕는다. 통천마을 사람들은 훈이를 훈통령이라고 부른다. 결국 북에서 온 사업 파트너 연상의 여인과 훈통령은 결혼을 한다. 그리고 문 사장도 성씨 덕분에 변신을 하여 번 돈을 좋은 곳에 쓰면서 북한을 돕는 데 앞장선다. 눈물 없는 좋은 세상은 이렇게 작은 힘이라도 국민과 인민을 위하는, 애국·애민하는 사람들에 의해서만 가능하다. 사분오열로 남북, 남남, 동서 갈등으로는 국민도 권력자들도 파멸의 길로 갈 뿐이다. 먼저 민심이 천심임을 깨닫고 북한 최고 존엄은 북한 인민을 먹이는 데 앞장서고 남한의 임시 시한으로 주어진 최고 통치자는 남한의 국민을 안전하게 보호하고 올바른 정치를 할 때 서로 남북한에 눈물 없는 좋은 세상이 도래할 것이다. 이 책을 내기까지 물심양면으로 도와주신 모든 분들에게 감사하며 정치인이나 정치를 하고자 하는 분들에게 작은 도움이 되었으면 좋겠다. 그리고 독자 여러분에게도 좋은 책으로 평가받기를 바란다.

2021년 6월 29일, 모 정치인이 정치 선언을 하는 날인데 그분이 눈물 없는 세상을 만드는 훈통령 되기를 바라며 그날에 맞추어 탈고를 합니다.

진똑 배상

목차

투병하는 훈이

하늘은 파랗고 하얀 구름이 투명하게 바다의 배처럼 지나간다. 산들은 연두 잎이 초록 잎으로 바뀌면서 검푸른 춤을 추며 일렁이고 있다. 코로나19 바이러스, 우한폐렴이 전 세계를 강타하여 수많은 사람들이 죽고 있다. 우리나라에도 대구에서 최초로 몇천 명이 감염되어 삼백여 명이 목숨을 잃었다. 그런 와중에 4·15 국회의원 선거를 했지만 그동안 정치를 잘못한 정부여당이 압승을 했다. 훈이는 오늘도 병원에 입원해서 혈액암(백혈병)을 치료받고 있지만 가끔 나가는 외출, 외박도 병원 방침에 따라 2월 셋째 주부터는 전면 금지가 되어서 마치 병원에 유폐되어 사는 것 같았다. 우리나라 국민 모두가 각자 있는 자리에 갇혀서 아무것도 못 하는 현상이 일어나고 있다.

미국에 사는 훈이 친구에게 우한폐렴에 대한 소식을 들어도 암울한 소식뿐이다. 미국에서는 더 많은 사람들이 죽어가고 있다고 한다. 세계 최강의 경찰국가 미국도 우한폐렴 바이러스에는 꼼짝 못 하고 당하고 있다고 한다. 수십만 명이 일시에 감염되고 십만 명 가까이 죽었다고 한다. 미국의 시신 처리소는 사람 시신으로 넘치고 있다고 한다. 일시에 전 세계 나라와 인종을 차별하지 않고 무조건 퍼져 들어가 누구나 구별 없이 몸에 침투하여서 사람을 죽게 한다. 뉴스 시간에 텔레비전을 켜자마자 우한폐렴의 감염 소식이 톱뉴스로 나온다. 훈이는 답답한 병실에서 창문을 바라보며 계절의 감각을 느끼다가 병원 옥상으로 세 달 만에 산책을 나갔는데 세상이 작년과는 확연히 달라졌다. 세계에서 가장 많은 중국 공장들이 문을 닫아서 그런지 날씨는 화창하고 공기가 맑아서 병실에서 호흡할 때보다 훨씬 시원하고 가슴이 탁 트인 느낌을 받았다.

훈이는 커다란 화분에 심겨진 태양의 꽃, 빨간 베고니아 꽃을 반기며 그늘에서는 시들해지고 뜨거운 햇빛을 보면 더 멋지고 싱싱하게 피어나는 그 꽃을 보면서 햇빛이 싫어서 모자와 색안경을 끼고 햇빛 차단제까지 바르고 나온 자신의 모습에 인간의 나약함을 자각했다. 하지만 지구의 환경오염으로 햇빛에 강렬한 자외선이 있어 우리 사람에게 해를 끼치니 어쩔 수 없이 사람의 본 모습을 하지 못하고 여러 가지 보호 장구를 뒤집어쓰고 나와 미안하다고 했다. 베고니아 꽃은 해맑게 웃으며 괜찮다고 훈이를 이해해주었다. 사람은 사람대로, 우리 꽃들은 꽃들대로, 살아가는 환경과 처지가 다르니 언제든지 어떤 모습을 하고 자신들을 찾아와도 괜찮다고 훈이를 위로해주었다. 훈이는 베고니아 꽃에게 감사를 하며 여기 옥상에서 사는데 괜찮으냐고 물었더니 햇빛과 맑은 공기 때문에 행복하다고 했다. 훈이도 예쁘고 앙증맞은 네 모습에 반했다고 하니 스르르 불어오는 바람에 고개를 끄덕이며 서로 박수를 치면서 꽃잎을 흔들며 좋아했다. 이 좋은 산책도 시간이 제한되어 또다시 답답한 병실로 돌아가야 한다. 훈이는 벌써 삼 년째 혈액암 투병을 하는데 병원 생활이 올해처럼 지루하고 우울한 적이 없다고 한다. 친구들 면회도 일절 안 되고 외부 음식의 반입도 금지되었다. 그러니 더 고독하고 힘이 들었다. 그래서 병원 치료진들에게 화를 내고 짜증을 부렸다. 코로나19 바이러스는 모든 사람들의 생활 패턴을 바꾸어버렸다. 특히 투병하는 환자들에게는 더 큰 타격을 입혔다. 일단 외부와 완전 차단된 생활을 하니 외부의 세상이 어떻게 돌아가고 있는지 알 수가 없고 계절이 바뀌었는데도 마땅한 옷이 없어 불편했다. 그냥 환의를 입고 생활하는 것이 제일 좋은 일이지만 그래도 어떤 때는 멋있는 계절에 맞는 옷을 입어보고 싶기도 하다.

집안 살림살이는 부유한 편이고 부모님들도 젊은 편이라 돈 걱정은 안 하고 투병 생활을 하지만 훈이는 또래 청년들처럼 공부도 하고 싶고 연애도 하고 싶고 일을 하여 돈도 벌고 싶다고 한다. 부자가 아니어도 좋고 환경이 안 좋아도 좋다고 한다. 자신이 환자가 아니었으면 정말 좋겠다고 한다. 훈이는 어릴 때 젊은 나이에 IT사업으로 성공한 아버지 덕분에 아무 근심 없이 호강을 하면서 살았다고 한다. 초등학교 시절에도 아버지의 고급 승용차를 타고 등하교를 하면서 많은 학생들의 부러움을 한 몸에 받았다고 한다.

훈이와 아버지의 대결

어느 날 우연히 아버지가 아파트 경비 아저씨에게 폭언을 하는 소리를 듣고 아버지에게 크게 실망을 했다. 그 이후에 전화 통화하는 소리를 들어도, 회사 임원들을 폭언으로 닦달을 하고 자기를 등하교시키는 운전기사에게도 갑질하는 모습을 보면서 그동안 아버지를 사랑하고 존경했던 마음이 모두 사라지고 말았다. 아버지께 실망을 한 후에 훈이는 스스로 모든 일을 해보기로 하고 아버지께 인사도 안 하고 무뚝뚝하게 대했고, 어머니도 싫어하게 되었다.

소통하는 사람은 집에서 온갖 궂은일을 다 하며 가끔 아버지와 어머니의 구박을 받는 고모뿐이다. 집안일을 한다고 하지만 고생하는 대가도 못 받고 훈이 부모님의 스트레스 해소용 로봇 같다는 생각을 하면서 훈이는 부모님이 미워지기 시작했다. 부모자식 간의 괴리가 커지고 서로 멀리하기 시작하니 서서히 훈이 몸이 아파오기 시작했다. 자주 경기도 하고 악몽에 놀라기도 하고 불면증에 몹시 시달렸다. 아버지와 어머니는 훈이가 왜 부모를 싫어하고 미워하는지를 모르고 구박을 하였다. 두 여동생만 챙기고 대화를 할 뿐 훈이를 그의 부모는 자식 취급도 하지 않았다. 훈이는 그럴수록 학교에서 말썽을 피워서 부모에게 타격을 입혔다. 그리고 그 도는 점점 심해졌다. 공부도 일 등을 하다가 갑자기 하위권이 되기도 했다. 훈이는 천재이다. 그러나 공부하기 싫으면 아예 공부를 포기하여 시험 성적이 안 나온다.

훈이가 살아가는 목적은 다른 사람에게 갑질을 해가며 부를 유지하고 그 부를 잘못 누리고 사는 아버지와 어머니에 대하여 당하는 모든 사람들을 대신하여 훈이가 직접 복수를 하는 것이다. 공부를 들쑥날쑥하게 하는 것도 그런 큰 작전의 일부였다. 가끔 자동차 바퀴도 무참하게 찢어 놓은 경우도 있는데 그럴 때마다 운전기사를 폭행하고 해고해버린다. 훈이는 그 일은 그만두기로 했다. 죄 없는 운전기사가 매 맞는 것도 싫었고 그가 해고당하는 것이 너무 싫었기 때문이다. 이렇게 훈이의 계획으로 가끔 엉뚱한 사람에게 피해를 주는 모습을 보면서 그러한 일은 피하기로 했다. 훈이 아버지는 자주 외국으로 골프 여행을 떠난다. 어머니는 정성을 다하여 여행 가방을 꾸리며 또 이번에는 어떤 년하고 가나 하면서 한숨을 쉰다. 그럴 때마다 잘들 놀고 있네, 훈이는 중얼거렸다. 훈이 아버지가 비행기를 타자마자 그 어머니는 외도로 나가서 몸을 풀고 오면서, 하고 비웃곤 했다.

훈이는 학교를 다니면서 대학교 입학에 별 신경을 쓰지 않았다. 엄마가 알아서 스펙 증명서를 가져오면 그것을 잘 보관만 해도 되었다. 그런데 가끔 그중 제일 비싸게 생긴 증명서를 일부러 훼손시켜 버리고 어머니에게 말하면 그 피 같은 증명서를 다시 만들려면 돈도 들어가고 내 몸과 영혼도 팔아야 하는데 하면서 훈이에게 화를 냈다. 훈이는 속으로 그런 행동을 하는 어머니를 바라보면서 희열을 느꼈다. 자세히 증명서를 살펴보면 다 허위 사실만 기재되어 있었다. 변호사나 법무법인 사무실 근처도 안 갔는데 그곳에 가서 인턴 근무한 것으로 기재되어 있었다. 훈이 부모님은 오래전부터 훈이를 법조인으로 키우려고 했다. 그래서 이런저런 인턴 증명서를 가짜로 만들어 쌓아놓는 것이다. 두 여동생도 마찬가지다. 훈이는 그러한 모든 것이 못마땅했고 아버지와 어머니가 모든 일을 탈법과 불법으로 하는 모습에 늘 놀라곤 했다.

건물을 매입했는데 그 건물 1층에 대형마트가 있었다. 직원이 열 명이나 되고 직원들이 십시일반 투자하여 조합형식으로 운영하였는데 직원들이 각자 특정 부분의 상품에 대한 공부를 하고, 각자 맡은 상품을 직접 산지 구매하여 물건을 대고, 판매는 직접 구매를 나가지 않는 직원들이 판매를 하는데 인터넷 판매도 동시에 했다. 그래서 한참 장사가 잘되어 성업 중이고 인터넷 판매도 실적이 급상승했다. 사과 철에는 사과밭을 통째로 사서 비료 대금 등을 선불하면서 가능하면 저농약으로 퇴비를 많이 하는 농가들을 선택하여 계약을 했다. 채소도 그렇게 했고 귤밭도 그런 식으로 사서 신선 과일을 공급했다고 한다. 그런데 훈이 아버지가 그 건물을 매입하면서 그 대형마트는 큰 위기에 봉착했다. 삼 개월 이내에 방을 빼라고 한 것이다. 전 건물주와의 계약은 오 년으로 하고 매년 물가상승률을 감안하여 보증금과 월세를 올려주기로 했다. 그리고 이 년이 지나고 재계약한 지 얼마 안 된 상태에서 일어난 일이니 고객 관리와 매장 관리에 큰 혼란이 온 것이다. 전 건물주를 찾아가 상의해보니 1층 대형마트는 향후 삼 년간은 전 건물주 의견을 존중하기로 하고 별지 계약서까지 썼다고 했다. 그러나 잔금을 치르고 건물 명의가 이전되자마자 훈이 아버지는 꿈을 이루며 열심히 살아가는 그 대형마트 사람들에게 엄청난 고통을 안겨주었다. 조합 마트의 대표가 찾아와 삼 년간의 계약유지를 보장해달라고 무릎을 꿇고 빌었는데도 매정하게 안 된다고 하면서 빨리 이사를 나가든지 보증금과 월세를 두 배로 올려달라고 갑질을 해댔다. 훈이는 그런 아버지가 죽이고 싶도록 미웠다.

열 명의 직원들이 간신히 재원을 마련하여 일터를 만들고 이제 기반이 단단해질 무렵에 갑자기 찾아온 긴급사태에 힘겨워하는데 전 건물주 착한 아저씨가 약 백 미터쯤 떨어진 곳에 평수가 비슷한 공실 가게 터를 당신이 직접 지분 매입을 했는데 한번 가보자고 마트 대표에게 말하여 그곳을 가보니 여건이 이곳보다 훨씬 나아 보였다고 한다. 대표는 직원들과 회의를 해서 그렇게 이사하기로 하고 이사 준비를 하게 되었다. 전 건물주는 아들이 큰 사업을 하는데 갑자기 돈 들어갈 일이 생겨 건물을 매각했는데 서로 사회에 공헌하며 돈을 버는 대형마트가 마음에 걸렸고 당신도 젊었으면 대형마트를 운영해보고 싶었다고 했단다. 훈이 아버지는 마트 사람들이 이사 준비를 하는 모습을 보면서 투덜거렸다. 자기 계획대로 대형마트에서 움직여주지 않은 것에 화가 난 것이다. 전 건물주는 사업 잘하라고 하면서 이사하는 데 필요한 모든 비용은 자기가 대고 마트 인테리어비도 자기가 대줄 터이니 열심히 일을 해서 돈을 많이 벌면 사회에 환원하여 나라 발전에 도움을 주라고 청했다고 한다. 마트 직원들은 의기투합하여 장사를 하면서 이사 준비를 확실하게 해서 이사도 척척 잘 진행되었다. 전 건물주 한 사장님은 고물 사업을 해서 돈을 벌었다. 큰아들은 철강 대리점을 내어 성업 중이고 둘째는 공직자가 되어 검사 생활을 한다고 한다. 지금 첫째 딸이 약간 장애가 있는데 생활하는 데에는 지장이 없고 한 사장에게 소중한 보물 같은 딸이라고 한다.

육칠십년대 고물 장사는 밥 먹고 살 만한 일이었는데 한 사장은 시골서 무작정 상경을 해서 신문배달, 구두닦이 등을 하다가 돈을 조금 모아서 시흥에서 땅 오백 평을 헐값에 사서 고물 장사를 하다가 그곳에 철강 단지가 들어와 산 값의 수십 배를 받고 그 돈으로 또 다른 곳에 땅을 사서 고물상을 하면서 남은 돈으로 신림동에 전세를 끼고 작은 건물을 샀다고 한다. 그때부터 고물상은 불같이 일어나고 건물 값, 땅값이 치솟아 강남에 빌딩을 구입하게 되었다고 했다. 인연으로 큰아들은 제철 공장과 직접 대리점 계약을 맺어 돈을 많이 벌었다고 한다. 자기가 고생하면서 돈을 벌어봐서 돈을 벌려고 노력하는 사람들을 보면 무조건 도와주고 싶다고 했다. 돈은 사람의 노력도 어느 정도 있어야 하지만 돈복을 타고나야 한다고 한다. 사람이 노력하는 데는 한계가 있고 먹고살 만큼은 벌지만 그 이상 되려면 돈복을 받아야 하는데 먼저 씨돈을 모아서 잘 투자를 해야 한다. 돈을 잘 투자한다는 것은 일단 욕심 없이 마음을 비우고 자기가 꾸준히 해오던 일에 투자하는 것이 원칙이라고 한다. 즉, 고물상을 하던 사람은 고물상에 투자를 해야 하고 요식업을 하던 사람은 요식업에 투자해야만 한다. 그리고 최소한 삼 년을 내다보아야 한다. 그리고 미래에 일어날 여러 가지 일들을 예측하여 합당한 투자가 이루어져야 한다고 한다. 특히 가능하면 돈이 모이는 대로 임대 사업장을 자가 사업장으로 만드는 것이 가장 중요한 투자 포인트라고 한다. 즉, 사업장이 자기 것이 되면 안정된 경영을 할 수 있고 시간이 흐르면 건물이 되었든 땅이 되었든 그 가치가 상승하여 사업체 자산이 늘어난다고 한다.

사업이 잘되어나가고 있을 때 사람은 교만하고 마음이 헝클어질 수 있는데 그때가 제일 위험하다고 한다. 사업이 잘될 때, 안될 때를 생각하고 미리 준비를 해야 한다. 그리고 겸손하고 진실해지며 모든 사람들을 사랑하고 친절하게 대할 때 더 많은 복을 받아 누릴 수가 있다. 그리고 주위 사람들을 챙기고 그들에게 잘해주어야 한다. 그 것이 우리가 살아가는 공식이고 원칙이다. 모든 일은 사람으로서, 사람으로써, 사람을 위하여 도모되어야 돈도 명예도 권력도 얻어낼 수가 있다. 그렇지 않고 사람을 해치고 이용하고 음해하여 죽이며 고통을 주면서 얻어낸 돈과 권력과 명예는 꿈인 양 사라지고 만다. 약한 사람들을 위한답시고 단체를 만들고 모금을 하여 단체 잇속만 채우고 관계자들 재산 형성에만 혈안이 되어 있고 그 도움을 받아야 할 약한 사람들은 별 도움도 받지 못하고 팽당한다면 그 단체는 법과 원칙을 지키지 못하고 기본적인 윤리와 도덕을 훼손하여 사회적 패악이 되고 만다. 요즘 회자되고 있는 윤 모, 정 모, 최 모, 임 모, 김 모, 조 모, 유 모, 추 모, 이 모씨들이 모두 그들이다. 그들이 활개를 치는 한 희망이 없다.

훈이 아버지는 골프채를 휘두르며 집안에서 공포를 일으키며 훈이를 굴복시키기 위하여 온갖 수단과 방법을 가리지 않고 술수를 쓰지만 이미 아버지의 습성을 다 알고 있는 훈이는 돌부처처럼 꿈쩍하지 않고 자신의 스케줄대로 아버지와 어머니를 골탕먹이는 일에 열중한다. 돈의 권력을 믿고 집과 회사에서 독재 권력을 휘두르는 아버지가 변하길 바라지만 그것은 그야말로 황소가 바늘귀로 들어가는 것보다 힘들다는 사실을 안다. 그런데 어느 날 대학을 들어가고 얼마 안 되어 갑자기 쓰러졌다. 훈이는 대학을 들어가면서 입시 시험은 한번도 치르지 않고 어머니가 마련해준 가짜 인턴 증명서를 제출하고 면접으로 들어가기 힘든 모 대학교 법학과를 들어갔다. 대학을 안 가려고 피하고 피했지만 아버지의 강압과 어머니의 눈물 어린 호소로 대학은 입학했는데 가슴이 먹먹하고 아팠다. 불법과 탈법으로 입시제도의 허점을 이용하여 쉽게 대학에 합격한 것이 부끄럽기 때문이다. 훈이 눈에 비추어진 세상은 참으로 불공정하고 정의롭지 못했다. 돈으로 권력도 명예도 산다는 느낌을 받았다. '돈이 있으면 세상에서 안 되는 일이 없구나' 하는 생각을 하며 훈이 자신도 그런 돈에 물들어 나태해지고 잘못되어가는 것이 슬프고 아팠다.

몇 번이고 가출을 했지만 아버지가 자주 쓰는 복면과 검은 조직원들에게 자주 잡혀와 오늘에 이르렀다. 종합병원으로 옮겨져 검진을 받은 병명은 급성 혈액암, 백혈병이라 장기간 병원에서 입원하여 치료를 받아야 한다는 진단이 나왔다.

아버지와 복면파

결국 훈이는 모든 것을 멈추고 병마와 사투를 벌이며 살아가는 딱한 처지의 운명에 놓였다. 가끔 병원 밖에서 들려오는 새소리에 위로를 받고 병실로 들어오는 햇살을 반기며 특실에서 책을 읽으며 감시 겸 간호를 맡은 사십 대 아주머니와 함께 병원 생활을 하고 있다. 훈이는 그런 와중에서도 아버지만 생각하면 차라리 자기가 아버지가 지은 모든 죄를 대신 짊어지고 죽고 싶었다. 아주머니는 훈이의 상황을 수시로 어머니와 아버지에게 보고하는 것 같았다. 그런 아주머니가 밉지만 죄 없는 아주머니 생계가 측은해서 자주 아주머니에게 쉬라고 해서 방에서 나가도록 하고 부모님을 골탕먹일 일에 전념한다. 그렇다고 정의가 바로 서고 공정이 올바르게 서는 것은 아닌데 참으로 딱한 노릇이다.

복면파 조직원이 가끔 병실로 온다. 그들은 올 때마다 제철 과일들과 음료수를 사가지고 온다. 그러면 가난한 아주머니께 집으로 가져가라고 한다. 아주머니는 남편이 알코올 중독과 도박 중독으로 집안을 들어먹고 어디론가 나가서 몇 년째 소식이 없어 법적 이혼을 하고 외동딸과 함께 사는데 딸은 힘들게 대학을 들어가 졸업을 했단다. 그러나 취업을 하지 못하여 큰일이라며 매일 딸 걱정으로 하루를 보낸다는 느낌을 받았다. 훈이는 그런 아주머니와 어머니를 비교해보았다. 돈 많은 아버지를 꼬여서 동거를 하다가 자식 셋을 낳고 모두 다른 사람들 손을 빌려 키우며 당신은 세월이 가면 소용없는 몸 관리와 치장에 집중하고 가끔 젊은 애들과 연애를 하면서 돈으로 인생을 즐긴다. 아버지는 아버지대로, 어머니는 어머니대로 자식들 생각은 안중에도 없다. 오직 본인들의 이기적인 쾌락에 빠져 헤매고 있는 것 같았다. 그러다가 문제가 생기면 아버지의 사조직인 복면파를 움직인다.

한번은 회사 임원 아내가 섹시하고 예뻤는데 아버지가 지나가는 말로 "자네 부인이 절세가인"이라 하니 그 임원이 얼떨결에 "예, 사장님께서 마음에 들어하시니 빌려드리겠습니다" 했다고 한다. 그 말이 끝나기도 전에 복면파가 움직여서 그 임원의 아내를 납치하여 케이호텔에 대기시켜놓고 사장에게 전화를 하니 사장은 달려와 그 여인을 품었다고 한다. 사장에 대한 소문을 듣고 알고 있던 여인은 남편의 출세를 위하여 온갖 교태를 다 부리며 사장의 욕정을 충분히 만족시키며 그 여인도 열락에 빠져 괴성을 질러댔다고 한다. 이튿날 그 임원은 이사에서 상무로 승진했다. 그 회사 임원과 사장은 구멍동서지간에다 서로 사적인 신세를 진 사람들이다. 그래서인지 그 회사는 날로 번창해갔다.

훈이는 살아야 할 목적이 하나 더 생겼다. 아버지가 운이 좋아 우골탑으로 이루어놓은 사업체를 망가뜨리는 것이다. 그러려면 복면파에 스파이를 하나 만들어놓아야 한다는 생각에 그 사람을 물색하는 중이었다. 얼마 전에 복면파 두목이 잘렸다. 아버지가 싫어하는 어머니 편을 들었기 때문이다. 인간은 누구나 나만의 비밀스런 조직을 갖고 싶어 하고 나만의 보물을 갖고 싶어 한다. 그래서 남편의 조직 복면파에 어머니가 지지층을 만들려고 시도하다가 아버지께 걸렸는데 복면파 두목과 어머니가 제주도로 밀월여행을 한 것을 알았다고 한다. 또 다른 복면파 요원이 아버지에게 밀고한 것이다.

복면파 조직원들은 모두 고아 출신들이다. 아버지 복심들이다. 친인척이 없으니 그들 자신만 잘살면 된다. 복면파들은 여자와 즐길 수는 있지만 결혼을 할 수 없고 여자들도 일 년 이상 사귈 수가 없다. 룰을 어기면 가차 없이 자살을 시킨다. 그 법과 원칙은 철저히 지킨다. 그들은 하룻강아지 같은 삶을 살면서 총두목 훈이 아버지에게만 충성해야 한다. 훈이는 그 조직원 중 한 사람을 선택하여 자기 편으로 만들어야 한다. 오가는 사람들을 살피며 심지가 깊고 입이 묵직한 사람을 찾으려고 하는데 쉽지가 않다. 조직원이 대략 오십여 명 되는 것 같은데 훈이에게 오는 사람들이 매번 다르다. 정확한 인원수나 그들의 개인사는 훈이 아버지 이외에는 아무도 모른다.

훈이의 병세는 더 이상 좋아지지도 악화되지도 않는다. 수혈을 하고 항암을 하면서 하루의 일과를 보낸다.

복면파 해부

　아버지 회사는 지금은 번듯한 IT기업으로 위장되어 있지만 사실은 어딘지 모르지만 밀무역으로 급성장한 기업이다. 훈이 아버지는 훈이를 제일 무서워했다. 훈이가 초등학교 시절, 훈이 앞에서 아파트 경비 아저씨에게 폭력을 휘둘렀을 때 훈이가 아버지에게 "아버지는 나쁜 사람이야, 아버지는 약하고 불쌍한 경비 아저씨를 때렸잖아, 참 나쁜 사람이야" 했다. 이후 훈이는 아버지께 인사도 안 하고 무뚝뚝하게 대하며 상대를 안 하려고 했다. 훈이가 자기 자식이 아니었으면 이미 제거되어 백골이 되었을 것이다. 그러나 자식이니 이를 갈면서도 지금까지 참았을 것이다.

　아버지 사업이 급성장한 때는 한국에 촛불 정부가 들어설 때부터다. 한마디로 돈을 갈퀴로 긁어모았다. 그 전에도 밀무역으로 재미를 보았지만 약 삼 년 전부터 복면파가 움직일 때마다 몇천만 달러가 들어오고, 한화로 백억 이상을 벌었다고 아버지가 어머니께 떠벌리는 소리를 들었다. 훈이네 집은 방음 장치가 잘되어 있음에도 누군가가 듣고 훈이에게 말해준다. 어머니가 훈이 마음을 돌려보려고 말하기도 하고 고모도 가끔 비밀스런 이야기를 해준다. 훈이는 추리력이 뛰어나고 후각이 뛰어나 냄새를 잘 맡는다. 아버지는 어떤 권력을 등에 업고 밀무역을 하는데 그것이 북한이라는 생각을 했다. 아버지가 갑자기 대형 폐선박을 수입해서 수리를 하여 외국에 페이퍼 컴퍼니를 만들어 석탄과 석유 밀무역을 한다는 것이다. 그 외에도 서해안과 동해안을 통하여 복면파들이 움직여서 돈을 싸들고 온다는 것이다. 어찌 보면 갱단 두목인지도 모른다는 생각을 했다.

복면파에서 세 번쯤 만난 사람이 어느 날 병실 아주머니 친정아버지가 돌아가셔서 며칠 비운 사이에 훈이를 돌보기 위해서 왔다. 복면파는 훈이를 만나도 말을 안 하는 것을 원칙으로 삼는다. 복면파에서는 말 한마디 잘못하면 바로 죽음이기 때문이다. 겉으로는 모두 평범한 사람이지만 그들의 속은 도무지 알 길이 없다. 그런데 웬일인지 이 사람은 "도련님"이라고 부르며 "제가 할 일이 있거나 도울 일이 있으면 말하세요" 했다. 훈이는 극도로 긴장하며 그를 살폈다. 참으로 순수하고 정직하게 보였다. 그래서 "고향이 어디세요?" 물으니 "북한 평양이요" 했다. 훈이는 속으로는 놀랐으나 겉으로는 태연한 척하면서 "그러면 탈북민이세요?"라고 물으니 "그게 아니고 지금도 평양에서 살아요" 했다. "그런데 어떻게 나를 도우려고 왔어요?" 물으니 "북한의 좋은 소식을 도련님께 알려드리려고 왔어요"라고 했다. "어떻게 이북 사투리를 쓰지 않으세요?" 하니 "남한 공작원으로 내려오려면 남한 사람과 똑같이 만들어 남파하지요" 했다. "복면파는 남북한 합작 밀무역 갱단이지요" 했다. "북한에 항공유나 석유를 몰래 공급하고 북한에서 석탄이나 철광석을 제3국 특히 중국을 경유해서 한국으로 들어오는데 모든 중추적인 역할은 복면파가 하고 그 이유는 남북한 당국자들과 문 사장이 챙기지요" 했다. 훈이 아버지가 문 사장이다. "아뿔싸!" 이럴 수가 있나.

훈이는 지금 이야기하는 상대가 남파 북한 공작원이라 생각하니 아버지가 훈이를 죽이려고 자객을 보냈나 하는 생각을 했다. 그런데 아무리 생각을 해도 한 이틀 생활해보니 그를 복면파의 훈이 스파이로 만들고 싶었다. 내일 아주머니가 오면 이렇게 좋은 기회가 오지 않을 것 같아서 그 복면파 조직원에게 제안을 했다. "당신이 필요한 돈을 내가 개인적으로 줄 테니 그 돈은 쥐도 새도 모르게 평양에 사는 당신 가족에게만 주고 비밀을 지켜주세요" 했다. 그리고 아버지께는 "도련님이 말하는 것을 싫어해서 아무 말도 못하고 왔다"고 하라고 했다. 그 북한 사람은 성이 성씨라고 했다. 나는 훈이니 그렇게 알고 가끔 아버지가 나에게 보내면 와서 함께 이야기하자고 하며 그에게 가지고 있던 백 달러짜리 다섯 장을 주니 만세를 불렀다. 일단 성씨를 포섭하는 데 성공했다. 아버지가 훈이에게 보내며 북한 이야기를 훈이에게 해주라고 했다는 말은 모두 거짓이었다. 성씨가 믿을 만한 사람인가를 떠본 것인데 성씨는 절묘하게 훈이 덕분에 피하고 사적인 돈을 구할 방도를 찾은 것이다. 성씨는 북한 무역 일꾼으로 남한 정부의 묵인으로 남한 복면파에서 일하게 된 것이다. 복면파의 일체가 유엔 대북제재와 미국의 대북제재를 절묘하게 피하면서 북한이 필요한 물자와 돈을 북한에 대주고 그들로부터 그 대가로 주는 물품을 받아오는 것이다. 그리고 훈이 아버지의 IT업체는 북한 당국이 전 세계를 상대로 하는 해킹을 도와주는 중간 숙주 역할을 하면서 한국의 선거나 돈세탁이 필요한 자들이나 증거 인멸을 원하는 사람들에게 그 일을 대신 해주고 막대한 대가를 받는 기업이었다.

훈이는 복면파의 성씨가 오기 전에 늘 어머니에게 부탁하여 달러를 준비해서 그의 가족들이 북한에서 호화롭게 살 수 있도록 해주었다. 북한에는 39호실이라고 하여 밀무역이나 해킹으로 북한 최고 권력자의 비자금을 마련하는 곳이 있는데 성씨는 그곳 요원이라고 했다. 주로 한국 정권에서 비밀리에 북한에 바치는 돈 행랑을 나르는 일을 했다고 한다. 성씨는 매우 영민하고 지혜로운 사람이다. 정말 북한 정권에 충성을 다하는 사람이었다. 문 사장도 비교적 성씨를 믿고 자기 아들과 대화를 하여 훈이가 아버지를 이해할 수 있도록 아들을 성씨에게 맡긴 느낌이었다. 훈이는 성씨와 친하게 지내면서 아버지에게 거짓 친절을 베풀고 아버지 말에 긍정적인 신호를 보냈다. 성씨가 주말이면 훈이의 병간호를 전문으로 하는데 문 사장은 사실 성씨의 정체를 완전히는 모른다고 한다. 성씨에 의하면 북한은 삼 년 전 트럼프 대통령이 미국 대통령이 되면서 경제적인 제재를 심하게 받아 북한 인민들의 삶이 열악하다고 한다. 그러나 권력자들은 편안하고 호화롭게 산다고 한다. 특히 최고 존엄 김씨 왕조와 그 주변 권력자들은 매일 주지육림의 판을 벌이고 세계에서 제일 좋은 술과 음식들을 직송하여 먹고살며 최대의 식도락과 쾌락을 즐기며 살아간다고 한다. 한마디로 말하면 북한은 세계 최대의 마피아 집단이며 권력자들은 갱단이라고 한다. 훈이는 성씨 아저씨에게 여기는 보안이 되어 있지 않으니 조심하라고 했다. 걱정 말라며 작은 휴대용 전자 장비를 보이며 도청장치가 있으면 이놈이 다 알려준다고 했다.

존 볼턴 회고록

미국 사람들은 표현의 자유를 마음껏 누린다. 어떠한 정권도 언론을 탄압하거나 표현의 자유를 억압할 수 없다. 그리고 정치가나 권력자라고 해서 언론과 표현의 자유를 제한하는 법안을 만들 수 없다. 그러나 우리나라는 그런 면에서는 후진국 중 후진국이다. '내로남불'의 전형적인 길을 가면서 언론을 먼저 탄압하여 꼼짝 못 하게 하고 정치적 반대파는 어떤 꼬투리를 잡아서라도 정치세계에서 밀어낸다. 현 정권도 전직 대통령을 삼 년이 넘도록 감방에 가두고 온갖 역사를 왜곡하려고 한다. 그러니 존 볼턴 회고록에 표현된 문 대통령과 정권에 대한 언급은 사실일 가능성이 높다. 미국 정치인들은 거짓말로 표현의 자유를 훼손하지 않는다. 가능하면 진실을 쓰려고 노력한다. 물론 트럼프 대통령은 미국 사람들이나 세계 여러 나라 사람들이 일찌감치 경험하지 못한 특별한 미국 대통령이다. 그는 항상 북한 최고 존엄을 트럼프 자신의 좋은 친구라고 했다.

그런데 그 회고록을 보면 우리나라는 자주적 외교를 한 것이 하나도 없다. 능력도 없으며 거짓말과 쇼로 지금까지 삼 년간 나라를 이

끌고 온 것이 사실로 드러났다. 가짜 평화 쇼에 국민도 속고 전 세계가 속았다. 정말 문 대통령은 정신적 문제가 있는 사람 같다. 어쩌자고 일을 이 지경까지 되게 했는지, 그의 그런 가짜 평화 쇼에 넘어가 지방선거와 이번 총선에서 큰 덕을 보았다. 왜 이 나라 대통령은 북한에게 온갖 굴욕을 당하면서도 말 한마디 못 하고 전전긍긍하는 걸까? 대통령이 신도 아니고 큰일을 하다 보면 잘못도 있겠으나 무슨 말을 하고 잘못되었으면 수정하고 가면 되는데 무조건 안 되는 평화 프로세스를 밀고 나가고, 최저임금과 소득 주도형 경제 정책도 무조건 밀고 나가고, 탈원전 정책도 잘못된 것인 줄 알면서도 끝까지 고치거나 반성 없이 밀고 나간다. 한반도 비핵화와 평화가 중국, 소련, 북한과 손잡는다고 되나? 오죽하면 시진핑과 김정은을 초청했지만 한국에 오지 않았을까? 지금 보니 그들이 미국 눈치를 보느라 그런 것도 한국 대통령과 안보 외교 라인은 몰랐을까? 몰랐다면 무능의 극치고, 알고도 그랬다면 거짓으로 국민을 우롱한 것이다.

　성씨와 훈이는 최근 국제 정세에 대한 이야기를 했다. 훈이는 김일성대학을 우수한 성적으로 졸업하고 중국어, 영어, 일본어를 구사할 수 있다는 성씨에게 마음이 끌렸다. 북한 김일성대학은 상아탑 중 최고의 교육기관이라고 했다. 북한 엘리트 교육수준은 매우 높다고 한다. 북한이 세습왕조 국가로 유지되는 것은 그야말로 최고 존엄 곁에 엄청난 실력자들이 있기 때문이라고 한다. 북한 엘리트들은 남한의 정치가들을 한마디로 삶은 소대가리라고 생각하고 있단다. 북한 사람들은 단합이 잘 되고 죽어도 한길만 가는데, 남한 사람들은 이기적이고 말만 그럴싸하게 하고 실천과 행동에 약하다고 말한다. 북한은 그래서 남한하고는 협상을 안 하려고 한단다. 미국과 모든 협상을 하려고 하는 것은 남한 사람들이 미국과의 사이에 끼어 간신배 노릇을 해서 협상 진행에 큰 문제가 생기곤 했기 때문이라고 한다. 그런데 지금도 미국을 제치고 남한 독자적으로 뭔가를 할 수 있다고 생각하고 착각 속에서 남한 당국자들이 잘못된 말과 행동을 한다고 한다. 사려가 깊지 못하고 즉흥적이며 정권이 바뀔 때마다 심하게 정책들이 변해서 다른 나라에서 한국을 신뢰하지 않고 북한도 남한 당국자를 잘 믿지 않고 돈만 뜯어가려 한다고 한다. 성씨는 중국도 가보면 관료들이 부패하여 뇌물이 없으면 일을 할 수 없는 나라라고 한다.

물론 북한도 마찬가지라고 한다. 사회주의 인민공화국이라는 것이 허울뿐이지 권력자 보스만이 자유롭게 호화 사치로 살고 그 외 인민들은 최소한의 인권도 없는 쓰라린 환경에서 살아간다고 한다. 집집마다 돼지도 키우고 채소도 심고 자급자족하는 그들의 모습이 처절하다고 한다. 잠깐씩 서는 장마당도 늘어나 인민들의 생계에 도움이 되었지만 우한폐렴 코로나19 바이러스로 많은 고통을 당하고 있다고 한다. 인민들도 인내하는 데 한계가 왔는데, 북한에는 5호 담당제라는 주민 통제제도가 있는데 다섯 가구를 감시하며 그들의 동향을 기관에 보고해야 한다. 그들 중 누구라도 이상한 언행을 하면 바로 사상교육도 받고 죽임도 당한다고 한다. 그래서 속으로는 부글부글 끓어도 겉으로는 안 그런 척한다고 한다. 언젠가 북한 왕조도 무너질 것이라고 성씨는 말한다. 훈이는 아무 말 없이 조용히 성씨의 말을 들었다. 최근에는 북한의 좋은 소식들은 남한 방송국에서도 보도한다고 한다. 그러나 그 이면에는 엄청난 비밀과 참혹한 현실이 숨어 있다고 한다.

국가를 경영하는 것은 하늘이 정해준 사람들이 하늘의 진리와 정의와 슬기와 지혜로 국민을 진심으로 사랑하며 그들의 행복을 위하여 정치를 잘해야 하는데 사적인 감정이나 이익을 추구하면 하늘도 노하고 국민도 분기탱천한다고 한다. 복면파는 일종의 대북 사업의 남한의 특수한 형태로 만든 외화벌이 조직이라고 한다. 남한에는 그러한 조직이 여러 개 있는데 모두 남한 내 복지 단체나 사회사업 단체로 위장되어 있다고 한다. 그러나 핵심자만 북한 지령을 받고 움직인다고 한다. 남한 국민들은 그들의 감언이설에 속아서 성금을 내고 그 모아진 성금은 서로 나누어 쓰고 주사파 정권과 북한의 최고 존엄 통치자금으로도 쓰여진다고 한다. 그 과정에서 성씨와 같은 북한 요원들이 개입한다고 한다. 성씨는 훈이와는 엄청 가까운 사이가 되었다.

탈북민을 도와주는 성씨

북한 특별 요원들도 북한을 탈출하려는 사람들을 인간적으로 도와준다고 한다. 성씨는 중국을 자유롭게 오갈 수 있는데 북한을 탈출한 주민들을 몇 번 남한으로 데리고 왔는데 삼 년 전부터는 남한 정부에서 북한 주민 입국을 꺼려하여 겁이 나서 밀입국을 시키고 남한에서 이미 터를 잡은 사람들과 접선을 시켜 이 정권이 끝날 때까지 그들을 숨기고 남한에서 정착하도록 해주었다고 한다. 한번은 열네 살 먹은 여자아이가 용케도 중국 국경을 넘어 탈북을 했는데 성씨가 검거를 하게 되었다. 성씨는 그 어린 여자아이가 하는 말을 듣고 남한으로 밀입국시켜 남한의 어느 정착 탈북민 가족으로 입적시켰다. 그 아이는 지금 한국에 있는 고등학교를 다니고 있는데 공부를 잘하여 전교 수석이라고 자랑을 했단다.

훈이는 그 아이의 사연을 이야기해달라고 오백 달러를 성씨에게 주었다. 그 소녀는 오빠와 엄마와 아버지와 함께 일가족이 몰래 야음을 틈타 두만강을 건너다가 갑자기 타고 가던 배가 뒤집혀 생사를 넘나드는데 어머니가 그 딸을 강 언덕에 걸쳐놓고 어머니는 실신하여 강물에 떠내려가는데 자기는 갑자기 뛰자는 생각으로 뛰어서 산속을 헤매다 시내가 보여 나오다 성씨 눈에 띄었다고 한다. 성씨는 재빨리 그 아이를 데리고 여관으로 데려가 숨기고 밖으로 나가 그 소녀가 먹을 것과 입을 것을 구해서 여관으로 들어왔는데 그 아이가 겁에 질려 있고 우리 어머니가 불쌍하다고 계속 울어서 달래느라 애먹었다고 했다.

성씨 같은 특수 요원은 돈만 잘 바치면 큰 감시를 받지 않고 자유로우며 신분증만 보이면 중국 공안들도 꼼짝 못 한다고 한다. 그리고 항상 달러 현찰이 있으니 오십 달러 정도만 주면 모든 일이 만사 오케이가 된다고 한다. 그 아이 말로는 어머니는 죽었거나, 살았어도 중국에는 없을 것으로 판단했고 아버지와 오빠를 찾고 있다고 한다. 그 여자아이는 남한 생활에 잘 적응하고 성씨를 아버지라고 부른다고 한다. 그런 아이들이 중국 사람들이나 조선족에 걸리면 인신매매단에 싸게 팔려 어린 나이에 겪으면 안 되는 일을 당하며 불행하게 평생을 보낸다. 그러는 와중에 한 프랑스 사람이 이미 인신매매단에 넘어가 매춘부로 전락한 북한 처녀들을 구해주는 모습을 목격했다고 한다. 그들을 인신매매단에서 빼오기는 힘들고 손님을 가장해서 매춘 업소에 들어가 업주 대표에게 약 천 달러를 주고 처녀를 빼오는 방법으로 수십 명을 구해왔는데 지금 정부에서는 그 일도 못 한다고 한다. 일단 탈북민들을 좋아하지 않는다고 한다.

오히려 간신히 탈북해서 온 사람들에게 누명을 씌워 김정은 부산 방문 쇼의 희생물로 삼아 그들을 죽음의 늪으로 보냈다. 그러나 남한 당국자의 쇼는 허무하게 끝났다. 국가 돈으로 전 세계를 돌며 능력도 없고 효과도 없는 북미 회담 중간자 역할을 하려고 했지만 그렇게 못 했다. 삼 년 넘게 허송세월만 보냈다. 성씨는 북한 당국자들은 비교적 진실한데 남한 당국자들은 거짓말을 잘하고 뒤로 호박씨 까는 일을 잘한다고 한다. 북한이 미국과 일대일 대화를 원하는 것은, 한반도 문제에 대해서는 미국을 빼놓고는 아무 일도 할 수 없다는 사실을 북한 당국자는 잘 알기 때문이다. 하지만 남한 당국자들은 무식하게 한반도에서 미군을 쫓아낼 궁리만 하고 있다고 한다. 사실 요즘처럼 풍전등화에 놓인 한반도를 미국이 대신해서 지켜주고 있다고 북한 핵심요원 성씨는 오히려 남한 당국을 걱정한다. 미국은 한국전쟁에서도 한국을 공산주의자들로부터 구해주었다. 그런 미국을 빼놓고 현재 한국 정부는 독자적으로 뭔가를 해보려고 한다. 어찌 그리 무모하고 무식한지 모르겠다고 성씨는 말한다.

우리 한반도가 자유민주주의로서 전 세계 15위권 경제 부국이 된 것은 아무리 역사 왜곡을 해도 미국과 일본의 도움이 컸고 이승만 대통령과 박정희 대통령의 탁월한 통치력에 의한 것이며 전두환, 노태우 전직 대통령들 공도 컸다. 그 이후 보수와 진보의 충돌로 지금 우리나라는 심각하게 남북동서, 좌파 우파로 분열되어 조선시대 가장 큰 혼란기였던 때의 사색당파 싸움이 지금 재현되는 것이라고 한다. 성씨는 지금은 북한에서 교육을 받고 공부를 하고 북한의 핵심 당 사업 요원으로 일하고 있지만 성씨는 북한도 남한도 모두 변화해야 한다고 강조를 한다. 북한은 핵을 포기하고 인민들이 잘살 길을 모색해야 하는데 그럴 경우 북한 체제가 붕괴될 위험이 크다고 한다. 그래서 북한 왕조는 핵을 절대로 포기하지 않을 것이라고 한다.

남한 당국자들은 미국, 일본과 확고한 혈맹관계를 맺고 그들과 외교적으로 합의를 이끌어내어 남한에서 할 수 있는 북한과의 경제 협력을 이끌어낸다면 그것이 현명하고 실천 가능한 남북 경제 협력의 길을 여는 길이라고 한다. 정치란 물 흐르듯 흘러가는 생물이라고 한다. 억지로 지도자 고집만 내세우면 남북한 인민들은 큰 고생을 하고 서로 공멸의 길을 가게 된다고 한다.

남한 당국자들은 스스로 자신들의 처지와 능력을 바탕으로 자신들의 외교 정책을 착실하게 작동시켜 북한을 도울 수 있어야 하는데 무조건 약속만 하고 쇼만 하려고 하면 이 세상에서 이뤄질 일도 없고 망신만 당할 뿐이라고 한다. 북한은 정책에 실패하면 책임을 지는 사람이 있다. 그러나 남한 당국자들은 정책에 실패해도 누구도 책임지는 사람도 없고 서로 책임을 회피하고 떠넘긴다. 사 년 전에 북한 김정은 수령에게 외화벌이 유공자로 표창을 받게 되었는데 첫인상이 사나운 사자처럼 보였고 그와 악수를 하는데 술 냄새와 분 냄새가 났다고 한다. 인류 역사상 가장 폭력적인 폭군이라고 한다. 고모부와 이복형을 죽이고 수많은 당 간부들을 죽였다. 스트레스와 공포심으로 밤낮으로 술과 여자로 시간을 보낸다고 소문이 났지만 그것이 사실인지 루머인지는 아무도 모른다고 한다. 하기야 수많은 사람에게 누명을 쓰게 하고 억울하게 죽인 세계 최악의 살인마라고 하며 치를 떤다.

훈이는 그런 성씨를 보면서 딱한 처지를 이해했다. 그래도 자신과 같은 일을 하는 사람들은 먹고사는 데에는 지장이 없다고 한다. 일생을 살면서 기구한 운명을 타고나지 말아야 한다. 북한이나 남한에 태어나 살아가는 사람들은 서로가 참으로 기괴한 인연으로 산다고 한다. 북한 주민들은 하루의 끼니를 위하여 처절한 일을 해야 한다고 한다. 지금은 탈북을 하여 국회의원까지 된 지 모씨는 어린 시절 꽃제비로 살면서 죽을 고비를 수없이 넘기고 간신히 남한으로 와서 이번에 국회의원이 되었다. 북한에서 꽃제비로 살던 사람이 남한으로 와서 국회의원이 되었으니 북한과 남한, 즉 사회주의 인민공화국에서 꽃제비로 살던 사람이 자유민주주의공화국 대한민국에서 국회의원이 되었으니 남북한 중 어느 곳이 살 만한 곳인가? 멍청한 남한 주사파들은 그런 것도 모르고 미국과 일본을 배격하고 북한 체제를 따라가려고 한다. 집권자들의 무한한 권력욕심을 채우기 위해서다.

북한이나 남한이나 옛날이나 지금이나 우리나라 한반도는 다른 나라들 이권에 따라 움직이면서 특정 권력자들만 잘사는 특별한 문화가 면면히 흐르고 있으며 나라가 늘 불안했다. 훈이도 초등학교, 중학교, 고등학교를 거치면서 역사와 문화에 대하여 헷갈리는 부분이 많았다. 어떤 교사는 6·25 한국전쟁을 북한 공산괴뢰 도당 김일성 주석이 소련을 등에 업고 남한의 공산화를 위하여 일으킨 전쟁이라고 했다. 또 다른 선생은 김일성 씨는 항일 투사며 신적 능력을 가진 사람인데 남침할 이유가 없다며 남한과 미국이 손잡고 북침을 했다고 가르쳤다. 훈이는 오랫동안 헷갈렸다. 두 선생의 가르침에 다 일리가 있다고 생각했다. 즉, 6·25 전쟁을 시작한 것은 북한과 소련이다. 그러나 맥아더 장군이 인천상륙작전에 성공하여 북한군의 퇴로를 막고 북쪽으로 북침하여 압록강 중공 국경선까지 올라간 것도 사실이다. 그때 통일이 되었다면 우리나라는 명실상부한 자유민주주의 국가가 되었을 텐데 하는 생각이 든다고 했다.

훈이는 성씨의 말을 들으며 같은 글, 같은 말, 같은 역사를 가진 이 나라가 왜 통일이 안 되는 것일까 하는 생각을 했다. 그것은 권력자들이 몰상식과 탐욕으로 우리나라를 자기들 입맛에 맞추고 흔들기 때문이다. 그러니 늘 한반도는 중심추가 없이 좌우로 흔들린다. 혼란스럽다. 국가 단체나 개인 단체들도 자신들 이권을 챙기기에 바쁘다. 그 단체들에서 지도자 이십 퍼센트만 혜택을 받고 나머지 회원들은 그들의 쇼에 동원되는 쇼 단원일 뿐이다. 그리고 결국은 돈과 연관되어 부패하여 부정·비리로 빠진다.

지금 문 정권은 어디 한 곳이라도 정상적인 곳이 없다. 들추면 썩은 냄새가 나고 부정부패의 흔적이 남아 있다. 한심하다. 울고 싶었다. 훈이는 울분을 참지 못하고 엉엉 운다. 빨리 세월이 흘러 문 정권이 물러가고 북한도 공산 괴뢰 집단이 무너지고 참 지도자가 나타나 남북이 평화롭게 살았으면 좋겠다. 미국이나 일본과도 잘 통하고 중국과도 대등한 위치에서 국가 경제 발전에 도움이 되는 정도가 되었으면 한다는 훈이의 생각이다. 성씨는 북한 인민들도 속으로 여러 가지 불평불만을 가지고 김정은 체제가 무너져서 전 인민이 자유롭고 행복하게 살 수 있기를 바란다고 한다. 정의와 공정을 내세우고 군사독재를 타도하던 데모꾼들이 정의와 공정을 내세우며 전대협, 민노총, 민변, 정기연, 세월호 유족회 등의 후원을 받아 별안간 손쉽게 정권을 잡아 나라를 운영하는데 그들의 행태로 인해 전 정권보다 더한 부정과 불공정, 그리고 부패와 비리가 터졌거나 터지고 있다.

한반도 평화를 내세웠지만 그야말로 국제 정세에 깜깜하고 무식, 무능한 외교로 한반도는 전쟁의 위험에 처해 있다. 북한과 남한 당국자들의 동상이몽이 빚어낸 일이다. 중국도 북한을 포기한 상태거나 미국의 견제에 굴복한 상태이다. 시진핑도 이제는 권좌에서 물러날지 모른다고 한다. 어느 날 갑자기 소련 공산당이 붕괴된 것처럼 중국 공산당도 붕괴되어 많은 나라들이 탄생할 거라고 한다. 강력한 불법, 부패, 비리 정권은 하늘의 심판을 받아 무너진다고 한다. 중국의 미래는 암울하지만 중국 인민들은 반드시 깨어나 자유와 평화를 얻을 것이라고 한다.

성씨는 남한의 박정희 대통령처럼 지혜롭고 백성을 사랑하는 그런 지도자가 남북한 모두에게 필요하다고 한다. 성씨의 그 말이 훈이는 의아했다. 훈이는 한국 근대사는 잘 모른다. 그리고 우리나라가 어떻게 비약적인 발전을 했는지 잘 모른다. 그냥 역사가 흐르다 보니 우리 국민들이 잘살게 되었다고 생각하고 있었다. 성씨는 북한에서 공부하면서 지독한 반공주의자 박정희에 대하여 공부를 했다고 한다. 지피지기면 백전백승이라고 했다. 그래서 북한 엘리트들은 남한에서 김일성 왕가를 공부하는 것처럼 북한에서도 한국 역대 대통령들을 연구하고 공부한다고 했다. 성씨는 박정희 대통령을 공부했는데 그분에게 반했다고 했다. 북한에서도 박정희 대통령을 흠모하는 사람들이 많다고 한다.

성씨가 말하는
훈이 아버지

훈이 아버지 문 사장은 하는 행동이나 말하는 것이나 인격적으로 많이 모자라지만 돈 냄새를 맡고 돈을 찾아내는 데에는 일가견이 있다고 한다. 그래서 북한에서도 문 사장 하면 알아주는 사람들이 많다고 한다. 그러나 큰 신뢰를 받지는 못한다고 한다. 항상 큰소리를 먼저 친다고 한다. 얼마 전에는 일억 달러어치 항공유를 베네수엘라를 통하여 공급하기로 하고 일을 진행했는데 복면파 한 사람이 일을 진행하다가 갑자기 미국에서 심장마비로 죽었다. 미국 공안 당국에서 변사체를 수습하는 과정에서 일반 시민이 아니라 좀 이상한 냄새가 나는 사람이라고 생각하고 미국 CIA 요원들이 그 사람을 조사하기 시작했다. 그가 한국의 무역업자와 연결되었고 엄청난 양의 항공유를 미국에서 사서 베네수엘라로 옮겨갈 것이라는 심증을 가지고 문 사장을 CIA에서 조사하려고 했으나 결국 교묘하게 빠져나왔다. 미국의 한 정보 당국자의 도움을 받았다고 한다. 문 사장은 발도 넓고 돈 빼먹는 데는 수완이 좋은데 윤리성과 도덕성이 없다고 했다. 그리고 그 주위에 모여들어 사업을 한다는 사람들이 모두 비리 투성이인 사람들이라고 한다. 문 사장이 돈을 긁어모을 수 있게 도와준 사람들이 모두 허탕질만 하는 사람들이라고 한다. 그래도 문 사장은 한번 쓴 직원은 끝까지 그 자리를 지키게 하고 자기가 하고 싶은 대로 한다. 책임질 일이 있을 때만 그 간부 직원에게 맡기고 문 사장은 전혀 다른 행동을 해서 책임회피의 달인이라고 한다. 문 사장은 사람을 쓰면서도 돈을 벌고, 자르면서도 돈을 번다고 한다. 참으로 특별한 사람이라고 했다.

훈이가 생각하기에도 이상하다. 집에서 어머니를 대하는 것 때문이다. 고모를 대하는데도 한번도 사과를 하거나 자기의 잘못을 인정한 적이 없다. 오로지 깔아뭉개고 자기 주장대로 하는데 유일하게 제동을 거는 것이 훈이었다. 훈이는 구린내가 나는 비리투성이 아버지를 싫어한다고 몇 번이나 이야기를 했다. 그러니 훈이 앞에서는 문 사장도 꿀 먹은 벙어리가 된다. 집안을 제대로 다스리지도 못하면서 밖에서 하는 일도 뻔하다. 뇌물 공세로 권력을 매수하고 각종 불법적인 공작으로 돈을 버는 것이 뻔하다. 복면파를 적당히 이용하면서 희생시켜 돈을 번다. 자기의 쾌락과 로비를 위하여 복면파 요원들이 운영하는 룸살롱도 있고 젊은이들 천국 고급 바도 있다고 한다. 그 룸살롱에는 정부의 고급 관료들과 국회의원들이 온다고 한다. 그때 문 사장의 치부를 가리고 비리를 은폐하기 위한 공작을 한다는 것이다.

제일 사모펀드라는 투자 사금융 회사를 운영하여 문 사장은 수천억을 벌고 문을 닫아 많은 투자자들에게 수조 원의 돈을 빼앗는 사기 사업을 했다. 물론 문 사장은 그 사건의 주범이지만 복면파에서 바지사장을 내세웠고 정재계의 유명 인사들을 끌어들여서 그들 이름과 권력을 팔아서 투자자들을 모으기 시작했다. 정계의 유력한 용의자로 현 정권의 핵심 인사도 포함되어 있는데, 증거가 훤히 드러나고 있는데도 끝까지 부인하고 있으며 전직 대통령보다 호화로운 변호인단의 변호를 받으며 재판을 받고 있다고 한다. 문 사장은 이번에도 교묘하게 빠져나갔고 자기에게는 별일이 없을 거라고 했다. 그러나 평생 모은 돈을 이자를 많이 주겠다고 하면서 유명한 모처의 핵심 권력자까지 사칭하며 돈을 모으는데 혹시나 하고 넘어간 국민들이 많다. 문 사장은 정말 돈만을 위해서 자기의 양심을 팔고 국민을 상대로 큰 사기를 친 죄인이다.

그래도 백주대낮에 돌아다니고 호의호식하면서 인생의 쾌락을 즐긴다. 그렇게 사기 친 돈은 정계 유력자들에게 나누어주고 자기의 안전망으로 삼았다. 성씨 아저씨의 이야기를 듣던 훈이는 부르르 떨며 이건 아버지가 아니라 완전 개망나니이자 나쁜 사기꾼 마피아 두목이라 생각하고 정말 큰 벌을 받아야 하는 인간임을 알았다. 훈이도 이제는 아버지라고 안 하고 문 사장이라고 부르며 그에게 복수할 칼을 갈았다. 그 많은 피해자들을 대신하여 훈이가 나서기로 굳게 마음을 먹었다. 그리고 성씨에게 오백 달러를 건네주고 문 사장의 근황을 자주 알려달라고 했고, 매주 당번은 성씨가 맡아달라고 했다. 성씨는 일주일에 오백 달러를 챙기는데 얼마나 신나는 일인가? 그리고 훈이만의 통화를 위하여 훈이가 휴대폰 한 개를 훈이와 가까이 지내는 깡패두목에게 부탁하여 몰래 만들어서 주었다. 훈이도 이제 병원을 아지트로 성씨와 함께 문 사장에게 반격을 가하려는 시도를 준비하기 시작하였다.

　문 사장은 사회 후원 단체에도 많은 돈을 내는데 그 내는 방법이 특이하다고 한다. 즉, 어느 단체나 이사회의 간부로 등록하여 그 단체의 운영에 대한 감시를 하면서 혹시 기업체에서 큰돈을 후원금으로 받으면 그 돈을 용처를 찾아서 돈을 빼먹는데, 후원한 돈의 열 배, 백 배를 빼먹는다고 한다. 어느 유명 업체에서 수십억을 후원받았는데 여러 곳에 쉼터를 마련하면서 이중계약으로 반 이상을 현금으로 착복한 적도 있다고 한다. 훈이는 문 사장의 막장 드라마를 보는 듯했다. 불쌍한 사람들에게 쓰라고 기업체에서 경영의 고통을 감수하면서 후원한 돈을 교묘한 방법으로 횡령한 것은 사기 중에서도 가장 악랄한 사기이다.

　성씨는 또 말한다. 북한이나 남한이나 중간에 돈을 만지는 사람들은 예외 없이 횡령을 하고 개인적으로 착복하여 정작 인민들에게 돌아갈 몫을 앗아간다고 한다. 마치 쥐새끼들이 이 곳간 저 곳간을 다니면서 곡식을 훔쳐먹으며 돌아다니는 것과 똑같다고 한다. 그런 쥐새끼들이 남한이나 북한에 창궐하여 나라를 말아먹으며 국민들에게 큰 고통을 주고 있다고 한다. 특히 최고 권력자 주변에 많은 쥐새끼들이 준동한다고 한다. 그 쥐새끼들은 불법과 탈법을 하고도 큰소리를 치고 국민들을 개돼지처럼 대한다고 한다. 즉, 세상을 자유롭고 평화롭고 공평하게 살아야 하는데 지금 남북한의 시민들은 모두 억압된 상태에서 제대로 듣지도 보지도 못하고 허수아비처럼 살아가고 있다는 것이다.

　1990년대 중반부터 2000년도까지 북한에서는 약 삼백만 명이 굶어 죽거나 거리를 방황하다 죽거나 어디론가 실종되었다고 한다. 그때 유행한 말들이 꽃제비라는 말이라고 한다. 꽃제비란 그야말로 거리를 방황하며 얻어먹기도 하고 훔쳐먹기도 하는 사람들을 말하는데 그 당시를 고난의 행군 시대라고 한다. 그런데 최근에 또다시 북한에 꽃제비가 창궐하고 있다고 한다. 이제는 평양 시내에까지 꽃제비가 등장했다고 한다. 해안가로 가면 물고기라도 잡아먹을 수 있는 고로 많은 꽃제비들이 해안가로 몰려가고 있다고 한다. 그중에 얼굴이 반반한 아이들은 북한에도 돈이 있는 사람들이 있는데 그들 집에 들어가 밥만 얻어먹으면서 노예생활을 한다고 한다. 2차 고난의 행군 때는 더 많은 꽃제비들이 죽을 거라고 한다. 그런 말을 하며 성씨는 눈물을 글썽거렸다. 그의 친척 중에도 1차 고난의 행군 시절에 꽃제비로 살다가 죽어간 사람들이 많다고 한다.

그러한 상황에서도 정권을 유지한다는 것이 이해가 안 된다고 생각한다. 워낙 언론이 통제되고 어디에서 무슨 일이 일어나는지를 모르니 주민들은 죽어나가도 누구 하나 신경을 쓰지 않는다고 한다. 그만큼 세상에 사는 것을 포기한 것이다. 핵만 포기하면 모든 것을 얻을 수 있는 북한은 계속 핵을 고집한다. 통치자들은 인민을 위하여 살아간다고 하면서 그들이 그토록 강조하던 인민공화국을 부르짖었다. 결국 인민들이 죽어나가고 있는데 그들은 모른 체하고 있으니 그들의 말이 얼마나 거짓과 속임수로 점철되었는지 지금 증명되고 있다. 그래도 그 권력자들은 처벌을 안 받을까? 하늘이 반드시 벌을 내릴 것이다. 남한은 별일이 없는가? 남한은 경제가 폭삭 망하고 코로나까지 덮쳐서 난리법석이 일어났다. 앞으로 청년실업으로

성씨가 말하는 훈이 아버지

이 정권은 붕괴될지도 모른다. 남북한이 모두 힘겨운 길을 걷고 있다. 그런데 북한이 갑자기 남한 당국자를 협박하고 곧 전쟁을 일으킬 듯 발광을 하더니 갑자기 조용해졌다. 성씨는 차분하게 말한다. 문 정권이 들어서면서 한반도 평화 프로세스를 진행하면서 북핵 문제를 해결할 것이라고 호언하며 대단한 역할을 할 것처럼 호들갑을 떨며 각종 쇼를 벌여왔다. 미국과 유엔 회원국을 설득하여 북한 경제의 유엔 제재를 풀어보려고 엄청난 국고를 낭비하며 전 세계 각 나라를 방문하며 노력을 했지만 해결된 것은 하나도 없고 남북한 동해선 철도 연결 사업을 한다고 쇼도 했다. 그러나 문 정권은 아무런 소득을 얻지 못하고 지금까지 속수무책으로 세월만 보내고 말았다.

북한이 영변 핵시설만 포기하면 모든 일이 될 줄 알았는데 실제로 미국이 요구하는 것은 북핵의 완전폐기이다. 문 정권 관계자들은 북한의 의도를 알고도 미국에게 거짓말을 했고 북한에게도 거짓말을 하여서 북한 최고 존엄이 하노이에서 전 세계적으로 큰 망신을 당하게 한 것이다. 그러니 문 대통령이 말만 번지르르하게 하고 실천이 없고 거짓말을 잘하는 것은 국민들과 외국인들 모두 잘 알고 있다. 그러니 북한에서 문 대통령을 비난하는 것이 당연하다.

또 하나는 경제실적 저조로 북한 사회의 불안이 고조되자 그 책임을 남한 문 대통령 탓으로 돌리려고 김여정이 총대를 메고 쇼를 한 것이라고 한다. 최근에는 아니지만 북한과 남한은 서로 자기들의 체제에 불안요소가 생기면 즉시 상대방에게 군사적 위협이나 국지적 도발을 자행하여 자기들 체제를 공고히 하는 데 이용을 한다고 했다.

한반도가
잘될 수 있는 해법

제일 좋은 방법은 북한이 하루빨리 핵을 포기하고 남한은 일본과 화해를 하고 미국과 좋은 관계를 맺고 서로 외교적인 신뢰를 쌓는 것이다. 북한의 문제도 상호 협조로 진실에 근거해서 하나씩 해결해 나가지 않으면 일 보도 전진하지 못하는 상태가 된다고 한다. 외교에는 상호 신뢰가 기본인데 서로 거짓말로 상대를 설득하려고만 하고 근거 없는 말을 하면 외교에서 망신만 당하고 그 국가는 큰 곤욕을 치르고 만다. 사람이 살아가는 이치도 정의와 공정과 정직에 바탕을 두고 모든 일을 진행할 때 꽃이 피고 열매를 맺는데 국가 간의 일은 말하여 무엇하리요. 지난 삼 년을 북한이나 남한이나 말로만 모든 일을 하고 실제로 이루어진 것은 아무것도 없고 거기에 코로나 우한폐렴까지 덮쳐 남한에서만 거의 삼백 명이(2020년 여름 기준) 죽었고 북한은 알 수가 없다. 아마도 집계도 안 되고, 들리는 말로는 총살까지 시킨다니 우한폐렴 문제가 심각하다. 그러니 한반도에 여러 가지 심상치 않은 일들이 벌어지고 있다고 할 수 있다. 이러다가는 또다시 전쟁이 일어나 북한과 남한이 중국의 식민지가 될지도 모르겠다고 성씨는 말했다.

훈이도 성씨의 말에 공감을 했다. 왜 우리 한반도는 바람 잘 날이 없이 늘 이렇게 불안해야 하는 것인가? 정말 영원한 평화와 안정은 사라진 것인가? 여러 가지 생각을 해보았다. 훈이는 갑자기 유튜브로 한국사를 공부하기 시작하였다. 고등학교 시절에도 역사를 공부했지만 큰 관심을 갖지 않았다. 역사 속에서 한반도 해법을 찾아보며 문 사장을 망하게 할 계략도 짤 생각이다. 즉, 한반도 문제를 역사에서 풀어보려고 했다.

우선 삼국시대의 상황을 알아본다. 삼국시대 최강국은 고구려였다. 고구려는 중국의 수나라가 망하는 계기가 되었다. 수나라가 고구려를 침범했을 때 강감찬 장군에 의하여 청천강에서 대패하여 결국 이세민이 당나라를 세우게 되는 계기가 되었다. 이세민은 여러 차례 고구려를 침범하여 고구려를 망하게 했지만 신라와 백제는 감히 넘보질 못하고 평양성을 함락하고 요동성에 도독부를 두고 그곳에서 한반도를 통치했다. 고구려가 한창 번창할 때는 만주 일대 중국 땅의 삼 분의 일이 고구려 땅이었다고 한다. 광개토대왕과 연개소문 시절에는 중국도 고구려에 벌벌 떨었다고 한다. 우리 한반도는 중국의 침범을 수십 차례 받아도 그들의 수중에 넘어가지 않았다. 중국의 다른 민족들은 모두 중국 통치자들에게 넘어가 지금도 각 민족의 자치를 요구하지만 중국 공산당은 무력으로 그들을 진압했다. 그러나 우리나라는 그들이 완전히 장악하지 못했다. 불행히도 나당 연합군에 의하여 백제는 망하고 고구려도 국운은 다했지만 왕건을 건국 태조로 하는 고려의 건국을 막지는 못했다. 수나라 백만 대군은 요동성에서 대패하였다. 또다시 고구려를 정복하려고 삼십만 대군을 보냈지만 강감찬 장군의 계략에 말려들어 청천강에서 모두 척살되고 겨우 2,700명만 되돌아갔다고 한다. 그로 인하여 수나라는 역사의 뒤안길로 사라지고 중국에 당나라가 생겨났다.

신라가 당나라 군대와 연합하여 백제를 멸망시켰지만 견훤이 후백제를 일으켜 한동안 통치를 했고 걸출한 궁예가 후고구려를 세웠다. 모두 구백년도에 일어난 일이다. 이처럼 우리나라 사람들은 외세에 절대로 굴하지 않는다. 망했다 싶으면 다시 지도자가 나타나 그 지도자를 중심으로 뭉친다. 그렇게 한반도 북쪽에는 철원을 중심으로 하는 후고구려가 일어났고 호남에는 완산을 중심으로 하는 후백제가 생겼고 신라는 경상도를 한계로 나라의 명맥을 이어가고 있었다. 삼국통일은 어쩌면 없었다고 하는 것이 옳다.

궁예와 함께했던 왕건은 개성을 중심으로 하는 호족 세력이었는데 왕건은 궁예 밑에서 겸손하게 남몰래 자기 세력을 키워나가다 908년 개성을 중심으로 고려를 개국하게 되었다. 결국 후백제 견훤은 왕건에게 백기 투항하고 신라도 왕건에게 투항하여 구백삼십팔년 한반도는 압록강 한참 밑 청천강을 경계로 한 통일 고려국이 되었다. 당시 북쪽의 중국 쪽은 거란족들이 국가 형태를 이루지 못하고 당과 싸움을 하면서 고려를 괴롭혔지만 고려의 개국공신 장군들의 활약으로 감히 고려를 넘보지 못했으나 여전히 고려국을 침범했다. 남쪽 해안에는 일본인들이 자주 침범했다. 그래도 태조 왕건은 각 지방 호족들과 사돈을 맺으며 한반도를 통일했다. 그리고 중앙집권 정치를 단행했다. 이렇게 우리나라는 옛날부터 지방마다 다른 호족들의 힘이 대단하다. 그런 현상은 지금도 마찬가지이다. 각 지방을 중심으로 끼리끼리 문화가 강하다. 그래서 정치 권력자들은 그런 원칙을 잘 알고 그것을 이용해왔다.

박정희 대통령은 영남 지방을 발전시켰고 김대중 대통령은 호남을 발전시켰고 노무현 대통령은 영호남을 잘 어우러지게 하였다. 이처럼 우리나라는 지방색을 지우고 정치하기 힘들다. 각 지방을 중심으로 한 지방분권화, 즉 진정한 지방자치 제도를 시행하고 발전시킨다면 좋은 국가 발전의 모델이 될 것이다. 그러나 그럴 경우 지방 호족 세력들의 부정부패가 문제다. 그것은 국가의 강력한 검찰권 행사로 다스려야 한다. 현재 여권에서 검찰 조직 흔들기를 하는 것은 이 나라를 더 큰 부패의 늪으로 빠져들게 하는 아주 안 좋은 시도이다. 어쩌면 현재 집권세력들이 어마어마한 비리, 탈법 의혹에 휘말려 문제가 심각하게 돌아가는지 모른다.

고려는 그렇게 어렵게 국가를 세우고 오백 년간 몹시 어려운 세월을 보냈다. 고려 말에는 무신들이 허수아비 왕을 세우고 정권을 잡고 그들만의 정권을 유지하며 온갖 탈법과 불법이 난무하고 몽고족의 침입으로 나라가 풍전등화에 놓여 있었다. 그때 이성계가 위화도 회군을 단행하여 역성혁명으로 1392년에 조선을 건국하고 임금이 되었다. 한 나라가 망하고 새 나라가 세워지는 것은 좋은 일이나, 수많은 사람들이 목숨을 잃고 백성들은 큰 고통을 당하고 힘겨운 시간을 보내야 한다. 결국 조선은 당시 중국의 명나라와 짬짜미를 하면서 그들의 허약한 정권을 유지하기 위하여 명을 상국으로 받들며 매년 조공을 바치고 조선을 꾸려나갔다. 태종 대에 와서 국가의 틀을 완성하고 지금의 압록강과 두만강을 국경으로 하는 나라를 세우게 되었다. 그렇게 한반도는 끊임없는 외세의 침입과 국정 개입으로 늘 불안한 시기를 보내게 되었다.

이렇게 한반도는 우리 단독의 힘으로 살아갈 수 없는 지정학적 큰 문제를 안고 있다. 고려 말 각종 불법, 탈법이 무신이나 문신에 의하여 저질러질 때 설상가상으로 몽고의 침입이라는 국난까지 겪었으나 고려는 수도를 강화도까지 옮기며 끝까지 저항했다. 몽고가 물러나고 중국 대륙에 명나라가 세워질 무렵 몽고는 놀라서 고려에서 철군하며 고려군이 명나라를 침공할 것을 청했다. 그러나 당시 이성계는 몽고는 결국 망할 것을 알고 명나라와 손을 잡고 혁명을 일으켜 성공했다. 성씨는 말한다. 이 정권이 수시로 촛불혁명을 들먹이는데, 이 촛불데모는 순수한 데모가 아니라 주사파 단체가 총동원된 불온한 데모였다고 한다. 북한과 중국의 지원도 받았다고 성씨는 증언했다. 그래서 문 정권은 친중국 정책을 써가며 그들의 도움을 받았다고 한다. 그렇게 하니 일본, 미국과 관계가 멀어지고 우리나라의 정체성과 국격이 훼손되어 세계적으로 망신을 당했다고 한다.

우리나라 사람들은 임기응변에는 능한데 진실성이 부족하고 눈앞의 이익만을 추구하는 경향이 많다고 한다. 그래서 외교적으로 많은 피해를 본다고 한다. 일본 아베 총리는 나라와 자국의 국민을 위해서 자신의 소신도 꺾으며 미국과 잘 지내면서 국가 성장을 주도하고 있다고 한다. 그러나 우리나라 집권당은 오직 선거 승리에만 초점을 맞추어 한반도 평화 프로세스라는 프레임을 가지고 외교 정책을 폈다. 정책은 완전히 망했고 외교적으로 전 세계로부터 왕따를 당하는 수모를 겪고 있다. 이런 것은 절대로 있을 수 없는 일이다. 외교에서 거짓과 술수는 통하지 않지만 통한다 해도 더 큰 문제점이 많이 생긴다.

이번에 중재자론, 운전자론으로 미국과 북한 사이에서 북핵 문제를 해결하려 했던 문 대통령은 완전한 거짓말로 미국과 북한을 속여 큰 망신을 당하고 있다. 하루빨리 문 대통령이나 문 사장이 정의와 공정과 법과 원칙으로 돌아오기 바란다고 훈이와 성씨는 말한다.

요즘은 세대교체가 빠르다. 첨단장비도 마찬가지이지만 사람도 정권도 마찬가지이다. 지금 문 정권이 들어와도 제대로 하는 것이 무엇인가를 살펴보면 한 일 없이 오히려 나라의 체제만 흔들어놓고 그 수습도 제대로 안 한 상태이다. 북한과 뭔가를 하려면 먼저 미국과 일본과 화해를 하고 그들의 허락을 받아야 한다. 그리고 일본과 전 정권들이 맺은 모든 협정은 그대로 인정해야 한다. 물론 우리가 힘이 없고 그 당시 임금과 대신들이 무식하고 무능하여 한일합방이 되어서 우리가 일본에게 모욕과 수탈을 당한 것은 사실이다. 그런데 그 책임을 진 사람은 누구도 없었다. 자존심을 지켜준 것은 독립투사들이었다. 그런데 나라를 망하게 했던 사람들과 후손은 대대손손 모두 잘되었지만 독립을 위해서 고생한 독립투사 자손들은 지금도 가난과 핍박 속에서 산다.

세월호 사건은 일반 해상교통 사고임에도 현 정권 586 주사파 데모꾼 세력은 그 사건을 계기로 정권을 찬탈하기 위하여 그 사건을 이용했다. 결국 주사파 문 정권이 박 정권을 무너지게 하고 정권을 잡았다. 그리고 그 유가족들은 어마어마한 배상금을 챙겼다. 그랬으면 이제 조용히 지내는 것이 죽어간 꿈 많던 어린 아이들에게도 도움이 될 듯하다. 이제는 모두 제자리로 돌아가 자신들을 성찰하며, 소의를 따르기보다 대의를 따를 수 있도록 열심히 노력하자. 그것이 우리가 애국·애민하는 길이 아닐까 생각한다.

태종은 왕이 되기 위하여 자기 아버지 이성계와도 척을 지었다. 아버지의 애첩이자 정비 황후인 강비와 두 이복동생까지 죽여버렸다. 참으로 처참한 일이다. 이렇게 권력은 비정하다. 성씨가 성씨 친척 공산당 높은 지위에 있는 아저씨에게 들은 이야기인데, 김일성 주석이 오래 사니까 김정일 위원장은 자주 '저 늙은이는 명도 길지 빨리 죽지도 않는다'는 말을 했다고 한다. 그리고 김영삼 대통령과 김일성 주석이 남북 정상회담을 하려고 하는 것을 김정일은 반대했다고 한다. 그리고 정상회담 날짜를 얼마 안 남기고 김일성 주석이 사망했는데 김정일 추종자에게 피살되었다고 소문이 나기도 했다고 한다. 그리고 김정일 위원장이 후계자를 일찍 정하지 못하고 갑자기 쓰러져 김정은에게 급히 정권이 이양되는 과정에서 많은 문제점이 있었다고 한다. 그래서 피의 숙청도 있었다. 많은 북한 정권 원로들과 엘리트들이 처참하게 죽어갔다. 이렇게 정권 권력자들은 그 반대파들에게 가혹하다고 한다.

남한의 문 정권도 마찬가지라고 한다. 전직 대통령을 비롯한 모든 관료들을 감옥소에 가두고 자기 주사파들은 감싸고 돈다고 한다. 그로 인해 우리나라에서 자유민주주의를 할 수 있는 사람이 드물다는 생각이다. 성씨는 말한다. 그러나 저러나 남북한 권력자들은 모두 마찬가지이다. 자기들이 원하는 것은 모두 다 하지만 국민들이 원하는 것은 잘 안 해준다. 북한 지도자나 남한 지도자나 모두 힘 들겠지만 자기 편이라도 법과 원칙에서 벗어난다면 벌을 주어 내쳐야 한다. 자기 편을 봐주는 것이 국민 눈높이와 맞지 않는다면 더욱 그렇다. 성씨는 말한다. 북한 같으면 사기나 횡령이 드러나면 바로 총살인데 남한은 자기 편이면 법에서도 봐주고 대통령을 정당하게 비난해도 벌을 받는 이상한 나라라고 한다. 정말 요즘 남한 당국자들을 보면 정신 못 차리는 바보 같은 조현병 환자 같다는 미국 존 볼턴의 말이 사실인 것 같다. 하는 일마다 어설프다. 특히 한반도 평화 프로세스 정책은 거짓과 술수로 전 세계를 상대로 사기를 친 정책이 되었다. 당장 폐기하고 안보 외교 라인을 교체하여 힘을 바탕으로 하는 평화 정책으로 전환해야 한다. 그것이 우리나라가 또다시 융성할 수 있는 계기가 될 것이다.

우리나라 스스로 한반도에 핵이 없는 평화를 이룰 수가 없다면 미국과 동맹관계를 강화하여서 우리나라에도 미국의 핵무기를 재배치해야 한다. 그리고 북한과 힘의 균형을 이루고 상호 도울 것은 도우며 상생하는 길을 모색해야 한다. 북한 권력자는 망하더라도 불쌍한 인민들이 꽃제비가 되는 현실을 막아야 한다. 그리고 남한의 대기업들을 십분 이용하여 미래의 먹을거리 산업을 선도해나가야 한다. 특히 원자력 에너지는 앞으로 유망한 미래 에너지 먹거리 산업이다.

국민을 살리는 정책

탈원전 정책은 중요 미래 산업을 없애는 것과 마찬가지이다. 다른 나라들은 그 산업을 신장시키려 하는데 우리나라는 그 사업을 중지시키려 하는 해괴망측한 정책이 나왔다. 친중국 정책과 새로운 풍력과 태양열 에너지 사업을 펼쳐 오히려 에너지 단가는 오르고 유망한 한국전력은 적자가 해마다 눈덩이처럼 늘어가고 있다. 일자리가 날아가고 있다. 그런데 정책에 잘못이 있거나 문제가 생기면 즉시 정책을 수정하고 올바른 정책으로 전환을 해야 하는데 무조건 몰아 시행한다. 그 외 정책들도 마찬가지이다.

현대는 국가 정책이 나라의 흥망성쇠를 좌우한다. 지금 한반도는 전 세계에서 유일한 분단국가로서 경제적으로 성공한 나라로 많은 나라들의 부러움을 사고 있다. 그러나 정치적, 외교적으로는 후진국 중 후진국이다. 성씨는 단호하게 말한다. 남한이 자기 위상을 찾으려면 정치인 중 부패 불법 비리에 연루된 사람들이 물러나야 하며 좀 더 정직하고 사심 없이 나라를 경영해야 한다고 한다. 그래야 한국의 미래가 밝고 한국이 다시 또 고도의 경제 발전을 이루어 북한도 더 확실하게 도와줄 수 있으며 북한도 수정 자유시장경제 체제로 바뀌어 인민들이 잘살 수 있을 거라고 한다. 지금같이 정권이 제 앞가림도 제대로 못 하면서 북한을 도우려 하는 것은 큰 오류만 낳게 되어 한없는 후회만 할 것이라고 한다. 그리고 그 피해는 정권이 끝나면 국민들에게 돌아갈 것이라고 한다.

민심을 살펴야
정권이 산다

빨리 세월이 흘러 문 정권이 끝나야 이 나라가 잘되어갈 거라고 한다. 문 대통령도 모든 일에 의욕이 넘쳐 잘해보려고 했는데 신세 진 사람들을 챙기다 보니 많은 오류가 발생했다고 한다. 대법원장을 임명할 때 인간 됨됨이나 품격을 보지 않고, 욕심이 많고 나라에 큰 공이 없는데도 문 대통령을 세우는 데 공로가 있다는 이유로 앉힐 때부터 알아보았다고 한다. 그 이후에 민주노총이 각 언론을 장악하고 편파보도를 하면서 정권의 입맛에 따라 편향된 보도를 하면서 세상은 깜깜이가 되도록 현 정권에 불리한 보도는 거의 하지 않았다. 오직 정권에 이롭고 도움이 되는 보도만 마구 하게 되었다. 그것이 현재 우리나라의 후진성이다. 공정하지 않고 현 정권에 유리한 언론 보도 행태이다. 그러나 권력의 만용과 만행은 하늘이 반드시 심판하게 되어 있다. 정권을 잡은 사람들이 아무리 감추려 해도 외신을 통해서, 혹은 유튜브 등에 의하여 정권의 불법, 탈법, 비리가 모두 밝혀지게 되어 있다. 손으로 하늘을 가리면 자기 자신만 하늘이 안 보이지만 그 외 삼라만상은 하늘을 바라보고 있다. 그것이 세상이다. 민초를 얕잡아보고 그들의 민심을 계속 짓뭉개면 결국 그 권력은 추풍낙엽이 되어 발붙일 곳이 없어진다. 그래서 역대 정권의 말로가 어떠했는지 이 정권은 똑바로 알고 반면교사로 삼아야 하는데 오히려 그들 정권 연장에 혈안이 되어 있다. 그래서 또다시 무리수를 두면서 검찰 개혁을 빌미로 잘하고 있는 검찰 조직을 마구 짓밟고 있다. 거기다 공수처까지 만들려고 한다. 그러나 아무리 발버둥쳐도 역사의 정의와 공정의 심판은 피하기 힘들다.

우리나라에는 위기 때마다 훌륭한 인재가 지도자로 나타났다. 그로 인하여 나라가 조금씩 바뀌게 되어 있다. 지금 코로나19 바이러스 우한폐렴으로 세상이 온통 그 일로 정신을 못 차리고 있다. 국회가 원 구성조차 못 하고 있다. 쪽수로 모든 것을 밀어붙이려 하는 정부 여당에 국회의장이 브레이크를 걸고 있다. 잘하는 일이다. 자격도 없는 자들이 국회에 다수 들어가 있는데 그래도 똑바른 정신을 가진 분이 국회의장이 되어 천만다행이다. 국회라도 깨끗해지고 정의가 살아 있어야지 그렇지 않으면 모든 게 희망이 없다.

국회의원 중 오십여 명이 검찰의 수사를 받고 있다고 한다. 참으로 한심한 노릇이라고 한다. 그래서 한국 정치는 후진성을 면치 못한다고 한다. 훈이 아버지 문 사장도 다음에는 국회의원 후보로 나서기로 했다고 한다. 워낙 많은 탈법과 비리로 돈을 벌고 이번에도 문 사장의 IT회사를 통하여 여론 조작을 한 것도 사실이라고 한다. 지금도 구글과 짬짜미해서 유튜버들을 감시하고 있는 것이 문 사장 회사라고 한다. 유명 우파들이 유튜브 방송을 못 하도록 방해를 하거나 조회수나 시청자 수를 줄여버리기도 한다는 것이다. 큰일이라고 걱정을 한다. 그래도 진실을 보도하는 사람들이 유튜버들인데 그들을 마구 핍박한다. 놀라운 일이다. 이 정권이 언제까지 제 할 일은 안 하고 반대파를 치는 데만 열중할 것인지 걱정이 된다. 서로 가 상생하면서 국가와 국민이 잘사는 길을 찾으면 된다.

　문 사장은 태국으로 출장을 가면서 성씨와 함께 다녀온다고 했다. 훈이는 하던 역사 공부를 계속하기로 했다. 조선을 국가의 형태로 완성한 사람이 이성계의 아들 이방원, 태종이다. 태종은 왕권을 강화하고 형 정종으로부터 정식으로 왕권을 물려받았기 때문에 정식 왕통을 계승한 것이다. 그런 와중에 많은 고려 충신들을 살해하였다. 한 정권이 공고해지기 위해서는 많은 사람들이 죽어야 되는 것은 그 옛날이나 지금이나 마찬가지인가보다. 북한에 김정은 체제가 구축되면서 그야말로 북한의 충신들이 줄줄이 죽어갔다. 남한에서도 문 정권이 들어서면서 수많은 사람들이 감옥소에 갔다. 그런데 그때의 법의 잣대로 들이댄다면 지금의 실세들도 감옥소를 가야 한다. 그러나 지금 정권을 잡은 사람들은 전 정권과 똑같은 죄를 지었는데도 오히려 큰소리를 치니 문제가 심각하다.

　그래서 역사적으로 정의는 존재하지 않고 오직 정권을 잡은 자들의 세상인지 모른다. 정권을 잡은 권력자들은 온갖 술수와 살인, 거짓을 정의와 공정으로 둔갑시킨다. 태종은 셋째 아들 충녕대군에게 그의 막강한 권력을 이양했다. 충녕대군은 궁궐에서 호화, 사치스러운 생활을 하다가 자주 밖으로 나가 백성들의 비참한 생활상을 대한다. 저들이 저렇게 참혹한 생활을 하는 이유를 찾다가 글을 아는 양반 계급이 글을 모르는 양민 계급 사람들을 착취하고 속이는 것을 목격했다. 어느 날 돌쇠는 어느 양반에게 쌀 다섯 되를 빌렸고 문서에도 그렇게 적혀 있는데 양반집 집사가 다섯 말을 빌려 갔다고 억지를 부리며 그 백성을 닦달하는 모습을 보고 충녕대군은 그 문서에 다섯 되로 되어 있는데 왜 다섯 말이라고 하느냐고 하니 그 집사는 충녕대군에게 대들다 감옥소로 갔다고 한다. 그 양민은 충녕대군에게 감사하다며 우리 임금님이 되실 분이라고 했단다.

민심은 천심이다. 천심을 무시하는 자는 반드시 벌을 받는다. 지금 현실에도 서민들의 피를 빨아먹고 사는 사람들이 많다. 소위 말하는 금수저들은 불법으로 취업도 잘되고 잘살 수 있지만 컵밥을 먹으며 죽을 고생을 하는 노량진 취업준비생들은 그들 금수저들에게 모든 권리를 빼앗긴다. 슬프고 아픈 일이다. 공정과 정의를 앞세워 억울한 백성들이 없는 세상을 만들겠다고 하던 문 정부는 삼 년이 지난 지금 그들의 말과 정책이 모두 거짓으로 드러났음에도 누구 하나 책임지고 사과하는 사람이 없다. 부덕한 자가 권력을 잡으면 백성이 신음한다.

충녕대군은 공부하기를 좋아했고 무예도 뛰어났다. 그리고 왕위를 아버지 태종으로부터 이어받아 학문을 중시하되 백성들이 잘 먹고 잘살 길을 열기 위하여 노력했다. 우선 젊은 유능한 인재들을 등용해서 집현전에서 학문을 닦게 하고 그것을 통해 백성들에게 도움을 주도록 했다. 그리고 모든 백성들이 쉽게 배워서 생활에 도움이 되는 글자를 만들기로 결심을 했다. 그러나 기득권 양반 세력들의 엄청난 반대에 부딪혀 새로운 글자 만들기가 난관에 봉착했다. 양반들은 중국 한자를 공부하여 각종 정부 요직을 독차지하며 문맹인 백성을 착취하고 이용하는 데 혈안이 되어 있기 때문이다. 백성들이 글자를 배워 유식해지면 양반들은 글을 배운 하인을 부리기가 힘들고 그들을 통솔하는 데 많은 어려움이 있었기 때문이다. 그래서 모든 백성이 배워야 할 쉬운 글자를 만들기 위하여 비밀조직을 구성하기로 했다.

세종은 이렇게 백성을 사랑하는 마음이 뛰어났고 명나라의 여러 가지 내정간섭에서도 벗어나려 했다. 그리고 천민이라고 해도 재주가 뛰어나면 등용하여 나라를 위하여 일을 하도록 해주었다. 측우기나 앙부일구 해시계 등이 좋은 예이다. 우주 전체를 모아서 계절별 별자리를 알 수 있는 혼천의와 자격루라는 물시계, 그리고 흐르는 물의 양을 잴 수 있는 수표를 만들었다. 청계천 수표교가 그 대표적인 예이다. 장영실은 태종에 의하여 천거되어 궁궐에서 철 다루는 일이나 각종 기구나 도구를 만들고 수리하는 일을 했다가 세종이 그의 재주가 뛰어남을 인정하고 세종이 생각하는 기구들을 명받아 만들었다고 한다.

조선시대에도 반상을 뛰어넘어 큰 출세를 할 수 있었다. 그러나 지금 현재 우리나라 현실은 아무리 노력을 해도 잘 안 되는 계층이 많이 생겨나니 걱정스럽다. 어쩌면 그것이 역사의 불행한 굴레인지 모른다. 로스쿨 제도를 도입한 후 고시를 통하여 판검사가 되는 시기는 지나갔다. 엄청난 돈을 들이고 적당히 공부를 하여 자격증을 따면 법조인이 될 수가 있다. 세종대왕은 백성을 위하는 일이라면 목숨을 바쳐 일했다. 서적을 많이 읽어 평생 안질로 고생을 했다고 한다. 그리고 고기와 술을 많이 먹어 당뇨병도 있었다고 한다. 그래도 세종대왕은 백성을 위하여 훈민정음을 창제, 반포하고 조선시대 역대 어느 임금보다 다방면으로 위대한 업적을 남겼다. 특히 오늘날 한반도의 국경이 되도록 했던 북벌 정책을 강력하게 추진하여 압록강 유역에는 최윤덕, 이천 장군을 보내어 사군을 설치하여 여진족을 물러나게 하였고 김종서 장군에게는 두만강 유역에 육진을 설치하여 한반도에서 이민족들을 모두 몰아내고 한반도 전체를 조선의 영토로 만들었다.

그처럼 세종대왕은 내치나 외치나 모든 면에서 탁월한 지도력을 발휘하여 백성들에게 희망을 준 군주였다. 삼천년 기를 맞은 한반도에 세종대왕과 같은 대통령이 나와서 이 나라의 국운이 번창하기를 바란다.

훈이가 생각하는 정부

훈이는 임금이 바로 서서 공부를 열심히 하여 백성을 위하여 자신의 일신을 헌신하면 감히 주변 나라에서 함부로 넘보지 못한다는 사실을 알았다. 과연 문 사장과 성씨는 태국을 무엇하러 갔을까? 장영실은 천민이면서도 나라와 국민을 위하여 좋은 일을 많이 했지만 태어난 것도 불분명하고 죽은 것도 불분명하다. 당시 호의호식하던 양반 계급 권력자들이 그의 위대한 업적을 인정하지 않고 그를 제거하는 데 힘썼기 때문이다. 그 당시 신분 위계질서의 희생양이 된 것이다. 기득권 세력에 의하여 그는 어느 날 갑자기 세상에서 사라졌다.

문 사장은 세상에 살면서 온갖 못된 짓을 다 하며 제 쾌락을 즐기며 가족을 위한다는 명목으로 불법과 탈법, 뇌물로 국가와 국민을 상대로 사기극을 벌이며 돈을 긁어모으는 데 혈안이 되어 있다. 특히 이번 정부는 지난 정부가 곳간을 잘 관리해서 모아놓은 재물을 마구 퍼주고 쓸데없는 사업을 벌여 눈먼 돈이 마구 날아다니는데 갈퀴로 긁어모으는 사람이 장땡이라고 한다. 위안부 할머니들을 이용하여 돈을 긁어모으고 국회의원까지 된 윤 모씨가 롤모델이다.

원자력 발전을 멈추고 풍력과 태양열 및 광을 이용하는 대체에너지 사업에 퍼부은 돈이 어마어마하다. 그 돈이 어디로 갔을까? 문 사장처럼 군사독재 권력에 맞서 싸웠던 주사파 학생들이었던 586 데모꾼들이 독식을 하고 있다고 한다. 주사파들은 원래 돈에 초연하고 정의롭고 공평해야 한다고 했다. 그리고 그들이 하는 모든 단체 이름 앞에 '민주'라는 말을 붙였다. 그리고 '정의'도 붙였다. 민주노총, 민주교총, 민주변협, 정의로운 기억연대 등. 그러나 오늘 이 순간 그쪽 출신들이 하는 언행은 거짓과 불통, 불의, 비민주적, 비인권적이다. 지난 3년간 그들이 정권을 잡고 난 후 일어난 일에서 그들의 모든 비리와 탈법, 불법이 모두 드러나고 있다. 오히려 전 박근혜 정권이나 이명박 정권보다 더 부패했음이 드러나고 있다.

언론의 자유도 군사정권 때보다도 못하다. 현 문 정권은 언론의 자유를 무참하게 짓밟았다. 그리고 철저하게 통제한다. 그들 자체가 불법, 탈법, 비리 단체가 되어버렸다. 그러니 검찰개혁의 미명하에 그들의 치부를 감추려고 정의와 공평이 살아있고 법과 원칙을 존중하는 검찰과 검찰수장을 전방위적으로 공격한다. 검찰총장이 끝까지 이 나라 헌법을 수호해주길 바란다. 현재 좌파 정권에서 유일하게 살아 있는, 정권의 탈법과 비리를 수사하는 검찰을 뒤흔들고 수장을 공격하는 작태는 훈이의 눈에도 무척 안 좋게 보였다. 특히 여성 장관의 행태는 조선시대 연산군 때 간신 임사홍과 같다는 생각을 했다.

기다리던 성씨가 귀국하여 주말 불침번을 하려고 훈이를 찾아 왔다. 서로 반갑게 인사를 나누고 이야기를 시작하였다. 문 사장은 이제 성씨를 완전히 믿는 눈치이다. 태국에 간 이유는 태국에 항공사 하나를 만들려고 간 거라고 한다. 한국 고위급의 어떤 사람 부탁을 받고 태국에 한국 모 항공사 지국을 만들고 그 회사에 한국인 지국장 한 사람을 쓰는데 그 사람이 누군지는 모른다고 한다. 모든 게 가명으로 이루어졌다고 한다. 문 사장은 이번에 그 일을 하면서 십억을 벌어서 성씨를 통하여 북한의 최고 존엄과 그 주변 사람들을 위하여 비밀리에 보냈다고 한다. 그 대가로 북한의 철광석 태국 수출의 독점권을 따내어 앞으로 그 독점권을 태국 왕실 재벌에게 넘기면 앉은 자리에서 오백억을 벌 수가 있다고 한다. 그 일까지 다 보고 와서 문 사장과 성씨는 간단하게 오백억을 벌었다고 한다.

앞으로 북한이 비핵화를 완전히 하고 외부에 문이 열린다면 북한에서 엄청난 돈벌이가 생길 거라고 한다. 그래서 주사파 사업가들은 하루빨리 북한이 비핵화를 해서 유엔 경제 제재가 풀리기만을 학수고대하는 사람들이 많다고 한다. 훈이는 역사 공부를 하면서 한반도는 때마다 외침에 시달려왔는데 지금도 마찬가지라고 생각했다. 남한이나 북한이나, 우리 민족끼리가 불가능하다고 한다. 북한은 중국과 소련의 견제를 받을 것이고 남한은 미국과 일본의 견제를 받는다. 당장 일본은 한국의 G7 옵저버 자격에 대한 비토를 대놓고 했다. 물론 미국 트럼프 대통령의 뜻이니 일본 수상이 왈가왈부할 상황은 아니지만 큰일이라는 생각이 들 뿐이다. 하루빨리 이 정부가 정신을 차리고 한일관계 정상화를 이루어 서로 도와가면서 국민이 편안하게 일본에도 갈 수 있었으면 좋겠다는 생각을 한다.

훈이는 이번에는 천 달러를 성씨에게 주었다. 훈이의 병세는 조금씩 호전되어갔다. 자기가 할 일이 생기고 매일 운동을 꾸준히 하면서 독서를 하고 이런저런 일들을 꼼꼼하게 챙기니 자기 병도 호전이 되어가는 것이다. 제철 과일을 먹으면서 하루의 일과를 기쁘고 즐겁게 하려고 엄청 힘쓴다. 문 사장과도 크게 부딪치지 않고 정중동 서로 탐색전을 하면서 잘 지내려고 한다. 하지만 아버지라고 부르기는 싫었다. 그냥 복면파 두목 문 사장이라고 생각했다.

나라가 제대로 잘 돌아가서 그동안 멈추었던 경제 성장도 다시 동력을 찾아 잘 돌아가서 백성의 고통이 사라지고 청년들 실업 문제도 해결되기를 훈이는 간절히 바랐다. 그리고 조용히 기도를 했다.

훈이가 세례를 받다

　훈이는 자기 병도 병이지만 우연히 병원에서 만난 많은 어린이와 청년 환자들을 위해 기도하기 위하여 얼마 전에 선종한 베로니카 누이의 간청으로 베로니카 누이의 교리 교육을 받고 신부님으로부터 세례를 받았는데 자기보다 어린 중학생인 베드로가 대부를 서주었다. 그들은 훈이 바오로가 세례를 받고 얼마 안 되어 모두 선종을 하여 천국 시민이 되었다. 베로니카 누이는 고2 때 발병을 하여 병원에서 치료 중이었는데 훈이를 사랑한다고 매일 산책 시간에 만나서 이야기를 해주어 훈이는 의례적으로 하는 인사인 줄 알았는데 하루는 베로니카에게 의외의 말을 듣게 된다.

　베로니카는 시한부 인생을 살고 있는데 오빠를 그동안 진정으로 사랑했다고 고백을 하며, 죽기 전에 소원이 있다면서 훈이가 천주교 신자가 되어서 자기가 죽으면 자기를 위하여 기도를 해달라고 하면서 교리를 시작하자고 했다. 훈이는 치료만 잘 받으면 상태가 호전될 것이라는 주치의의 말을 들었는데, 베로니카는 언제 죽을지 사형 선고를 받고 살아가지만 그녀의 얼굴에는 평화가 넘쳐흘렀다. 훈이도 죽어가는 베로니카의 말을 들어주기로 했다. 무엇보다도 영악한 자기 누이동생들만 대하다가 순수하고 아름답고 예쁜 베로니카에게 한눈에 반했다고 한다. 베로니카 본당 신부님이 오셔서 베로니카를 훈이의 교리교사로 축성한 후 삼 개월간 그녀로부터 일주일에 세 번, 하루에 한 시간씩 교리를 받으며 환자들이 모여서 하는 미사성제에 매주 주일 참석했다. 그렇게 하여 베로니카 천사와 베드로 천사의 축복 속에서 세례를 받았다.

베로니카는 이제는 오늘 당장 선종을 해도 여한이 없다고 했다. 그리고 바오로 오빠는 오늘 베로니카와 예수님과 결혼했으니 다른 여자와 결혼을 하면 안 된다고 하면서 손도장 찍기를 훈이에게 성화해서 그렇게 해주었다. 세례를 받고 난 후부터는 늘 행복했고, 베드로 대부와 베로니카 누이를 생각하면서 그들의 영복을 빌며 기쁘고 즐거웠다. 그래서 훈이의 병세는 호전되었다. 훈이는 베로니카에게 세례 선물로 받은 묵주를 들고 그녀에게 배운 대로 묵주기도를 했다. 그녀는 바오로가 세례를 받은 후 꼭 한 달 후에 하늘나라로 갔다. 훈이는 그날 많이 울었다. 그녀는 시신 기증까지 했다고 한다. 늘 그녀의 해맑은 미소가 한 송이 향기로운 장미꽃으로 다가오곤 했다. 화나는 일이 있어도 그녀가 들려준 이야기를 기억하며 참는다. 그녀는 훈이에게 자기는 일찍 예수님 품으로 가지만 오빠는 건강해져서 세상의 빛과 소금이 되어 달라고 했다. 세상의 빛은 오빠가 늘 해맑은 미소를 지으면 아침 햇살처럼 다른 사람들에게 희망을 줄 수 있는 것이라며 세상의 빛은 화를 내거나 슬퍼하면 안 된다고 했다. 그녀는 죽기 전날까지 그런 모습으로 살았다. 자기의 죽음을 알면서도 의연했고 미소를 띠었다. 천국을 확신하고 굳건히 믿기 때문에 가능한 초인적인 삶일 것이다.

그녀는 예수님과 천국을 증거한 세상의 빛 자체였다. 그리고 세상의 소금은 매우 작은 일에도 자신을 온전히 헌신하는 것이라고 했다. 이렇게 서로 대화를 나누면서 상대방의 청을 들어주는 겸손한 생활태도가 세상의 소금이라고 한다. 아주 작은 일로 세상 사람들에게 감동을 주는 일을 하는 것들 말이다. 치매 걸린 노인의 세면을 해주는 일이라든가 휠체어를 밀어주는 일, 그러한 소소한 일들이 세상의 소금이 되는 것이라고 베로니카는 훈이 바오로에게 그녀가 직접 실천하면서 가르쳤다.

훈이 바오로에게는 경천동지할 변화를 준 여인이었다. 죽음을 앞둔 그녀는 하루를 천년처럼 소중하게 보냈다. 그러면서 죽음이 예견되니 세상 모든 것들이 아름답고 귀하게 보이며 나에게 주어진 슬픔과 고통까지도 진주처럼 반짝이며 그녀를 행복하게 해주었다고 하였다. "모든 것에 감사하시오. 항상 기뻐하시오. 끊임없이 기도하십시오"라는 사도 성 바오로의 말씀을 훈이의 귀에 박히도록 해주었다.

훈이는 베로니카 성녀가 환생했다가 다시 천국으로 갔다고 생각했다. 훈이는 날마다 하루에 한 시간은 다른 사람에게 기쁨과 행복을 줄 수 있는 삶을 계획하여 실천하기로 했다. 설레고 기대가 되는 하루를 감사하게 보내니 이제야 사람으로 사는 느낌을 받았다. 베로니카는 신도 무시하고 세상을 비관하고 힘겹게 살아가는 훈이가 희망과 기대를 가지고 살아가도록 해준 위대한 은인이다. 십팔 년의 짧은 인생을 다른 사람들에게 빛을 비춰주고 헌신하는 소금 역할을 다하고 자기가 병마와 싸워 이기도록 늘 함께 해주신 예수님과 성모님 곁으로 갔다. 그녀와 베드로 뒤를 이어 훈이 바오로가 세상의 빛과 소금의 역할을 해나갈 것이다.

훈이는 노인 병동에서 쓸쓸하게 침대에 누워 종일 오줌을 싸는 할아버지를 위해 하루 한 차례 그분의 옷과 기저귀를 갈아드리기로 했다. 아침 여섯 시에 기상하여 훈이 병실 바로 옆에 있는 노인 병실로 가서 흥건히 젖어 있는 기저귀를 갈아주고 환의 상하의를 갈아입혔다. 할아버지는 처음에는 "웬 놈인가?" 하더니 차차 말문을 열기 시작했다. 처음에 한 말이 "젊은이 고맙소" 하더란다. 두 번째 한 말은 "젊은이 얼굴에 평화가 넘쳐 좋아요" 했다. 이 대목에서 훈이는 세상의 빛이 되는 기분을 느꼈다. 그리고 하느님께 감사하고 베로니카를 생각하며 "주님, 베로니카에게 당신의 빛을 비추어 늘 행복하게 하소서. 아멘." 화살 기도를 하며 그녀에게 감사했다.

지금은 서로가 그 시간을 기다리는 관계가 되었다. 알고 보니 할아버지는 전직 의사였다고 한다. 그런데 술을 많이 마셔 건망증이 심해지고 머리가 아팠는데, 뇌수술을 받고는 걷지도 못하고 누워 있다고 했다. 훈이는 그 할아버지를 돌봐드리면서 인생의 무상함을 생각했다. 팔십여 년간 살면서 젊은 날도 경험하고 모든 좋은 시절을 보내고, 눈 깜박하고 나니 이렇게 병상에 누워 있다고 한다. 훈이는 그 할아버지 말에 공감하며 인간은 누구나 생로병사의 과정을 겪으며 귀한 삶을 살아간다. 간극의 차이는 다르더라도 그 과정은 반드시 겪는다. 그것이 인생이라는 생각을 훈이는 했다.

훈이는 할아버지와 내일 만나자고 인사를 나누고 나오려는데 노인은 "내일이란 말은 빼시게나. 그냥 다시 만나자고 하는 것이 옳다네. 우리 같은 늙은이는 내일을 보장받지 못한다네"라고 말했다. 훈이는 그 말에 동감하며 깨우침을 주신 것에 대해 할아버지께 감사하였다. 그렇다. 훈이 역시도 내일은 보장받지 못한다. 오늘 지금을 기쁘고 즐겁게 살아갈 뿐이다. 그것이 인생의 도를 아는 지혜의 노인들이 살아가는 방법이다. 훈이는 돌아와 아침식사를 하고 성경을 읽기로 했다. 매일 한 구절씩 조금씩 읽기로 했다. 그것도 천사 베로니카가 훈이에게 시킨 일이다.

훈이는 하루에 하나씩 감사한 일도 찾기로 했다. 오늘은 비록 세상의 환상과 열락에 빠져 살아가는 어머니지만 그 어머니가 훈이를 낳아준 것에 감사하기로 했다. 그것도 큰 변화이다. 그렇게 마음을 고치니 어머니에게서 오는 비자금 규모가 커졌다. 웬만한 중견기업 이사급 월급이 매월 들어왔다. 문 사장의 어떤 페이퍼 컴퍼니에 식구들이 등록되어 그 회사에서 급여를 받는 것으로 되어 있다. 무노동 임금을 합법적으로 받는 것이다. 그것이 문 사장의 축재 수단이다. 합법을 가장한 불법 거래들이다. 훈이는 그렇게 자기 사업 기반을 착실히 쌓아가며 정부가 없어도 행복하게 살 수 있는 길을 찾아가는 것이다.

정말 정부는 일반 국가기관으로서 최소한의 역할을 하며 모든 것은 일반 시민들의 자율에 의해서 살아간다면 무척 좋겠다는 생각을 훈이는 해본다.

조선 건국 초기와
현 정부 중국 관계

1388년 고려는 함흥 호족 세력인 이성계를 내세워 당시 원나라 청을 받고 새로운 중국을 꿈꾸는 명나라를 치기 위하여 최영 장군을 총사령관으로 하는 대군을 파병했는데 이성계는 위화도 회군을 단행하여 고려와 최영 장군에게 반기를 들었다. 고려 말기는 각 지방 호족 세력들이 나라를 좌지우지했으며 나라의 관리들은 부패하여 백성들을 핍박하고 갈취하여 백성들은 초근목피로 힘겨운 나날을 보냈다. 현재 권력자들이 국민의 세금으로 생색내며 나눠주는 보조금으로 국민들이 연명하는 것과 같았다.

그리고 왕들은 간신배들에 의하여 주색에 빠져 정신을 못 차렸다. 현재 대통령이 주변 부패 권력자들에 의하여 좌지우지되는 것과 같다. 고려 31대 공민왕은 원의 노국공주와 결혼하여 왕이 된 사람이었다. 고려국의 자존심을 찾으려고 노국공주와 15년간 살면서 국가 제도를 바꾸고 원나라의 내정간섭을 막아냈다. 그러나 노국공주가 출산을 하다가 사망하고 말았다. 그 후 공민왕도 국정을 살피지 않고 주색에 빠져 고려가 멸망하는 데 일조를 했다. 고려의 마지막 왕

공양왕에게 정식으로 왕위를 물려받은 이성계는 조선을 개국하게
된다.

고려 말에 신흥 사대부 중 이성계를 따르는 사람들이 많았는데 그
중 한 사람이 정도전이다. 조선을 개국하고 기운이 다한 개경에서
한양으로 천도하는데, 한 나라 서울을 설계하고 성리학에 기반한
국가 운영 철학 사상과 각종 제도를 마련한 명 재상이었다. 태조 이
성계는 무인으로서 무예는 뛰어났지만 학문의 깊이는 없었다고 한
다. 그러나 그 사람 주위에는 뛰어난 학자들이 모여들었다고 한다.
그것이 왕이 될 수 있는 큰 인복을 타고난 것이라고 한다.

현 대통령은 주변에 대통령을 진심으로 보좌할 수 있는 능력 있
는 참모가 없다. 다만 대통령을 이용하여 제 배만을 채우려는 간신
배만 우글우글하다. 그러니 나라가 위험하다. 고려는 불교가 크게
융성했던 때라고 한다. 국가의 위난을 불교의 힘으로 극복하려고
했지만 일부 승려의 타락으로 고려가 운명을 다하는 데 일조를 했
다. 고려는 원나라를 부마국으로 섬기며 살아왔다. 그 시대에 중국
을 비롯한 지금의 유럽, 중동까지 몽고의 징기스칸에 의하여 정복되
었고 고려도 원나라의 침공을 받고 항복을 하여 고려는 원나라의
부마국으로 전락했다. 다른 민족처럼 원나라에 복속되지는 않았지
만 고려 친원파의 득세로 나라가 혼란에 빠지고 서로 모함하여 죽이
기도 했다.

그런 가운데 신흥 사대부가 득세를 하게 되고 그들은 조선을 개국
하는 데 혁혁한 공을 세웠다. 조선과 명나라는 형제국의 연을 맺었
고 조선은 명나라에 조공을 바치고 왕이 되려면 명나라의 허락이

있어야 했다. 물론 세자의 책봉에도 명의 허락을 받아야 했다. 그래도 조선은 완전한 독립국가로 인정을 받았다. 지금도 북한은 최고 지도자가 되려면 중국의 동의가 있어야 한다고 한다. 그러니 역사적으로 한반도는 외세를 무시할 수가 없었다. 고려시대부터 일본은 한반도 남쪽 지방을 침략하여 약탈을 일삼았다. 최무선은 철포를 만들어 왜선을 오백 척이나 명중시켜 파괴했다고 한다. 이처럼 한반도는 수많은 외세의 침략과 정복에도 불구하고 원나라와 일본과 청나라에 잠시 국권을 빼앗겼을 뿐 그 나라에 복속되지는 않았다. 그 시대가 우리나라 백성들이 역사상 가장 힘든 시기였다. 원나라, 청나라, 일본에게 곡식과 물자들을 빼앗기고 심지어 원나라는 공노비로 고려의 처녀들을 빼앗아가는 천인공노할 짓도 했다. 그뿐만 아니라 친원파 탐관오리들에게 또 남은 것들을 빼앗기고 백성들은 초근목피로 모진 삶을 이어가며 이 나라를 지탱해왔다.

조선은 그런 와중에 배원 친명파 신흥 사대부들이 지방 호족들과 손을 잡아 나라를 건국하고 스물일곱 명의 왕이 피 터지는 당파 싸움을 거쳐오다가 결국 고종의 무능과 친일파 득세로 조선은 국가를 일본에 빼앗기는 불운을 겪었다. 그리고 광복도 미국이 일본을 원자탄으로 굴복시켜 1945년 8월 15일 이루어졌다. 2차 세계대전 때 원수였던 일본은 지금 미국과 서로 협력하여 세계의 모든 문제에 함께 서로 협력한다. 우리나라는 현재 정권이 미국, 일본과 최악의 외교 참사를 빚고 있다. 비상식적인 프레임으로 좌파들 특유의 정책으로 기업과 국민이 신음하고 있다. 하루빨리 미국, 일본, 한국 세 나라의 관계가 정상화를 이루어 한국이 제2의 경제 부흥을 이루었으면 좋겠다고 한다.

북한 사정은 매우 심각하다고 한다. 식량 자급도 안 되고 외부와 차단이 되어서 장마당도 안 되고 평양 시민들도 고난의 행군을 할 지경이라고 한다. 북한이 핵을 포기하지 않기 때문에 생겨난 일이란다. 그래도 문 사장 같은 사람들이 남몰래 불법으로 보내는 자금으로 최고 권력층은 먹고사는 데는 지장이 없다고 한다. 훈이는 문 사장과 성씨가 보내는 돈의 일부라도 인민들을 위하여 쓰기를 기도해본다. 할 수만 있으면 이남에 잘사는 사람들과 북한의 가난한 인민들과 결연을 맺어 민간 차원의 대북 원조를 해주면 좋겠다는 생각을 했다. 성씨를 훈이가 도와서 그의 가족 친척 삼십여 명이 잘 먹고산다고 한다. 북한 인민을 남몰래 직접 돕는 것은 대북제재와는 관련이 없는 것이 아닌가? 훈이는 이 궁리 저 궁리를 한다. 내일은 할아버지와 의논해보려고 한다. 할아버지는 훈이가 놀랄 만큼 식견이 풍부하다. 어눌하지만 또박또박 말을 하고 자기 말을 들어주는 것을 몹시 좋아한다.

할아버지는 세상 이치는 항상 정반합 이치로 돌아간다고 한다. 조선시대의 사화에서 사림파와 훈구파가 피 터지게 싸워서 자기들은 서로 죽이고 살고 했지만 그들은 먹고사는 데에는 지장이 없었다. 백성들은 항상 무슨 일이 일어났는지 모르지만 그런 해에는 흉년이 들어 백성들도 고달팠다고 한다. 남한 정부에서 북한을 인도적인 방법으로 도와주었지만 그 돈을 군사비로 썼다고 한다. 그리고 좌파 정부에서는 북한에 많이 퍼주었다. 김정일은 그 돈으로 핵개발을 하는 데 전력을 다했고 김정은도 비자금으로 핵 완성을 했지만 지금 북한 인민들은 아비규환 속에서 처절하게 살아간다. 그들을 도울 수 있는 방법은 두 가지가 있는데 그들이 핵을 포기하는 것이 제일 좋은 방법이고 두 번째는 남한이 세계정세를 잘 파악하고 주변 국들과 좋은 외교를 펼치고 경제가 고도성장이 되어서 북한 주민들에게도 조금씩 나누어주어야 한다. 지금 현재로서는 남한이 북한에게 해줄 수 있는 방법이 없다고 한다.

일본이라도 남한과 친하면 북한을 도울 방법이 있겠으나 일본과도 건너지 못할 강을 건너는 이롭지 못한 외교를 해서 이 정부에서는 아무것도 할 수가 없다. 하루빨리 정권이 바뀌기를 기다리며 기도하는 수밖에 없다고 한다. 중국이 지금 무너지고 있고 각 민족이 독립을 하면 한국은 국력, 특히 경제력이 일취월장할 수가 있다고 한다. 그러나 그것도 똑바로 실력 있는 정권이 들어서야 가능한 일이다. 무능하고 무식한 정부는 모든 기회를 잃고 말 것이다. 그리고 민심이 이반된 정권은 정상적으로 오래 유지를 못 한다고 할아버지는 훈이에게 말했다. 차라리 북한은 칠십 년 독재 속에서 길들여졌지만 남한은 다르다고 했다. 세월이 흘러가는데 나라나 개인이나 모든 일을 철저하게 잘해야만 발전한다고 했다.

훈이는 오늘 할아버지와 오랜만에 따로 만나 많은 이야기를 나누었다. 고려시대나 조선시대나 현재나, 서로 싸워서 이기면 충신이고 지면 역적이다. 그러나 올바른 지도자가 가끔 나와 역사 바로세우기를 한다. 개인적으론 비극적인 일이 많았던 조선 십구 대 임금 숙종은 백성이나 선조들의 억울함을 풀어주는 좋은 대왕이었다. 노산군으로 강등되어 그 묘지조차 없었던 단종을 복권시켜 그가 살아서 그토록 사모했던 왕비 송씨와 함께 영월에 왕릉을 임금의 예로써 조성했다. 그리고 단종 복위를 꾀하던 많은 충신들을 복권시켰다. 그중 대표적인 인물들이 사육신들이다. 성삼문, 박팽년, 하위지, 이개, 유성원, 유응부이다. 이들은 세조에게 역적으로 몰려 능지처참형을 받아 죽었지만 숙종대왕께서 그들을 사면복권을 시켜 만고의 충신으로 만들었다. 서울시 노량진에 그들의 묘와 사당이 있다. 그들의 충절은 영원히 역사에서 길이길이 빛날 것이다. 비록 그들은 역적으로 몰려서 처참한 죽음을 당했지만 그 이름은 부활하여 길이 청사에 빛날 것이다.

그리고 배신자로 낙인이 찍힌 신숙주도 죽어간 집현전 동료들을 생각하며 좋은 정치로 많은 업적을 남겼다. 특히 그는 외교적 능력을 발휘하여 일본과 명나라를 오가며 조선 국익에 큰 도움을 주었다. 그런데 사육신에 비하여 신숙주는 호평을 받지 못한다. 성리학의 병폐인지도 모른다. 살아서 남긴 업적보다 죽어서 남긴 충절을 더 소중히 여기는 사상이 훈이에게는 별 공감을 얻지 못하고 오히려 훈이는 신숙주의 업적에 힘을 실었다. 하지만 성씨는 사육신의 편이었다. 모든 가치는 정의와 공정에서 온다는 것이다. 그래서 성삼문과 신숙주는 매우 절친이었다고 한다. 그래서 신숙주가 성삼문에게 아까운 학문을 임금이 아니라 백성에게 쓰자고 많이 달랬는데 결국 성삼문은 충절을 따랐다고 한다. 그때 신숙주의 고통도 처절했을 것이라고 한다. 그래서 그는 학문에 더 열중하고 나라와 백성을 위하여 여러 임금을 섬기며 장수했다고 한다.

훈이는 신숙주의 공과에서 공이 크다고 생각했다. 그리고 그분은 일생을 살면서 멸사봉공했다고 한다. 성씨와 훈이는 서로의 의견을 존중한다고 했다. 지금 정권의 공과도 지금은 따지기 힘들지만 역사는 분명한 판단을 내릴 것이 분명하다. 역사는 언제나 공정하고 정의를 따른다. 그래서 정치인이나 경제인이나 문화인 누구나 올바른 인식에서 자신의 일을 열심히 하면 좋겠지만 다소 문제가 있더라도 우리는 우리들이 할 수 있는 일에 최선을 다하면 그만이라고 한다. 너무 현실 정치에 심취하면 우리들이 정의와 공정의 길을 갈 수가 없다. 오히려 오류의 늪에 빠질 수가 있다. 현재는 현재대로 좋은 방향으로 우리나라가 융성해 나가도록 기도하며 지켜보고 우리는 최선을 다하여 오늘 우리의 자리, 제자리에서 살아야 한다는 데 의견을 모았다.

요즘 문 사장은 수많은 사건이 터질 때마다 돈 챙길 기회를 잡으려 노력한다고 한다. 복면파와 함께 정부에서 발주하는 여러 사업을 수주받아 하청업체에게 일을 시키고 돈을 챙긴다. 뿐만 아니라 코로나 사태로 인한 마스크 대란이 일어나기 전 백억 원을 투자하여 마스크를 정부에 납품하여 앉은 자리에서 육십억 원을 벌었다며 큰소리쳤다고 성씨가 말해주었다. 그리고 성씨가 알기로는 중국을 통하여 복면파 일원들을 동원하여 북한 권력자들에게도 마스크를 보내고 큰 이권을 따냈다고 한다. 문 사장은 북한이 자유로워지면 큰돈을 벌기 위한 사전작업을 다 해놓고 국내 굴지의 기업들과 컨소시엄을 이루어 현금을 챙길 준비를 다 했다고 했다.

어떤 사업을 꾸준히 할 생각은 하지 않고 IT사업으로 중요 나라 정책이나 국내 비밀 정책을 해킹해서 현금을 만들어 챙기고 튀는 수법으로 현금만을 챙긴다. 사업이라기보다 현금사기업을 하는 것이다. 각 나라의 거물급들과 기묘하게 교류를 하여 돈을 버는 수법도 있다. 심지어 북한으로부터 핵무기 중개 무역을 할 준비도 되어 있는데 그 사업은 위험하지만 돈이 되는 사업이라고 한다. 핵무기 하나를 개발하려면 엄청난 돈이 필요한데 지금 북한은 핵무기 소형화 작업도 할 수 있는 단계라고 한다. 그 핵무기를 사려고 하는 나라는 매우 많다고 한다. 그것도 부르는 게 값이라 돈 버는 사업으로는 최고라고 한다. 그러나 국제적으로 민감한 사항이라 위험하고 큰 문제가 생길 수가 있고 목숨을 내놓고 해야 한다고 한다.

훈이는 문 사장에게 위험한 사업을 그만하기를 권하고 싶었다. 그러나 문 사장이 훈이의 말을 들을 사람도 아니고 성씨를 생각해서 아예 문 사장에게는 아무 말도 안 하고 싶었다. 혼자 자신이 하고 싶은 일을 진행하고, 병원에 있으며 공부도 하고 성씨를 통하여 작은 단체를 만들고 싶었다. 그래서 문 사장의 검은 돈으로 좋은 일을 하고 싶었다. 그래야 문 사장이 그래도 천벌을 면할 수 있겠다는 생각을 하게 되었다. 세상이 뒤집어져도 사람의 마음에 생긴 상처는 영원히 남아 사람의 한이 되어 저주가 될 수 있다. 그런 일은 일어나지 않기를 훈이는 바란다. 훈이의 병세는 어느 착하신 분의 골수 기증으로 이제 호전되고 있다. 훈이는 제2의 인생을 산다고 결심하면서 새로운 삶 속에서는 아름다운 꿈을 되살리는 삶을 살아 지난날 자신의 삶에 희망을 주었던 사람들과 골수를 기증해준 사람에게 보은하는 삶을 살기로 했다.

주치의 말로는 한 이 개월만 더 치료를 받으면 퇴원을 해도 된다고 했다. 이 개월간 운동도 하며 봉사도 열심히 하기로 했다. 세상을 살아가는 과정에서 얻어지는 지혜와 슬기는 시간을 아껴야 한다는 것이다. 사형선고를 받고 하루를 살 때에 대부분 원망과 분노로 살다가 베로니카를 만나 영세를 받고 그의 삶 속에서 미래와 만났고 신을 만났다. 사람은 누구나 죽음 앞에서 진리를 만날 수 있다. 죽음은 우리 인생의 멘토이며 삶의 근원이 된다. 어찌되었든 죽음 앞에서는 모든 사람이 공평하기 때문이다.

예수님께서도 삼십삼 세 짧은 생애 동안 비참한 핍박을 받으며 많은 죽을 고비를 넘기고 급기야 죽음으로써 모든 걸 다 이루셨다고 하셨다. 그것은 우리 인간의 한계와 영원성을 동시에 드러내신 것이다. 죽어야 천국을 갈 수 있다는 것이다. 죽어야 인간의 지혜와 슬기로 쌓아온 진리가 완성된다는 것이다. 죽어야 뒤틀린 것도 올바로 돌아오고 죽어야 거꾸로 선 것도 똑바로 선다는 것이다. 우리 백성들은 현실을 보고도 뒷일은 생각하지 않고 당장 달디단 사탕을 먼저 먹는다. 세상은 그렇게 심각하다. 당장, 빨리빨리, 즉시 문화가 우리를 늘 아프고 슬프게 한다. 온 세상이 그렇게 돌아가는 것이다. 훈이는 별의별 생각을 다 하며 잠시 깊은 생각에 잠겼다.

그런데 갑자기 어머니가 병원에 나타나서 훈이를 놀라게 했다. 어머니는 훈이의 존재를 잊은 것으로 알았다. 매달 용돈을 보내는 훈이 회사 사장 정도로 알았다. 엄마는 훈이가 생기는 것을 원치 않았다. 열 달간 아기를 가져서 힘든 시간을 보내는 것도 그렇고 문 사장이 바람을 실컷 피우다 어쩌다 들어와 잠자리를 하는데 임신이 되면 그마저 피할 것이 염려되어 임신을 피하려 노력했지만 임신이 되었다고 한다. 훈이는 태어나서 엄마 젖을 먹지 못했다. 태어나자마자 유모에게 맡겨져 우유를 먹으며 자랐으니 젖소가 훈이의 엄마라는 생각을 한 적도 있다. 하여간 그런 엄마가 오늘 왜 나타났을까?

훈이가 어렸을 때 모처에 훈이 명의로 사 놓은 땅이 수백 배 오른 상태로 아파트를 짓는 대단지가 되어 수용되었는데 훈이의 서명이 필요한 것이다. 그 가격만 천억이 넘는다고 한다. 훈이는 번뜩 자기에게 기회가 왔다고 생각했다. 엄마가 오늘따라 상냥하게 말하며 훈이를 꼬셨다. 훈이는 딴청을 피우며 서류를 놓고 가라고 했다. 엄마는 이 핑계 저 핑계로 그동안 훈이에게 소홀해서 미안하다고 하며 거짓말을 했다.

훈이가 잡은 기회

    훈이는 엄마뿐 아니라 아버지도 자기 명의로 무엇인가 해놓은 것이 있을 것이라고 생각하고 성씨에게 조용히 알아보라고 밀명을 내렸다. 성씨는 이북 사람이라 그런지 입이 무겁고 문 사장의 눈에 나지 않도록 하면서 자신을 보호하며 훈이의 사람으로 살기로 마음먹었다. 성씨 생각은 단순하다. 지금 문 사장이 주는 돈은 모두 북의 권력자들에게 바친다. 그래야 북한의 가족과 친척들이 최소한 굶지 않고 살아갈 수가 있다. 그리고 훈이가 주는 달러는 자신의 가족과 친척들의 요긴한 생활비가 되니 문 사장보다 훈이에게 충성을 다하는 것이다. 배운 것도 많고 세계를 돌아다닌 경험도 풍부하여 훈이에게 많은 것을 가르친다. 훈이는 몸이 아파서 쉬면서 하지 못하는 공부를 대신 하는 데 매우 좋은 일이 된다.

    성씨에게 엄마가 주고 간 서류의 주소를 가르쳐주고 자기 주민등록증과 대리인 자격을 부여하는 서류를 주고 통장을 개설해서 자기 통장으로 받아내기로 성씨와 공모를 했다. 사실 불법도 아니다. 십수 년 전에 헐값에 산 본인 명의의 땅값을 본인이 받는 데 하자가 없다. 세금도 다 내는 것이다. 훈이는 그 돈으로 몇 가지 복지 관련 사업을 하려고 한다. 요즘 들어 엄마의 병원 방문이 부쩍 잦았다. 올 때마다 이 핑계 저 핑계로 엄마를 따돌리거나 쌀쌀맞게 대하여 엄마가 화를 내며 스스로 돌아가게 했다. 그동안 성씨는 또 다른 공작원과 함께 일을 완벽하고 깔끔하게 처리해서 거액이 입금된 통장을 훈이에게 주었다. 그중 이익을 빼서 돈세탁을 거친 후 성씨에게 주면서 충성스러운 몇 사람을 포섭하라고 했다. 그리고 북한 장마당에 쥐도 새도 모르게 물건을 대라고 했다. 정 힘들면 작은 배를 사서 정기적으로 식료품, 특히 라면이나 초코파이, 쌀 등을 싸게 공급하라고 했다. 성씨는 훈이의 따뜻한 마음에 감복했다. 우선 소형 고속 목선을 구입하여 남북한 당국의 레이더망을 피하여 NLL을 넘나들 수 있도록 루트를 만들어 북한 공작원으로 하여금 북한 고위 당국자 한 명을 끼고 장마당에 생필품을 대게 했다. 남한에는 합법적 식료품 도매점을 차려 운영하는데 주로 인터넷을 통하여 직거래 시스템을 구축하였다. 기회가 되면 북한인들에게도 개방할 수 있도록 할 것이다. 북한에 온라인 상점을 선제적으로 열 작정이다.

하지만 쉬운 일은 아니다. 준비하는 자에게 기회가 오는 것이 하늘의 법이거늘 북한 백성을 긍휼히 여기는 마음에서 하는 사업에 신의 도움으로 모든 일이 잘 풀려나가기를 성씨와 훈이는 간절한 마음으로 빌었다. 훈이 엄마는 더 이상 훈이에게 오지를 않는다. 돈 받을 딴 궁리를 하거나 공사다망하여 돈 천억쯤은 기억조차 없는 듯하다. 훈이는 자기 명의로 되어 있는 통장 돈으로 작은 재단을 만들어 복지 사업을 하고 총괄하는 회계 업무를 할 사무실 건물을 사기로 했다. 성씨의 말로는 앞으로 개발 예정지마다 훈이 이름으로 되어 있는 토지가 많다고 했다. 현재 가격이 많이 올라 몇 필지는 오백억이 넘는다고 했다. 이번에는 그중 가치가 제일 많이 나가는 두 필지를 팔기로 했다. 성씨는 북한 공작원이 운영하는 남한 내 부동산을 통하여 두 필지를 중국 부자에게 팔아넘겼다. 시세보다 백억을 더 받아냈다. 그중 오십억을 성씨에게 주면서 북한 내 고위직 인맥을 만드는 데 제3자를 내세워 하라고 했다. 유사시 성씨는 늘 빠져나올 수 있도록 하였다. 성씨는 훈이를 믿고 그대로 시행하기로 했다.

훈이의 사람 됨됨이는 날이 갈수록 침착하고 여유 있는, 온화한 사람으로 변해가고 있었다. 돈도 돈이지만 골수 이식이 성공하여 몸의 모든 지체가 정상으로 돌아왔기 때문이다. 이제 퇴원해서 머물 집과 사업을 펼칠 빌딩과 창고 부지를 해안에 마련하기로 했다. 인천과 가까운 섬에도 식품 창고를 만들거나 제조 공장을 차리기로 했다. 그리고 중국 단둥에도 부지와 창고를 만들어 생필품을 북한에 밀무역시킬 예정이다. 돈은 최소 이윤으로 운반비와 인건비만 나오면 무조건 물건을 팔기로 했다. 장마당 이윤을 극대화시켜 북한 장마당을 활성화시키고 언젠가는 북한의 모든 장마당에 물건을 대줄 예정이다. 그러면 훈이는 북한 주민들에게 기쁨과 희망을 찾아주고 새로운 삶의 활로를 만들어주는 것이다.

북한에 인맥을 만들려면 시 당 간부, 군부, 중앙 당 간부들과 국경 수비대 실무 군관들을 우리 편으로 만들어야 한다. 그래야 여러 곳 장마당에 물건을 댈 수가 있다. 성씨는 39호실을 통하여 약 백만 달러를 풀어 해안경비대, 해군 함정 등과 인맥을 뚫었다. 첫 거래로 약 백만 달러어치가 거래되었다. 라면과 백미, 초코파이 등 일단 배를 채울 수 있는 것들을 무사히 보냈다. 해주, 평양 외곽 장마당에서 팔릴 예정이고 주로 개성을 통하여 상품을 배분하기로 했다고 한다. 성씨는 문 사장에게도 미리 상의하고 도움을 요청해놓아 남한 군 당국도 밀무역을 눈감아주기로 하고 이용하는 선박을 비밀리에 신고했다. 훈이도 그가 하는 일을 보면서 성씨의 주도면밀함에 대해 더 놀라고 감탄하고 있다. 약 열흘에 한 번씩 북한 수요에 따라 공급하기로 했는데 백미와 라면이 인기이고 기름과 장류 수요도 클 거라고 한다.

　과일도 제철마다 보내기 위해서는 냉장 및 냉동 창고도 필요하다고 했다. 현재 많은 상회들이 냉장, 냉동 회사를 임대해서 쓰기 때문에 미리 예약을 해야 한다고 했다. 하지만 냉장, 냉동 창고를 직접 지어서 운영하여도 돈을 벌 수 있다고 성씨가 말했다. 성씨는 북한에 자유시장경제가 허용되면 제일 먼저 냉장, 냉동 창고 운영 사업을 할 거라고 했다. 그것이 자기의 목표라고 했다. 훈이는 냉장, 냉동 창고를 짓는 문제는 차후 고려해보자고 하면서 현재 장마당 사업에 집중하기로 했다. 북한 주민들이 요구하는 물품을 최대로 확보하여 대주기로 했다. 특히 포장도 소형화해서 돈이 없는 사람도 필요한 만큼 물건을 구입해 쓰도록 해주었다. 북한에서 요구하는 물품이 많아져 사업이 잘되는 편이다. 성씨와 훈이의 조직은 점점 커 갔고 사업 수익도 많이 늘어났다. 특히 빌딩 수익이 꽤 커서 조직을 운영하고 남았다.

훈이는 퇴원 후 병원을 오가며 진료를 받았다. 조직원들과의 회의와 모임에 용이하고 보안이 좋은 자가 빌딩 맨 위층에 아파트형 주거 시설을 만들어 훈이는 그곳에 주로 기거하고 주말이면 성씨와 속초 별장으로 가서 지내다 온다. 속초 별장도 보안이 철저하여 누구도 접근하지 못한다. 최첨단 보안 시스템이 되어 있고 성씨가 공작원들과 훈이를 철저하게 경호한다. 훈이는 어느덧 북한에서는 영웅이 되어 있다고 한다. 들리는 소문으로는 성씨는 훈이 덕분에 무역 일꾼 중에는 중량감 있는 인물이 되었다고 한다. 그래서 모든 감시망에서 자유롭다고 한다.

훈이와의 거래에서 공적인 돈은 공적으로만 쓸 뿐 개인적으로 횡령하지 않고 북한에 줄 돈도 정확히 전달하여 북한 당국자들 신임이 두텁다고 한다. 이렇게 누구나 자기 자리에서 무슨 일을 하든지 그 일이 자신의 사익을 챙기는 것이 아니고 공적인 일에 도움이 되고 인민들의 배고픔을 해결하는 일이라면 최고의 멸사봉공이 아닌가? 남북한의 법과 유엔 제재법이 있더라도 죄 없는 북한 인민이 살아야 하는 것은 사실이다. 그런 인민들에게 생필품을 공급하는 것은 모든 법도 초월할 수 있는 사랑과 자비의 일이다. 우리들의 삶이 그러한 아름다운 삶이 되기를 간절히 바란다. 누구나 내 입장보다 상대방의 입장을 고려하며 살아간다면 우리가 하는 일에 신도 기뻐하며 기꺼이 동참할 것이다.

훈이는 오랜만에 속초에 있는 별장에서 조용히 한국 역사를 공부하기로 했다. 중종반정으로 연산군의 뒤를 이어 등극한 중종은 처음에는 반정 공신들 등쌀에 제대로 된 왕도 정치를 하지 못했다. 그런데 어느덧 그를 왕으로 추대한 사람들이 모두 죽게 되고 중종은 희대의 젊은 사림파 거두 조광조를 만난다. 조광조는 성리학에 기반을 둔 도덕적 군주 학문을 끊임없이 연구하여 덕이 많은 군주가 되기를 원하는 학자이다. 그리하여 제대로 왕자 교육을 받지 못한 중종을 데리고 하루 종일 공부를 시켰다. 조강, 주강, 석강으로 임금은 하루 세 번 신하들과 공부를 하게 되었다.

그러던 와중에 훈구파들은 사림파 조광조를 찍어낼 궁리를 하는데 마침 중종도 조광조의 도학 정치에 염증을 느끼고 공부하는 것도 힘든데 나뭇잎에 주초위왕이란 글자가 나타나자 훈구파들은 조광조가 왕이 될 거라는 소문을 퍼뜨려 조광조를 전남 승주로 유배를 보낸다. 조광조는 늘 즐거운 마음으로 유배 생활을 하며 중종이 분명히 자신을 불러줄 거라고 믿고 귀양살이를 했지만 어느 날 사약을 받고 젊은 나이에 죽고 말았다.

예나 지금이나 최고 권력자들은 자기에게 필요한 사람을 등용하여 쓰다가 쓰임새가 없어지거나 그 존재가 귀찮아지면 토사구팽한다. 그래서 권력자와의 관계는 늘 불가근불가원의 원칙을 지켜야 살아남을 수 있다. 조광조는 훌륭한 학자며 관료였지만 시와 때에 맞지 않은 개혁 정치를 하게 되어 큰 화를 입었다. 그래도 그의 학문과 이름은 길이 청사에 남을 것이다. 이상적인 어떤 사상이나 정책이나 제도도 현재 사회와 부합되지 않으면 자주 문제를 일으키게 된다. 지금은 죽임까지는 당하지는 않지만 많은 비판과 왕따에 직면한다. 그래도 끝까지 법과 원칙에 입각하여 자기 주장을 하는 것은 합당한 일이고 소신을 가지고 무슨 일이든 한다면 좋은 결과도 도

출할 수 있다. 훈이는 조광조의 사림이 적당한 수준에서 '빅딜'을 했다면 죽음까지 당하진 않았을 것이라고 생각한다.

우리나라 역사를 보면 우리나라 사람들은 사상이나 정책이나 학문이나 정치에서 자기와 반대되는 사람들을 가혹하게 대하고 죽이는 일이 비일비재하다. 전 정권을 제거하기 위하여 써먹었던 검찰도 자신들의 부정과 비리를 파고드니 그들을 내치는 일이 현실에도 있다. 훈이가 생각하기에도 이번 검찰총장은 법과 원칙에 입각하여 살아 있는 권력도 공정한 잣대로 수사, 기소하는 분이라고 생각한다. 우리 백성들은 권력자들의 속임수에 잘 넘어가는 것 같다. 그래서 권력을 잡거나 연장하기 위해서는 반드시 쇼를 해야 한다. 그래서 북한에서는 극구 사양을 하는데도 올해 미 대선 전에 북미 회담을 주선하겠다고 나서는 현 권력자는 도대체가 대북, 대미 정보가 훈이보다 못하다는 생각을 해본다.

성씨는 말한다. 지금 트럼프가 미 대통령에 재선하기는 어려울 거라고 한다. 또 북한 김정은은 지금 어떤 상태인지 아무도 모른다. 이런 상태에서 어떻게 북미 회담을 성사시키겠다고 또 쇼를 하는지 알수가 없다고 한다. 지금 권력자들이 무슨 일이든 할 수 있다고 생각했는지 모르지만 민심은 이미 현 권력자들의 오만불손함과 교만방자함, 부패되었음을 잘 알고 있다. 현 권력자들은 국민을 위한다고 하면서 한 일은 전혀 없고 언론을 탄압하고 국민의 표현의 자유를 제한하고 각종 게이트로 전전긍긍하고 있다. 곳곳에서 법과 원칙이 파괴되고 무너져내리고 있다. 삼 년 넘게 남북평화 선전을 했는데 모두 거짓으로 점철된 쇼였음을 증명하고 있다.

북한은 남북 평화의 상징인 남북 연락 사무소를 폭파시키고 남북 연락 통신 수단도 모두 단절시켰다. 그런데도 계속 평화 타령을 하면서 옛날 국가보안법 위반 범법자들을 외교 안보 라인에 앉혀놓았다. 그들이 옛날에는 모두 간첩이라는 소리를 듣던 사람들인데 그들이 과연 대북 외교를 잘할 수 있을까? 그들은 아마도 북한에서 보기에는 오히려 자기들을 너무 잘 아는 사람들이라 북한 체제를 흔들거라고 생각할 것이고 북한 권력자들은 그들을 경계할 거라고 성씨는 말한다. 물론 그들이 북한의 지령을 받아 그대로 우리 남한에 적용할지도 모른다고 한다. 그러니 현재 종북 정권은 남한에서도 북한에서도 신뢰를 받지 못하고 있다. 얼마 전에는 남한 당국자가 화상 회의에서 한반도 평화를 이야기했다가 세계 여론의 뭇매를 맞은 적도 있다.

어느 노장로님께서 훈이 별장 근처에 사는데 훈이네 집으로 놀러 왔다. 집사람과 함께 큰 자식의 별장지기가 된 지 오 년이 지났는데 아내와 해변 드라이브도 하고 등산도 하고 즐거운 노년을 보냈는데 얼마 전에 아내가 죽었다고 한다. 심근경색으로 급하게 119 구급차에 실려 병원으로 갔으나 살아나지 못하고 하늘나라로 갔다고 한다. 노년에는 말이 잘 통하고 서로 위해주는 사람과 함께 사는 것이 큰 복인데 아내가 떠나니 몹시 외롭고 슬프다고 한다. 그분은 한국전쟁 당시 남한으로 피난을 와서 살다가 자식들을 분가시키고 고향 가까이에서 살고파서 이곳에 와서 살았다고 한다. 장로님도 지금은 북한이나 남한이나 권력자들은 모두 싫고 남북한 인민들이 서로 도우며 평화롭게 지냈으면 좋겠다고 말한다.

남한에 주사파 종북 세력이 정권을 잡았는데 어찌하여 남북한의 관계는 이전 정권보다도 못한지 알다가도 모를 일이라고 한다. 그것은 남한 당국자가 세계정세에 대한 공부가 부족하고 정보력이 부족하여 나라를 운영할 능력이 부족하기 때문이라고 장로님은 말한다. 이전투구에 능하고 데모와 조직 장악력이 뛰어난 자들이 어부지리로 정권을 잡고 보니 그들 생각이 달라져 자유민주주의를 부르짖던 자들이 독재를 선호하고 '내로남불'의 전형적인 길을 가며 부동산 투기를 일삼고 돈 버는 데만 전념하고 있다고 장로님은 말한다.

　장로님은 평생 의류 공장을 하면서 유통도 했다고 한다. 그리고 지금 장남은 공장을 하고 차남은 유통을 하는데 북한에 매년 옷들을 몇만 벌씩 보내준다고 한다. 비선을 통하여 보낸 적도 있었지만 이명박, 박근혜 정부 때는 정부에서 북한 지원을 적극적으로 도와주었다고 한다. 한미일 삼국 동맹을 중요시하며 서로 정보를 주고받으며 북한도 민간 차원에서 많이 도와주었는데 지금은 오히려 도와주기가 어려워 밀무역 형식으로 도와주고 있다고 한다. 그리고 보니 서울에 문 사장이라는 사람이 있는데 그가 북한에 의류를 보내는 데 적극적으로 도왔다고 했다. 훈이는 그 문 사장이 자기 아버지라고 생각했지만 내색을 하지 않고 그 문 사장과 어떤 거래를 했느냐고 물으니 매년 장로님 회사 재고 의류를 모두 싸게 사서 외국으로 수출하면서 북한으로 갈 옷도 가져갔다고 한다. 문 사장은 그 옷을 아프리카 여러 나라들과 중동 국가, 유럽 국가에 팔았다고 한다. 어찌 보면 장로님에게는 은인이라고 했다. 그런데 그 사람에 대한 소문은 안 좋았다고 한다.

훈이는 이렇게 사람은 언제 어디서 누구를 만날지 모르니 늘 조심해야 하겠다고 생각했다. 그리고 훈이는 어떤 사업을 하든지 욕을 먹지 않고 청전(淸錢)을 벌어야 하겠다고 결심했다. 더러운 돈은 벌어도 그 소문이 만천하에 드러난다. 거기다 자기 자신을 모르면 개망신을 당하고 집안이 망한다. 대통령이란 자리는 오 년 동안 국민들에게 위임받은 권력으로 국민과 국가를 위하여 멸사봉공하다가 조용히 귀향하여 여생을 국민으로 살면 된다. 그 권한으로 개인이나 측근을 위하고 백성을 속이면 임기도 못 채우고 감방으로 간다. 아무리 독재 정권이 영원히 갈 것 같아도 중간에 모두 무너진다. 관료가 부패하고 권력자가 비도덕적이고 비상식적이면 더 그렇다. 중국 역사를 보고 유럽 역사를 보면 독재를 하여 백 년을 못 넘긴 국가들이 수두룩하다.

북한도 조만간 김씨 왕조가 무너질 가능성이 매우 높다고 장로님은 말한다. 권력 중심이 순천하지 못하고 역천을 한다면 그 종말이 뻔히 보인다. 누구든 민심을 얻지 못하는 권력은 무너진다. 그것이 천지의 조화이다. 인간의 생명이 유한한 것처럼 이 세상 모든 것이 유한하다. 그 사실을 인정하고 살아가면 순천자가 되어 영원한 행복을 누릴 수가 있다. 동서고금의 모든 현학자들이 말했고 하느님 아들 예수님도 말씀했다. 즉 하늘을 경외하는 것이 진리의 근본이라고 했다. 그리고 서로 사랑하되 네 이웃을 네 몸과 같이 사랑하라고 했다. 장로님은 한반도가 처한 현실을 매우 비관적으로 보았지만 그래도 기도하는 백성들 덕분에 하느님은 이 백성들을 버리지 않고 보호할 것이라고 한다. 몹시 다행스러운 일이라고 하며 그래도 이

나라 국민 대다수가 하느님 자녀로서 기도하니 국가의 위기를 국민이 극복할 것이라고 했다.

장로님은 훈이에게 자기 집에도 놀러 오라고 하며 비교적 건강한 모습으로 당신 별장으로 돌아갔다. 훈이는 잠시 노장로님의 말씀을 곱씹었다. 그분의 말씀에 일리가 있음을 공감하면서 문 사장이 거물임을 새삼 깨닫게 되었다. 엄마는 무엇을 하는지 알 수 없다. 땅을 고스란히 아들에게 빼앗겨도 상관을 하지 않는 엄마를 둔 자신은 행운아라고 생각했다. 그리고 백혈병으로 죽을 고비를 넘겨 죽음을 맛본 자신이 위대하다는 생각을 했다. 자기 또래의 금수저들은 마약을 하거나 도박을 하면서 매일 쾌락의 늪에서 헤어나지 못하고 부모들의 속을 썩이며 살아가는데 훈이는 지금 그 많은 돈을 좋은 곳에 쓰려고 골몰하고 있다.

이왕 별장에 왔으니 좋은 복지 사업 구상을 끝내고 세부적인 계획을 짜서 실행하기로 했다. 우선 탈북자들이 모여서 일할 수 있는 협동조합 형식의 농장을 해보려고 한다. 시골에서 약 삼만 평의 농토를 매입하거나, 지자체에서 임대를 하여 특수 농작물 재배를 해보기로 했다. 탈북민들이 서로 도와가면서 북한 식으로 공동으로 일하며 일한 결과물을 공동으로 나누는 참된 공산주의 실현을 해보기로 했다. 농장 대표도 주민들이 돌아가며 맡아서 하고 모든 일은 그 조합의 자율에 맡기기로 했다.

돈 관리하는 총무는 성씨가 북한에서 탈출시킨 사람 중 똑똑하고 현명한 처자를 쓰기로 했다. 성씨의 먼 친척이기도 한 미스 성은 김책공업대학의 전산과를 나와서 컴퓨터로 하는 일이라면 무슨 일이든 다 할 수 있다고 한다. 그리고 미모도 뛰어나고 가정교육도 잘 받아 온순하고 사교적이다. 북한에서 엘리트 코스를 밟은 사람들은 성씨처럼 겸손하고 묵직하고 일처리가 깔끔하고 뒷문제가 없도록 한다. 미스 성도 마찬가지이다. 그동안 남한에 와서 대기업 전산 파트에서 일하며 인정을 받은 사람이다. 이번에 삼촌 말을 듣고 이직하기로 마음먹었다고 한다. 미스 성은 성씨를 삼촌이라고 부른다. 미스 성은 부모님이 이북에 계신데 돈을 버는 대로 성씨를 통하여 북한 부모님께 보내서 시 당 간부들에게 뇌물을 주어서 장마당 전주 노릇을 하며 잘산다고 한다. 북한의 부자들은 남한 부자들 뺨을 칠 정도로 잘산다고 한다. 미스 성은 무엇보다도 자기 기술을 북한을 탈출하여 남한에 정착한 동포 인민들의 삶의 질을 향상하는 데 쓰는 것이 행복하다고 한다. 훈이는 그녀의 태도와 말에 푹 빠져버렸다. 그러나 훈이보다 나이가 다섯 살이나 많았다. 그녀를 누나라고 부르고 싶었다. 훈이가 태어나서 누나라고 부르고 싶은 사람은 미스 성이 처음이다. 누나가 두 명이나 있어도 그들이 훈이에게 한 언행을 생각하면 누나라기보다 원수로 느껴진다. 잘난 체에 선민의식, 그리고 사치와 치장에 주력하는 그들이 누나인 것이 부끄러웠다. 앞으로 그들과는 가깝게 지내지 않기로 했다. 같은 부모에게 태어난 사이로서 기본적인 예만 갖추기로 했다. 그런데 신선한 느낌을 주는 미스 성에게는 당장 누나라고 부르고 싶은 충동이 일었다. 꾹 참고 그녀의 말을 더 듣기로 했다.

북한에서는 대학생이라고 함부로 연애질을 할 수 없다고 한다. 미스 성도 학교를 다니며 자기를 연모하는 남학생도 있었고 자기도 가끔 마음에 드는 남자가 있었지만 서로 마음에서 시작하고 마음에서 끝난다고 했다. 만약 그렇지 않으면 학교에서 퇴학을 당한다고 한다. 북한에서는 남녀유별이 아직도 존재한다고 한다. 그래서 학생들은 서로 눈으로 사랑을 주고받는데 그래서 사랑이 성사되면 눈 맞았다고 한다. 미스 성은 목소리도 은쟁반에 옥구슬 구르듯 조용한 톤으로 또박또박 말한다. 보기만 해도 즐겁고 말소리만 들어도 기쁘다. 세상을 살아가는 이유가 무엇인가를 알게 해준 누나가 생겨 매우 행복했다.

훈이의 선한 사업

우선 휴전선에서 가까운 고성 쪽에 국유림 삼만 평을 임대하기로 결정하고 성씨가 작전을 수행하며 탈북민 중 사십 대 이하 총각 처녀 열 명을 탈북 주민 단체의 도움을 받아 농장을 하면서 더 많은 주민들을 입주시켜 살기로 했다. 일단 선발된 사람들과 농촌 적응하기 훈련 및 체험을 실시하기로 했다. 처음 삼 년간은 일 인당 연봉 이천만 원을 지급하기로 했다. 그들이 적응하고, 가능하면 결혼을 시켜 정착이 순조롭게 진행되면 차후에 오십 대 이상 누구라도 노동력이 있으면 사업에 참여할 수 있도록 하고 농장 가까운 읍내에 13평에서 18평짜리 빌라 3개동 30채를 짓기로 했다. 미스 성도 즐거워하며 우리들만의 파라다이스를 만들자고 했다. 자금은 충분하니 당장 시행하기로 하고 농장 조성 사업과 택지 개발 및 건축 사업도 병행하기로 하고 대형 건설업체에 맡겨서 모든 재료와 소재는 최고급으로 하기로 했다.

건실한 청장년 열 명을 선별해서 육 개월 과정의 농촌 알기 교육을 시켰다. 교육 프로그램도 처음부터 잘 개발하여 앞으로는 자체

교육으로 죽어가는 농촌을 되살리는 일을 추진하기로 했다. 훈이와 성씨와 미스 성은 젊은 지도자 훈이의 지혜에 놀라워했다. 미스 성은 대통령이란 이름이 뭐가 필요한가? 이처럼 선한 일을 하여 한 가족이라도 인민을 살리는 사람이 참 대통령이요, 보스요, 지도자라고 했다. 앞으로 훈이에게 진정한 보스라고 칭하고 싶었다. 훈이에게 사장님 대신 통령이라고 부르기로 했다. 기발한 미스 성의 아이디어에 모두가 합의했다.

훈통령은 늘 자신이 함께하는 사람들의 행복을 위해서 세종대왕처럼 염려하고 공부를 한다. 오늘도 경상도 모처에서 실제로 도시에서 사는 영세민 다섯 가구를 선정하여 집을 마련해주고 귀촌하여 휴경지에서 농사를 짓도록 했는데 계약기간 이 년을 마치고 도시로 가버렸다고 한다. 그만큼 농촌 생활은 힘겨운 생활이다. 그 공간을 훈통령이 비집고 들어가 당신 농장과 연계가 가능한지 가늠해보기로 했다. 그곳에서 일하는 젊은 부부에게 농촌의 삶에서 힘든 부분을 말해달라고 했다. 벼농사 이천 평과 밭농사 천 평, 고사리 농사 오백 평을 지어서 지금은 살 만한데 아이들 교육이 문제라고 한다. 초등학교까지는 어느 정도 평준화가 되어 있지만 중학교부터는 상황이 다르다고 한다. 교육 기회의 평준화를 이뤄주었으면 좋겠다고 한다. 중학교부터는 대도시에 학사를 지어서 도시에 나가 교육을 시켜주면 부모들이 자식 걱정 안 하고 농촌에서 농사를 지으며 살 수 있다고 했다. 그리고 농사를 지어도 판로가 막막했는데 요즘은 농협에서 판로를 열어주어 좋긴 하지만 땀 흘린 만큼의 대가는 받을 수 없었다. 겨우 농사 경비에 도시 근로자의 사 분의 일 수입이라고 한다. 그것을 정부에서 처음 이 년간 소득을 보전해주는 것처럼 오 년 이라도 보전해주면 농촌에서 살아도 좋은 점이 많다고 한다.

훈통령은 그들이 운영하며 농사를 짓는 농장을 둘러보았다. 벼들 이 튼실하게 자라고 있었고 과수밭에 포도도 잘 자라고 있고 고사 리밭에는 고사리가 풍성하게 올라와 있었다. 그러면서 그 농장주는 앞으로 고사리 농사가 잘될 것 같다고 한다. 가격도 좋고 수요가 많 은데 공급이 딸린다고 한다. 그리고 서리태 콩을 재배하여 두유 회 사와 계약 재배를 하는데 그 또한 효자 농산물인데 면적당 소출이 적어 그것이 문제라고 한다. 여러 가지 작물을 시험 재배를 하고 있 는데 빨리 주력 작물을 생산하여 특화해보려고 한다고 했다. 하우 스 과일 재배를 해보려고 하는데 초기 투자가 많이 들어 엄두를 못 내고 시설 유지비가 비싸 과일 값을 제대로 못 받으면 헛일이 되므 로 심사숙고 중이라고 했다. 앞으로의 꿈은 농산물을 생산하여 가 공, 판매하는 작은 공장 설비를 만들어 시험 운영하고 성공하면 시 스템 자체를 판매하는 사업을 하고 싶다고 했다.

교육 문제와 수입 문제 외 다른 문제는 없을까. 귀촌 농가를 선정 할 때 몇 년 이상은 농촌에 머물도록 의무를 두면 좋겠다는 생각을 했다고 한다. 함께 이웃으로 있던 사람이 갑자기 떠나버리니 남은 자기들이 바보가 된 기분이 들어 적응하는 데 한참 시간이 걸렸다 고 한다. 훈통령은 고맙다는 인사를 나누고 별장으로 돌아왔다. 내 일이면 성씨가 뽑아서 교육시킬 열 명이 이 박 삼 일 일정으로 모 콘도로 연수를 온다. 훈통령은 그들을 만나 그들과 대화를 나눌 예 정이다. 훈통령은 그들과 이야기를 하면서 그들의 말을 경청할 예정이다. 그 시간이 기다려졌다.

훈통령의 첫 프로젝트가 환경 문제, 복지 문제, 경제 문제를 모두 해결하는 것이라 만족했고 이 사업을 기반으로 탈북 주민들이 힘들고 고달플 때 편히 쉬었다가 영주하면 함께 살고, 떠나고 싶으면 언제나 떠날 수 있게 해주는 쉼터도 멋지게 만들 예정이다. 그 쉼터에는 먼 훗날 관광지가 될 수 있도록 만여 평 부지에 각국을 대표하는 여러 채의 집을 지어 쉼터로 운영할 예정이다. 한국 집은 전통 기와집과 초가집을 지을 예정이다. 한국 민속촌의 축소판이 재현되고 그곳에 실제로 사람이 머물 수 있도록 할 것이다. 조선시대 사대부집들도 강릉 선교장을 본떠 만들 것이다. 훈통령은 모든 일을 꼼꼼하게 메모하면서 준비하고 진행하였다. 현재 택지 개발은 끝났고 건축을 시작하는데 단지 내에 작은 연못도 마련하고 배롱나무, 매화나무, 목련 등과 각종 과실나무들을 심어서 우리나라에서 가장 살기 좋은 마을로 꾸밀 예정이다.

미스 성에게 누나라고 부르기로 결심한 훈통령이 마을 조성 사업 사무실에서 미스 성을 만나자마자 "누나 그동안 잘 계셨습니까?" 하니 미스 성은 자리에서 일어나 미소를 지으며 "통령님 오셨습니까?" 했다. 서로 웃으며 소파에 앉아 내일 이곳 주인공들이 연수를 온다고 하니 마음이 설렌다고 했다. 누나도 마찬가지라고 맞장구쳤다. 서로가 이렇게 마음이 잘 맞으니 앞으로 일이 잘될 거라고 했다. 누나는 그동안 공사 진척 상황과 자금 지출 내역을 컴퓨터로 정리하여 대형 텔레비전에 연결하여 훈통령에게 보여주면서 설명을 해주었다. 참으로 누나는 훈통령에게 천군만마보다 귀중한 대장군이었다.

세종 때 세종을 도와 한글 창제와 나라 발전에 기여한 신숙주 대감 같은 분이고 왕건을 도운 신숭겸 장군 같은 훈통령의 참 누나이다.

훈통령은 누나에게 베로니카와의 인연과 사랑을 이야기하며 누나도 천주교 신자가 되어달라고 사정을 했다. 누나는 자기는 아직 종교에 대하여 부정적이라고 했다. 세계사적으로 보면 종교는 평화를 표방하면서도 서로 이익이 충돌하면 가차 없이 전쟁을 일으킨다. 그리고 하느님은 늘 승자의 편을 들어준다. 예수님께서 태어나고 그분의 숨결이 살아 있는 예루살렘은 마호멧 탄생으로 메시아를 아직도 기다리는 유대교인과 예수님을 믿는 그리스도인 그리고 마호멧 이슬람교가 늘 충돌하는 전쟁터이다. 예수님 시대에도 로마제국은 유럽 전역을 침공했고 예수님 제자들을 무참하게 살해했다. 바오로 사도 역시 지금의 터키 다루수스 출신이지만 부활의 예수님 제자가 되어 로마 군인들에게 박해를 받고 죽었다. 다행히 그가 옥중에서 쓴 로마서는 그리스도인들에게 필요한 덕목과 행동양식 등의 모든 사상을 담고 있다. 그리고 지금 터키 주요 도시들의 전도 여행지에 교회를 세우고 편지로 그 교회들을 성장시키는 글들이 신약성경 바오로 서신으로 기록되어 있다.

훈통령이 바오로로 세례명을 지은 것도 베로니카 자매님의 추천도 있었지만 본인이 사울처럼 예수님을 직접 핍박한 것은 아니어도 불평, 불만, 원망으로 살다 보니 예수님까지도, 아니 하느님께도 화를 내고 분노를 폭발시켰기 때문이었다. 그래서 훈통령은 교리 중에 예수님을 만나서 개과천선을 하고 하느님의 놀라운 은총을 받아 백혈병을 극복하고 지금 아버지가 큰 욕을 먹으며 번 돈을 가장 선하게 쓰는 사업을 하고 있는 것이다. 그러니 훈통령도 사울에서 바오로가 된 것이다.

우리 믿는 사람들이 똑바로 살고 기쁘게 살면 그것을 보는 사람들이 그의 삶을 부러워하고 아름다운 모습을 보면서 저 사람이 저렇게 하는 이유가 뭘까 생각하다가 주님을 믿는 사람이라는 사실을 알면 그도 주님을 믿는 사람이 되는 경우가 많다. 우리들의 삶이 얼마나 소중하고 많은 사람들에게 영향을 주는가를 우리는 알아야 한다. 그렇게 세상을 살다보면 우리는 새롭게 보게 되고 우리들 삶의 일거수일투족과 삶의 태도가 바뀔 수가 있다.

훈통령은 누나의 현황 보고를 받고 그녀도 훈통령의 생활태도를 보면서 예수님이 보이기를 바랐다. 누나는 유교적 성리학에 기반한 도학적인 삶을 유지하며 매사에 겸손하고 성실하게 살아가는 것 같다. 그리고 이기적인 생각보다 이타적인 삶을 즐기는 듯하다. 대기업에서 잘 나가던 성공한 탈북민이 그곳을 박차고 나와 시골에 와서 모든 불편함을 감수하고 자기 일에 심취하는 것이 보이기 때문이다. 어쩌면 탈북민들의 고통에 동참하는 그녀의 모습이 성녀처럼 보인다. 훈통령은 일단 예수님을 믿어보라는 말을 누나에게 한 것은 잘했다고 생각했다.

현장을 둘러본 후에 별장으로 돌아와 내일 이주민들에게 해줄 말과 농촌 산림 공동체의 원칙들을 숙고해보았다. 시간이 되면 모 신부님께서 운영하는 농촌 공동체 마을, 산 위의 마을에 한번 가볼 예정이며 이곳에 정착할 사람들을 그곳에 파견하여 뭔가 배워오도록 할 예정이다. 우선 마을 이름을 어떻게 지을까 생각해보았다. 공동체와 하늘이 통하는 마을이라고 생각하며 통천(通天)마을이라고 짓고 싶었다. 공동체가 있는 곳에서 휴전선 넘어 가까운 동네가 고 정주영 회장님 고향 통천이기도 하다. 그래서 마을 명칭을 통천마을이라고 지었다.

공동체 철학을 생각해보았다. 우선 경천애인(敬天愛人), 즉 '하늘을 공경하고 사람을 사랑한다.' 이 세상 삼라만상을 창조하고 보호하고 성장시키는 하늘을 공경하는 것은 인간의 기본 도리이다. 또한 사람에게 그 모든 것을 관리하도록 했으니 그 사람을 먼저 사랑하는 것이 얼마나 가치 있는 일인가. 훈통령도 사람들의 사랑에 의하여 이곳까지 왔으니 훈통령도 모든 사람들을 지극히 사랑할 예정이다. 그런 의미에서 공동체 철학 첫 번째는 경천애인이다. 두 번째는 멸사헌신(滅私獻身)이다. 공동체 생활에서는 자신을 죽이지 않으면 싸움이 일어난다. 서로에게 화가 나도 참아야 하고 힘든 일이 있으면 내가 먼저 솔선하고 개인이 자기를 희생해야 한다. 그리고 자기 몸을 공동체의 제물로 바치는 기분으로 살아야 한다. 훈통령도 공동체 유익을 위해서는 희생 제물이 될 각오를 하고 이 표어를 넣는다. 마지막 하나는 공정분배(公正分配)로 했다. 공동체의 가장 중요한 가치이다. 세 가지 마을 공동체 철학을 정하고 나니 훈통령은 무척 행복했고 이러한 슬기를 주신 하늘에 감사와 찬미를 드렸다. 그리고 간단하게 마을 이름과 공동체 철학을 알려주고 서로 잘 살아보자고 다짐할 예정이다.

지금까지 살아오면서 강의도 사십 분 이상 하면 지루했고 선생님이나 교수님까지 싫어졌다. 일반 단체에서 축사를 할 때도 오 분에서 십 분 사이에 끝내야 박수를 받는다. 아무리 훌륭한 가수라고 해도 한두 곡을 부르고 무대에서 내려오면 족하다. 사람들이 살아가는 패턴이 많이 바뀌었다. 빠르고 경쾌하고 기분이 확 '업'되는 것을 선호한다. 바뀌지 않거나 무대 분위기가 연속되면 청중은 지루하고 짜증을 낸다. 훈통령도 그런 사실을 책 속에서 발견하여 기억해 놓았다. 짧은 시간에 중요한 요건만 간결하게 어필하는 스피치가 필요하다. 장황하면 요즘 사람들은 무조건 싫어한다. 간단명료한 말과 행동이 각광을 받는다.

이튿날 일찍 성씨가 먼저 별장으로 왔다. 문 사장이 훈통령을 찾는데 이유는 말하지 않았다고 한다. 땅 세 필지가 팔리고 훈이가 사라진 것을 눈치 챈 것 같다고 했다. 그 양반이 화가 나거나 억울하면 복면파를 움직여 무슨 수를 썼을 텐데 그렇게 하지 않고 어디에 있든 성씨에게 잘 돌봐주라고 했다고 한다. 아들이 예전처럼 아버지에게 전화하여 온갖 분노를 표출하며 심지어 욕까지 하고 악을 쓰던 아들이 벌써 일 년 넘게 조용하니 본인도 신기한 모양이라고 생각하며 미소를 지었다고 한다. 문 사장이 미소를 지을 때는 만족한다는 뜻이라고 한다. 솔직히 어린 아들 명의로 토지나 주식을 사자고 한 것은 훈이 엄마였고 지금 그 돈은 문 사장이 넘볼 수 없는 부인의 재산이기에 오히려 훈통령이 제 몫을 차지한 것에 안도하는지도 모른다. 문 사장은 가끔 술에 취하면 부인 욕을 하면서 나는 재주 부리는 곰이고 돈은 모두 마누라가 챙긴다고 했다. 그런데 어느 순간부터 문 사장은 돈을 복면파 조직원들의 차명계좌로 관리하기로 하고 아내에게는 생활비와 유흥비를 준다고 한다. 훈이 엄마는 아무하고나 놀기를 좋아하고 남편의 참견 없이 마음대로 살아간다고 한다. 그것이 서로에게 편하고 부자들 삶의 일부라고 한다. 남편이나 아내가 정해져 있는 것이 아니고 공동의 것이라고 생각하며 산다는 것이다.

아무튼 아버지의 감시망을 벗어나고 아버지 대신에 엄마에게 복수를 했으니 문 사장도 좋아하는지 모른다. 알아보니 좋은 주식들도 수천억 원어치가 훈이 명의로 되어 있다고 한다. 그것도 서서히 챙길 예정이다. 모두 검은 돈들이니 그 돈을 청전(淸錢)으로 만들 예정이다. 그리고 보람 있고 가치 있는 일에 쓰기로 했다. 대통령도 못하는 일을 훈통령이 작은 일부터 실행에 옮길 예정이다.

오후 여섯 시, 간단한 행사 후에 최고급 전문 호텔 요리사들이 만드는 만찬을 할 예정이다. 인원은 버스 두 대로 오십여 명이 왔다고 한다. 탈북 관련 단체장들과 성씨에 의해 탈북에 성공한 사람들도 왔다고 한다. 공부 잘하는 여학생도 어엿한 대학생이 되어 왔다고 한다. 몇 사람이 훈통령 축사 후 답사를 하는데 그 대학생도 한다고 했다. 박 모 대북 단체 대표도 참석하려고 했으나 감시가 심해서 훈통령 하는 일에 방해가 될지 모른다고 하면서 참석을 정중하게 거절하며 조만간 찾아온다고 했단다. 자유 대한민국에 와서 가장 큰 애국적인 일을 하는데 왜 그렇게 그를 탄압하는지 모른다고 한다. 훈통령은 좋은 일이지만 정치적인 일에 민간인이 끼어드는 것은 한편으로는 좋지 않은 일이라고 생각한다. 훈통령은 평범한 국민과 인민끼리 서로 소통하며 살고 싶을 따름이다.

여러 가지 회의를 성씨와 누나와 하고 사업 전반에 대한 계획과 그동안 북한 장마당 사업으로 벌어들인 돈 등을 확인하는 데 시간이 하루가 훌쩍 갔다. 밀무역으로 반년간 벌어들인 돈이 물건 값을 최소화하고 남북한 당국자들에게 준 뇌물을 빼고도 이십억이나 흑자를 냈다. 성씨와 정의파 조직원들의 노고가 컸다. 일억은 성씨와 조직원의 성과급으로 주고 이억은 탈북 단체에게 골고루 나눠주고 일억은 모 가톨릭 수녀원을 통하여 북한 어린이들 식대로 보내주고 십억은 통천마을에 입금시키고 나머지는 밀무역에 재투자하라고 했다.

누나와 성씨는 훈통령에게 감사하다고 여러 번 절하고 충성을 맹세하였다. 훈통령은 돈이 남은 것이 신기했다. 다 성씨의 탁월한 능력과 사심 없는 일처리 결과라고 생각했다. 이북에서 장마당을 관리하는 전주들에게도 장마당 물건 값을 싸게 하는 데 주력하고 물건을 싸놓고도 안 파는 전주는 신고하여 퇴출시키라고 했다. 세 사람은 택시를 불러 타고 행사장으로 갔다. 세 사람은 서로 새삼 놀라며 더 열심히 노력할 것을 다짐하였다.

행사장에 도착하니 팡파레가 울리고 박수 소리가 요란했다. 무슨 거대한 행사를 하는 기분이었다. 불이 환하게 켜지고 불꽃이 터지며 '훈통령님 환영합니다'라는 글자를 그렸다. 훈이는 기분이 좋았다. 평소처럼 얼굴에 늘 미소를 지으며 행복한 웃음을 지었다. 잠시후에 사회자가 통천마을 개소식을 하겠다고 하며 통천마을의 설립 배경과 부지 현황, 아파트 건설 상황을 설명했다. 이들은 이미 공사 현장을 둘러보고 온 것 같았다. 다행히 기자들은 오지 않았다. 성씨가 용의주도하게 그렇게 한 것이다. 모든 일은 세상에서 모르게 우리끼리만 알고 하기로 했기 때문이다. 선행은 오른손으로 하는 일을 왼손도 모르게 하라고 한 말이 성씨와 훈이 그리고 조직원 모두의 계명이다. 좋은 일을 한다고 세상을 떠들썩하게 하고 성금을 수십억씩 거둬서 개인 호주머니에 넣고도 안 그런 척 거짓말로 변명하는 자들이 판을 치고 있는 이 세상에서 훈통령은 대단하다.

축사 시간이 되자 박수로 훈통령을 맞이했다. "여러분 이곳까지 오시느라 고생하셨습니다. 전망대에 가서 고향 땅도 보시고 신나게 잘 쉬다가 가시길 바랍니다. 감사합니다. 나머지는 유인물을 참고해주세요. 감사합니다" 하고 단상을 내려왔다. 답사는 예쁘고 아름다운 오월의 장미꽃 같은 그 대학생이 했다. "탈북하여 갖은 핍박 속에서 살아가는 저희 탈북 주민들을 위하여 좋은 일을 시작하는 자리에 저희를 불러주시고 이 세상에서 처음으로 맛있는 음식을 대접받게 되어 감사합니다. 연세가 많은 분이 하는 사업인 줄 알았는데 젊은 대학생 같은 분이 이런 선한 일을 하심에 경의를 표합니다. 감사합니다."

단시간에 모든 표면적인 행사는 끝나고 각자 자유롭게 대화를 하며 최고급 뷔페 음식을 즐겼다. 그곳에 온 사람들 대부분이 이런 대접은 처음이라고 한다. 성씨도 누나도 무척 즐거워했다. 훈이도 돈이라는 것은 이렇게 쓰는 것이구나 하는 생각을 했다. 그리고 그곳에서 입주할 탈북 청년 열 명을 만났는데 모두 건장하고 얼굴이 잘생겼다. 이들은 북한의 집단 농장에서 일하던 사람들이라고 한다. 그들이 일을 잘해줄 것이라는 생각이 들었다. 남녀 다섯 명인데 서로 결혼하기로 약속했지만 돈이 없고 직업이 없어 망설이는 사람들을 뽑았다고 했다. 그래서 그들을 아파트가 완공되는 대로 합동 결혼을 시키고 신접 살림도 성씨와 누나가 의논해서 준비해주라고 했다. 돈에 신경 쓰지 말고 좋은 것으로 해주라고 했다. 훈이는 잠시 그들과 머물다가 별장으로 왔다. 이렇게 기쁘고 행복한 날은 처음이다.

행사를 마치고 숙소에 사람들을 데려다주고 누나와 성씨가 별장으로 왔다. 오늘 행사가 성황리에 모든 참석자들에게 기쁨을 주었다고 하면서 훈통령에게 고맙다고 이구동성으로 이야기를 했고 공사 현장을 보고 모든 사람들이 모두 놀랐다고 하였다. 더 놀란 것은 훈통령이 대학생이란 사실이었다고 한다. 탈북 여대생은 훈통령에게 데이트를 신청할 거라고 해서 좌중이 웃음을 터트리기도 했다고 한다. 그런데 갑자기 여대생 이야기를 하자 누나의 얼굴에 미소가 사라졌다. 훈이만 눈치를 챘다. 그러나 훈이가 "그런 일은 안 해야죠. 제가 그런 일에 신경 쓸 새가 없어요" 하니 누나의 얼굴에 웃음꽃이 피어났다. 여자들의 질투란 사소한 일에서도 일어난다는 생각을 했다. 아무튼 훈이는 누나의 심기를 거스르지 않기로 했다. 누나는 요즘 온라인 쇼핑몰을 만드는 데 전념한다고 한다. 통천마을에서 생산되는 모든 농산물은 온라인으로 판매할 것이라고 했다.

통천마을은 훈통령의 뜻을 매우 좋게 여긴 대형 건설업체에서 순수한 재료비만 받고 건설하기로 했다고 오늘 성씨가 보고했다. 그러면 약 삼십 퍼센트의 건설비 절감 효과가 있다고 했다. 훈통령은 그 절감으로 남은 십 퍼센트를 북한 장마당에 대주는 물건을 '빅 세일' 하는 데 쓰라고 했다. 성씨는 자기 귀를 의심했다. 아버지 문 사장하고는 완전히 다른 생각을 하는 훈통령이기 때문이다. 문 사장이 이런 경우에 처하면 남는 돈은 무조건 비자금 처리를 해서 개인적으로 유용하기가 십상이다. 그러나 훈통령은 나머지 돈은 별도 기부금 회계로 관리하라고 했다. 그리고 그 회사 사장님께 감사의 편지를 드렸다. "존경하고 사랑하는 회장님, 모든 경제 여건이 안 좋은데 저희 통천마을에 은혜를 베풀어주셔서 감사합니다. 회장님께서 생각하신 대로 북한을 힘겹게 탈출하여 살아가는 탈북 주민의 복지를 위하여 선용하도록 하겠습니다. 감사합니다. 모월 모일 통천마을 대표 성기종 배상." 이런 때는 성씨를 대표로 내세우기로 했다.

훈이는 오늘도 역사 공부를 하기로 했다. 영조대왕과 사도세자에 대한 공부를 하면서 영조대왕의 통치 철학을 살펴보기로 했다. 조선 임금 중 최장수 임금이고 신하의 권한을 인정해주면서 왕권을 강화했던 천재적인 임금이었다. 그렇게 하기 위하여 자기 아들도 죽여야만 했던 왕이었다. 숙종과 숙빈 최씨 사이에서 태어난 영조 임금은 경종이 세제로 삼아서 경종이 병약하여 즉위 후 일찍 죽자 왕위를 계승받았다. 희빈 장씨와 많은 우여곡절 끝에 죽을 고비도 많이 넘기고 살아왔는데 그런 고통과 난관들이 그를 좋은 왕으로 만든 것 같았다.

훈이도 백혈병이란 힘든 병을 이기고 지금처럼 성숙하게 성장하여 그 나이에 다른 친구들은 생각하지도 못한 애민 정신을 가진 것과 같이 영조는 어릴 때 받은 모든 핍박과 고난을 그의 어머니 숙빈 최씨와 잘 극복하고 왕이 되었다. 어머니 숙빈 최씨가 천민 무수리 출신에 대한 컴플렉스로 많은 고생을 했지만 그는 그것을 좋은 방향으로 써서 탕평책이라는 정책으로 승화시켜 서로 파당을 지어 싸우기보다는 서로 화해하여 그들의 좋은 학문을 국가와 국민들에게 쓸 수 있도록 했다. 그리고 그는 평생 공부를 열심히 하는 왕이었다. 사도세자도 처음에는 영민하여 세자로 책봉되어 공부도 잘하고 왕의 자질도 있었지만 아버지 영조의 큰 기대에 못 미치자 가끔 발광을 하여 신하들에게 신임을 잃고 말았다. 그리고 그 도가 날이 갈수록 심해져 결국 영조에게 죽임을 당하게 되었다.

그 일로 영조대왕은 많은 괴로움을 당했다고 한다. 그러나 나라와 백성을 위하는 일이라면 자신의 아들도 죽여야 하는 비정한 정치가 조선 성리학 사상에서는 가능하다. 물론 그 과정에서 수많은 고통과 아픔이 있었겠지만 결국 사도세자의 아들을 세손으로 삼고 그를 철저하게 교육을 시켰다. 정조에게는 많은 적이 있었다. 사도세자를 음해해 죽이려던 무리들은 세손이 왕이 되면 자신들이 위험할 거라는 생각으로 세손의 보위를 위협했지만 세손은 뛰어난 무술과 그를 보호하는 많은 무사들의 도움으로 임금이 되었고 그분이 정조대왕이다. 정조대왕은 할아버지 영조대왕의 뜻을 잘 받드는 귀한 임금이 되었다. 사도세자를 음해했던 사람들도 모두 용서하고 특히 혜경궁 홍씨에 대한 효심이 지극하였다고 한다. 정조는 즉위 후 아버지의 능을 화성으로 옮기고 왕릉의 예로 모셨다. 그리고 조선 최초의 신도시 수원성을 만들어 자주 아버지의 능행을 했다. 당시 수원성을 축조하고 작은 외궐을 만들었다. 그곳에서 군사 훈련도 하고 궁궐 수비대 훈련도 했다. 지금도 권력자들이 대통령도 무력화시키고 권신들이 자기들의 이익을 위하여 온갖 나쁜 짓을 다 하는 것처럼 조선시대에도 각종 빌미로 반대파를 찍어내는 시도를 많이 했다. 그래도 그 모든 시련을 이기고 왕이 된 분이 영조와 정조이다. 조선 최대의 태평시대였고 백성이 가장 평화롭고 행복하게 살았던 때이다.

좋은 임금은 자신의 평안과 궁궐의 일보다 백성을 사랑하는 일에 최선을 다하는 왕이다. 훈이도 지금처럼 무엇보다도 사람을 먼저 생각하는 그런 사람이 되기로 결심했다. 자신보다 이웃을 먼저 생각하고 특히 고난에 처한 북한 인민에게 인권을 찾아주는 일을 하니 성씨나 누나는 이미 훈통령을 존경하고 사랑한다. 북한의 엘리트들이 남한의 그 누구보다 훌륭한 인재라는 것을 보여주는 두 사람 덕분에 일하는 데 도움이 많이 된다. 십일월 안에 모든 공사가 끝나고 연말에 탈북 주민 다섯 쌍의 부부를 결혼시켜 입주를 하고 열세 평짜리 열 채는 탈북을 해서 자립에 실패한 분들이 와서 편안히 쉴 수 있는 공간으로 활용하기로 했다. 쉬다가 농장에서 일손이 딸리면 일당을 주고 일을 시키기로 했고 배를 타던 사람들은 인근 항구에 나가 일할 수 있도록 주선하기로 했다. 그런 모든 일은 철저히 비밀리에 진행하고 농장의 보안 시설도 철저하게 했다. 소문이 나면 탈북 주민들에게 오히려 해가 될 수도 있기 때문이다. 성씨가 데려온 그 여대생은 학교를 마치자마자 통천마을에 와서 일하고 싶다며 방학 때마다 통천마을로 오고 싶다고 했단다. 훈이는 그 여학생 말고도 부모님 없이 아이들끼리 내려온 아이들을 아예 몇 명만 이곳에 와서 살도록 하라고 했다. 학교도 전학시키라고 했다.

성씨는 행복했다. 그리고 성씨와 정의파 조직원들은 마음을 더 다잡아 언제나 사심 없이 정의롭게 어려움에 처한 사람들을 구하기로 다짐하였다. 훈통령이 하는 말마다 남한이나 북한의 최고 지도자들보다 더 나으니 어안이 벙벙할 뿐이다. 그들이 훈통령과 같이 백성을 사랑한다면 남북한이 이미 통일되었을지도 모른다. 그들은 인민과 국민들을 도탄에 빠뜨리고 자기들 권력을 유지하는 데 온 힘을 다하고 있다. 북한 내부 사정이 매우 안 좋아 혼란스럽다고 한다. 현재 우한폐렴 코로나19가 창궐하여 많은 인민이 신음을 하고 있는데 특별한 의료 도구나 수용시설이 없어서 난리 자체라고 한다. 핵무기가 인민들을 살리는 것도 아닌데 뭐가 그리 대단한 것인지 권력층의 기득권을 지키기 위하여 남북한을 모두 위험 속에 가두는 격이라고 한다. 남한 정부는 왜 미국 관료들에게 세계에서 가장 많은 로비 자금을 뿌리는지 알 수가 없다. 미국의 도움 없이는 이 정부가 스스로 할 일이 그만큼 없다는 증거이다. 물론 북핵 문제를 평화적으로 풀어보려고 노력하는 것은 사실이지만 그렇게까지 미국에 뇌물을 바쳐야 하는 이유가 무엇일까?

세상은 서로 상생하면서 물 흐르듯 법과 원칙을 잘 지키며 국가를 운영하다보면 많은 뇌물을 바치지 않아도 순리대로 일이 잘되어 갈 것이다. 차라리 그런 돈이 있다면 미국과의 방위비 협상을 잘하고 일본과도 서로 상생하는 관계가 되면 우리나라가 풍전등화의 신세는 안 될 수 있는데 훈이가 생각해도 남한 당국자들은 무능과 무지 그 자체이다. 원래 공부를 안 하고 데모만 했던 사람들이라 선전, 선동에는 능하지만 실무에는 아무 대책이 없이 되는 대로 하다가 안 되면 돈으로 틀어막는 것이다. 그러니 국고는 바닥나고 국가 빚은 계속 늘어가고 국가의 위상도 점점 떨어진다. 한반도는 한반도일 뿐 세계 여러 나라의 가십거리가 되어가고 있는 형국이다.

그래도 남한에 친북 정부가 들어서면서 북한 체제도 한 국가체제로 인정해주지만 예전에는 그렇지도 못했다고 한다. 어찌되었든 북한 인민들에게 그것은 다행스러운 일이고 남한 당국자가 잘한 일이라고 할 수 있다. 그러나 상호 존중을 하고 조화 속에서 인민과 국민의 민심을 헤아리는 당국자가 필요하다. 힘으로 밀어붙이거나 상호 협박을 하고 상호 당국자를 비방하는 것은 한반도 전체 인민과 국민에게 수치심을 주고 사는 데 고달픔만 안겨줄 뿐이다. 그들 권력 당국자들이 처한 처지가 딱하고 한탄스러울 뿐이다. 모든 일이 바르고 정당하게 되어간다면 우리는 행복하지 않을까? 훈이는 역사 공부를 통하여 이 모든 것이 평화 속에서 흘러가길 기도했다. 북한 인민들이 더 이상 권력의 핍박을 받으며 각종 인권에서 배제되지 않기를 기도했다. 인민과 국민들이 스스로 자신의 삶을 잘 살아갈 수 있도록 자유로운 활동이라도 보장해주면 장마당이라도 활성화가 되어 스스로 호구는 해결되니 당국자들은 자기들 할 일을 진행하면 되지 않겠느냐고 한다.

이제 공사가 마무리가 되어가고 있다. 세월이 빠르다. 그리고 진행하는 일들도 빠르게 수행된다. 아파트도 마무리 작업 중이다. 농장 조성 사업도 완성 단계인데 우사와 돈사도 지을 생각이다. 대량으로 키우는 것이 아니라 농장에서 나오는 농산물 부산물을 이용해 가축을 키워서 행사 때 쓰기도 하고 마을 자체 단백질 공급을 하고 남으면 인터넷 판매도 할 예정이다. 모든 농사는 유기농 퇴비를 만들어 사용할 예정이다. 가축 배설물과 사람들의 배설물을 한군데 모아서 왕겨 등과 섞어 발효를 시켜 발효 퇴비를 만들 것이다. 그 부분의 전문가도 이번 입주민 중에 있다고 한다. 가축을 키우는 데도 가능하면 자체적으로 사료를 만들어서 공급하여 사료비를 아낄 예정이다. 모든 것이 잘되어가니 행복하다. 그러나 늘 조심하고 말 한마디를 천금같이 해야 한다. 말 한 마디, 글 한 글자에 심한 고통을 당하는 경우가 있다.

누나가 갑자기 왔다. 보고할 일이 있다고 한다. 훈이는 반가웠다. 그러나 예고 없이 누나가 혼자 오니 갑자기 두려웠다. 누나는 그만큼 카리스마가 있다. 존경스럽기도 하고 겁도 나는 누나가 살짝 미소를 지으며 임시 집무실 안으로 들어왔다. 인터넷 홈 쇼핑몰을 완성해서 시연을 하러 왔다고 했다. 우선 적당한 배송업체를 선정해서 운영하면 좋은데 처음에는 우체국 택배를 이용하기로 했다고 한다. 계절에 맞는 상품들을 선별해서 통천마을 생산 농산물을 팔며 주위 농가들 것도 계약하여 팔았으면 좋겠다고 한다. 누나의 폭넓은 생각이 훈이의 경계를 풀게 했다. 누나는 훈이를 대할 때 훈통령으로, 자기 상사로 대할 뿐이다. 누나로서 개인적인 감정은 아직 그녀의 마음에는 없는 것 같았다. 그런 누나가 훈이도 좋았다. 앞으로는 종종 보고할 일이 있으면 오겠다고 했다.

이제 자동차도 사야 한다고 했다. 승합차 한 대와 작은 트럭이 필요하다고 했다. 일꾼들을 시내에서 모셔올 경우에도 필요하고 아파트 입주 주민들이 시장을 볼 때도 필요하다고 했다. 그런 일은 앞으로 누나가 알아서 하라고 했다. 마을 초대 대표는 사십 대로 입주민 중 가장 연장자이고 북한 협동 농장에서 반장으로 있었던 우씨가 맡기로 했다고 한다. 우씨는 삼십팔 세의 아내와 함께 사는데 그 아내는 북한에 있을 때 닭 농장에서 살았다고 한다. 탈북해서 우씨와 부산과 서울을 오가며 사랑을 키웠지만 결혼할 돈도, 집도 없어서 서로 울며 세월을 보냈는데 통천마을 입주민에 선발돼 살게 되어 신혼의 단꿈을 꾸며 내년 농사 준비에 바쁜 나날을 보내고 있고 지도자로서 자질도 있어 모든 마을 사람들이 그를 잘 따른다고 했다. 훈이는 가능하면 그들이 사는 곳에 안 가기로 했다. 그쪽 모든 운영건은 대표와 누나가 해주기를 주문했다. 누나는 열심히 해보겠다고 결심을 말했다. 훈이는 누나가 허접한 국회의원들보다 훨씬 나아 보였다. 입주민들을 배려하고 사랑하는 마음이 충만하니 지도자로서 자격도 갖추고 있다.

국회의원이라도 개인적인 이익이나 탐하고 제멋대로 나랏돈이나 챙기고 불법 비리에 연루되었다면 그 권력이 국민에게 무슨 도움을 줄 수 있는가? 심히 걱정이 된다고 훈이는 생각했다. 차라리 조용한 곳에서 자기 일을 묵묵히 하면서 기쁘고 즐겁게 산다면 그것이 오히려 국민들에게 도움이 될 것이다. 자격이 안 되는 사람들이 권력을 쥐면 손잡이 없는 칼을 쥐고 있는 형상이다. 위험하고 위태로워 국민에게 불만을 주고 고통을 줄 수도 있고 잠 못 이루게 한다. 훈이는 최소한 그런 사람은 되지 않도록 노력하기로 했다. 이 나라와 국민들이 행복할 수 있는 길을 열심히 갈 때에 언젠가 큰일에도 쓰임을 받을 것이라는 생각도 해본다.

대학 공부는 사이버 대학으로 편입하여 공부하기로 했다. 새해에는 성씨가 정의파 조직원들과 하는 북한 장마당 사업을 통하여 더 많은 물건들을 북한으로 보내게 할 것이다. 그리고 통천마을 첫 농사가 잘될 수 있도록 뒷바라지도 누나를 통하여 할 것이다. 과수나무들 식재도 하고 한우와 제주도 흑돼지도 들여와 사육할 것이다. 모든 일은 마을 대표가 자율적으로 하게 할 것이다. 그리고 훈이는 공부에 열중하며 가끔 자기의 이상적인 생각을 숙려하여 조직과 마을에 도움이 되는 조언을 하는 것으로 자기 역할을 제한하였다.

조선 영·정조 시대에 했던 탕평책을 요즘 정치에 활용하면 얼마나 좋을까 하는 생각을 해보았다. 예를 들어 집권 여당이 장관을 하면 차관은 야당이 하고 야당에게도 장관 몇 자리를 주고 차관은 여당이 하고 이렇게 하면 정말 좋은 정치가 될 것이다. 그러나 여당은 국회 상임위원장까지 싹쓸이를 했다. 그리고 적폐의 대명사 조 모씨, 윤 모씨, 임 모씨 등이 정의로운 어떤 분을 직에서 몰아내려고 한다. 참으로 한심한 작태로 자유민주주의 나라에서 독재의 조짐을 보이면서 나라를 혼란에 빠뜨리고 있다. 머리가 나쁘면 마음이라도 곱든지, 마음이 나쁘면 머리라도 좋아야 하는데 머리는 우둔하고 마음은 사악하니 그것이 큰 문제로다.

북한 당국자는 마음은 사악하지만 머리 회전은 빠르다. 남한, 미국, 중국을 적당히 이용한다. 그리고 필요한 것을 얻어낸다. 그리고 그 주변에 있는 보좌진들이 성씨와 같은 엘리트들이다. 그러니 삼대를 이어 정권을 유지할 수 있는 것이다. 남한 당국자는 그 주위에 쓰레기 같은 약삭빠른 잔머리들이 많다. 그래서 제 몫을 챙기기에만 혈안이 되어 있다. 훈이는 안타까운 심정이다. 요즘은 대학도 주사파가 장악하여 데모도 못 한다. 한심스러운 일이다. 이제 누구 말대로 자유 대한민국은 사라지는 것인가? 문주주의가 되는 것인가? 오직 한 사람만이 간신히 버티며 자유 대한민국의 법을 지키고 있다. 그러나 남한 당국자 뜻대로 되지는 않을 것이다. 이 나라의 역사를 보면 미래를 볼 수 있다. 임금이나 왕이나 대통령이 민심을 속이고 그 민심을 배반할 때에 그 시대는 막을 내리고 새 시대가 시작되었다. 그것이 전통적인 우리나라의 역사였다. 이제는 그러한 역사가 평화로 이어져 법과 원칙을 잘 지키는 지도자와 국민이 되었으면 좋겠다.

훈이는 다시 역사 공부에 몰입했다. 영조는 신하들을 잘 다스렸다. 실제로 신하들의 붕당(당시는 소론과 노론으로 갈렸다)정치가 숙종 시대의 비극을 만들었고 경종이 일찍 붕어하고 영조가 임금이 되어 민생을 보살피는 귀한 임금이 되었다. 암행어사 제도를 활성화하여 백성들 고초를 직접 챙겼다. 지금이나 조선의 그 시대나 지방 호족 관리들의 비리와 불법은 여전히 나라의 우환거리가 되었다. 하지만 그때나 지금이나 그중에도 정의롭고 공정한 관리들이 이 사회에 있기에 더 좋은 나라를 희망하며 살아가는 것 같다. 남한이나 북한이, 인민과 국민이 다 같이 등 따뜻하고 배가 고프지 않는 시기가 빨리 오기를 희망했다.

벌써 농장에는 모도 모두 내고 올해는 고구마와 땅콩과 감자를 재배하고 나물류는 취나물과 고사리를 파종할 예정이다. 그리고 사과, 배, 복숭아, 블루베리 등을 하우스 재배로 해보려고 한다. 특히 하우스는 오백 평짜리 다섯 동을 지어서 세 개 동에는 과일나무를 심고 두 개 동에서는 채소류를 사시사철 키워낼 예정이라고 한다. 하우스는 초기 투자는 많지만 유지비가 싸고 반영구적으로 쓸 수 있는 유리 온실로 만들기로 하고 일본 전문 업체에 발주를 했다고 한다. 농사를 짓는 데에도 상당한 지식과 학문이 접목되어야 쌀 한 톨이라도 더 잘 생산하여 사람에게 유익한 먹거리가 된다고 생각한다. 세상에 대강 되는 일은 없다. 시스템에 맞추어 철저한 준비가 있어야 모든 일에 결과가 좋을 확률이 높다.

우씨와 누나는 철저하게 농장을 관리하고 경영하였다. 전국에서 휴양차 온 탈북 주민도 십여 명이 된다고 한다. 그들 중에서 적극적으로 농사일을 돕는 사람들도 있다고 한다. 그래서 누나는 일주일 이상 그들이 일하는 태도가 성실하고 꾸준하면 우 대표와 상의하여 일당을 지급하되 꼭 필요하다고 판단되는 돈은 생활비로 현금으로 지출해주고 나머지는 각자 이름으로 저축을 하여 퇴소할 때 주기로 했다고 한다. 그런 일은 당사자들과 충분히 의견을 교환하고 그들과 합의를 하여 자유로운 분위기에서 하기를 훈이는 누나와 우 대표에게 주문했다. 탈북 주민들이 남한에 적응하기 힘든 일 중 하나가 워낙 억압되고 폐쇄된 공간에서 살다가 자유 세상에서 살다 보니 자율에 의한 자기관리 능력이 부족한 면이 있는 것 같다. 그래서 훈통령은 모든 것을 보고하려고 하는 성씨와 우씨와 누나에게 자율의 기회를 주고 스스로 판단하고 스스로 일을 처리하고 책임과 의무를 질 것을 말하곤 한다. 훈통령의 그러한 배려에 세 사람은 작은 희열을 느끼곤 한다. 특히 누나는 북한에서 한번도 가져보지 못한 권력을 얻은 기분이라고 했다. 그래서 더 열심히 일하고 최대한 주민들에게 친절하고 좋은 총무가 되려고 했다.

과수를 식재하면서 체리, 자두도 몇 주 심으라고 했다. 우씨도 보면 볼수록 듬직하고 부지런하고 성실했다. 마을에서 제일 일찍 일어나 여기저기 살피며 다닌다고 한다. 그리고 매일 작업일지를 꼼꼼하게 기록하고 있다고 한다. 그렇게 하면 명년에 농사일을 하는 데 도움이 많이 된다고 한다. 대체로 마을 사람들과 임시로 쉬러 온 사람들이 서로 동병상련의 정을 나누며 하루하루를 일과에 따라 복되게 살아간다고 한다.

엄마에게 전화가 왔다. 전화번호를 안 알리려 다른 사람 명의로 했는데 정보기관에 있는 사람과 놀다가 부탁하여 알아냈다고 한다. 엄마는 담담하게 이제 지금까지 가져간 것으로 끝내고 다음에는 엄마에게도 권한을 달라면서 삼십 퍼센트는 훈이에게 주겠다고 했다. 어린 아들에게 엄청난 재산을 미리 빼놓은 모양이다. 문 사장도 마누라 이름으로 하는 것보다 자식놈 앞으로 하는 것이 나을 것이라고 생각한 것 같았다. 엄마는 매우 부드럽고 친절하게 훈이에게 말을 하였다. 훈이는 일방적으로 들을 뿐 말을 하지 않았다.

훈이의 결단

　훈이는 엄마에게 도대체 엄마의 정체가 무엇이냐고 물었다. 문 사장 말고도 수많은 남자들과 돌아다니고 훈이가 아파도 병원에 한번 오지 않은 사람이 엄마가 맞느냐고 되물었다. 남자나 여자 친구들과 어울리며 원정 도박도 하고 자주 파트너를 바꾸어 섹스 여행도 다니는 것을 다 아는데 지금 와서 훈이에게 무슨 주장을 할 수 있느냐고 작심하고 엄마에게 대들었다. 엄마는 있는 곳이 어디냐며 훈이에게 잘못했다고 했다. 한번 만나서 이야기를 하자고 한다. 누나들도 너를 보고 싶어 한다고 했다. 그리고 엄마는 울면서 전화를 끊었다. 물론 그 모든 책임은 문 사장에게 있다. 어릴 때 집안 분위기를 생각해 보면 늘 공포 분위기였다. 아버지도 사업을 한답시고 외국으로 나돌아다니면서 바람둥이로 살았다. 지금도 정의파 조직원들을 시켜 문 사장 사생활을 알아보니 정식으로 데리고 사는 여자만 세 명이라고 한다. 모두 삼사십 대 꽃과부인데 애를 낳은 여자도 있다고 한다. 그러니 엄마도 여자인데 문 사장에게 복수를 하려고 다수의 남자와 만나며 섹스를 즐기는 것은 당연지사라고 생각했다.

그래도 훈이가 생각하기에는 엄마도 문 사장도 상식적이고 양심적인 정도의 삶이 아닌, 비정상적으로 살아가는 것이다. 요즘 남자들이 모두 그렇게 사는 것도 아니고 여자들도 마찬가지이다. 서로가 살아가는 것들이 팍팍하다 보니 부부가 서로 노력하며 열심히 살면서 행복을 추구한다. 그러나 훈이 엄마와 문 사장은 돈이라는 것에 취하여 그 돈으로 온갖 쾌락을 다 누리며 살아가는 것 같다. 그런 사람들의 유전자를 지니고 사는 자신이 끔찍하다고 생각했다. 훈이도 어느 순간에 그런 사람으로 변하면 어떻게 하나 걱정되었다. 가능하다면 결혼을 안 하고 독신으로 살고 싶다는 생각을 했다. 엄마나 문 사장은 이미 그들이 인생을 마음껏 즐길 만한 돈이 있다고 생각하고, 특히 문 사장은 이번 정권의 실세들과 가까이 지내니 더 많은 돈을 벌 거라고 한다. 작년에 벌어들인 돈만 해도 오천억 원이나 된다고 한다. 남북한 권력 실세들에게 뇌물로 바친 돈도 상상을 초월한다고 한다. 그야 확실한 증거가 없는 설이니 훈이도 더 이상 생각하기가 싫었다. 다만 자기 명의로 되어 있는 모든 재산은 자기 몫으로 챙겨 스스로 살기로 결심했다.

　문 사장은 더 이상 어떻게 할 수 없는, 갈 만큼 간 사람이고 엄마라도 훈이 엄마로 돌아왔으면 좋겠다며 눈물을 하염없이 흘렸다. 죽음 앞에서도 눈물이 없었던 훈이가 불쌍한 엄마를 위해서 눈물을 흘리며 울고 있다. 돈이 아무리 많아도 채워지지 않는 사랑의 갈망이 얼마나 컸기에 그토록 타락된 삶을 살았을까? 그리하여 장성한 아들에게 그런 말을 들어도 미안하다며 울어야 할까? 엄마의 사과와 눈물에 오히려 훈이가 더 미안하고 아팠다. 엄마가 다섯 남자와 살았던 마리아 막달레나같이 예수님을 만나 모든 잘못을 뉘우치고 올바른 생활로 돌아와 살기를 기도했다. 그리고 솔직히 훈이는 아버지는 없어도 별 느낌이 없는데 엄마는 꼭 있어야 할 존재로 마음에 다가온다. 엄마 곁에서 하루만이라도 다정하게 살아보고 싶었다. 사람이나 동물이나 아버지는 없어도 엄마는 꼭 있어야 바르게 성장하는 데 도움이 된다. 동물은 어미가 죽으면 그 새끼도 바로 죽는다. 사람도 마찬가지일 수도 있다. 즉, 한적한 섬에서 엄마와 살던 아기는 그 엄마가 죽으면 아기도 엄마를 찾아 울다가 결국 기진해서 죽는다. 비록 훈이는 세상에 태어나자마자 유모에게 넘겨져서 컸지만 어릴 때 엄마에 대한 그리움과 정은 많았다. 엄마가 가끔 와서 안아주고 눈을 맞추어주었을 때 희열을 느끼고 엄마의 향기에 취해서 지금까지 그 기억이 사라지지 않았다.

그 이후 엄마가 집을 나가 며칠에 한 번씩 들어올 때마다 엄마 품에 안기어 흐느껴 울기도 했다. 매일 엄마가 보고 싶었기 때문이다. 이나마 훈이가 큰 장애 없이 감정과 정서가 바르게 된 것도 그런 엄마 덕분이라고 생각하니 눈물이 더 많이 난다. 훈이는 혼자 흐느껴 울었다. 문 사장이 조금만 집안에 신경을 썼어도 엄마가 저토록 망가지며 그의 씨를 받아 낳은 자식까지 미워하지는 않았을 텐데 하는 생각을 가진다. 엄마는 아버지보다 좋은 가문에서 태어났다. 그리고 공부도 항상 잘했다고 한다. 그리고 대학도 좋은 대학 가정과를 졸업하여 아버지를 만날 당시에는 많은 남성들의 선망의 대상이 되었다고 한다. 그런데 겉만 번지르르한 문 사장을 만나 호강은 하지만 마음의 밭은 몽돌밭이 되어 새까맣게 타버렸다고 한다. 그래서 욕망의 늪에 빠져 세상의 쾌락에 빠져 살게 되었는지 모른다고 훈이는 생각했다.

사실 이 세상에 모든 것이 완벽하여 모든 것에 만족하며 행복을 누리며 사는 사람들이 얼마나 될까? 무엇인가 부족해도 있는 것에 만족하며 오손도손 정겹게 살아간다면 그것이 하루의 소소한 사랑이고 행복이 될 것이다. 훈이는 갑자기 엄마가 보고 싶었다. 그러나 당장 전화하기는 싫었다. 오늘따라 아무도 오지 않는다. 넓은 별장에 경호원들만 있고 혼자 있으니 쓸쓸하고 외롭다는 느낌을 받는다.

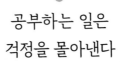

공부하는 일은
걱정을 몰아낸다

그래서 다시 역사 공부에 몰입하기로 했다. 세손 이산이 영조로부터 왕위를 이어받아 잠시 영조를 상왕으로 모시면서 정사를 돌보았다. 정조는 규장각이라는 실사구시를 위한 도서관을 만들어 관료들을 쉬면서 공부하게 했다. 정조는 무예와 학문에 조예가 깊었다. 할아버지 영조의 천재성을 정조도 이어받아 영민하고, 왕이 될 자질과 학문을 충분히 겸비한 임금이었다. 당시 정약용, 박제가 등 실학자들을 등용해 각종 기구들을 만들어 백성들이 고생을 덜 하고 일을 할 수 있게 했다. 정약용에 의하여 배다리가 만들어져 정조의 수원성 행차를 수월하게 했으며 수원성을 축조하는 데 거중기를 발명하여 일하는 백성들에게 큰 도움이 되게 했고 공기 단축과 비용 절감에 큰 기여를 했다고 한다.

정조 역시 탕평책으로 붕당정치를 막아보려고 했지만 아버지 사도세자의 문제로 언제 어떻게 죽을지 모르는 지경을 당하기도 했다. 정치에 회의가 왔을 때 홍국영이란 좋은 신하가 나타나 정조를 사지에서 늘 구해주었다. 그래서 모든 정사를 홍국영에게 일임할 정도였다. 임금이 직접 정사를 챙기지 않으면 불법, 비리가 임금 주위 신하들에게서 생긴다. 홍국영도 고속 승진을 하며 동부승지 겸 임금 수호대장까지 이르자 그의 권력을 남용하고 그의 여동생을 왕의 부인이 되게 하고 가짜 회임 소동까지 벌이다 결국 정조에게 토사구팽을 당하였다.

지금도 남한 최고 권력자 근처에 서성대며 각종 이권에 개입하고 불법, 비리를 저지르며 권력을 믿고 나대는 홍국영을 닮은 인사들이 집권 여당이나 청와대에 포진하여 국민들 눈에 다 보이는 대국민 사기행각을 벌이며 나대는 간신배 무리들이 많다. 훈이는 삼백 년 전이나 지금 현재나 왜 그렇게 최고 권력자 주위에는 간신배들이 들끓어 수많은 충신들을 죽이고 귀양 보내어 그들의 학문과 재주를 박탈해 백성들에게 이로운 일을 하지 못하게 하는지 생각했다. 정조는 선대 왕 할아버지의 정책을 이어 받아 과감한 탕평책을 강력히 펴서 노론과 소론에 상관없이 인재를 등용했으며 역사상 처음 상업 중심의 신도시로 수원성을 쌓았다. 그 모든 일을 수행할 때 규장각을 통하여 등용한 인재들을 활용하여 학문으로 익힌 합리적인 사고로 일하게 하여 큰 성과를 올렸다.

오늘날에도 뛰어난 인재들이 많아 기술 분야에서는 세계에서 가장 뛰어난 부분이 많다. 그런데 그런 위대한 기술을 이적국가의 고위직 정치인들과 공모하여 다른 나라로 빼돌린다는 소문이 떠돌고 있다. 우리나라는 정치가 모든 문제의 원인이 되고 있다. 그래서 선진국이 될 모든 준비는 다 되어 있는데 아직도 선진국 대열에 들지 못하는 이유는 바로 정치의 후진성 때문이다. 특별한 경우를 빼고는 정치인들이 경제나 기업에 손을 대면 안 된다. 세금만 잘 거두어서 경제 약자들에게 공정하게 배분하면 된다. 그런데 영·정조 시대에도 했던 탕평책도 쓰지 않아서 나라는 사분오열되어 혼란스럽고 백성들이 잘살기를 바라던 두 왕이 난전을 허용하고 그들을 보호했는데 지금 권력자들은 기업가를 괴롭게 하고 국가 사업에조차도 자기 사람들 심기에 혈안이 되어 있다. 각종 정책을 거꾸로 하고 역천을 하며 국민을 이롭게 하지 않고 권력자들만 위하여 일한다. 그렇게 하면 국민과 나라는 도탄에 빠지고 결국 나라는 망하는 길로 가는 것이다. 우리나라가 일본에게 굴욕을 당하고 나라를 빼앗긴 것도 실상을 보면 정조대왕이 승하하자 순조를 왕위에 앉히고 안동 김씨의 세도정치와 붕당정치 부활과 신진 사대부를 내몰기 위하여 천주교 탄압을 하면서 때아닌 사화를 재현하여 결국 조선은 망하는 길로 들어섰다. 풍양 조씨와 대원군의 대립으로 결국 제왕학을 제대로 공부하지 않은 왕들이 허수아비 임금 노릇을 하다가 결국 일본과 조일합방이 되어 일본의 한 변방이 되어버린 것이다. 조선이 일본에게 패망한 것은 꼭 고종과 당시 친일파 대신들에게만 책임이 있는 것이 아니라 안동 김씨들, 풍양 조씨들이 그들의 세력을 내세우기 위하여 천주교인들을 아무 죄도 없이 죽이는 만행에서부터 시작된 것이다. 그러한 천주교 박해는 세계 역사상 유래가 없는 일이다. 덕분에 한국에 천주교가 융성하게 된 동기가 되기도 했다.

세상 돌아가는 꼴이, 조선 후기 붕당정치가 현재 자유민주주의를 표방한 한국에서 오늘도 자행되어 각종 패악이 저질러지고 있는 것과 같다. 법과 원칙을 지키는 정의로운 사람들이 살아 있는 권력을 수사

한다는 이유로 정부 여당 권력자들이 떼거지로 그를 탄압하고 몰아내려고 많은 만행으로 그를 음해하고 괴롭게 한다. 국민이 권력자들을 응징하는 방법은 집단봉기를 하거나 한 표의 투표권을 행사하는 것인데 옛날이나 지금이나 우리 국민은 생각이 깊지 못하고 당장 보이는 고무신이나 사탕에 약하다. 물론 무능한 정권이 입법부를 장악하는 데에는 코로나19 바이러스 우한폐렴이 일조를 했다. 이처럼 세금으로 돈을 뿌리고 속이는 선전선동에 국민들이 쉽게 넘어간다.

그러니 북한에는 김일성 왕조가 삼 대째 이어지고 있다. 인민들이 굶어 죽어도 그것을 자신의 운명이라고 생각한다. 말 한마디 못 하고 죽어가는 것이다. 그것이 큰 문제이다. 백성들이 저항을 못 하게 하고 표현의 자유와 언론의 자유가 없으니 안타까운 일이다. 독재 권력자들은 오직 자신들의 안전과 안정, 평안만을 추구하고 각종 법들을 그들에게 유리하게 만든다. 좋은 방향으로 독재를 해야 한다면서 자기 패거리들의 불법, 탈법, 비리를 덮기 위하여 권력의 칼춤을 춘다.

훈이는 만약 자기가 어떠한 공적인 일이나 사적인 일을 해도 법과 원칙을 철저하게 지킬 수 있도록 할 것을 다짐했다. 정조와 그 할아버지 영조대왕의 백성을 사랑하는 마음을 꼭 현실에서 재현해보기로 했다. 현재 정치인 중 지금 검찰총장 같은 공직자가 되고 싶다. 사즉생, 죽을 각오를 하고 법과 원칙을 지키며 살았던, 국난 극복을 했던 이순신 장군도 존경하게 되었다. 군부 독재자로 지독한 반공주의자로 낙인찍혔지만 국민의 민생고를 확실하게 해결하고 지금 한국의 국제적 위상을 만들었던 고 박정희 대통령의 뛰어난 지도력과 추진력, 인재 영입 방법 등을 더 배우고 싶다. 사상적으로 박 정권에 들어올 수 없다고 하면 그의 수제자를 찾아 관료로 영입하여 나라 발전에 기여하게 하였다. 대단히 훌륭한 일이다. 영조의 탕평책도 현실에서 잘 구사했다. 하지만 나라를 걱정하고 백성을 사랑해도 장기집권으로 고 박정희 대통령의 말로는 참으로 비참했다. 그러나 그것도 그 주위에 있는 참모들 과욕에서 비롯되었음을 알게 되었다.

좋은 인재들도 등용했지만 본심이 흔들릴 때면 주위 사견(邪見)에 유혹되어 국정을 그르칠 수가 있다. 그런 일에 항상 조심해야 한다. 특히 지도자는 정직하고 정의로운 삶을 실천하는 것이 중요하다. 그리고 억울한 사람들이 없게 해야 한다. 백 명의 아첨꾼이 권력자의 기분을 좋게 해주어도 한 사람의 충성된 사람이 억울하게 피 흘리고 죽으면 그 권력은 아무리 애를 쓰고 몸부림쳐도 망하고 만다. 그리고 한번 이반된 민심은 다시 돌아오기 어렵다. 훈이는 역사 공부를 하면서 현실 정치가 얼마나 위태로운가를 알게 되었다. 일본에 패망한 한반도는 36년간 수많은 수탈과 폭압을 당했다. 백성들은 공역과 전쟁에 징발되어 이유 없이 죽어야 했고 심지어 일본은 한국 노동자들에게 중노동을 시키고 임금을 주지 않으려고 한반도 백성들을 무참하게 살해를 했다. 나라를 되찾기 위하여 힘쓰는 독립군들과 애국지사들을 옥에 가두고 신속하게 사형을 시키고 그들의 시신을 아무 데나 버렸다. 그래서 수많은 독립투사들이 이역만리 중국 땅에서 죽어갔다. 그렇게 나라를 잃은 대가는 혹독했다. 그런데 그 시절에 일본군의 위안부 노릇을 하던 할머니들을 이용하여 주사파들은 그럴듯한 핑계를 삼아 부정축재에 열을 올렸다. 최근에 일어나는 위안부 할머니들의 불쌍한 현실은 또 한번 조국의 간신배들에게 배신을 당하고 있었다. 비리의 부정축재의 주모자는 국회의원이 되었다. 그리고 드러난 사실도 부정하고 있다.

주사파 권력의 특징 몇 가지를 사실로 밝혀보면 그들은 이중성격자들이다. 똑같은 사안을 놓고 자기들이 하면 정당화하고 반대파가 하면 부정해버린다. 거짓말과 선전선동에 능하다. 최근에 일어나는 사건에서 잘 나타난다. 많은 대형 금융사기 사건에 주사파 권력자들이 연루된 사실이 하나둘 밝혀진다. 어쩌면 검찰이 겁이 나서 정권의 눈치를 보면서 수사를 질질 끈다는 느낌을 받는다. 정의와 공정을 내세우며 좋은 일 하는 척은 다 하면서 이면에서는 부정축재에 열을 올린다. 주사파 권력자들은 포퓰리즘에 능하고 백성들을 농락한다. 털어서 먼지 안 나는 사람이 없겠지만 아파트, 땅 투기의 전문가들이다. 아파트 투기를 막는다고 별의별 정책을 다 내놓지만 주사파 권력자들은 아파트를 몇 채씩 보유하고 있다. '내로남불'의 전횡도 서슴지 않고 저지르고 입시부정, 군대 특혜 의혹, 남북 정상회담 쇼, 뭐 하나 제대로 하는 것이 하나도 없다. 그리고 최고 권력자는 꿀 먹은 벙어리인데 가끔 말을 한마디씩 하긴 해도 소용없다. 이미 그의 말은 신뢰가 없어 국민 누구도 믿지 않는다. 세월이 약이다. 참고 기다리며 훈이는 바른 일만 하기로 했다.

누나가 오랜만에 포구에서 싱싱한 회를 떠가지고 왔다. 훈이는 누나가 반가웠다. 그렇지 않아도 역사 공부를 하면서 나라의 현실에 울적했는데 누나가 보기만 해도 군침이 도는 회를 사왔으니 반가웠다. 누나는 잘 있었느냐며 환한 미소를 지으며 인사를 했다. 모내기도 끝나고 밭 작물 파종도 끝나고 유리 하우스에 과일나무 식재도 끝났다고 했다. 그래서 오늘은 자기 용돈으로 마을 일꾼들에게 회 잔치를 열어주고 훈통령이 생각나 이렇게 왔다고 했다. 누나에게는 누구에게도 느끼지 못한, 여자로서의 기본적인 매너와 언행의 고요 함이 있다. 보면 볼수록 정과 미모, 매너에 스스로 그의 마음과 품 에 안겨서 수없이 울고 싶었다. 그러나 훈이는 당분간 마을 총무로 서 누나를 대하기로 마음먹었다.

누나는 상추에 도다리 회를 한 쌈 싸서 훈통령 입에 넣어 주었다. 훈통령은 자기를 배려하는 누나의 마음에 감사를 드리며 기쁘게 그 것을 받아먹었다. 누나도 한 쌈을 싸서 맛있게 먹는 모습이 예쁘게 보였다. 누나는 훈통령에게 어렵게 청을 한다. 와인 한잔할까요? 훈 통령은 아직 자기의 건강이 완전히 회복되지 않아 술을 삼가라는 주치의의 말이 있었다며 누나 혼자 한잔하면 훈통령이 한잔 따라주 겠다고 했다. 누나는 훈통령이 아직도 투병 중이란 사실을 몰랐다. 누나는 미안하다며 회를 맛있게 먹고 차나 한잔하자고 했다. 훈통 령도 기분 좋게 그렇게 하자고 하고 누나가 싸주는 회를 몇 쌈 받아 먹었다. 누나는 훈통령 곁에서 그를 돕고 싶었다. 마을 총무 겸 훈 통령 비서관이 되고 싶었다. 누나는 훈통령의 겸손한 매너와 열심 히 공부하는 모습과 일처리하는 스타일이 자기 마음에 꼭 들었다. 마치 예전에 북한에서 공부할 때 최고 존엄을 사모했던 것처럼 실제 로 그보다 훈통령을 더 사모하는지도 모른다는 생각을 했다. 누나 는 그런 생각을 하면서 소스라치게 놀랐다. 갑자기 북한에서 있었던 끔찍한 일들과 두만강 유역에서 어머니와의 헤어짐이 생각나서였다. 그리고 자기보다 어린 훈통령을 존경하고 사랑하는 마음을 혹시 훈통령에게 들킬 것 같은 생각이 났기 때문이다.

　누나는 설거지를 다 하고 훈통령과 대화를 하고 싶었지만 훈통령이 피곤해 보여서 바로 인사하고 나와 통천마을 자기 아파트로 왔다. 누나는 삼촌에게 훈통령 지근거리에서 식사도 챙겨주고 옷도 챙겨주는 그런 생활을 하도록 주선해 달라고 했다. 훈이는 오랜만에 서울 나들이를 했다. 주치의도 만나야 하고 필요한 약들도 떨어졌기 때문이다. 훈이는 강릉까지 버스를 타고 나가서 고속 전철을 이용하기로 했다. 앞으로 한동안 대중교통을 이용하기로 했다. 물론 정의파 조직원들의 경호를 받지만 누가 경호원인지는 훈이도 모른다. 훈이의 동선(動線)이 정해지면 성씨가 조직에 명령을 내려 비밀 경호를 한다. 훈이는 그래서 자유롭다. 이것도 성씨의 특별한 경호 노하우에서 비롯된 것이다. 성씨는 한동안 북한 최고 존엄의 비밀 경호원도 했었다고 한다. 성씨는 훈통령에게 이모저모로 좋은 일을 다 해 준다. 북한 장마당을 운영하며 벌어들이는 돈도 큰 유통업체 수익보다 나았다. 북한과 남한 당국자들과 장마당 운영자들에게 충분한 대가를 주고도 그 수익으로 탈북민들 수백 명을 먹여 살리고 있다. 남북한의 권력자들이 하지 못하는 일을 훈통령은 과감하게 한다.

　서울에 도착하여 병원에서 주치의를 만날 시간을 기다리는데 성씨가 왔다. 서로 반갑게 인사를 나누었다. 잠시 후에 훈통령이 주치의를 만나러 들어가고 성씨는 밖에서 기다렸다. 훈이는 주치의 선생님을 만나 지난번 여러 가지 검사에 대한 이야기를 들었다. 골수 이식이 제대로 잘되어 모든 수치가 정상적으로 되었다고 하며 삼 개월치 약을 처방할 테니 그 이후에 한 번 더 검사를 하자고 했다. 누나와 포도주 한잔을 먹고 싶었던 훈이는 포도주 한잔 정도는 마셔도 되느냐고 주치의 선생님께 물었다. 많이 안 마시고 조금씩 하루에 한두 잔 포도주를 마시는 것은 좋은 일이라고 했다. 훈이는 처방전을 성씨에게 주었다. 성씨가 보고할 것이 있으니 일단 서울 빌딩 사무실로 가자고 한다. 훈이는 그렇게 하자고 성씨가 병원 앞에 대기시켜놓은 승용차에 올랐다. 경호 차량도 따랐다. 빌딩 사무실로 온 훈통령은 북한 최고 존엄의 서신을 받게 되었다. 꽤 많은 자금을 39호실로 보내주어 고맙다고 하면서 그 돈은 인민들 복지후생 사업에 쓰겠다고 했다. 훈통령은 감사하다는 서신과 함께 백만 달러를 더 보내라고 했다. 장마당에서 번 돈 약 오백억이 있기 때문이다. 그리고 꼭 인민들을 위해서 써주기를 주문하였다. 그리고 장마당이 함흥, 원산까지 펼쳐져 배를 한 척 더 구해서 속초에서 물건을 대고 있다고 했다. 장마당에 대주는 물건의 이문은 최대로 낮출 것을 주문했다. 성씨는 그렇게 하고 있지만 밀무역으로 물건을 대다 보니 몹시 힘들다고 했다. 정식 무역으로는 현재로서는 유엔과 미국 제재로 불가능하니 당분간 조심해서 밀무역으로 하면 된다고 했다.

차차 북한 최고 존엄이 핵을 포기하고 인민의 민생을 우선하는 선택을 해야 하지만 그것이 간단한 일이 될 수가 없다. 가난한 나라들의 권력자들이 권력을 유지하려면 핵은 필수이기 때문이다. 그래서 북한은 삼백만 명의 인민이 굶어 죽어도 핵은 포기하지 못했다. 지금도 그 이상 고난의 행군이 예상되는데도 핵을 포기하지 않고 있다. 그럴 수밖에 없는 북한 최고 존엄의 마음은 늘 불안할 것이다. 성씨는 말한다. 우리나라도 장마당에 쌀과 김치를 대주고 각종 과일과 채소를 대주자고 했다. 그리고 인민들에게 최소한의 생활비도 장마당 운영자들을 통하여 나눠주자고 했다. 그것이 우리가 할 수 있는 최선의 방법이라고 했다.

성씨는 훈통령에게 자금 건만 보고하고 모든 일은 성씨와 정의파 조직원들이 했다. 복면파와 정의파는 서로 협력을 잘한다. 서로에게 이익이 생기는 일은 언제나 협력하여 처리한다. 이번에 동해의 장마당 밀무역은 정의파와 복면파가 함께하기로 하고 문 사장에게도 일부 공개하기로 했다. 문 사장은 복면파 오씨가 판로를 개척한 것으로 했다. 오씨도 문 사장에게 신뢰를 받는 대북통이다. 오씨는 항상 북한과의 사업은 문 사장과 협의해서 결정하고 북한 고위층과도 연계가 되어 있다고 했다. 남한 군 당국자들과도 협의를 했는데 북한 인민들을 살리는 일이니 그들에게 필요한 식품과 생활용품만 보내는 걸로 하고 이틀에 한 번 오가는 것을 봐주기로 하되 야음을 틈타 이동하는 것으로 했다. 성씨가 하는 일에는 빈틈이 없다. 훈통령도 그렇고 조직원들도 그렇다. 일처리가 깔끔하고 서로가 측은한 마음으로 도움을 주고받으며 선하고 착한 일을 하니 막힐 것이 없다. 옳은 일만 할 뿐이다. 그리고 법과 원칙을 지키며 모든 일을 해나가니 문제가 될 일이 없다. 다만 북한 인민들의 생명줄을 지키는 장마당 일은 현재의 방법이 최고다. 다른 방법을 쓸 수가 없다.

포구와 가까운 곳, 사람들 눈에 잘 띄는 곳에 창고를 짓고 물건을 사 모아서 비교적 큰 배로 어선을 가장해 NLL을 넘나들며 북한 동해 쪽 항구를 통하여 밀무역을 몇 번 성공적으로 했다. 그리고 모든 시스템이 정상적으로 가동된다는 성씨의 보고에 훈통령도 기뻤다.

서울에 오기만 하면 빨리 통천마을 근처 별장으로 가고 싶다. 사람을 통하여 알아보니 문 사장은 둘째 부인 생일이라고 베트남으로 출장 겸 여행을 떠났는데 베트남 공산당 간부를 만나 우리나라 모 그룹과 베트남 정권 권력자들 간의 불화로 고통을 겪고 있는 현안을 해결하기 위해서 평소 북한 권력자들과 끈이 닿아 있는 베트남 공산당 권력자를 소개받아 구체적으로 상생하는 길을 열어 항구적인 서로 간의 이해를 구하는 중재 역할을 문 사장이 맡았다고 한다. 그리고 수백억짜리 북한 관련 밀무역도 중국 기업과 공모하여 성사시킬 것이라고 한다. 중국 선적 배 두 척에 북한서 가져온 철광석을 가득 싣고 베트남으로 와서 하역을 하고 베트남에서 쌀을 가득 싣고 중국을 거쳐서 북한으로 보내는 일인데 꽤 많은 수익이 문 사장에게 생길 거라고 한다. 인생도 즐기고 돈도 버는 좋은 일이라고 한다.

우한폐렴 코로나19로 인하여 베트남은 일방적으로 한국을 떠나 베트남에 기착하는 항공기를 회항시켰다. 그로 인하여 한국과 베트남 관계는 갑자기 악화되었다. 같은 때 일본 비행기는 입국을 시켰다고 한다. 그러자 갑자기 유튜버들이 가짜 찌라시 기사를 만들어 퍼뜨리기 시작하였다. 혐한과 혐베가 팽배하게 되었고 수많은 문제가 대두되어 양국 관계는 급격히 냉각되었다. 베트남은 자유경제 체제를 수용하여 인민의 민생고를 해결하는 정책을 시행하여 먼저 일본 기업들이 많이 진출했고 한국도 모 그룹을 비롯하여 약 사천 여의 많은 기업들이 진출해 있다. 그 기업들이 베트남 수출의 칠십 퍼센트를 차지하고 있고 그중 사십 퍼센트를 한국 모 그룹 베트남 현지 그룹이 차지하고 있다.

그런데 베트남은 한국보다 일본과 더 가까이 지낸다. 외교적 위상에서 한국을 대하는 그들의 태도는 우리가 생각하는 베트남이 아니라고 한다. 지금 현재 훈통령이 알고 있는 한국과 베트남 갈등은 코로나19로 일어난 가짜뉴스로 인하여 더욱 커졌는데 베트남 공산당 관계자들도 경거망동하는 모습을 보여서 양국 사이가 불편한 관계가 된 것이 사실이지만 지금 현재 당장 걱정스러운 상황은 아니어도 사회주의 공산당 국가들은 언제 어떻게 반기업 정서를 만들지 모른다는 것이다. 사드 문제로 촉발된 중국 공산당 정책에 의하여 중국에 진출한 우리 기업들이 큰 손실을 입고 철수를 했다. 사회주의 공산 국가들은 그렇게 딴지를 걸어 기업들이 그 나라에 영원히 존속하도록 내버려두지 않는다. 기업 활동마저도 국가 통제 수단으로 삼기 때문이다. 그들은 약속을 자주 어긴다.

현재 우리 주사파 정권도 마찬가지다. 대일, 대미, 대중, 대북 외교하는 것을 보면 뭔가 일을 하는데 결과가 없다. 세상에 살면서 많은 정권을 경험했지만 정말 이렇게 무식과 무능의 극치를 이루는 정권은 처음이다. 거기에 타협도 협치도 없다. 모두 엉망진창이다. 거기다 거대 여당 입법부까지 등에 업었으니 나라의 앞날이 큰 걱정이다. 그러니 나라의 국격은 떨어지고 국가 빚은 날로 늘어만 간다. 미, 일은 호시탐탐 한반도가 격랑에 빠지길 바란다. 한국 정치는 지금 한 치 앞도 내다볼 수 없다. 범법자들이거나 혐의를 받는 자들이 짜고 고스톱을 쳐서 법과 원칙을 지키려는 사람들을 수렁에 빠뜨려 괴롭히고 음해하고 핍박을 가한다. 큰일이라는 생각을 한다. 결국 이기는 항복을 선택한 정의와 공정의 대명사는 자기의 길을 가면서 모든 일을 해나가기로 했다. 나대던 그들은 과연 어떻게 될 것인가? 수사 속도는 어떻게 될 것인가?

훈이는 세상 돌아가는 일보다 자신이 할 일을 차분히 하기로 했다. 엄마도 출타해서 어디서 노닐고 계신지 알 수가 없다고 한다. 당신께 주어진 인생을 최대한 즐기면서 기쁘게 살기로 했나 보다. 알수 없는 일이다. 하루하루 일과가 아마도 세상의 쾌락에 맞추어져 있는 것 같다. 아무도 알 수가 없는 일이다. 엄마의 그 허한 마음을 그 누가 달래줄 수가 있을까? 아마도 마셔도 마셔도 갈증이 나는 바닷물처럼 엄마의 욕망의 갈증은 영원히 그치지 않을 것이다. 힘겨운 나날이 연속될 뿐이다. 그런 엄마를 훈이의 참 엄마로 돌아오게 할 방법이 없을까? 요즘은 고리 사채업을 한다고 한다. 명동파를 만들어 건장한 남자들을 조직원으로 쓰면서 돈도 벌고, 밤이면 돌아가며 섹스 파트너로 쓴다고 한다. 그 발광이 멈추어야 좋을 텐데 걱정이 태산이다. 그러나 훈이는 당분간 문 사장이나 엄마가 하는 일에 관여를 하지 않기로 마음먹었다.

성씨와 누나와 함께 탈북민 중 병에 걸린 사람들의 자기 부담 치료비를 대북 장마당 밀무역으로 벌어들이는 돈으로 쓰기로 했다. 성씨는 대북 밀무역으로 벌어들이는 돈이 많다고 했다. 지금은 여러 가지 사정으로 밀무역을 하지만 좋은 때가 와서 정식 무역이 이뤄지면 북한의 상권을 가져올 수 있을 것이라고 생각했다. 요즘은 평양백화점 관계자도 성씨에게 물건을 댈 수 있느냐고 물어와 할 수 없다고 거절했다고 한다. 훈통령은 잘했다고 했다. 우리가 북한에 목숨 걸고 밀무역을 하는 것은 북한 인민들의 호구에 도움을 주기 위함이지 북한의 특권층을 살리기 위한 일은 아니다. 그들은 정상적인 루트나 그들 나름대로 살길을 모색할 수 있다. 그러나 변두리 인민들 중에는 먹을 것을 찾아 떠도는 꽃제비가 생겨나고 심지어 군인들조차 하루에 한 끼만을 먹고 견딘다고 한다. 최고 존엄은 가끔 나타나지만 거짓 인물일 수도 있다고 한다. 그러니 인민들은 도탄에 빠져 죽을 수밖에 없고 전 세계의 질서를 깨고 있다. 세계적으로도 최빈민국이 되고 말았고 지독한 독재 국가로 명성이 자자하다. 자기의 권력 유지를 위해서 고모부도 죽이고 이복형도 독살해버렸다. 그런 일은 그가 살기 위해서 한 일이라고 해도 인민들이 굶어 죽지는 말아야지 않겠는가?

훈통령은 성씨만 만나면 같은 말로 자기의 최고 존엄에 대한 이야기를 듣는 것이 이제는 싫었다. 이제는 북한 이야기는 하지 말자고 했다. 성씨가 본 남한 당국자에 대한 이야기를 듣고 싶었다. 한마디로 이야기하면 함량과 역량이 많이 부족한 인물이라고 한다. 훈통령은 오늘만 서울에 있고 내일 다시 별장으로 가기로 했다. 그런데 엄마와 통화가 되었다. 지금 모 호텔에 있는데 저녁식사를 함께 하자고 했다. 훈이는 반가웠으나 썩 내키지 않았다. 지금 서로가 만나서 당장 서로 즐겁고 기쁘게 저녁을 먹을 수 있을까? 하지만 엄마가 몹시 보고 싶었다. 그래서 약속을 허락하고 성씨에게 말했다. 차량 준비를 부탁했다. 그리고 경호도 부탁했다. 엄마도 훈이처럼 자식이 그리워 만나자고 했을까? 아니면 자기 재산이라고 생각하는 돈을 내어놓으라고 협박하려고 만나자고 하는 건가? 알 수가 없었다. 어느 경우든지 훈이는 순수하고 좋은 마음으로 엄마를 만나기로 했다.

엄마와 눈물의 상봉

 엄마 찾아 삼만 리, 애증이 얽힌 모자 상봉이다. 모 호텔에 경호인
들과 함께 도착한 훈통령은 약속한 커피숍으로 들어섰다. 그윽하고
온화하며 중후한 멋쟁이 엄마가 혼자 훈이를 기다리고 있었다. 경호
원들은 멀찍이 앉아서 훈이에게서 눈을 떼지 않았다. 모자는 서로
보자마자 부둥켜안고 울었다. 체면도 주변 눈치도 아랑곳하지 않았
다. 엄마는 "훈이야 미안하다. 그동안 이어미가 너에게 너무 무심했
다. 용서해다오" 했다. 훈이는 아무 말 없이 울기만 했다. 두 사람은
안정을 되찾고 서로 마주 보며 테이블에 앉았다. 훈이는 아직도 서
러움에 눈물을 주체하지 못했다. 엄마는 훈이가 많이 건강해 보이
고 세련됐다면서 내 아들이라 그런지 자기가 만난 남자 중에서 최
고로 매력적이고 멋이 있다고 이야기하였다. 이제 육십 대가 다가오
니 세상의 모든 쾌락보다 너의 아버지 문 사장은 빼고 훈이와 누나
들의 소중함이 새롭게 느껴지며 문 사장에게 복수하려고 너희들에
게도 모질게 대했다고 고백을 했다. 그러면서 너만이라도 당신을 엄
마로 받아달라고 했다.

사실 명동파라는 조직을 만들어 사채를 하지만 고리대금업은 아니라고 했다. 장사하는 사람들에게 연 12퍼센트의 이자를 붙여 돈을 빌려주었다고 한다. 그렇게 일 년을 해보았는데 워낙 큰 액수를 돌리니 경비 제하고 수익이 연 5퍼센트가 나오는데 돈이 없어서 대부를 못 할 지경이고 지금 있는 돈 이상은 하지 않을 거라고 한다. 그러면서 훈이가 챙긴 돈도 약 삼천억인데 어떻게 관리를 하느냐고 했다. 훈이는 시치미를 뚝 떼고 유가증권에 투자했는데 주로 국공채에 투자하고 그중 일부를 투자하여 농장을 운영한다고 했다. 엄마도 시골에 가서 농장이나 하면서 남은 여생을 살고 싶다고 했다. 엄마는 훈이 이름으로 주식에 투자한 돈도 네가 쓰고 싶을 때 팔아서 쓰라고 했다. 살 때의 시세보다 엄청나게 많이 올랐으니 그 돈도 너에게는 큰돈이 될 거라고 했다.

엄마에 대한 모든 잡다한 이미지가 사라지고 멋진 중년 여성 어머니로 보였다. "어머니가 돌아오셔서 감사합니다. 어머니를 언제나 존경할 수 있도록 좋은 부자 아주머니가 되어서 앞으로는 저와 함께 즐겁고 기쁘게 살아요. 누나들은 어떻게 되었어요." "그 녀석들도 잘 있는데 너무 부자 티를 내면서 살아서 엄마는 그 녀석들에게 정 붙이기가 힘들다." 모자지간보다 모녀지간이 더 살갑고 정이 많다고 하는데 요즘 어머니는 누나들 때문에 속을 썩는 것 같았다. 누나들도 언젠가는 어머니 품으로 돌아올 것이라며 어머니를 위로하였다. 훈이가 함부로 대할 것이라는 생각을 했던 엄마는 훈이가 이렇게 훌륭하게 성장해주어 대견하고 자랑스러웠다. 말 한마디에도 멋과 품위가 서려 있고 온몸에서는 남자의 향기와 체취가 엄마의 민감한

코를 행복하게 해주었다. 문 사장과는 딴판이었다. 어머니는 훈이가 외할아버지를 닮았다며 좋아서 어쩔 줄 모르는 표정을 얼굴에 그대로 나타냈다. 훈이는 어머니께 식사를 하자고 이야기하며 오늘은 훈이가 어머니를 대접한다고 하면서 찻값을 훈이가 내었다. 태어나서 처음으로 어머니를 위해서 돈을 쓰는 것이다. 밥값도 훈이가 번 돈으로 계산하기로 했다.

엄마는 오늘 훈이에게 푹 빠졌다. 엄마는 지금까지 남자들을 만나면 모든 계산은 엄마가 하였다. 젊을 때 문 사장과 연애할 때도 돈은 모조리 엄마가 썼다고 한다. 그러니 엄마는 훈이가 이렇게 자기를 위하여 돈을 써주는 것에 대하여 사뭇 기분이 좋아졌다. "내 아들아 고맙다." 연신 말하며 아들 뒤를 쫓아서 호텔 레스토랑으로 갔다. 성씨가 미리 예약해놓은 음식상이 깔끔하고 보기 좋게 차려져 있었다. 랍스터 찜에 이태리식 해물소스 파스타였다. 언젠가 문 사장과 싸우면서 엄마가 훈이를 임신했을 때 먹고 싶었는데 사주지도 않고, 그로부터 문 사장은 임신한 아내를 집에 두고 다니면서 바람을 피웠다.

어머니는 차려진 음식을 보고 무척 좋아하고 먹고 싶었던 음식인데 어떻게 내 마음을 알고 이런 요리를 주문했느냐고 물었다. 훈이는 어머니 아들이니 멀리 떨어져 있어도 이심전심으로 통하는 것이라고 했다. 어머니는 그저 훈이에게 푹 빠져 기쁨의 눈물을 흘렸다. "역시 내 아들이 최고다" 하였다. 어머니와 훈이는 럭셔리하게, 기분 좋고 맛있게 저녁 식사를 마치고 참으로 오랜만에 집으로 갔다. 모든 것이 낯설었다. 일하는 고모도 만났다. 고모가 훈이를 보더니 달려와 안기어 펑펑 울었다. 보고 싶어서 죽는 줄 알았다고 했다. 훈이도 고모가 많이 보고 싶었다고 했다. 고모는 훈이의 모습을 보고 네가 훈이가 맞느냐고 몇 번이고 물어보았다. 그만큼 병약했던 훈이의 모습이 몰라보게 변했기 때문이다. 훈이는 자기 방으로 들어가 샤워를 하고 잠들었다.

이튿날 아침 새벽에 일어나 역으로 가서 고속 열차를 타고 강릉으로 갔다. 이미 성씨와 약속한 일이라 그렇게 했다. 집에서 나오면서 보니 누나들 명품 신발도 있었다. 그렇게 훈이네 식구들은 한집에 살면서도 뿔뿔이 흩어져 제멋대로 살았다. 서글픈 일이다. 강릉에 도착하니 어머니께 전화가 왔다. "아침식사라도 하고 가지" 했다. 이제는 엄마로 느껴졌다. 옛날 같으면 밥을 먹고 다니는지 굶고 다니는지 상관하거나 걱정하는 일이 없었다. 이곳 농장일이 바빠서 급히 내려왔다고 하며 어머니도 다음에 만날 때까지 몸 건강히 잘 계시라고 하면서 전화를 끊고 오늘은 성씨가 미리 보내준 차를 경호원들과 함께 타고 밀무역 비밀 창고에 가보기로 했다.

밀무역 비밀 창고와
전복 뚝배기 정식

그곳에 도착하니 성씨가 그곳에서 훈통령을 맞아주었다. 창고를 둘러보니 상품들이 잘 정리되어 재고 파악이 잘되도록 정리해놓았다. 훈통령은 성씨의 노고를 치하하였다. 모두 훈통령 덕분이고 조직원들의 일사불란한 일처리 덕택이라고 했다. 성씨는 늘 겸손하고 자신의 일에 최선을 다하며 공은 늘 다른 사람에게 돌렸다. 그것이 훈통령도 그에게 배울 덕목이라고 생각했다. 늘 겸손하고 성실하고 빈틈없이 맡겨진 임무에 온 정성을 바쳐 성공적으로 완수한다. 두 사람은 근처 전복 뚝배기집으로 점심식사를 하러 갔는데 주차장도 만원이고 표를 받고 삼십 분 이상 기다려야 뚝배기 정식을 먹을 수 있다고 했다. 훈이는 도대체 어떻게 요리를 해서 이 많은 사람들의 미각을 사로잡았을까 하는 호기심에 표를 받고 항구 바닷가에서 기다리기로 했다.

갈매기 떼가 어선 주위를 떠돌며 먹잇감을 찾는다. 예전에는 바다 위를 날며 먹이를 낚아 먹었지만 물고기들이 줄어들어 갈매기들이 어선 주위로 몰려드는 것이다. 세상의 자원이 고갈되어 멸종 위기의 생물들도 많아지고 이미 지구상에서 사라진 동식물도 많다고 한다. 이 모든 것이 사람이 하느님의 섭리를 따르지 못하고 탐욕을 부려 일어난 일들이다. 사람의 생명이 유한하듯 세상의 모든 것이 유한하다. 우리는 그것을 깨닫고 주어진 자연과 생물들을 아껴서 공생할 수 있도록 모든 물자의 절약을 생활화해야 한다. 그것이 우리들의 삶의 근간이 되고 행복이 된다. 그것만이 우리들의 살길이 되는 것이다. 잠시 바다와 갈매기의 모습을 보면서 훈이는 자연의 소중함을 생각했다.

성씨가 음식 나올 시간이 되었으니 가보자고 해서 음식점으로 갔는데 누나와 우씨가 나와서 줄을 서서 기다리다 음식을 상에 차려 놓았다. 보글보글 끓는 뚝배기에 살아 있는 해물들과 전복이 뜨거워 신음하며 죽어가고 있었다. 그런데 그 모습을 보며 군침이 넘어가는 자신의 모습을 보면서 동물은 먹잇감 앞에서는 가장 잔인하고 처절해진다는 어느 책의 글귀가 생각나며 사람도 마찬가지라고 생각했다. 누나는 맛있게 드시라며 훈통령에게 수저를 챙겨주었다. 젓갈 몇 종류와 해조류 반찬이 정갈하게 차려져 있었다. 뚝배기에는 대하 한 마리, 모시조개 두 개, 바지락 대여섯 마리, 무 두 조각, 대파 몇 조각, 미나리 몇 개가 들어 있고 큰 전복이 뜨거운 물 위에서 온몸을 비틀고 있었다. 누나는 기절한 전복을 꺼내서 전복 껍질과 속살을 분리하여 훈통령이 먹기 좋게 해주었다. 그리고 자기도 전복을 뚝배기에서 꺼내어 그렇게 했다. 우씨와 성씨도 각자 전복을 처리하여 소스에 찍어 먹었다. 국물이 시원하고 구수했다. 긴 줄을 서서 기다린 보람도 있고 식구들과 함께하는 점심식사는 행복했다.

식사 후 모두 별장에서 모였다. 우씨는 그동안 한 일들을 조목조목 보고했다. 모내기는 이앙기로 논 오천 평에 무사히 했다고 한다. 우선 유기농 발효 퇴비를 썼고 약간의 복합 비료를 써서 약한 모들이 하루빨리 땅에 적응하도록 했다고 한다. 벼농사는 비료가 필요하다고 한다. 그 대신 농약은 안 쓰기로 하고 올해는 우렁이 재배를 하려고 우렁이 씨를 수만 마리 받아다가 따로 키우고 있다고 했다. 모가 어느 정도 자란 후에 논에 넣어줄 거라고 했다. 우렁이가 벌어들이는 돈도 꽤 될 거라고 했다. 그리고 과수들에도 자주 퇴비를 주고 때맞춰 물을 뿌려서 잘 자라고 있다고 했다. 밭농사도 잘되어 열무를 생산하여 북한 장마당으로 우선 보낼 예정이라고 했다. 스티로폼 보온 박스에 담아 냉장으로 포장하여 보내서 좀 더 신선한 채소를 먹을 수 있도록 할 것이라고 했다.

누나는 그동안 농사로 들어간 돈들을 잘 정리하여 보고했다. 축산, 과수, 곡식, 채소 등 농사별로 이해하기 좋게 지출 내역을 보고하였다. 아무튼 모두가 제자리에서 제 할 일을 열심히 하고 있으니 훈통령은 복이 많은 사람인 것이 맞다. 어찌되었든 간에 젊은 나이에 자기도 모르게 어머니께 명의를 빌려 주고 수천억 원을 가질 수 있는 것도 큰 복이다. 문 사장이 서서히 이해가 가기 시작한다. 단기간에 큰돈을 벌려면 권력자들과 친해져야 한다. 그리고 되는 대로 돈을 챙겨야 문 사장처럼 단기간 내 큰돈을 만질 수 있다. 문 사장이 큰돈을 만질 수 있었던 것은 바지 사장을 두고 펀드 회사를 만들어 펀드 투자자들을 모집한 것이다. 그리고 수천억을 챙기고 부도를 냈다. 바지 사장은 아직도 형을 살고 있다. 펀드 투자자들 손실은 수조 원대에 이르렀다.

지금도 또 다른 펀드 사기가 터졌다. 현 정권의 실세들이 줄줄이 얽혀 있는데 검찰에서는 무엇을 하는지 수사 진척이 느리다. 물론 수사 상황을 언론에 공표할 수가 없기 때문에 검찰에서 무슨 일이 벌어지는지 알 수가 없다. 법무부 장관이라는 사람이 검찰 지휘를 하고 있으니 문제가 심각하다. 마치 조선 연산군 시대에 간신들이 음모와 음해로 없는 사건을 만들어 충신을 죽이려 시도했던 것이 대명천지에 현대 자유 대한민국에서 일어나고 있다. 그런 와중에 서울시장은 여성 성추행 문제로 자살을 했다. 인면수심 주사파들의 실상을 보는 것 같다. 성문제로 부산시장도 물러난 상태이다. 내년 지자체 보궐선거는 볼만할 것이다. 현 야당 인사들도 마찬가지이다. 그들은 전투력이 부족하다. 그리고 현 언론의 행태는 군사독재 시대에도 없었던 관재 언론이 된 지가 오래되었다.

훈이 아버지 문 사장
그리고 현 시국

훈이는 혼자 조용히 현실을 바라보며 문 사장은 기회주의자이며 법돌이라는 생각을 했다. 법망을 교묘하게 피하며 부정한 돈이든 청전이든 가리지 않고 긁어모아서 부인에게 가져다주었다. 아내는 그 돈을 아내의 조상 대부터 해온 부동산에 아들 이름으로 투자하였다. 문 사장에게 더 많은 돈을 받아내기 위한 작전이기도 했다. 그런 덕분에 훈이는 지금 자신이 꿈꾸는 파라다이스를 만들어가고 있다. 그런 문 사장에게 감사해야 할지는 조금 더 지켜보아야 할 일이다. 훈이는 잠시 쉬면서 자기 귀를 의심했다. 최장수 서울시장이 서울 북악산 숙정문 근처에서 시신으로 발견되었다고 한다. 왜 그랬을까? 그래도 어렵게 고시를 패스하고 허울 좋은 인권 변호사를 하다가 '아름다운 가게'의 대표도 하고 정치에 입문하여 주사파 중에서는 그런대로 양심이 있는 사람으로서 행세해온 대표적인 친문 인사이다. 그런데 그에게는 그런 가면 이면에 검고 잡다한 쓰레기가 쌓여 있었던 것 같다.

주사파의 특징 중 하나는 자신의 잘못을 잘 미화하고 감춘다는

데 있고 또 잘못을 하고 상대방이 그 잘못을 알면 그 상대방을 핍박하고 겁박하다가 그래도 안 되면 쥐도 새도 모르게 죽여 버린다는 것이다. 북한의 암살단을 이용하기도 한다. 과거에 만주에서 독립군 총사령관 김좌진 장군은 함께 독립운동을 하던 좌익 빨갱이에 의하여 암살되었다. 함께 독립운동을 하던 좌익 김일성 장군은 김좌진 장군이 각종 전투에서 승리를 하며 명성이 높아지자 질투심에 미래의 정적을 미리 제거한 것이다. 그것이 주사파들의 실체이다. 자기들 정적을 무자비하게 제거하는 수법이다. 지금 여당에서는 차기 대권 주자들이 서로 경쟁을 치열하게 하며 물밑에서 피 튀기는 혈투를 벌이고 있다. 서로 그런 와중에 상대방의 단점을 파고 들어가 미리 쳐놓은 덫에 박 시장이 걸려들어 죽음을 선택했는지 아무도 모른다.

정치의 세계는 온갖 야비한 수단과 방법을 동원하여 오직 권력을 잡고 유지하는 데만 골몰한다. 몇 명의 대권 후보자들은 일단 당의 선택을 받아야 하기 때문에 벌써 일찍부터 국회의원을 자기 파로 당선시키기도 했다. 그런데 그중 한 사람이었던 사람은 이미 오래전에 성폭력 혐의로 정치 생명이 끝나고 이제 몇 사람이 남아 경쟁 중이었고 그중에 유력한 사람이 서울시장이었는데 자살로 결론이 났지만 혹시 누군가가 오래전에 놓았던 덫에 걸린 것은 아닌가 하는 기분이 든다. 그가 그 많은 여직원들을 성추행했다는 사실이 놀랍기 때문이다. 그래도 그렇지, 그렇게 파렴치한 일을 하고도 그 여직원들을 협박하고 회유했다고 한다. 여비서를 희롱했거나 추행했다면 인격파탄으로 바로 공직을 떠나야 한다.

문 정권에는 확실히 제대로 된 사람들이 없는 것 같다. 사소한 일로 일생을 망치는 사람들이 많다. 돈과 관련된 사건도 많고 여자와 관련된 사건 당사자들도 많다. 뿐만 아니라 이 정권들 실세들은 그야말로 잡범 수준들이 많다. 그들이 기소가 되었는데도 국회의원이 되고 검찰을 쥐고 흔들고 있다. 뿐만 아니라 가장 도덕적이고 법과 원칙에 충실한 인사가 장관이 되어야 하는 법무부에 오는 장관마다 모두 불법, 탈법, 비리 인사들이 온다. 정권이 저지른 죄가 얼마나 많고 크기에 검찰을 뒤흔들어대는지 알 수가 없다. 최장수 서울시장까지 죽을 수밖에 없는 죄를 지었으니 그 나머지들은 어떠하겠는가? 주사파들은 그들의 범죄가 모두 가려지고 숨겨진다. 하지만 언젠가 그들의 죄상이 드러날 것이다.

훈이는 갑자기 아무 죄도 없이 조선의 미풍양속을 해한다는 명목으로 천주교를 탄압하고 자기 파벌의 권력 잡기에 열중했던 조선 후기에 일어난 교난들을 생각했다. 당시 무참하게 죽어갔던 사람들은 한국의 자랑스러운 백삼 위와 백이십사 위로 세계적인 성인, 성녀로 부활하여 전 세계 천주교인들의 추앙을 받으며 그들의 이름이 길이 천추에 영원히 빛날 것이다. 그러나 당시에 칼춤을 추었던 대신들이나 임금까지도 현재 그들의 이름은 아무도 모른다. 결국 그들의 무식과 무능으로 조선은 망하고 말았다. 현재 역사 왜곡도 심각하다. 그러나 그 일도 언젠가는 종지부가 찍힐 것이다. 역사적 진실과 사실은 아무리 왜곡을 해도 밝혀지기 마련이다. 훈이는 생각했다. 한반도뿐만 아니라 저 만주 벌판도 다시 우리나라가 될지 모른다는 생각과 일본령 대마도도 우리나라 땅이 될 수 있다고 생각했다. 만주를 나라가 차지하지 못해도 만주에 통천마을을 열고 싶다. 우리 나라 사람들이 사는 곳에는 어느 나라든지 통천마을을 만들어 그 곳에서 어렵게 살아가는 동포들을 돕고 싶다. 특히 베트남에서 따 이한으로 살아가는 사람들도 돕고 싶다. 그들은 베트남이 공산화되 는 과정에서 많은 고통을 받았다고 한다. 그리고 죽어간 사람도 많 다고 한다. 지금은 한국 기업이 많이 진출하여 그 기업에서 그들을 고용해주고 도와준다.

훈이는 통천마을에 탈북 주민들이 쉬러 많이 오는데 그중에는 정 말 갈 곳이 없어서 노숙생활을 하다가 온 사람들도 있는데 그들은 대부분 알코올에 중독되어서 시내로 나가 구걸을 하여 술을 마시고 들어오기에 대책을 세워야 하겠다는 보고를 누나에게 받았다. 훈이 는 통천마을로 가보기로 했다. 두 사람이 아파트 방에서 술을 마시 고 있었다. 경호원에게 두 사람의 손과 발을 묶으라고 했다. 그리고 불을 끄고 잠을 재웠다. 훈이도 경호원들과 다른 방에서 새우잠을 자면서 그들이 깨어나길 기다렸다. 아침 오전 열 시쯤 그들이 일어 났다. 성씨가 마침 서울에서 내려왔고 우씨도 왔다. 두 사람이 묶인 채 있었다. 훈통령은 그들에게 이렇게 묶인 것이 기억나느냐고 물으 니 전혀 기억이 없다고 했다. 당신들은 지독한 병에 걸려 있기에 불 가피하게 이렇게 묶었다고 하면서 그들을 풀어주고 여기에서 쉬려 면 술을 드시면 안 된다고 했다. 두 사람은 북한에서 탈출하여 남한 으로 왔는데 남한 정부에서 도와주는 정착금으로 물류센터 안에서 밤에 우동도 팔고 오뎅도 팔며 열심히 살았는데 시청에서 단속을 심하게 하여 접고 채소 장사를 하다가 그것도 신통치 않아 둘이서 택배기사를 하면서 돈을 모아 작은 가게를 얻어 과일과 야채 가게를 하면서 기반을 잡아가는데 갑자기 집달리들이 나타나 건물이 경매로 넘어갔으니 떠나라고 해서 돈 한 푼 건지지 못하고 힘겨워하고 있다고 했다.

남한은 열심히 일하면 먹고 살아가는 데 아무 문제가 없다고 해서 이곳에 왔는데 이곳에서도 법을 모르면 거지가 되고 차라리 북한 사회가 더 좋다는 생각을 했다고 했다. 그럼 지금이라도 북한으로 돌아가겠느냐고 하니 의아하게 생각했다. 술을 마시지 말고 이곳에서 나가지 말고 며칠 잘 생각해 보고 북한으로 가고 싶으면 보내주겠다고 했다. 약 오 일이 지났다. 두 사람은 북한으로 다시 가겠다고 했다. 요즘은 남한 당국자들이 탈북민들을 변절자로 대하고 기초생활수급 등의 혜택도 까다롭게 하여 실패한 탈북 주민은 살아갈 수가 없다고 했다. 훈통령은 그들을 북한으로 보내도록 성씨에게 이야기했다. 신분 세탁을 하여 함흥이나 원산 쪽으로 보내어 장마당 일을 하며 살아가게 해달라고 요청했다. 열흘 후에 그들의 북한 신분증을 만들어주고 함흥으로 보내서 그곳에 정착하여 장마당을 하라고 오백 달러씩 나누어주었다.

두 사람은 훈통령에게 백 번 감사를 했다. 물론 북한으로 가면 술을 마실 수가 없다. 술 마시고 어정대면 당장 붙들려가 혼쭐이 나고 강제 수용소에 수감되기 때문이다. 북한에서는 술은 명절 때만 조금 마실 수 있다고 한다. 알코올 중독자는 알코올이 없는 세상으로 보내야 그 병을 고치고 새로운 삶을 살아갈 수가 있다. 훈통령에게 남한으로 오고 싶을 땐 언제라도 다시 오되 삼 년은 그곳에서 살다 오라고 했다. 삼 년이 지나면 어느 정도 알코올에서 해방될 수 있기 때문이다. 알코올 중독자는 이 세상에 문제를 일으킬 뿐 아무것도 할 수가 없다. 특히 탈북 주민이라면 국가가 특별히 살펴주지도 않는다.

현 정권이 북한의 지령을 받는 정권인지도 모른다는 생각을 한다. 탈북 주민들 중에서 남한 당국자들의 핍박을 받는 사람들이 많다. 하여간 두 사람은 그날 밤 밀무역선을 타고 새 삶을 위하여 북한으로 가서 장마당에서 백미를 싸게 팔기로 했다. 그들이 그곳에서 남북한 어느 곳에서도 맛보지 못한 행복을 누리기를 빌어본다. 좋은 사람도 만나서 결혼도 하기를 바란다. 남한이 그리워지면 통천마을로 올 수 있으니 기쁘고 즐겁게 살아갈 것이다. 강력한 통제를 받던 사람은 자유로운 곳에서 살아가기 힘들다고 한다. 누구나 어디에서 어떻게 살아가든 아름다운 꿈을 꾸며 살아가는 사람들은 오늘을 기쁘고 즐겁게 살아갈 수가 있다. 그렇게 사는 사람만이 이웃을 사랑할 수 있다.

훈이는 자신이 자신을 사랑할 줄 모르면 아무것도 이뤄낼 수 있는 힘이 없다고 생각한다. 그럼 나를 사랑한다는 것이 무엇인가? 우리는 우리 몸 자체에 감사할 줄 알아야 한다. 앞을 보지 못하는 분들을 보면서 내가 내 눈으로 천지를 볼 수 있고 대자연을 볼 수 있으며 사랑하는 사람들과 눈을 마주치고 그들의 미소를 볼 수 있는 것에 감사해야 한다. 공(公)과 사(私), 정(正)과 사(邪)를 구분하는 눈에 한없이 감사해야 한다. 그리고 아름다운 음률을 들을 수 있고 우주 만물의 숨소리를 들을 수 있는 귀에도 끝없는 감사를 드려야 한다. 소리를 들어야 배울 수도 있고 익힐 수도 있다. 의사소통의 소중한 도구인 나의 귀를 늘 닦아주고 매만지고 사랑하며 좋은 말이나 쓴 소리나 모두 잘 경청하되 남을 비방하는 소리나 음해하는 말은 걸러내도록, 내 귀의 필터링이 잘 작동되도록 평소 훈련을 해야 한다.

향기로운 꽃향기와 인향을 맡을 수 있는 내 코에도 마사지를 해주며 사랑을 듬뿍 주어야 한다. 코는 우리가 죽었는지 살았는지 알아보는 숨구멍이다. 신선한 공기를 들이마시고 이산화탄소가 가득한 숨을 내쉰다. 그래서 나의 피가 뇌와 각 기관에 산소를 전달하도록 한다. 그래서 우리가 생명을 유지하려면 코를 사랑해야 한다. 진미를 맛보려면 먼저 코가 작동하여 냄새를 맡아 나의 오감을 작동시켜야 한다. 그래야 맛있는 음식이 내 혀를 자극하고 입으로 들어간다. 나의 입은 내 몸의 중심이며 품격이며 삶의 요충지이다. 악한 것도 입을 통하여 나가고 선한 것도 입을 통하여 나간다. 그래서 그 사람 입에서 나오는 고운 말씨가 그의 품위를 지켜주고 그의 입에서 나오는 따뜻한 사랑의 소리가 세상을 온화하게 하고 평화롭게 한다. 입에서 나오는 분노와 불평의 말은 싸움을 일으키고 전쟁도 하게 한다. 냉혹한 말 한마디에 사람이 죽을 수가 있다. 그 입에는 소리를 내게 하는 혀와 입을 다물게 하는 입술이 있다. 그래서 혀와 입술을 적당하고 유효적절하게 움직여야 탈 없는 세상을 살 수가 있다. 입은 우리 몸의 각 지체에 필요한 음식물을 먹을 수 있게 잘 설계되어 있다. 우선 위아래 턱이 있어 이가 음식을 씹을 수 있게 해준다. 우리 입이 음식을 씹으면서 우리 혀는 그 음식의 맛을 볼 수 있게 해준다. 맛있는 음식과 맛없는 음식을 구분해주고 먹을 것과 못 먹을 것도 구분해준다. 입술과 혀는 에로스적 사랑을 자극하고 키스를 통하여 우리의 뇌 건강을 좋게 해준다고 한다. 깊은 키스를 통하여 남녀가 혀를 서로 부딪히고 빨아준다면 치매에 걸리지 않는다고 한다. 그래서 혀와 입술은 우리 사랑의 애기(愛器)이기도 하다. 그래서 입술에 모양을 내고 립스틱을 써주는 모양이다.

그 모든 것을 담고 있는 얼굴도 우리가 사랑해주어야 하는 소중한 것이다. 얼굴에 환하게 미소가 퍼져 있으면 한 송이 장미꽃처럼 아름답다. 그리고 크게 웃는 얼굴은 해바라기처럼 사람들에게 즐거움을 준다. 희로애락(喜怒哀樂)의 모든 모습이 얼굴에 나타나며 얼굴이 그 사람의 이미지로 나타난다. 온화하고 평화롭고 미소를 머금은 얼굴은 여러 사람들에게 기쁨과 행복을 준다. 누구든지 사람의 첫인상은 얼굴로 결정된다. 얼굴을 잘 관리하고 다듬어야 한다. 그래서 자신의 이미지를 잘 관리해야 한다.

손에도 감사해야 한다. 우리는 손을 움직여서 일을 하고 돈도 번다. 그래서 엄지, 검지, 중지, 약지, 새끼손가락 등 손가락을 귀하게 여겨야 하고 손을 자주 비벼주어야 한다. 그리고 손에 무리가 가지 않도록 해주어야 한다. 팔목, 팔, 어깨 등에 좋은 운동을 해주어 근육이 튼튼하게 유지되어야 한다. 우리 몸을 사랑하며 산다는 것도 쉬운 일이 아님을 훈이는 알았다. 무의식으로 대강 살아온 지난날들이 아쉬웠다. 하지만 지금이라도 이렇게 살아가니 기쁘고 즐겁다. 나의 피와 심장과 핏줄들 모두가 나를 살게 해주는 기관이다. 살아 있는 동안 나의 심장은 하루도 쉬지 않고 열심히 일한다. 심장을 사랑하는 마음으로 심호흡을 자주 하여 착하고 선한 심장을 도우며 감사해야 하겠다.

우리 뇌는 여러 가지 복잡한 기관으로 이루어져 우리 몸의 모든 지체를 컨트롤하는 컨트롤 타워이다. 그곳에는 수많은 뇌세포들이 우리의 정신을 가다듬게 하고 맑고 밝게 해주는 고마운 역할을 한다. 소중한 나의 뇌는 나를 사람답게 하는 데 일조를 해주는 것에 감사를 느낀다. 그리고 사람만이 가질 수 있는 모든 특권들이 뇌에서 시작된다. 기억, 사랑, 친절, 정직, 정의, 겸손, 용서, 관용, 선함, 착함 등이다. 일생일대 모든 대소사의 기쁨, 즐거움, 행복 등도 뇌가 우리들에게 주는 것이다. 늘 뇌에 감사해야 한다.

우리 몸 보이지 않는 오장육부에 늘 감사해야 하며 그들에게 해가 되는 일은 스스로 안 하는 것이 현명하다. 특히 술과 담배는 우리들의 모든 지체에 해를 끼친다. 멀리하는 것이 좋다. 우리의 생식기는 종족을 번식하게 해주고 부부간의 사랑의 정을 북돋아주며 최고의 기쁨을 남녀 모두에게 준다. 신께서 사람을 번성케 하기 위하여 그런 좋은 기관을 남녀에게 주었다. 서로 만나면 흥분이 되고 액이 나와 서로의 성기를 받아들이고 최고의 오르가즘을 갖게 한다. 그 기쁨과 희열과 행복은 세상의 어떤 보물과도 바꿀 수 없으며 남녀가 궁합이 잘 맞아야 장수를 한다.

인생은 육십부터 팔십이
몸과 마음의 황금기

요즘은 인생에서 육십부터 팔십까지가 섹스를 즐길 수 있는 황금기라고 한다. 훈이는 유튜브를 통하여 이러한 지식을 공부하였다. 아무튼 우리 몸을 탐구하다 보면 우리 몸은 분명 진화를 한 것이 아니라 창조주에 의한 최고의 창조물이며 최고의 예술작품이다. 심장을 품고 있는 가슴은 우리의 마음을 담고 있다. 그 마음은 늘 외부의 자극이나 현상에 의해서 변한다. 그러나 사람이 공부를 하고 도를 닦다 보면 그 마음이 항심으로 고정되어 언제나 고요함을 유지할 수 있다. 잔잔하고 조용한 호수처럼 풍족해지고 행복해진다. 그 경지에 오르면 아무리 세찬 비바람이 불어도 끄떡없이 견뎌낸다. 그리고 어느 때라도 마음은 굳게 깨어 있어서 아름다운 일들만 가득 남길 수 있다고 한다. 세상의 어떠한 풍파와 고통도 마음먹기에 따라 순풍도 되고 행복으로도 바뀐다. 그런 마음과 사랑을 품고 있는 가슴을 아끼고 사랑하며 늘 쓸어주며 감사해야 한다.

두 다리는 어떤가? 우리들을 어디에나 데려다준다. 먼 길에 힘들어도 부르터도 아무 불평불만 없이 내가 원하고 바라는 대로 움직여준다. 직립보행을 시키고 발바닥에 오장육부의 혈 자리를 두어, 걷는 만큼 우리 오장육부가 건강해지도록 설계되어 있으며 걷는 것은 곧 우리 몸 전체 지체가 바람을 가르며 이동하는 것임을 발바닥을 통하여 각 지체에게 알리어서 올바른 길을 가게 한다. 합력하여 선을 이룰 수 있도록 한다. 우리 몸의 구성을 알면 알수록 신통방통하고 기기묘묘하다. 하느님께서 만드시지 않았다면, 그의 숨결이 없었다면 우리 인간의 지체가 이처럼 서로 교감하고 소통하며 숨을 들고 내고 할 때마다 그 신비와 행복을 느끼며 동시에 신성을 갖는 것은 우리 사람은 신에 의하여 창조되었고 신의 섭리에 의하여 일일호호(日日呼號)하면서 감사와 기쁨 속에서 살아가는 것이라고 훈이는 생각되었다. 그래서 한 사람 한 사람의 인권은 소중하고 그 사람에게는 분명 인성이 나타나지만 신성도 있기에 사람은 상호호혜, 평등한 대우를 받아야 한다고 생각하였다.

이런저런 공부로 머리가 복잡해 잠시 쉬려고 하는데 성씨가 노크를 하고 들어왔다. 훈통령도 기쁘고 즐겁게 생각하며 그를 맞이하였다. 오늘따라 일에 얽매여 힘든 모습이 보였다. 이제 훈이도 사람 얼굴을 보면 그의 몸과 마음을 읽을 수 있게 되었다. 제왕학 등 책을 읽으며 지도자로서 덕성과 감각을 기른 덕분이다. 몰래 재입북한 두 사람은 함흥에 잘 도착했고 그쪽 유력자에게 잘 인계해서 장마당에서 백미를 독점해서 팔도록 해주고 수익을 당 간부에게 뇌물로 나눠주며 인맥을 쌓아가라고 했다고 한다. 그렇게 되면 그 두 사람은 북한에서 큰돈을 벌 수 있고 결혼도 할 수 있을 거라고 했다. 성씨의 인맥으로 그들을 잘 감시하며 도와주라고 했다고 한다. 남한 자본주의의 비정함을 경험한 두 사람은 앞으로 북한에서 잘 살아갈 것이라고 했다. 특히 훈통령 덕분에 돈도 안정되게 벌 수 있고 돈으로 권력도 매수하여 기쁘고 즐거운 삶을 살 거라고 한다. 북한은 돈이 있으면 모든 것을 할 수 있는 시스템이라고 했다. 특히 통제되고 단절된 지상 유일의 세습 왕조 독재 국가에서는 돈으로 모든 것을 할 수 있다고 한다. 더구나 지금은 최고 존엄 체제가 흔들리고 있고 북한 내부에서 무슨 일이 일어났는지 모른다고 한다. 어쩌면 코로나19 우한폐렴으로 나라가 흔들거리고 있다고 한다. 그러니 장마당밖에는 살 방법이 없다는 것이다. 이미 배급이 끊긴 지는 한참 되었다고 한다.

성씨는 인민들이 굶어 죽어나갈 일들이 끔찍하다고 걱정을 한다. 그래도 훈통령의 밀무역이 저들을 살릴 것이라고 한다. 지금 중국 공산당은 북한에 많은 식량을 지원하는데 문 사장이 그 일에 관여되었다고 한다. 아마도 문 정권에서 거액을 받아 북한으로 가는 곡물 값을 문 사장을 통하여 보냈을 것이라고 한다. 지금 문 사장은 중국 출장 중인데 요즘 북한 남포항에는 곡물을 실은 중국 배들이 연속적으로 오가며 하역작업이 대규모로 이루어지고 있다고 한다. 들리는 소문으로는 약 팔십만 톤이 될 것이라고 한다. 그것이라도 북한 인민들의 생명줄이 된다면 다행이다. 이번에도 문 사장은 꽤 큰돈을 벌어올 것이라고 한다. 그중 일부는 베트남에서 싸게 사서 이문을 남기고 중국에 넘겨 북한으로 들어가는 것일 거라고 복면파 실무자가 성씨에게 말했다고 한다.

훈통령은 당분간 통천마을에서 푹 쉬었다 일을 하라고 하며 성씨에게 오백 달러를 주었다. 사람이 열심히 일하는 것은 좋지만 쉬엄 쉬엄 하는 것도 좋은 일이다. 나의 몸을 아껴야 한다. 그리고 차분 하게 각 지체를 움직이면 그것이 최고의 힐링이 된다. 이것저것 약 이라는 것을 먹는 것도 좋지만 그냥 살아가는 것도 좋은 일이다. 사 람은 자신만이 자신을 지킬 수 있고 행복을 누릴 수 있다. 우리가 살아가는 습관과 하는 일들이 우리 삶에 큰 영향을 끼친다. 그런 의 미에서 성씨가 잠시 일을 떠나 쉬는 것을 권했다. 성씨는 알았다고 하며 훈통령에게 감사하다고 인사를 하고 통천마을로 가서 누나를 만났다. 성씨를 본 누나도 아저씨 얼굴이 많이 상했다고 하며 일에 치어서 그런 거라며 며칠 쉬셔야 하겠다고 했다. 성씨는 그렇지 않 아도 쉬려고 마을로 왔다고 했다.

농사철이고 해서 시험적으로 공동 식당을 운영한 지 일주일이 되 었다고 했다. 여기 오는 손님들, 일꾼들을 합쳐 한 끼에 평균 삼십 명이 식사를 하는데 식사 준비는 마을 사람들이 당번을 정해서 두 가구씩 하기로 했다고 한다. 네 사람이 삼십 인분을 하려면 힘들지 만 누나도 돕고 쉬러 오는 사람들이 봉사로 거들어주어 할 만하다 고 했다. 식사를 공동으로 하니 집에서 여러 가지로 편안하다고 했 다. 공동식당 운영은 누나가 직접 구상하고 시행했다고 한다. 방에 서 취사를 허용했더니 많은 부작용이 있었고 무엇보다도 화재 위험 이 컸다고 한다. 그리고 술을 몰래 반입하여 마시는 것도 문제였다 고 한다. 공동 식당을 운영하면서 모든 문제점이 일시에 해결되었다 고 한다. 누나는 결혼을 안 할 거냐는 성씨의 물음에 대답 없이 웃 기만 했다. 결혼은 해도 후회하고 안 해도 후회를 하는데 하고 후회

하는 게 좋다고 했다. 그러나 결혼은 정말 잘 해야만 된다. 잘못하면 서로에게 큰 아픔이 될 뿐이다. 그런 사실을 성씨도 잘 알고 있다. 성씨는 아내가 있는데 가끔 중국 모처에서 만나는데 자기 좀 제발 혼자 두지 말고 함께 살자고 하지만 그러면 외화벌이 일꾼으로 역할을 못 하고 훈통령도 도울 수 없어서 그렇게 할 수 없다고 한다. 어서 빨리 평화의 한반도가 되어서 남과 북이 서로 자유롭게 오가는 시대가 왔으면 좋겠다고 했다. 그래야 아내와도 매일 만날 수 있고 아이들도 볼 수 있을 텐데 북한이나 남한을 위해서 아직은 일을 해야 하니 만나서 며칠 지내고 서로 헤어질 때는 눈물바다를 이룬다고 한다. 성씨는 아내에게도 성실했다. 다른 공작원들은 장기간 체류할 경우 첩을 두는 경우가 많다고 한다. 그러나 성씨는 십 년 넘게 일하면서도 오직 일에만 몰두한다. 그러니 북한 당국 누구도 성씨에게 시비를 걸지 않고 귀찮게 감시도 하지 않는다고 한다.

문 사장 덕도 크다고 한다. 남북한 고위층에 뇌물을 크게 바치니 그의 조직원에 대해서는 보안당국에서 시비를 안 걸어온다고 한다. 그래서 모든 일이 잘되어가는 것이라고 한다. "요즘 그 깜찍한 대학생은 어떻게 지내요?" 하고 누나가 성씨에게 물었다. 공부를 잘하고 있고 내년에 졸업하면 문 사장 IT회사에 경리 담당으로 취업하기로 하고 방학 때면 그 회사에 가서 아르바이트를 하고 있다고 했다. 누나는 그 여학생도 잘되었으면 좋겠다는 생각을 했다. 세상에는 좋은 인연보다 안 좋은 인연이 많다는 사실을 경험으로 알고 있는 누나는 웬만하면 누구와 인연을 맺지 않으려고 했다. 그곳에 쉬러 오는 사람들 중에는 김일성대학을 졸업하고 외국에서 공부를 하고 누나와 안면이 있는 사람도 있지만 누나는 그들을 사무적으로 대하여 인연을 만들려 하지 않았다. 통천마을 가족들과도 공적인 일에는 서로 밀접하게 관계하며 일을 하되 그렇지 않은 사적인 일에는 일체 개입을 하지 않는다. 정이 들면 냉혹하게 사람을 대할 수가 없다. 그래서 공적인 일을 그르칠 수가 있기 때문이다. 그러나 누나는 보이지 않는 속정은 매우 깊다. 누구에게도 볼 수 없는 품위가 있고 절제된 아름다운 정이 얼굴에 가득하다. 그래서 누나를 보는 사람마다 깊은 인상을 받고 즐거워한다. 그러다 보니 가끔 엉큼한 사내들은 누나에게 흑심을 품었다가 조인트를 까이기도 한다. 누나는 북한에서 무예도 배웠다고 한다. 자기의 속정을 주는 사람은 성씨와 훈통령뿐이다. 누나는 통천마을 모든 살림을 야무지게 하여 짠순이라는 별명도 있다. 우씨 아저씨와 마을 사람들이 붙인 별명이다.

통천마을은 여름이 되면서 채소들 수확으로 바빴다. 부추, 실파, 참나물 등이다. 그것들도 마을에서 먹을 것만 빼고 모두 냉장포장을 거쳐 북한 장마당으로 보낸다. 통천마을 내 노인 요양원 건물이 완성되었다. 1층에서는 유아원 겸 유치원도 할 예정이고 건물 5층에는 마을과 요양원 재단 사무실을 만들 예정이다. 그러면 훈통령도 사무실에 머물 예정이다. 누나는 그날을 눈 빠지게 기다린다. 누나가 별장으로 훈통령을 만나러 가는 것이 쉽지 않기 때문이다. 훈통령은 학생 신분이고 공부에 열중하는 터라 마을 일은 누나에게 전적으로 맡기고 밀무역과 돈 관리는 성씨와 정의파 조직원들에게 맡겼다. 문 사장이 중국에서 일을 마치고 귀국하여 성씨를 찾았다.

성씨의 신분을 안
문 사장

성씨는 한 일주일 잘 쉬다가 서울로 올라가 문 사장을 만났다. 두 사람은 서로 끌어안으며 북한 김일성 주석 식 인사를 나누었다. "그 동안 사장님 고생하셨습니다" 하니 "뭐 다 잘살아보자는 일인데 고 생이랄 것이 있는가, 자네도 바쁘게 움직인다고 하던데 안색이 안 좋아 보이네. 이번에 삼백만 달러를 줄 테니 39호실에 직접 갖다주 고 집에서 몇 달 푹 쉬고 오지 그래" 했다. "사장님! 어떻게 제 신분 을 아셨어요?" 하니 "이번에 북한에서 곡물 인수책으로 나온 사람 을 통하여 자네의 신분을 알았는데 자네가 최고 존엄의 신임을 받 는다는 사실과 남한에서 활동하는 최고 실세라는 것을 알았고 나 도 놀랐다"고 했다. "시골 아저씨와 같이 늘 겸손하고 우직한 당신 의 신분이 그런 줄 몰랐어요. 앞으로도 나는 모른 체할 터이니 나 를 예전처럼 도와주시오" 했다. 성씨는 그렇게 하겠다고 하고 엿새 후에 현금을 가지고 북한을 다녀오겠다고 했다. 문 사장도 그렇게 하라고 했다.

성씨는 정의파 조직원들에게 자기가 북한을 다녀오는 동안 할 일을 일일이 맡길 사람들에게 맡기고 훈통령에게 가서 보고를 하였다. 훈통령은 이천 달러를 내주며 간 김에 가족들과 즐겁게 보내고 오라고 했다. 성씨는 이튿날 서울로 와서 돈을 챙겨서 밀무역선을 타고 북한으로 가서 평양서 남포항까지 나온 특별 승용차를 타고 평양으로 갔다. 최고 존엄은 지금 누구도 만날 수 없는 형편이라 리 여사가 성씨를 39호실에서 기다린다고 했다. 39호실 접견실에 가니 물색 원피스를 입고 단정하고 아름답게 꾸민 리 여사가 성씨를 반갑게 맞아주었다. "성 동지, 고생 많으셨소. 위원장 동지께서는 사정이 있어 내가 대신 왔소. 성 동지가 원하는 일은 모두 다 들어주라고 했소. 당 조직 지도부 국장급도 주라고 했소" 했다. 성씨는 "최고 존엄 동지께 감사드립니다. 또한 최고 존엄 여사님께도 감사드립니다. 그냥 지금 하던 일을 그대로 하도록 해주시면 충성을 다하겠습니다" 했다. 리 여사는 "성 동지 뜻대로 하시오" 하고 돈 가방을 챙겨서 경호원들과 나갔다. 39호실 과장급인 성씨는 39호실 동지들의 지극한 환영 속에 금의환향을 했다. 모든 동지들은 큰 공을 세워서 더 좋은 직책을 맡을 수도 있었는데 자리 변동을 안 한 성 동지의 겸손함에 감탄했다. 39호실 실무 상급자들에게 백 달러씩을 나누어주었다. 그들은 모두 "성 동지 최고야!" 하면서 엄지 척을 해 보였다.

　어느 체제나 조직이든지 겸손한 사람에게는 적이 없다. 착하고 선한 끝에는 늘 기쁨이 넘친다. 성씨는 평양 집으로 가서 그리웠던 가족들을 십여 년 만에 만났다. 성씨 집은 최근에 최고 존엄에 의하여 지어진 고층 아파트로 10층 삼십오 평짜리 아파트다. 남부럽지 않은 생활을 하고 있는 것이다. 그의 천부적인 겸손함과 청백리적인 기질로 자기 돈이 아니면 절대로 쓰지 않고 당이나 최고 존엄에게 바치고 자기는 소위 말하는 아르바이트로 번 돈만 썼다. 그 지저분하고 교활한 문 사장도 성씨에게는 진솔하게 대해주었고 이번에 그가 북한에서 최고 존엄의 사랑을 받으며 남한 권력자들을 많이 알면서도 그런 표를 전혀 안 내고 복면파에서 우직하게 일해온 것에 문 사장조차도 그를 존경할 지경에 이른 것이다. 겸손과 지혜, 신뢰는 그가 섬기는 누구에게나 큰 믿음을 받아 스스로 자유로워진다. 북한에서 감시를 받지 않고 자기 하고 싶은 대로 살아가려면 최소한 이십여 년 이상을 한결 같은 언행으로 살면서 자기가 처한 상황에서 그 조직원들과 불화가 없고 돈 문제나 여자 문제가 없어야 한다. 남한에서도 마찬가지이다.

성씨는 남북한 어느 체제에서나 존경을 받으며 자기 사상을 자유롭게 펼치며 살아간다. 북한 39호실에서는 이번 북한 식량 문제를 해결해준 문 사장에게 성씨를 통하여 최고 존엄의 감사 편지를 전할 예정이라며 한 달만 집에서 쉬고 남한으로 가라고 했다. 자세한 이야기를 가족들에게 하고 그동안 문 사장과 훈통령이 준 달러를 모아온 것을 아내 손에 쥐어주었다. 아내는 감격의 눈물을 흘렸다. 대학을 다니는 두 자녀도 아빠를 존경하며 절을 올렸다. 성씨는 쉬는 동안 누나의 부모님도 찾아보고 두만강에서 구해준 아이 부모가 어떻게 되었는지 알아보기로 했다. 수소문해서 알아보니 그녀의 어머니가 강제 수용소에 있다는 사실을 알고 손을 써서 빼내어 평양 자신의 집으로 데리고 왔다. 그녀의 아버지 소식은 알 수가 없었다. 그녀의 어머니를 데리고 오면서 먼 친척 누이라고 속였다. 집에 데려와서 며칠 쉬게 하고 옷을 갈아입게 하니 품위 있는 여성으로 변했다. 아내가 질투할 지경이다. 아내에게 그간의 사정을 이야기했더니 충분히 이해하고 언니 동생 하면서 잘 지냈다. 십여 년을 해외로 돌아도 바람 한번 안 피운 성씨를 아내는 믿는 것이다. 휴가를 끝내고 39호실에 가서 최고 존엄 친서를 받고 남한 밀무역선을 타기 위하여 남포로 하루 전에 가는데 아내와 그녀의 어머니도 함께 가게 되었다. 39호실 운전기사에게 이백 달러를 주니 무척 좋아하며 "성 동지는 우리들의 영웅입니다" 했다. 이번에 집사람은 평양으로 돌아가고 이분은 당 공작원으로 남한에서 나와 당 사업을 함께 할 사람이라고 했다. 운전기사는 "성 동지가 하시는 일에 적극 협조하겠습니다. 걱정 마세요" 하였다. 이렇게 갑자기 만난 사람도 자기 편으로 만드는 비법, 그것이 삶의 지름길이 되는 것이다. 그러니 성씨는 자기가 하고 싶은 일을 다 하는 것이다.

정이와 그녀의 어머니가 서로 건강한 모습으로 만날 장면을 생각하니 가슴이 벅차고 기분이 벌써 설렌다. 이런 기분은 처음이다. 아내는 성씨와 헤어지기 아쉬운지 함께 가자고 한다. 그러나 그러다가는 모든 것을 잃을 수 있으니 천천히 생각해서 결정하자고 달래서 보냈다. 가족들과 탈북하여 남한으로 오고 싶지만 현재 상태에서 남한을 선택하는 것은 매우 불리하다. 현재 남한 정부가 탈북민들에게 잘해주질 않기 때문이다. 그리고 생활 여건은 북한이 더 낫기 때문이다. 야음에 밀무역선으로 모 항에 무사히 입항하여 정의파에서 나온 차를 타고 무사히 항구를 빠져나왔다. 성씨는 배씨 아주머니에게 호텔에 방을 잡아주고 기다리라고 했다. 그리고 문 사장을 찾아가 인사를 하고 북한 최고 존엄의 친서를 전해주었다. 문 사장은 기분이 좋은지 성씨에게 감사하다고 했다. 그리고 만 달러를 수고비로 주었다.

성씨는 두 모녀에 대한 이야기를 문 사장에게 이야기하고 이번에 함께 밀입국했는데 도와달라고 하니 알았다고 하며 며칠 후에 연락할 테니 출입국 사무소에 가서 절차를 밟고 하나원으로 가서 교육을 받으면 남한 국민이 되게 해주겠다고 했다. 성씨는 그런 절차 없이 주민등록을 할 수 있게 해달라고 했다. 그런 절차를 밟으면 성씨가 위험해질 수 있다고 고백했다. 문 사장은 알았다고 했다. 성씨는 문 사장에게 정중하게 인사를 하고 돈 봉투를 들고 밖으로 나와 정이에게 전화를 걸어 모 호텔로 오라고 했다.

정이와 어머니의
극적인 상봉

    정이와 성씨와 배씨 아주머니는 호텔 방에서 만났다. 정이와 그녀 어머니는 서로 말없이 부둥켜안고 하염없이 울었다. 현실이 서로 믿어지지 않았기 때문이다. 배씨는 강물에 떠내려가다 마침 민물고기 잡는 어부에 구조되어 그 어부가 당국에 신고하여 갖은 고문을 다 받고 강제 수용소에 끌려가 하루에 밥 한 끼씩만 먹으며 지옥 같은 생활을 했다고 한다. 그래도 정이를 생각하며 언젠가 만날 것이라는 희망으로 모든 걸 견디며 살았다고 한다. 수용소에서는 하루에도 수십 명씩 죽어나가고 어떤 사람은 쥐도 새도 모르게 죽인다고 했다. 아비규환 자체라고 한다. 그런데 성씨 아저씨가 나를 그 지옥에서 건져내어 여기까지 와서 이렇게 너를 만나니 꿈인지 생시인지 모르겠다고 했다. 정이도 꿈을 꾸고 있는 듯했다. "아버지는요. 못 찾으셨어요?" 아직 소식을 모른다고 했다. 어머니도 혹시 수용소에 있나 하고 여러 번 찾아보았는데 그곳에는 없다고 했다. 아버지도 어디엔가 살아 계실 것이다. 그분이 그렇게 허망하게 세상을 버리실 분이 아니다. 어머니는 자신 있게 말했다. 어머니의 그런 긍정적인 사고가 지금 오늘 이 자리까지 오게 된 동기와 힘이다. 현실이 아무리 절망적이라고 해도 그 현실에서 희망을 발견하고 희망을 이루려고 꿈을 꾼다면 반드시 그것은 현실이 된다.

사람들은 늘 그런 극한 속에서 살아가고 그 삶에서 보석을 캐려고 노력한다. 그 과정에는 사람들이 상상할 수 없는 큰 고통과 괴로움, 난관이 산재되어 있다. 그래도 앞으로 나가다 보면 그 꿈들이 현실이 되는 것은 사실이다. 성씨는 두 모녀의 눈물의 상봉을 보면서 자신도 많이 울었다. 우리나라는 왜 이렇게 인민들이 눈물을 흘려야 하는가? 왜 이렇게 배를 굶아야 하며 서로 으르렁거리고 살아야 할까? 잘사는 사람들은 먹을 것이 넘쳐서 문제인데 못 사는 사람들은 배가 굶아서 아사를 하는 것이 현실이니 얼마나 고달픈 일인가? 참으로 안타까운 현실에 울었다. 지금까지처럼 여전하게 최소한 자기와 인연이 된 인민들이라도 행복하게 살아가도록 최선을 다하여 노력하기로 했다. 인민들 삶이 어떤 방법으로라도 좋아지는 것을 택하여 그들을 위해서 자신의 평안과 안일은 포기하기로 했다. 하지만 가족과 자신도 철저히 관리하기로 했다. 성씨가 마음만 먹는다면 무슨 일은 하지 못하겠는가? 정의와 공정, 정직과 신뢰의 길을 가면서 인민을 위한 소소한 일들을 남북한 체제에 크게 거스르지 않으며 해나가기로 다짐했다.

모녀는 함께 만나 꿈같은 시간을 보내게 되었다. 우선 어머니 주민등록 문제가 해결될 때까지는 호텔에 있기로 하고 정이는 학교 기숙사에서 공부를 하고 시간 되는 대로 어머니를 보러 오기로 했다. "성씨를 만나 밀입국했고 성씨의 도움으로 모 청소년집에서 살면서 공부를 하여 지금의 좋은 대학교를 다녀요, 내년에 대학을 졸업하면 바로 회사에 취직하여 돈을 벌 수 있으니 걱정 없이 살아갈 수 있어요." 어머니는 감격을 하며 딸아이 말을 들었다. "내 딸아 고맙다. 이렇게 잘 성장해주어서 말이다. 우리 이제는 다시는 헤어지지 말고 꼭 붙어서 기쁘고 즐겁게 살아가자"고 했다. "아버지도 백방으로 찾아보자." 두 모녀는 다짐했다. 성씨는 별장으로 훈통령을 찾아갔다. 두 사람은 서로 반가워서 어쩔 줄 몰라 했다. 참으로 오랜만이라고 했다. 모든 것이 합력하여 선을 이룬다는 말이 있듯이 훈통령과 성씨는 환상의 콤비로 인간관계와 돈 버는 일에 서로 손발이 잘 맞아 모든 일이 막힘없이 잘되어갔다. 하늘도 두 사람이 하는 선한 일에 동참한다고 훈통령은 힘주어 말했다. 성씨는 정이 어머니를 북한 강제 수용소로부터 구해내서 이번에 데리고 나와 서울 모 호텔에서 모녀 상봉을 하게 해주었다고 했다. 기쁘고 행복한 일이라며 훈통령은 성씨의 노고에 경의를 표했다. 현재 한반도 정국 상황에서 성씨처럼 인민을 위한 일을 하는 애민주의자는 없을 거라고 했다. 이번에 북한 최고 존엄 부인까지 만나고 고위직 간부 제안도 거절하고 제자리로 돌아온 성씨의 인격에 감탄했다.

정이와 어머니의 극적인 상봉

혼란스러운 세상에서
시민과 함께 사는 법

사람이 어지러운 세상을 헤쳐나가는 데에는 몇 가지 도리가 있는
데 그중 하나가 권력을 좇지 않는 것이다. 권력을 탐하다 보면 자유
가 없어지고 언제 어떤 일로 탄압을 받거나 죽을지 모른다. 그리고
그 피해를 가족, 친지, 이웃에게도 줄 수 있다. 조선시대 대표적인
인물 중 두 사람은 정조의 홍국영과 중종의 조광조다. 그들은 권력
을 탐하여 훈구대신들의 배척을 받고 토사구팽을 당하여 젊은 나이
에 죽어야 했다. 지금도 권력에 취해 살면서 온갖 망언과 갖가지 방
법을 동원하여 자기들 반대파에 대해 음해 공작을 하고, 언론들은
침묵을 지키고 있다. 자기 파들은 온갖 잡범들도 감싸 돌고 있다.
그러니 이러한 혼란기에는 아무것도 탐해서는 안 된다. 초야에 살면
서 정중동, 자기 자리를 잘 지키면 된다. 그것만이 현 시국에서 힘
은 없지만 나름대로 인민을 위하는 방법이다. 성씨는 이미 권력의
무상함을 북한에서 맛보았다. 고모부뿐 아니라 군 최고 사령관도
고사총으로 사살하는 장면을 보았던 것이다. 가늘고 길게 인민들과
함께 숨 쉬며 살아가는 것은 현실에 감사하며 존재하는 이유가 된

다. 문 사장도 정치권의 손짓을 많이 받았지만 그는 이미 자기 자신을 잘 알고 권력보다 좋은 돈을 택한 것이다. 그 권력은 돈으로 사서 잠시 이용해 돈을 벌면 그만이다. 그것이 인간의 원초적 본능이라고 볼 수 있다.

권력을 좇는 사람들은 이중적이고 위선적일 수밖에 없다. 이번에 자살을 선택한 한 정치인도 그가 살아오면서 얼마나 많은 것을 미화하면서 자기 권력 만드는 데 힘써왔는지 알 수가 있다. 결국 내밀한 그의 진실이 드러나는 순간 그는 죽음을 선택할 수밖에 없었을 것이다. 그러니 문 사장과 성씨의 처세술이 차라리 세련되어 보인다. 긴 세월이 흐른 뒤 또 다른 권력이 나타날 때 그때 모든 과거를 지우고 국회의원이나 군수나 시장을 할 것이다. 훈통령과 성씨는 이런저런 세상 돌아가는 이야기를 하면서 시간을 보냈다. 훈통령은 정이 모녀에게 특별한 관심을 가졌다. 사십 대 중반의 정이 어머니는 누가 봐도 탐을 낼 만한 농염하고 정숙한 여인으로 보였다. 그래서 문 사장 눈에 띄면 큰일이다. 그래서 배씨 아주머니는 주민등록 문제가 해결되면 통천마을 노인 요양원 청소원으로 일할 수 있도록 할 것이다. 정이 어머니는 며칠 후에 문 사장 도움으로 동사무소에서 주민등록을 하고 주민등록증도 속성으로 받고 통천마을 노인 요양원으로 왔다. 아주머니는 일자리가 생겨 당장 돈을 벌 수 있는 것에 신이 났다. 5층짜리 건물을 종일토록 구석구석 청소를 한다.

노인 요양원과
훈통령의 첫 출근

　오늘은 훈통령이 노인 요양원 재단 사무실로 첫 출근하는 날이다. 정장을 하고 상기된 얼굴로 사무실로 오면서 건물 전체를 살폈다. 흠잡을 데 없이 잘 정돈되어 있었다. 북한에서 내려온 실향민 1세대와 2세대, 3세대까지 요양 시설에서 살 수밖에 없는 사람들이 살 수 있도록 할 것이다. 우선 공모는 성당 주보를 통해서 강원도에 거주하는 분들을 위주로 뽑을 예정이다. 허가는 백오십 명 정원이지만 간호사와 요양사들이 충원되는 대로 뽑기로 했다. 우선 열다섯 분을 모시기로 했다. 전담 의사는 요양원 근처에서 전원생활을 즐기시는 은퇴 의사 몇 분을 초빙하여 이틀씩 돌아가며 일주일에 한두 번 출근하여 환자들을 돌보기로 했다. 외과, 내과, 정형외과, 비뇨기과, 안과, 치과의사 등 많은 분들이 있었다. 요양원이 아니라 종합병원 같았다. 모두 훈통령의 복이다. 그리고 시내 종합병원과도 의료 협약 체결을 하였다. 돈이 많이 들어가도 요양시설은 훈이의 개인 돈을 기부 형식으로 투여해서 국내 최고의 노인 요양원으로 운영할 예정이다. 건물 구조나 시설은 종합병원 수준이다.

배씨 아주머니는 훈통령과 첫 상견례를 가졌다. 훈통령이 보아도 단아하고 우아하고 아름다워서 마치 오월 말 장미꽃처럼 농염해 보였다. "아주머니 잘 부탁드립니다." 훈통령은 말했다. "청소는 최선을 다하여 늘 청결하도록 하겠습니다." 아주머니는 조신하게 말하였다. 누나는 그동안 건물 공사를 하면서 들어간 회계 관련 보고를 꼼꼼하게 보고하고 간호사와 요양사를 위한 기숙사와 아파트 공사에 대한 개요를 보고하였다. 누나는 연신 신이 나는지 웃으며 보고를 하였다. 훈통령도 명쾌하고 확실한 보고를 하는 누나에게 푹 빠졌다. 보고 또 보아도 여인의 향기에 취해서 돌아버릴 것 같았다. 그러나 정신을 가다듬고 누나의 말에 귀를 기울이곤 했다. 자금은 얼마든지 필요하면 이야기하라며 모든 공사는 누나가 알아서 하라고 했다. 누나는 보고를 끝낸 후 차 한잔을 내오고 두 사람은 이런저런 이야기를 하며 야채 수확으로 벌어들인 돈이 내년 비료 값은 된다고 했다. 고구마와 감자를 수확하면 더 많은 수익을 낼 거라고 보고했다.

세월은 화살처럼 빠르다. 벌써 통천마을 운영한 지가 반년이 넘어가면서 수익도 차차 늘어가기 시작했다. 누나는 스스로에게 뿌듯했고 자기가 훈통령을 전적으로 보좌하고 있다는 사실에 감사했다. 말은 없지만 서로 친누나와 친동생처럼 이심전심, 마음이 모든 일에서 통하니 얼마나 대단한 일인가? 신이 정해준 콤비인 것 같아 서로 기쁘고 행복하다. 하늘도 그들의 일에 축복하는 것 같다. 그리고 갓 결혼한 통천마을 모든 새댁들이 임신을 했다는 소식도 누나는 전했다. 훈이도 무척 기뻤다. 훈이는 고맙다고 누나에게 말하고 오늘은 통천마을 공동 식당에서 저녁식사를 하고 싶다고 했다. 누나는 알았다고 하면서 먼저 사무실을 나갔다. 훈통령은 피곤이 몰려와 잠시 졸음에 빠졌다. 그리고 요양원 미래를 설계했다.

인생에서 누구나 봄, 여름, 가을, 겨울을 느끼며 살아간다. 봄에는 농부들이 씨를 뿌리듯 마음의 밭에 공부의 씨앗을 뿌리며 수신(修身)에 열중해야 한다. 여름에 뿌린 만큼 싹을 틔우고 비바람을 맞으며 성장한다. 사람도 수신을 하면서 비바람을 맞고 인고도 당하며 끊임없이 성장한다. 그런 가운데 가을을 맞아서 수확을 하여 창고에 저장하고 겨울을 기다리듯 사람도 제가(齊家), 치국(治國)을 위하여 입신양명(立身養名)한다. 그리고 한겨울 고요하게 평천하(平天下)를 이룬다. 그리고 유유자적하다가 우리 인간의 고향으로 귀향하는 것이다. 그러니 욕심을 내거나 부정, 비리의 길로 가지 않는 것이 좋다. 늘 정도를 가면 된다. 적도 만들지 않고, 누구도 딴지를 걸지 않고, 그냥 편안하고 자유롭다.

국제 정세가 북한에 경제 제재를 가하니 밀무역으로 인민들을 먹여 살릴 수밖에 없다. 그리고 문 사장도 그렇고 그런 방법으로 돈을 긁어모아서 한반도 나라를 위해서 쓰고 성씨는 인민을 구하는 데 정성을 다하고 훈통령을 도와 정부도 못 하는 일을 하고 있다. 그래도 권력자들의 사생활이나 돈 있는 사람들의 사생활이 성적으로 문제를 일으키지 말았으면 좋겠다. 성추행과 성폭력은 힘 있는 자들이 약자에게 쉽게 할 수 있는 파렴치한 범죄가 된다. 누구든 권력의 요구에 응할 수밖에. 어찌할 수 없는 그런 것이 권력자 남자가 여성에게 가하는 가장 야비한 폭력이다. 어느 누구든 꼼짝없이 당하는 그런 것이다. 그런데 그런 짓을 한 권력이 옹호를 받고 미화된다는 것은 어처구니없는 것이다. 그러나 현실에서 그런 일이 벌어지고 있는 남한이다. 전 세계적으로 개망신을 당하면서도 자기들 권력을 정당화하기 위하여 비겁한 짓을 한다. 피해자에 대한 배려나 미안함은 전혀 없다. 이것이 어찌하여 민주주의를 외치고 인권을 말하며 군사 정권에 맞서 싸웠던 그 데모 세력이란 말인가? 이렇게 한 여성의 인권을 짓밟고도 그들의 정당성을 말할 수 있단 말인가? 모두 멈추고 가슴에 손을 얹고 반성하길 바란다. 무엇이 그들을 그토록 비참한 상황으로 만들었는가? 불법과 비리로 구린내 나는 속 모습을 감추기 위해서 갖은 미사여구로 국민을 속이고 있다. 그들의 부정과 비리를 정당화하고 있다. 자살은 어느 경우라도 미화될 수 없다. 살아서 모든 잘못을 뉘우치고 합당한 벌을 받는 것이 정의며 도덕이며 윤리이다. 한 권력자의 책임과 의무이기도 하다. 범인도 잘못을 하면 정당한 벌을 달게 받는데 정치인이라면 그만한 책임을 져야 하고 진실을 밝혀 피해 여성에게 보상을 해야 한다. 오히려 자살을 함으로써 피해 여성은 2차, 3차 피해를 보면서 더 많은 고통을 당한다. 그리고 어쩌면 그 여성에게는 신변 보호가 필요하다.

현 정권의 추한 모습들

　현 정권은 후안무치, '내로남불'의 극치를 보이고 있기 때문에 자기 편 권력자의 자살을 미화하기 위하여 그 피해 여성을 해칠 수도 있다. 옛날 적폐 척결에 앞장서던 사람들이 더 지독한 적폐 세력으로 변하고 말았다. 성씨는 나라가 심히 걱정된다고, 작금에 남한에서 일어난 성추행의 가해자가 자살한 일을 언급하였다. 그렇게 또 한 사건은 묻혀가고 정권은 반성도 사과도 없이 멍청한 백성들을 짓밟는다. 북한이나 남한이나 똑같은 현실에 절망한다고 했다.

　정이는 빨리 학교를 졸업하고 취업을 하여 아버지를 찾아 어머니와 행복한 가정을 꾸리기를 염원했다. 정이는 학교 친구 중에 단 한 사람만 사귀고 그와 함께 지낸다. 송이이다. 아버지가 어떤 구의 구청장인데 수수하고 온순하며 다른 학생들과 다르게 정이를 남한 친구로 대해주며 많은 위로를 주고 항상 밥을 사주기도 했다. 정이는 그런 송이에게 고민도 털어놓고 다른 학생들에게 받는 스트레스도 함께 풀곤 하였다. 송이 아버지는 어머니와 무척 다정하게 지낸다고 한다. 무슨 일이 있어도 함께 움직인다고 한다. 아버지가 지금까지

외박을 하는 것을 본 적이 없다고 했다. 그러니 송이도 충분한 부모님 사랑을 받으며 살았고 가정교육도 잘 받아서 그런지 원만하고 다정하고 공사가 분명했다. 정이도 마찬가지다. 비록 북한에서 모진 고생을 했지만 어머니와 아버지가 싸우는 모습을 보지 못해 늘 마음은 편했다. 부모님의 자식 사랑이 지극해 정이를 위하여 북한을 탈출하다가 목숨까지 잃을 뻔했던 어머니이다. 아버지는 생사를 모른다. 성씨 아저씨가 수소문 중이니 조만간에 분명히 살아오실 거라는 생각을 했다.

송이는 요즘 고민이 있다고 한다. 아버지가 어떤 남자아이를 소개해주며 한번 만나보라고 하는데 마음이 내키지 않는다고 한다. 정이는 일단 만나보고 쿨하게 거절하면 되지 않느냐고 했다. 송이는 남녀라는 것이 한번 만나면 서로 눈에 콩깍지가 씌어 단점보다는 장점이 보였다가 덜컥 덫에 걸리면 불행해지는 것이 요즘 행태라고 했다. 정이도 송이의 말에 공감을 했다. 특히 아버지가 자신의 목적을 위하여 정략적인 차원의 남자를 소개한다면 매우 난감하다고 했다. 그 문제로 요즘은 기숙사에 박혀서 공부를 핑계로 집에 안 간다고 했다. 정이도 말을 할까 말까 하다가 최근에 엄마가 남한으로 왔다고 했다. 송이는 축하한다며 박수를 치며 기뻐해주었다.

정치와 돈
그리고 정보

　문 사장은 정치 권력자인 친구가 많다. 정치와 돈은 서로 연결되는 것이 현실이다. 그러다 보니 구청장 하는 친구도 있고 청와대, 국정원, 검찰, 경찰, 어느 권력 기관이든 친구들이 포진하고 있다. 문 사장은 그러면서도 늘 자기관리를 잘하며 권력과는 불가근불가원(不可近不可遠)의 원칙을 꼭 지킨다. 그렇지 않으면 모든 것이 잘못될 수 있기 때문이다. 권력은 언제 어느 때에 변질되어 상대방을 배신할지 모른다. 그러나 돈은 사람을 배신하지 않는다. 문 사장은 그래서 나쁜 짓도 많이 하지만 돈 버는 일에는 일가견이 있고 그 돈으로 사람의 마음을 산다. 그 마음을 사서 자기 마음대로 한다. 그래서 그는 스스로 사적인 경호원도 두고 각 기관마다 정보원도 두고 있다. 그 정보원은 미국, 베트남, 중국에도 있다. 북한에도 상주한다. 그러니 정부보다 더 빠르게 중요한 정보를 알고 그 정보를 이용하여 돈을 버는 것이다. 문 사장은 날마다 모든 정보를 수집하고 분석하여 권력자들과 결탁하여 돈을 번다. 그리고 1타로 끝낸다. 그때그때 건수마다 번 만큼 나눠주고 그 사람과 관계를 멈춘다. 그래야 뒤탈

이 없다. 권력자들과 뒤틀려 서로 엉기면 큰일이 벌어진다. 문 사장은 지난번 미국 출장 중에 한국 정부에 대한 역정보를 들었다. 곧 몇 사람이 문제가 생겨서 정치권에서 퇴출될 것이라고 했다. 그런데 정말 그런 일이 한국에서 연속하여 일어나고 있다. 앞으로는 더 큰 일들이 벌어질 것이라고 하며 미국은 현재의 한국 정부를 한시적인 정부로 인정할 뿐이라며 지금은 인내하는 중이지만 자칫하면 큰 변이 터질 것이라고 했다. 문 사장은 모든 일을 잘 갈무리하며 만약의 사태에 늘 준비하고 있다. 성씨도 문 사장과 정보를 공유하며 훈통령에게 정보를 제공해준다. 훈통령은 문 사장과 통화를 하고 싶지만 아직은 그가 용서가 안 된다. 백 번 양보해도 한번은 자기에게 먼저 연락을 할 줄 알았는데 하는 생각을 하면서 곧 다시 아니라는 생각으로 훈이 자신이 잘못이 많다고 생각했다.

아버지 덕분에 일찍 이러한 좋은 사업을 하는데 문 사장에게 먼저 감사하게 생각하는 것이 이로운 것이 아닌가? 사실 지금에 와서 문 사장을 원망하거나 미워할 이유가 없다. 그 덕분에 지금 당당하게 그가 벌어놓은 돈으로 훈통령이 된 것이 아닌가? 훈이가 많이 공부가 되어 수신이 된 것인가? 요즘은 아침에 눈을 뜨자마자 우선 몸과 정신과 영혼에 감사하고 훈이를 감싸고 있는 모든 사람들에게 감사한다. 깨끗하고 충분한 산소가 들어 있는 공기에 감사한다. 감사하지 않은 것이 하나도 없다. 정원에 여름 꽃들이 즐비하다. 어젯밤에 내린 비로 꽃비가 우수수 떨어져 있다. 그 떨어진 꽃잎들에서조차 그들의 아름다움을 깊이 느낀다. 그들은 남아 있는 꽃잎들의 생존을 위하여 스스로 떨어져 그들의 거름이 되어주고 꽃송이가 햇빛을 잘 받아 남아있는 꽃들을 아름답게 해준다. 우리나라가 이만큼 발전하여 이 어려운 세계 경제 여건에서 큰소리치며 살 수 있는 것도 지난 과거 영웅호걸들에 의하여 이 나라의 사회, 경제, 안보, 외교를 반석 위에 올려놓았기 때문이다. 그중 한국 최초의 육군 대장 백선엽 장군이 임종하였다. 그는 낙동강 최후 저지선에서 일어난 다부동 전투에서 죽음을 각오하고 남침한 북한 괴뢰군을 무찌르고 인천상륙작전을 성공하게 했다. 그리고 그 후에 한국군에 큰 족적을 남기시고 인천대학교를 설립하여 나라의 일꾼들을 키워냈다. 그리고 백 세에 죽음을 맞았다. 그런데 그 장군을 주사파 정권은 친일파로 몰아 그의 장례식을 초라하게 만들었다.

참으로 한심한 정부의 작태에 놀라움을 금할 길이 없다. 아직 반일 프레임으로 나라를 말아 먹으려는 무리들로 인하여 선하고 충성스러운 장군의 죽음조차도 매도되었다. 그분은 나라 잃은 서러움으로 일본 군관 학교에서 교육을 받았다. 그러나 그것은 나라 잃은 백성이 겪어야 하는 한 과정이 아닌가? 오늘날 우리 학자들 중에는 일본에서 석·박사 학위를 받고 국내 대학에서 후학을 양성하는 사람들이 많다. 그들도 모두 친일파로 몰아붙일 것인가? 일본이 아무리 2차대전 전범국이라고 하지만 그들은 그 이후에 엄청난 대가를 치렀다. 그리고 어찌되었든 한국 정부는 국가 대 국가의 약속으로 그들로부터 보상금을 받아 이 나라를 이만큼 발전시켰고 그 과정에서 일본의 도움을 엄청나게 받았다. 그러면 이쯤 해서 모든 것을 잊고 조용히 살아가야 한다. 그런데 위안부니 뭐니 하면서 반일을 통하여 이익을 취득하는 공산주의자들이 판을 쳤다. 반일 프레임으로 나라를 뒤집으려고 한다. 제발 나라가 바르게 되었으면 좋겠다. 친일이니 반일을 떠나 국가에 도움이 되는 일을 했으면 좋겠다. 지금 나라가 발전하지 못하고 백성들이 힘들다고 아우성인데 그런 논쟁으로 정권을 유지하려고 하니 나라는 망해가고 있다. 마치 3·15 부정선거 이후 자유당이 했던 것과 비슷한 행태들이 곳곳에서 감지되고 있다. 이제는 누구도 발 벗고 나서는 사람들이 없다. 모두 불법, 비리로부터 자유롭지 못해서 나섰다가 음해를 당할까봐 그런 것 같기도 하다. 불법, 탈법, 국정농단까지 대낮에 벌어져 심각한 문제가 발생해도 무감각하게 지나간다. 정의와 공정이 사라졌다. 슬프고 아픈 일이다. 그러나 절망할 필요는 없다. 하늘은 모든 것을 다 알고 있기 때문이다. 백성의 원성이 하늘에 이르면 하늘이 모든 것을 다 해결한다.

역사를 공부하는 훈통령은 현실의 답답함은 모두 하늘에 맡기고 오늘은 자기에게 주어진 일을 하면서 감사하고 의미 있는 일을 하려고 한다. 그렇게 시간이 흐르고 현 정권이 끝나는 날 좋은 세상이 다시 올 것이다. 그때를 국민들은 간절히 바라며 기다린다.

훈통령의 외출과 사색

훈통령은 혼자 바닷길을 걷고 싶었다. 등산복을 차려 입고 문밖으로 나와 오백여 미터를 걸어서 해변 도로로 나와 안전한 둘레길을 따라 걸었다. 파도가 떼로 몰려와 해변 모래사장에 부딪혀 산산조각이 나며 까르르 웃는다. 바닷물과 바람이 조화를 이루어 파도를 일으킨다. 그 파도를 절묘하게 타면서 즐겁고 행복하게 파도타기를 하는 사람들도 눈에 보인다. 훈통령은 축구나 농구 구경하는 것은 좋아하지만 실제로 가능한 운동은 걷는 운동 외에는 없다. 그래도 이렇게 해안 트레킹 코스를 걸으며 바다와 소통하는 일은 즐거운 일이다. 가끔 나타나는 해수욕장에는 사람이 많지가 않았다. 아직 성수기가 아닐 뿐 아니라 코로나19 우한폐렴으로 사람들이 이렇게 해수욕장까지 찾기가 어려울 것 같았다. 올해는 해수욕장 경기도 안 좋을 것 같다.

변종 바이러스 우한폐렴 코로나19는 서민들을 특히 못 살게 군다. 한철 바닷가에서 장사하여 먹고사는 사람들이 많은데 그들이 장사가 안 되면 일 년 살기가 무척 어렵다는 이야기가 된다. 그렇다고 어디에 가서 돈 벌어 먹고살 만한 알바 자리도 없다. 큰일이라는 생각이 든다. 어디서 무엇을 하든 우리가 살아가는 이유가 어떻게 되든 우리는 삶의 현실에서 차분하고 즐겁게 살아가야 하겠다. 현실에서 오는 고통이 심해도 하늘은 인간에게 반드시 헤쳐나갈 힘을 주고 있다. 그러나 이번 우한폐렴 코로나19는 쉽게 인간에게 자비를 베풀 것 같지 않다. 이렇게 오랜 시간 인간을 괴롭게 하고 전 세계를 단숨에 마비시킨 바이러스는 지금까지 없었다. 결국 인류는 핵전쟁으로 망하는 것이 아니라 어쩌면 보잘것없는 작은 바이러스에 의하여 지구상에서 사라질지 모른다는 생각에 이르렀다.

해변 해송 숲을 지나게 되었는데 군데군데 벤치가 있고 해송 숲 향기가 신선하고 짜릿했다. 훈이는 잠시 벤치에 앉아 먼 바다를 바라보면서 수평선 끝에 눈을 고정시켰다. '저 너머에도 끝없는 바다가 펼쳐져 있겠지' 하는 생각을 하면서 사람 눈에 보이는 것이 이 세상의 전부가 아니라는 것에 생각이 이르니 마음이 복잡해졌다. 우리 사람이 할 수 있는 일은 보이는 것에 대한 집착으로 많은 오류를 부른다. 사람이 본래가 어리석기 때문에 보이는 유혹에 잘 넘어간다. 그렇기에 우리는 그 모든 유혹에서 새로운 사실을 발견하지 못하고 고정관념에 머물며 많은 잘못을 한다. 보이는 얼굴에 넘어가 그 마음속의 보석을 잃는다. 보이는 돈의 유혹에 넘어가 가진 것을 모두 잃는다. 보이는 건물에 넘어가 사기를 당한다. 그러나 그 모든 것을 초월하여 수평선 너머 그 뒤에 숨어 있는 보이지 않는 가치는 우리가 생각으로 계산하지 못한다. '믿음은 보이는 것의 실체이고 보이지 않는 것의 확증'이라고 했다. 믿음이라는 것은 보이지 않지만 신에 대한 믿음부터 각자 사람에 대한 믿음까지 무궁무진한 가치를 가진 실재이다. 믿음은 신용을 만들고 신용은 돈을 만들고 재산을 만든다. 그래서 모든 성인과 현인들은 믿음을 소중하게 여겼다. 특히 신에 대한 믿음, 하느님과 예수님, 성령님에 대한 믿음은 보이지 않지만 그 믿음을 가지고 굳게 한다면 보이지 않는 은총이 가득 내린다. 훈이는 베로니카와 베드로가 생각났다. 예수님에 대한 믿음의 확신으로 그들은 죽음 앞에서도 의연했고 죽음을 편안하고 아름답게 받아들였다. 천국에 대한 믿음이 있었기 때문이다. 굼벵이라는 삶을 살다가 굼벵이가 죽으면서 매미라는 새로운 삶을 사는 것처럼 우리의 사후의 세계는 현 지상의 삶보다는 훨씬 평화롭고 신비롭고 행복하다고 한다. 그러나 그 평화로운 신세계를 만나기 위해서는 평소 보이지 않는 것에 대한 공부로 마음을 항상 깨끗하고 맑게 가다듬는 삶이 되어야 한다고 생각했다.

마음도 보이지 않지만 실재한다. 파도가 들려주는 이야기에 귀를 기울였다. '보이지 않는 곳으로부터 훈이 당신을 찾아서 여기까지 달려와 해안 모래밭에 사랑과 자비와 희망을 가득 남기고 떠나니 당신 가슴에 담아가서 마음껏 사용하세요. 여기에 인내와 친절과 성실, 정직, 기쁨, 행복도 있어요. 마음의 창고에 담아가세요.' 훈이는 파도의 소리를 수없이 들으며 사랑에 대한 생각을 해보았다. 베로니카 누이에게 교리를 배울 때 사랑은 곧 하느님이라고 했다. 남녀 간의 사랑은 에로스라고 한다. 사랑은 죽을 사람도 살릴 만큼 귀하고 아름다운 것이다. 서로 사랑을 주고받을 때 건강에 필요한 엔돌핀이 솟아난다고 한다. 그래서 우리는 그 사랑으로 세상을 살 만한 세상으로 변화시킬 수 있다고 한다. 사랑의 원자탄이라고 부르는 주기철 목사님은 자기 아들을 살해한 청년을 용서하고 사랑으로 그를 감화시켜 자기 아들로 삼았다.

소중하고 귀한 사랑을 요즘에는 말로만 외치며 실제로는 실행하는 사람들이 많지 않다. '사랑팔이'를 해서 돈만 챙기는 여러 단체들이 많다. 사랑은 순수하고 담백해야 한다. 사랑은 의심하거나 손상을 주지 말아야 한다. 사랑은 오직 주기만 하고 바라지 말아야 한다. 사랑을 받으며, 감사하며, 받은 사랑만큼 나누려고 노력해야만 한다. 그것이 우리들 삶의 목표요 결과이다. 평소 사랑을 많이 받은 사람은 온화하고 온순하다. 그렇지 못한 사람은 거칠고 질투가 많고 분노와 불평이 많다. 훈이는 파도가 내어주고 떠난 모든 것을 가슴에 가득 안고 해변에 있는 작은 사찰의 암자로 갔다. 불이문을 통하여 대웅전으로 가서 부처님께 정성껏 인사를 했다. 부처님과 둘이 아니라 하나가 되어야 한다는 불이문이다. 불교에는 많은 진리가 있지만 사람이 부처님과 인연을 맺어 정진하여 부처님 경지에 이르면 해탈하여 부처님이 되어서 다시는 윤회의 고통을 당하지 않고 살아가는 것이라고 한다.

관광객들이 드문드문 보이는데 모두 마스크를 끼고 서로 거리를 두고 사찰을 관람하였다. 훈이는 밖으로 나와 오던 길을 되돌아가서 전복 뚝배기집에서 혼자 저녁식사를 하고 별장으로 돌아왔다. 샤워를 하고 소파에 앉아서 조용히 하루 시간을 기억하며 되돌아보았다. 의미 있는 산보를 다녀온 것 같아 기분이 좋았다. 세상을 살아가는 과정에서 일어나는 모든 일이 사람의 마음에서 만들어진다는 일체유심조(一切唯心造)라는 진리를 알게 되었다. 모든 일이 마음에서 만들어진다는 말이다. 행복하고 즐거운 일도 마음에서 나온다. 고통과 괴로움도 마음이 만들어낸다. 모든 것이 합력하여 선을 이루고, 마음을 수덕하는 데 신이 관여한다. 모든 진리가 마음으로부터 기인한다. 그래서 '마음을 깨어라, 마음을 지켜라.' 성경과 불경, 옛 성인들의 가르침에 자주 나온다. 그만큼 인간에게는 마음이 중요하다는 것이다.

사악한 마음을 가진 사람을 만나면 피곤하고 괴롭다. 좋은 마음으로 사는 사람들은 즐겁고 행복하다. 그래서 마음에 그림자와 어두움이 들어오지 못하게 늘 마음을 깨우고 지켜야 한다. 날씨가 궂으면 마음이 혼란스러워진다. 날씨가 좋으면 마음도 조용해진다. 자신이 자신의 마음을 잘 다스리고 올바르게 한다면 항상 한 가지 마음으로 맑고 고요한 호수처럼 마음이 주위 환경에 휘둘리지 않는다. 그래서 침착한 항심이 우리들 삶에서 행복한 것이다. 그렇지 않으면 세파와 바람에 마음이 흔들려서 피곤하고 종잡을 수 없는 상태가 되고 안타까운 상태가 되고 만다. 일생을 살아가면서 수많은 우여곡절을 겪으면서 살아도 마음을 잘 지키고 갈무리만 잘하면 변함없이 좋은 삶을 살아갈 수 있다.

세상에는 만만치 않은 고통과 고난의 가시밭길이 사람들을 기다리고 그 사람을 괴롭혀 깊은 좌절에 빠지게 한다. 그리고 마음을 송두리째 앗아가버리고 황폐하게 만들어 동물화시켜서 사람이 아닌 괴물로 만들어 많은 사건, 사고를 일으키게 한다. 훈이는 생각이 여기까지 미치자 지금 자신의 마음을 성찰해보았다. 버려야 할 교만과 미움과 원망과 불평이 여전히 존재한다는 사실을 알고 그 쓰레기들을 마음에서 비워내는 연습을 해보기로 했다. 아침 기도를 바치고 햇빛에 마음을 비추어 늘 겸손과 사랑과 친절, 배려와 관용의 좋은 것들을 마음에 가득하게 할 예정이다. 지금부터 당장 연습을 하면 언젠가는 마음이 옥토가 되어 좋은 꽃과 열매로 가득해서 많은 사람들에게 기쁨과 행복을 나눌 수 있는 아름답고 따뜻하고 향기로운 마음의 소유자가 될 것이다. 얼굴은 마음의 창이다. 늘 밝고 맑고 미소를 머금은 고운 얼굴을 유지한다는 것은 마음을 깨우고 지키는 보람이 나타나는 것이다. 이런저런 공부를 마치고 텔레비전을 켜니 마침 사람이 건강하게 장수하는 비결을 알려주는 방송을 하고 있었다.

장수의 비결

　장수하는 분들은 자신의 처지에 늘 만족하며 살아가는 분들이었
다. 그리고 자기의 환경에 잘 적응하며 몸을 많이 움직이며 머리를
많이 쓰는 일을 하는 분들이었다. 특히 부부가 일생을 해로하며 함
께 살면 요즘은 팔십오 세 이상 산다고 했다. 그리고 늘 긍정적인 생
각을 많이 해야 한다고 했다. 분노해도 천천히 적당히 조절할 줄 알
아야 한다. 모든 것을 순리대로 풀어가야 한다. 그리고 매사에 예와
아니오를 분명히 할 줄 알아야 한다고 했다. 그 길만이 우리가 살아
갈 힘이라고 한다. 장수를 하더라도 끊임없이 자기관리와 건강관리
에 신경을 써야 한다고 했다. 작은 일에도 성심성의껏 최선을 다해
야 한다고 했다. 우리 몸과 마음이 아프지 않도록 미리미리 사전에
예방하는 것이 좋다고 했다. 그래야 건강하게 장수할 수 있다고 했
다. 그리고 이성친구들과 잘 어울리고 서로에게 다정하게 대하며 살
아간다면 좋은 일이 많을 거라고 했다. 그렇게 인격관리와 사람 관
계를 잘 정리할 줄 알아야 한다. 그렇지 않으면 항상 불안하여 평정
심을 잃는데 그것이 장수에 최고의 적이라고 한다. 사람 운명의 반

은 하늘에서 내려주는 은총 속에서, 반은 자신의 힘겨운 노력에 의해서 결정된다고 한다. 그래야 온 세상이 뒤집어져도 늘 평화롭고 침착하고 고요한 마음을 유지할 수 있다고 한다. 그리고 그것이 장수의 비결이 된다고 한다. 건강하고 행복하게 장수하는 삶은 큰 복이다. 인생은 일단 살고 보아야 더 좋은 세상을 만들 수 있다.

먼 옛날 죽음이 눈앞에 놓였을 때 훈이는 지금 같은 행복은 꿈도 못 꾸었다. 하지만 지금 살아서 이런저런 사업을 할 수 있는 것은 베로니카 누이, 베드로 대부, 그리고 골수 이식을 해준 분들의 지극한 사랑과 헌신으로 새 생명을 얻어 지금까지 살았기 때문에 가능한 일이다. 훈이는 오늘도 모든 것에 감사했다. 오늘 태양을 보내신 하느님, 한여름 무더운 여름을 주시어 모든 생물들을 자라게 하고 수확도 하게 하고 과실들을 따게 해주시니 감사드릴 뿐이다.

오늘은 부추와 시금치 수확을 한다고 했다. 훈통령도 농장에 가볼 예정이다. 우씨는 알뜰하게 농장 운영을 잘했다. 우사와 돈사 관리도 깨끗하게 정리를 잘 하며 운영을 했다. 그리고 큰 퇴비막을 만들어 우사와 돈사에서 나온 배설물과 벼 왕겨와 잘 섞이게 해서 풀을 베어다가 켜켜이 쌓아놓았다. 내년 농사를 위하여 올 가을 추수를 끝내고 모두 퇴비로 논과 밭에 내다가 뿌리고 밭과 논을 갈아놓을 것이라고 했다. 우사와 돈사에는 열 마리의 소와 열 마리의 돼지가 자라고 있는데 꽤 많이 컸다. 훈이는 어찌되었든 농장 전체가 깔끔하게 운영되는 것에 우씨에게 감사하며 마을 농사꾼들에게도 일일이 인사를 하면서 감사하다고 했다. 이번에 감자 수확도 풍년이어서 북한 장마당으로 보냈다고 한다. 누나는 연실 싱글벙글하면서 훈통령을 바라보았다. 훈통령은 요양원 사무실로 갔다. 누나와 함께 쓰는 사무실이 그곳에 있다. 누나는 현재 노인들 이십 분이 계시다고 했다. 쉬러 온 탈북민들이 식사 시간에 도와주기는 하는데 시골이라 요양 보호사와 간호사 뽑기가 쉽지 않다고 했다. 훈통령은 각 대학 간호학과에 공문을 보내 장학생을 선발해서 교육비를 전액 대주고 졸업 후 오 년간 통천 요양병원에서 근무하는 조건을 내걸라고 했다. 누나는 "좋은 아이디어인데 통할지 모르겠다"고 했다. 우선 도내 대학들에 공문을 보내어 우리 시설에 학생들이 봉사를 오도록 유도하여 그들 중 한 사람이라도 건져보도록 노력하겠다고 했다. 두 사람은 서로 호흡이 잘 맞는다. 이래저래 걸궁합이 잘 맞아떨어진다. 그런데 훈통령은 누나를 보면 모든 면이 다 좋은데 누나로서만 보이고 아무것도 생각이 안 나고 여자로는 안 보인다. 그러나 누나는 늘 동경의 대상이다. 누나도 훈통령의 숨소리만 들어도 가슴이 울렁거린다.

훈통령은 다시 자기 별장으로 돌아와 인터넷으로 하는 대학 공부를 했다. 온라인 수업을 수강하니 시공간의 제한을 받지 않아 몹시 행복했다. 학교 수업을 받으러 가려면 오고가는 시간, 친구들과 쓸데없이 보내는 시간이 많이 낭비된다.

훈통령이 기다리는 성씨
그리고 북한 현실

성씨가 올 때가 되었는데 오지를 않는다. 얼마 전에 평양 집에 다녀오겠다고 했다. 39호실 전원 소집 명령이 내려져 밀무역선을 타고 갔다. 39호실에 갔더니 최고 존엄의 표창장과 메달 수여식을 위해서 불렀다는 것이다. 수여받는 사람이 네 사람인데 서로 안면이 전혀 없는 사람들이다. 이처럼 북한에서는 한 부서에서 일하면서도 누가 누군지 잘 알지 못한다. 자기 직속상관과 부하 직원들 몇 명을 알 뿐이다. 수여식을 마치고 사무실을 나왔는데 지난번 항구까지 데려다준 운전기사가 반갑게 와서 인사를 하러 왔다. 성씨는 그를 으슥한 곳으로 데리고 가 백 달러짜리 두 장을 쥐어주었다. 그 기사 동무는 감사하다며 자기를 성씨 휘하로 들어가게 해달라고 애원을 했다. 그 기사가 이곳에서 떠도는 소문을 듣는데 성 과장 동무 이야기는 조용하고 다른 간부급 동무들은 여러 구설수에 올라 보위부로 끌려가 처형된 사람도 있다고 했다. 이곳 분위기가 살벌해져 살 수가 없다고 했다. 자기도 호구지책으로 기름을 여러 번 훔쳐서 팔아먹어 불안하다고 했다. 성씨는 "힘들더라도 도둑질은 하지 말아요"

했다. 그리고 참고 기다리라고 했다. 그리고 백 달러를 더 주었다.
그 기사는 고맙다고 인사를 하고 가버렸다.

큰일이라는 생각을 했다. 이곳도 돈이 들어오는 대로 통치자금으
로 들어가고 일꾼들 배급이 줄어드니 궁여지책으로 도둑질을 한다
고 한다. 걸리면 모두 강제 수용소로 가거나 즉시 처형된다고 한다.
그러니 매일 공포에 사로잡혀 살 수가 없다고 한다. 그래서 탈북을
결심하고 결행을 하려고 해도 국경이 봉쇄되어 어렵다고 한다. 성씨
는 집으로 가서 부인과 자녀들을 만났다. 헤어진 지 얼마 안 되었는
데도 서로 기쁘게 상봉했다. 성씨는 이렇게 잠시 헤어졌다 만나는데
도 기쁘고 행복한데 칠십 년 이상을 헤어져서 만나지 못하는 사람
들은 어떨까 하는 생각을 해보았다. 그러나 남한과 북한에서 살면
서 헤어져 사는 사람들도 많지만 남한 내에서도 서로 헤어져 만나
지 못하고 고달프고 슬프게 사는 사람들이 많다고 문 사장이 말해
주었다. 남한에서 사업을 하다가 부도가 나면 대부분 가족들이 모
두 뿔뿔이 흩어져 산다고 한다. 가장은 노숙을 하거나 알코올에 중
독되어 심한 고통 속에서 죽을 때까지 헤어진 가족을 만나지 못하
고 죽는다고 한다. 그 세월을 원망과 분노로 가득 채우고 살다가 그
렇게 쓸쓸하게 죽어간다고 한다.

자유민주주의 자본주의 남한 사회가 어쩌면 북한보다 더 매정하
고 힘들게 보였다. 아이들은 각자 방으로 갔다. 성씨는 아내를 꼭
안아주며 뽀뽀를 해주면서 사랑한다고 했다. 아내도 감사하다고 말
하며 깊은 키스를 나누었다. 그리고 성씨는 "그동안 잘 지냈지, 많이
보고 싶었어요." 말하며 문 사장이 준 만 달러를 아내에게 주었다.

지난번 함께 갔던 그 여자 분은 잘 있느냐고 물었다. 딸과 만나고 남한 주민이 되어 노인 요양원 청소를 하며 백방으로 남편을 찾는다고 했다. 평양에 머무는 동안 성씨도 그의 남편 생사 여부를 알아보려고 한다며 꼭 살아 있으면 좋겠다고 했다. 성씨는 아내와 깊은 애정을 주고받으며 만리장성을 쌓으며 신혼을 되찾아 허니문으로 돌아가 꿈 같은 며칠을 보냈다. 아내가 "우리도 남한으로 가 살아요" 하자 성씨는 "지금은 때가 아니요" 했다. 남한도 북한과 동조하는 세력들이 정권을 잡고 날뛰어서 탈북 주민을 오히려 괴롭히고 있다고 했다. 심지어 탈북한 모녀가 굶어 죽는 사건까지 있었다고 말해주면서 이제부터는 당신과 자주 만날 수 있도록 하겠다고 했다.

성씨는 아내와 가족과 작별을 하고 돌아올 기약 없이 집을 나섰다. 이번에는 함흥에서 밀무역선을 타고 통천마을로 갈 계획을 잡았다. 그리고 두만강 국경 마을에 가서 정이 아버지의 생사를 알아보기로 했다. 워낙 강건하고 특수부대 출신이라 살아 있을 가능성이 많다고 정이 엄마에게 들었기 때문에 정이 엄마가 말해준 인상과 강길부라는 이름을 찾았다. 국경 마을에 도착하여 도 당국자와 시 당국자들을 만나 달러를 주고 구워삶았더니 약 닷새 후에 강길부라는 이름을 가진 사람이 열 명이나 있는데 사십 대가 두 명이라며 그들이 있는 곳을 알려주었다. 한사람은 축산 농장에서 일하고 한 사람은 양어장에서 일을 하고 있다고 한다. 성씨는 직감적으로 양어장의 그 사람이 맞다고 생각하고 양어장으로 가서 양어장 대표에게 백 달러를 주었더니 눈이 휘둥그레졌다. 그리고 강길부 동무를 찾아왔다고 하니 바로 불러주었다. 농장 밖으로 나와 정이와 배씨 아주머니 이야기를 하니 흠칫 놀랐다. 나는 당신을 도우러 왔으니 걱정 말라고 하니 경계심을 풀고 그들이 잘 있느냐고 물었다. 모두 남쪽으로 가서 잘살고 있으며 당신을 기다리고 있다고 했다. 시 당 위원장에게 받은 여행 허가증을 양어장 대표에게 보이고 강길부 동무를 함흥으로 데려가 어부로 일을 시키려고 한다고 했다. 그리고 백 달러를 더 주니 양어장 대표 동무는 조용히 강길부를 성씨에게 내어주었다. 성씨는 속으로 기뻤다. 두 사람은 함흥으로 무사히 와서 지난번 월북하여 장마당에서 일하고 있는 알코올 중독자들을 만났다. 그 두 사람은 성씨를 만나자 "동무 고맙소. 동무와 훈통령 덕분에 이렇게 잘 살고 있다"고 했다. 남한에서 물건을 제때에 잘 공급해주어서 장마당이 활성화되어 인민들에게 많은 호평을 받고 있다고 했다. 백미는 함경도 먼 곳에서까지 사러 온다고 한다. 그러나 현재 시스템에서는 공급량을 더 늘리기가 힘들다. 문 사장이 힘을 썼는지 이번에는 함흥 쪽 모 금광에서 최고 존엄이 직접 싸게 주는 금괴 백 킬로그램을 싣고 가야 한다. 그래서 그 두 사람을 이용하기로 했다.

강길부씨를 두 사람에게 맡기고 금괴 담당 39호실 사람을 오밤중에 만나기로 했다. 돈은 이미 문 사장이 성씨 라인 말고 다른 사람 라인으로 약 오백만 달러를 보낸 걸로 안다. 드디어 39호실 금괴 담당이 금괴를 가지고 왔다. 일 킬로그램짜리 백 개에다 삼십 개를 더 가져왔는데 삼십 개 값은 다음에 따로 자기에게 갖다달라고 했다. 성씨는 이번 한 번만 그렇게 해준다고 밀무역 조직원에게 넘겼다. 배가 넘게 남는 장사다. 문 사장은 운이 좋은 사람이다. 성씨는 오늘 밤 밀무역선을 타고 남으로 내려가기로 했다. 강길부씨는 두 사람과 함께 있다가 다음 주에 밀무역선을 타고 오라고 했다. 최고 존엄의 금괴 때문이다.

성씨는 무사히 모 항에 입항하여 문 사장이 보내온 차를 타고 바로 서울로 와서 금괴 백삼십 킬로그램을 문 사장에게 넘기고 삼십 킬로그램에 대한 이야기를 하니 백오십만 달러를 바로 현금으로 내주며 갖다주고 오라고 했다. 성씨는 그날 밤 다시 서해 밀무역선을 타고 평양 39호실 금괴 담당 과장을 만나 백오십만 달러를 전했다. 그는 그 자리에서 십만 달러를 성씨에게 주었다. 성씨는 문 사장에게 전하겠다고 했다. 그리고 오십 킬로그램을 더 주고 팔아오라고 했다. 성씨는 그대로 실행하고 다음에는 금괴 사업에는 성씨를 빼고 직접 문 사장과 거래할 것을 부탁했다. 바로 되돌아와 문 사장에게 십만 달러와 금괴 오십 킬로그램을 주었다. 문 사장은 성씨에게 푹 빠졌다. 그리고 앞으로는 금괴 밀수는 복면파 다른 라인을 통하여 하기로 했다. 문 사장은 십만 달러는 내가 주는 걸로 할 테니 쓰라고 돌려주었다. 문 사장에게 고맙다고 인사를 하고 별장으로 훈통령을 만나러 갔다.

훈통령과 성씨의 재회와
강씨와 배씨의 만남

십만 달러에 대한 사연을 이야기하고 통천마을 재단에 기부를 하고 배씨 아주머니가 곧 살림을 차려야 하니 통천마을 아파트 하나를 배정해 달라고 부탁했다. 훈통령은 즉시 성씨의 부탁을 받아주었다. 그리고 십만 달러 중 칠만 달러만 기부하고 삼만 달러는 북한의 고통받는 인민들에게 몰래 전달할 수 있도록 했다. 성씨는 통천마을에서 쉬면서 배씨 아주머니에게 기쁜 소식을 전하고 자기가 곧 강씨를 데려올 거라고 했다. 성씨는 매주 화요일 떠나는 밀무역선을 타고 북으로 가서 강씨와 알코올 중독자였던 두 사람을 만나 이만 달러를 주면서 헐벗고 굶주리는 인민들에게 만 달러를 나눠주고 만 달러는 두 사람 사업 자금에 보태라고 했다. 두 사람은 감격해서 눈물을 흘렸다. 성씨는 검은 돈을 청전으로 만들어 여러 사람에게 희망을 주는 일에 썼다.

그들과 하룻밤을 지내고 강씨와 다음 날 다시 남한 모 항으로 왔다. 성씨와 일행은 VIP 출입구로 항상 무사통과했다. 문 사장 덕분이다. 문 사장은 그런 일을 부끄러워하거나 탈법, 불법으로 보지 않았다. 남북을 자유롭게 오가며 선하고 착한 일을 한다고 생각하기 때문이다. 강씨와 배씨는 통천마을에서 만났다. 오 년 만이다. 서로 얼굴을 마주 보고 꿈인가 생시인가 눈물을 펑펑 쏟으며 울었다. 성씨는 강씨를 아파트까지 데려다주고 나와서 별장으로 가서 북에 다녀온 이야기와 강씨와 배씨가 아파트에서 만나게 해주었다 했다. 훈통령은 그동안 많은 수고를 했다며 성씨에게 오천 달러를 보너스로 주었다. 그리고 북한 소식을 들었다. 무엇보다도 남한 사회에서 적응을 못하고 술주정꾼이었던 두 사람이 북한 인민들을 도우며 백미 장사를 잘하여 북한에서는 신흥 부자 대우를 받으며 잘산다고 했다. 사람이 사회와 환경의 영향을 얼마나 많이 받는지 알 수가 있다. 그 두 사람이 남한 사회에 있었다면 지독한 알코올 중독자가 되어서 구제불능 상태가 되었을 것이나 다행히 북한으로 다시 가서 기반을 잡고 잘산다니 훈통령의 당시 처방이 주효했음을 생각했다. 앞으로도 남한에서 적응하지 못하고 힘들어하는 사람들을 북으로 남몰래 이주시키는 일도 하자고 했다. 특히 알코올 중독자들은 그렇게 북으로 보내자고 했다. 이미 두 사람이 넘어갔으니 그들을 모델로 삼고 그들의 도움을 받으며 북한에도 통천마을을 세워보자고 했다.

남한에서 공동체 마을을 만들어 자본주의 안에서 사회주의격 공산주의를 무정부 상태에서 자율로 이루는 모델이 되는 것과 북한의 인민과 직접 소통하면서 그들을 돕는 것이 남북통일로 가는 기본이고 그것을 실천하는 것이 우리가 할 수 있는 최선이라고 성씨는 말한다. 성씨는 북한 사람도 아니고 남한 사람도 아니었다. 두 정부를 인정하며 자기에게 주어진 임무가 무엇이든지 임무에 충실하며 사심 없이 인민들에게 도움이 되는 일을 하고 있다. 남한 국민들에게도 해를 끼치는 일은 안 한다. 뇌물이나 공돈은 안 받는다. 자기가 임무를 수행한 대가를 받을 뿐이다. 그러니 북한 체제에서도 그에게 자유를 주고 남한의 문 사장도 그 누구보다도 성씨를 아껴주고 남한 정부 관계자들도 한번 그를 만나본 사람이면 그를 의심하지 않고 대해준다.

얼마나 멋진 처세술인가? 남한 자유민주주의도 북한 인민사회주의도 그의 정신세계를 인정하고 도움을 받으며 그 받은 모든 것을 돈 없고 배고픈 북한 인민들에게 자비와 사랑으로 아낌없이 내준다. 그러니 많은 사람들의 존경과 사랑을 받는다. 훈통령 역시 성씨 덕분에 자기가 찾아야 할 권리를 부모로부터 제대로 찾아서 훈통령만의 세상을 만들며 살아가는 것이다. 누구나 인간다운 생활을 하면서 자신의 모든 것을 사랑과 자비에 투자하는 신세계에 대한 꿈, 진정한 사랑이 구현되는 실천적인 삶이 우리들에게 필요하다. 세상에는 사랑을 외치는 많은 단체가 있다. 그러나 실제 사랑도 용서도 자비도 없는 단체들이 있을 뿐이라고 성씨가 말한다. 물론 좋은 세상을 꿈꾸면서 사랑을 외치고 실천하는 사람들도 있다. 그들의 외침과 실천이 살 만한 세상을 만든다. 그중에는 좋은 일을 하며 눈물 없는 세상을 만들고 있는 사람들도 많다. 성씨와 같은 사람들이다. 그는 종교가 없다. 그러나 그의 삶을 보면 예수님 사랑이 보이고 부처님 자비가 보인다. 얼마나 훌륭한 모델인가? 북한의 인민들에게 그는 구원자이다. 남한 사람들에게는 겸손하고 예의바른 이웃 아저씨다. 특히 훈통령에게는 큰 스승이며 아버지이다. 친아버지에게 환멸을 느낀 훈통령은 성씨를 통하여 어른 세계에도 정도가 있음을 알았고 문 사장이 하는 일이 모두 나쁜 것만은 아니라는 사실을 알았다. 그처럼 한 필부일 뿐인 한 사람이 돈과 권력을 멀리하고 성실하고 정직하게 사랑을 실천하고 있으니 그가 바로 현재의 예수님이 아닐까? 그가 바로 천상천하 유아독존인 대자대비의 부처님이 아닐까? 평범한 시민이 한 시민의 도리를 다하며 산다면 그 나라에 정부가 있건 없건 국민은 편안하고 평화로울 것이다. 통천마을처럼 말이다.

한편 강씨는 물에 휩쓸려 내려가다 함께 일하던 동료에게 구사일생으로 살아나 고기를 잡다가 배가 뒤집혀 떠내려가다가 이렇게 살아났다고 해서 별 의심을 받지 않고 병원에서 치료를 받고 양어장에 배속되어 민물고기를 키우며 살았는데 마침 당신과 정이와 헤어진 이틀 후부터 비가 엄청나게 많이 내려 우리가 살던 동네가 통째로 떠나려가 수백 명이 실종되어서 당신과 정이는 실종되었다고 핑계를 댔다고 했다. 배씨도 어부가 구해주었는데 보위부에 알려 탈북주민으로 몰려서 강제 수용소에서 미친 사람 행세를 하면서 살았다고 했다. 수용소는 말 그대로 지옥 자체이며 하루에 한 끼를 먹고 살았는데 정이를 구해준 성씨가 어느 날 여기까지 와서 노인 요양원 건물 청소를 하며 살았다고 했다. 두 사람은 오 년 만에 만나 뜨거운 사랑을 나누며 꿈이 아니고 생시인 것을 확인하였다. 서로 여기저기를 만지며 쓰다듬으며 서로가 현재 살아서 천국을 경험하며 살아 있는 기쁨을 한없이 누렸다. 그리고 하늘과 조상과 성씨에게 감사했다. 아파트가 둘이 살기에 너무 좋았다. 그리고 강씨는 우사와 돈사에서 일하기로 했다. 우씨는 작물농사 일에만 매진하고 축사는 강씨가 맡기로 한 것이다. 일손이 점점 모자라기 시작했다. 농부들의 아내들이 모두 임신을 하여 일을 할 수 없었기 때문이다. 다행히 쉬러 오는 사람들이 일정 인원을 유지해줘 그들에게 일당을 주고 일을 시켜서 농사일에는 큰 지장이 없다.

어느덧 세월은 흘러 또 여러 해가 지나가고 새해가 시작되고 봄이 되었다. 훈통령도 학사 과정을 마치고 한참 동안 다방면으로 책을 읽으며 각종 세미나에 참석하며 지식과 지혜를 늘려갔다. 시간이 갈수록 누나는 훈통령을 더 극진히 챙겼다. 훈통령도 누나 덕분에 멋도 내고 옷차림도 잘 맞아 유행에 뒤지지 않고 멋진 청년 실업가이자 복지 사업가의 면모를 갖추었다. 남자는 누가 되었건 여자가 보살펴주어야 남자로서 품격을 갖출 수가 있다. 그래서 결혼이 필요한 것이다.

배씨와 강씨가 만나니 서로의 변한 모습에 놀랐다. 북한에서는 먹지 못하여 광대뼈가 나오고 얼굴이 초췌해 보였는데 얼굴에 살이 붙고 예쁜 새색시의 형태로 변하여 농익은 수박처럼 예쁘고 동그래졌고 제법 원숙한 아름다운 인상이 되었다. 강씨도 부인을 만난 안도감에 희색이 만발하여 얼굴이 인격의 꽃으로 피어났다. 이렇게 우리가 사는 주변과 환경과 사회체제는 우리 삶의 자체를 변화시키고 아름다운 모습이 되게 한다. 여유롭고 침착한 마음으로 주어진 삶을 복되게 이어갈 수 있다. 미래에 대한 희망은 사람들을 더욱 복되고 선하게 할 수가 있다. 훈통령과 성씨는 이렇게 자기 주변 사람들에게 기쁨과 행복을 나누어준다. 세상을 살아가는 가장 행복한 정도를 걷는 것이다. 성씨는 가끔 어떠한 유혹이 있더라도 정치는 하지 말라고 강조한다. 사람이 정치를 하다 보면 자기 자신도 모르게 희망과 꿈을 망각하고 불법, 탈법, 비리에 연루되어 인격을 망치고 잘못하면 패가망신을 하고 만다. 심지어 권력을 악용해 자기 성적 욕정을 채우려다 인격파탄을 당하고 세상을 등지는 사람들도 있다. 성씨는 그들을 보면 정치를 하여 권력을 얻고 싶은 마음이 전혀 없다고 말한다. 훈통령도 성씨의 말에 동의하며 사부님 말씀 명심하겠다고 다짐했다. 훈통령은 서서히 한 단체의 지도자로 자격과 인격, 품격을 갖추고 자신을 관리하고 통천마을 공동체를 최상, 최고로 만들 예정으로 힘쓰고 있다.

성씨는 그동안 장마당의 규모가 커져 정식 무역으로 바꿔보려고 노력하는데 유엔과 미국의 대북제재에 걸려 큰 낭패를 당하고 있는 형국이었다. 종전처럼 밀무역 형태로 유지하기로 했다. 다만 주 1회를 2회로 늘리기로 하고 남북한 당국자들에게 허락을 받았다. 정의파 조직원도 대폭 늘렸다. 물건을 구매하고 창고 관리하는 조와 밀무역선 운영 때문이다. 조직원 중에는 탈북 주민 중 군에서 특수 업무에 종사했던 운동 유단자들도 대폭 뽑기로 했다. 밀무역 사업은 수익 중 일부를 국가에 내는 세금 대신 많은 복지 단체에 기부도 하고 통천마을 운영 자금으로 쓰기로 했다. 특히 탈북 주민들 중 가난으로 고통받는 사람들도 돕는다.

미국은 현재 한반도에 대한 외교 불신이 심각하다. 일본이나 중국에도 팽이 된 듯하다. 한국 현재 정권은 미국에 로비 자금을 세계에서 가장 많이 썼다고 한다. 그런데 그에 대한 외교 효과는 전무하다. 오히려 미국과 외교 관계는 역사상 최악이다. 올바른 외교 관계라고 할 수가 없다. 비상식적인 일들만 벌어지고 있다. 이승만 대통령은 한국 전쟁을 휴전하는 조건으로 한미 동맹을 맺고 유엔군과 미군이 우리나라에 상주할 수 있도록 했다. 동맹이라기보다 혈맹관계가 되었다. 그 덕분에 한국은 비약적인 경제 발전도 할 수 있었고 군수 산업도 세계적인 수준이 되었다. 그런데 요즘 주사파 정권은 미국을 화나게 하는 일을 한다.

주변국 외교와
한반도의 안보

그들과 원만한 관계를 이루면서도 우리 민족끼리 잘할 수 있는 방법도 많다. 우리가 그런 방법을 많이 회피하고 무조건 일본과 미국을 멀리하는 것은 동북아 정세를 잘못 알고 일을 하는 것이라고 생각한다. 우리가 중국과 북한과 가까운 척을 하면 할수록 우리 민족끼리는 그 길이 멀어지고 험난해진다. 우리나라는 일본에게도 큰 시련을 많이 받았지만 중국으로부터도 수많은 시련을 당했다. 미군이 한반도에 주둔하는 것을 반대하는 사람들은 대부분 북한 체제를 동경하고 따르는 주사파 586 운동권의 현 정권 주체들이다. 한국에 미군이 주둔하는 것 한국의 평화에 큰 기여를 한다. 북한의 급변사태가 터져 중국이 북한을 지배하면 남한은 손 한번 못 써보고 당한다. 하지만 미군이 우리와 혈맹관계를 유지하면 그런 염려가 없다고 성씨는 말한다. 우리 한반도에 중국이 있다고 생각하면 끔찍한 일이라고 한다. 중국을 보면 공산당들은 잘 먹고 잘살며 부정부패가 심하여 일반 인민들은 매우 어렵게 살아간다. 특히 이민족에 대한 불평등은 이루 말할 수 없다. 당장 홍콩을 보면 알 수 있지 않느냐고 한다. 모든 부가 권력층에 집중되어 있고 자유도 없다. 미국 등에 있는 권력층의 비밀 계좌에 수천억 달러씩 들어가 있다고 한다. 최고 권력자들 친척들은 조 단위로 현금이 계좌에 있다고 한다. 그런 중국이 북한을 침략하여 차지한다면 한반도의 미래는 불투명하다고 한다. 그래서 미국은 지금 북한의 급변사태를 주시하며 한반도를 보호하고 있는데 현 정권은 중국과 북한과 가까이 지내는 어리석은 모습이 보이니 현 정권은 북한 사람으로서도 이해가 되지 않는다고 했다. 주사파들이 그토록 싫어했던 당시 기득세력들의 불법, 탈법, 비리 그리고 축첩 등을 까발리고 지나간 별장 성 접대 의혹까지 재수사를 하였다. 그런 자들이 현재 원칙주의자이며 헌법 수호자인 검찰과 검찰총장을 쫓아내려는 온갖 불법과 탈법으로 검찰 조직을 흔들고 있다. 참으로 한심한 노릇이라고 한다. 만약 현 정권에서 검찰까지 정권의 시녀로 삼는다면 국가 유지가 쉽지 않을 거라고 성씨는 말한다.

부동산 정책도 한 정권에서 스물두 번이나 내어도 부동산 폭등을 막지 못하니 무능, 무식 자체의 정부라는 비판을 받는다. 그런데 책임지는 부서가 없다는 것이 문제라고 한다. 북한에서는 잘못이 있으면 반드시 책임을 지는 사람이 있는데 남한에서는 아무리 큰 잘못을 해도 책임지는 사람도 없고 큰 죄의 혐의를 받고 있으면서도 반성을 하기는커녕 큰소리를 치며 법과 원칙을 무시하고 변명과 남 탓으로 돌리며 산다고 한다. 성범죄가 최고위층에서 발생했는데도 그것은 누가 봐도 권력형 성 착취 사건임에도 피해자에게는 2차 피해를 입히면서 가해자는 갖은 미사여구로 미화한다. 정권의 종말이 가까이 다가왔음을 느낀다며 이번에는 훈통령이 말한다. 큰일이라는 생각을 한다.

　세상에 많은 일들이 있지만 누가 누구의 잘못을 지적을 하고 비판을 하겠는가? 모두 스스로 반성해야 한다. 그리고 고칠 것은 고치고 사과를 해야 할 것은 용서를 빌며 사과해야 한다. 그래야 모든 것이 정상으로 돌아와서 백성과 인민이 편안해지고 나라가 평화롭게 된다. 남한 당국자나 북한 당국자나 공산주의자들은 국민과 인민들에게 사과를 하거나 정권 차원의 잘못을 인정하지 않는다. 수수방관하며 자기들이 챙겨 먹을 것만 챙긴다. 북한 당국자들 권력자들도 어마무시한 돈을 가지고 있으며 외국에 비밀계좌가 있어 많은 이권에서 돈을 챙겨서 그곳에 넣어 숨긴다. 그리고 호시탐탐 외국으로 도망가서 살려는 생각을 많이 한다고 한다. 그들이 인민을 위해서 일을 한다면 우리나라는 벌써 통일이 되었을지 모른다고 했다. 훈통령은 차라리 대통령이나 국회의원들이 없으면 좋겠다고 한다. 지방 자치분권 형태로 국가를 운영하면서 2년마다 한 번씩 지방 자치 단체장 대표가 총리가 되어서 국가의 기본 행위, 즉 행정, 국방, 외교, 안보, 경제, 복지, 치안만을 각 청을 두고 총괄하면 좋을 것 같다고 했다. 그리고 모든 단체장이나 비서들에 대한 행동강령을 만들어 비서들의 저항권을 강화해서 모시는 사람이 부당한 요구를 할 경우 즉시 경찰이나 검찰에 신고하고 조사 후 불법이 드러나면 즉시 직무정지를 시키고 해임 절차를 받으면 함부로 여비서나 여직원을 상대로 성범죄는 저지르지 않을 것이라고 했다.

　문 사장은 또다시 돈 냄새를 맡았다. 북한 최고 존엄의 특별 지시가 39호실에 내려져 이번에는 금괴 삼백 킬로그램을 문 사장에게 배정했다고 연락이 온 것이다. 이번에는 아이러니컬하게 남한 유력자에게 금괴를 구할 수 있게 해달라고 복면파 조직원에게 부탁했다고 한다. 복면파에는 대정부 사업부가 있다. 전직 고급관료들과 어울린다. 그리고 그들로부터 고급 정보를 빼내서 문 사장 사업에 큰 도움을 준다. 현 정권은 매우 특이하단다. 전직들과 현직들이 상부상조하며 돈 되는 일을 열심히 한다고 한다. 특히 이권 사업에는 물불을 안 가리고 자기 파를 챙기며 번 돈은 서로 나누어 쓰고 비밀스러운 방법으로 뇌물을 주고받는다고 한다. 복면파 조직원 말에 따르면 현 시세의 백오십 퍼센트 가격에 금괴 수백 킬로그램을 사겠다고 했단다. 금괴 사백오십 킬로그램을 판 돈이 고스란히 문 사장에게 들어오는 것이다. 즐겁고 행복한 일이다.

여기가 내 세상이고
나는 행운아다

　문 사장은 돈과는 참으로 인연이 많다. 일단 조직원을 통하여 북한 39호실에 천만 달러를 밀무역선으로 보냈고 금괴 삼백오십 킬로그램을 받아오게 하였다. 그리고 복면파 조직원을 통하여 찾아온 어느 은행 특별금고 담당 고위급에게 이천만 달러에 금괴를 모두 넘겼다. 하룻밤 사이에 천만 달러를 벌었다. 문 사장은 특별 금고에 달러 현금을 넣어두었다. 그리고 창가에 가서 서울 시내를 바라보면서 '여기가 내 세상이고 나는 행운아다'라고 외쳤다. 나이가 들고 세월이 가면서 문 사장의 돈 버는 기술은 더 늘고 뛰어나게 되었다. 불법, 탈법을 하지 않고 뇌물을 주지 않고는 중국이나 북한이나 남한이나 로비 자금으로 포장된 선진국이나 모두 큰돈을 벌 수 없다고 한다. 국고를 열고 돈을 개념 없이 써대고 외채를 마구 발행하여 빚잔치하는 정권에서는 그 돈을 챙기는 사람들이 장땡이라고 문 사장은 생각한다. 특히 우리나라에서는 비선실세들과 줄을 잘 타며 돈 버는 것이 최고라고 한다. 때를 놓치면 안 되니 그때를 잘 맞춰서 일을 해야 돈을 갈퀴로 긁어올 수 있다. 문 사장은 이백만 달러를 성씨를 통하여 복면파에 성과금으로 주었다. 복면파의 성씨를 비롯한 삼십여 명의 조직원들은 모든 인생을 문 사장에게 걸고 충성을 하면서 그가 주는 두둑한 돈으로 온갖 영화를 누리며 제2의 문 사장으로서 불법, 탈법, 비리에 대한 책임은 그들이 다 진다. 그래서 문 사장은 모든 면에서 자유롭고 편안하다. 그는 돈을 모으는 데도 악착같이 냉정하게 하지만 자기에게 충성하는 조직원들에게는 아낌없는 사랑과 관용을 베푼다. 그런데 유독 IT회사에 대해서는 의심의 눈초리를 거두지 않고 월급과 복지는 최대로 해주되 간부들과 사원들에 대한 갑질을 여전히 한다. 요즘 젊은 사원들은 다루기가 힘이 든다. 그들은 부당한 것에 대해서는 문 사장에게도 끝까지 대들기 때문이다.

어느 날 문 사장은 한 젊은이의 복장을 지적했다. 자유로운 복장을 허용한다고 해도 티셔츠에 반바지에 슬리퍼를 끌고 회사에 출근하면 어떻게 하느냐고 지적하자 그 사원은 밤새워 회사 프로젝트를 하다가 출근 시간에 늦을까 해서 집에서 회사로 와 지금도 그 작업을 계속하는 중이라고 했다. 문 사장도 갑자기 그에게 감격했다. 회사 일을 하다가 밥도 못 먹고 출근을 했다고 하니 더 이상 할 말이 없었다. 옛날 같으면 안하무인 그 청년이 무사하지 못했을 것이다. 그런데 문 사장은 자기도 모르게 그가 측은하게 보였다. 그리고 말없이 자기 방으로 와서 깊은 생각에 잠겼다. 세상이 바뀌어도 먹고 살기 위한 젊은이들의 몸부림치는 노력은 여전하구나 생각하며 그들을 다그치기보다는 더 자유로운 여건을 만들어주어 일을 더 잘할 수 있는 환경을 만들어주기로 했다. 문 사장도 이제 혈기보다는 이

성의 정으로 사람들을 대하기로 했다. 그리고 노조를 절대로 허용하지 않으려고 했지만 이제는 노조를 만들도록 지원하기로 했다. 민주라는 미명하에 뭉쳐진 노조원들도 지금은 많이 부패되었다. 각종 채용비리에 연루되기도 하고 회사의 이권에도 개입하고 회사 경영까지 좌지우지하려고 한다. 노조원의 이익과 복리후생 증진에는 관심이 없다. 오직 노조 간부 자신들의 이권을 챙겨 노조 간부들이 잘살기만을 바란다. 그런 노조들을 문 사장은 경멸한다. 노사가 모두 잘사는 길은 좋은 것이지만 노조마저도 상부 권력층만 잘사는 일은 바람직하지 않은 일이다. 모든 단체에는 조직이 필요하고 조직의 간부가 누려야 하는 권리도 있지만 법과 원칙을 지켜야 한다.

문 사장은 그 젊은 친구의 당돌한 행동에 오히려 고마움을 가졌다. 비록 언젠가는 M&A를 통하여 회사를 팔아버릴 예정이다. 이제 앞으로 세계에서 인공지능이 판을 칠 것이다. 그쪽의 사업과 연계하여 대용량 자료를 수집하고 분석하는 회사와 합해서 새로운 거대 데이터 회사를 운영하려면 아까 보았던 그런 젊은 인재들이 많이 필요하다. 문 사장은 그런 친구들과 자주 회의를 갖기로 했다. 그런 젊은 친구들에게서 배울 점이 많다. 그리고 아들 훈이가 생각났다. 지금 어디에서 무엇을 하는지 신경을 전혀 쓰지 않았다. 아파트 경비 사건 이후 사실 훈이의 아버지로서 모든 자격을 잃어버린 것 같았다. 문 사장은 어느 순간부터 훈이가 없어지기를 바랄 수도 있었다. 그래서 훈이와 아버지의 갈등에서 훈이는 백혈병에 걸려 병원에서 살아갔다. 문 사장은 훈이를 찾아간 적도, 기억조차도 없었던 사람이다. 그런데 훈이가 생각나고 그에 대한 근황을 알고 싶은 것은 혈육에 대한 본능적인 현상인가 하는 생각을 해보았다. 그것은 아니라고 스스로 부인했다. 그런데 더 이상한 것은 자기가 스스로 과연 지금 당장 훈이를 만난다면 새로운 각오로 훈이가 문 사장을 아버지로 대해줄 수 있을까? 오히려 아들 훈이가 두려웠다. 걱정과 근심이 몰려와 문 사장은 다시 훈이를 없는 자식으로 생각하기로 했다. 그러면서 눈물이 났다.

다시 일상으로 되돌아와 북한으로 보낼 곡물을 사러 태국으로 가야 한다. 이미 남한 정부의 오더와 돈을 받았다. 도정하지 않은 벼를 삼백억 원어치를 사서 중국을 통하여 북한 남포항으로 보내는 것이다. 남북한에서 받는 커미션만 오억이고 곡물 중개에서 남는 돈이 최소로 잡아 오십억이다. 십억은 북한 39호실로 보내고 십억은 남한 실세에게 복면파를 통하여 줄 것이다. 한 번 움직여서 삼십오억을 벌었다. 대단한 돈벌이꾼이다. 두 번째 첩과 와서 태국의 국빈 대우를 비공식적으로 받으며 애첩에게 돈맛과 문 사장의 몸 맛을 보여주며 온갖 호사를 다 누렸다. 그리고 몸에 좋다는 음식은 하루에 한 번씩 먹었다. 특히 뱀탕은 한국 정력가들이 최고 보신음식으로 찾는 음식이다. 한국에서 먹으려면 몇백만 원을 준다. 더 좋은 것은 천만 원을 주어야 먹을 수 있지만 태국에서는 백사도 몇십만 원이면 먹을 수 있다. 문 사장은 돈으로 누릴 수 있는 모든 것은 다 누려보려고 한다. 함께한 두 번째 첩도 좋아서 어쩔 줄 모른다. 한껏 즐기고 귀국길에 올랐다. 이번 여행은 매우 즐거웠다. 북한 인민의 먹을 문제도 해결하고 최고 존엄에게 뒷주머니 돈도 챙겨주고 남한 권력자 돈 욕구도 채워주니 모두가 윈윈하는 길이다. 그러나 그 모든 일에서 문 사장이 돈 챙기는 일을 빼고 나머지는 복면파 조직원들이 한다. 신나는 일이 아닐 수 없다.

그리고 밀무역의 노하우는 모두 문 사장이 배운다. 북한이 자력갱생을 외치며 미국에게 대항하는 것도 마침 남한에 친북 정권이 들어서서 문 사장과 같은 사람들의 도움이 있기 때문이다. 문 사장은 스스로 자기는 나라를 구하는 구국의 열사라고 생각하며 지금 하는 일에 대해 전혀 범법자라는 생각을 하지 않는다. 첩을 두는 것도 가난하고 불쌍한 과부를 구제한 것뿐이라고 생각한다. 문 사장의 둘째 연인은 가난한 시골 처녀로 살아서 일찍 결혼을 했는데 시댁에서 이혼 강요로 아들만 하나 낳고 쫓겨나 안 해본 일 없이 살다가 어느 식당에서 서빙을 하다 문 사장 눈에 들어 문 사장과 하룻밤 동침을 했는데 문 사장과 속궁합이 잘 맞아 오 년째 인연을 이어가고 있다고 한다. 문 사장은 그녀가 명기 중 명기라며 늘 칭찬해주었다. 그녀 동네에서는 부부 행세를 하면서 둘이 시골에 내려가 동네 어른들에게 잔치도 열어주고 기쁘게 살고 있다고 한다. 가난했던 남동생들도 모두 부자가 되었고 그들도 그들을 부자로 만들어준 문 사장을 매형으로 따르며 존경한다고 했다.

이럴 때 돈의 위력은 대단하다. 문 사장 한 사람으로 인하여 그 마을은 부촌이 되었다. 문 사장이 그곳에서 처남에게 대규모로 한우 농장을 하도록 해주어 가난한 동네 사람들이 그 집 목부로 일하면서 가난했던 동네는 졸지에 한우 농장 부촌이 되었다. 농장 운영도 특이했다. 공동 농장에서 목부들마다 키우는 소가 따로 있다. 공동으로 키워서 파는 소들 외에 송아지가 생기면 목부들에게 보너스로 주어 사유화해주는 것이다. 목부들이 그 집에서 일을 성실하게 오래 할수록 개인 소의 두수는 늘어나는 것이다. 그러니 소들도 잘 돌보며 행복한 노동을 하니 목부들이 모두 즐겁고 기쁘게 일하고 있다. 한 농장이 잘되니 동네가 잘되고 사회가 잘되는 것이다. 비록 다른 사람과 같은 결혼 형태는 아니더라도, 그 여인의 희생으로 자기 집안과 동네를 가난한 동네에서 부촌으로 만들었으니 이 나라의 영웅이다. 이런 모습에서도 문 사장이 스스로 자기를 애국·애민하는 사람이라고 생각하며 살아가는 것이 당연하다는 생각을 한다.

문 사장은 서울에 오자마자 백만 달러를 북한 39호실로 갖다 주라고 했다. 성씨는 이번에 가면 평양을 들려서 함흥으로 가서 재입북한 두 사람 장마당 관리자도 만날 예정이다. 39호실에 들러 백만 달러를 전달하고 운전기사도 만나서 백 달러를 주고 근황을 물으니 지금 평양 상황이 무척 안 좋다고 한다.

북한의 상황

곧 무슨 일이라도 터질 것 같다고 한다. 39호실 만년 과장 성씨는 실장들과 부장 간부들뿐 아니라 하급 직원에 이르기까지 모두로부터 존중을 받는다. 성씨가 나타나면 서로 그에게 인사를 하러 온다. 그리고 간부들은 성씨가 직접 찾아가 인사를 하고 얼마간 사랑의 뇌물을 바친다. 그 자금은 모두 문 사장이 마련해주는 것이다. 성씨는 지난번 금괴 담당 과장이 보이지 않아 그럴 줄 알았다고 생각하고 집으로 왔다. 집사람은 성씨를 껴안고 좋아서 어쩔 줄 몰랐다. 성씨가 밖에 나가서 열심히 일을 하는 것은 모두 가족들의 응원과 사랑이 있기 때문이다. 특히 아내의 신중한 언행과 검소한 생활로 사상 검증이나 따로 어떤 제재를 받지 않고 살아간다. 그래서 성씨의 집은 평양에서 가장 안전한 안전가옥이다. 평범한 북한 체제 한 부서의 과장이지만 이십 년 이상을 한자리를 지키며 남한을 상대로 북한에 이로운 사업을 한다. 남한 정권이 네 번이나 바뀌었고 북한도 최고 존엄이 두 번이나 바뀌었어도 성씨는 여전히 흔들리지 않고 제자리를 지킨다. 이십 년 동안 39호실에는 바람 잘 날이 없었다.

늘 불안하고 안정이 안 되었고 비리에 연루되거나 당 공적자금을 횡령하여 즉시 사형을 당한 사람들도 많다. 그러나 성씨는 갈수록 신뢰를 받고 39호실 핵심 멤버지만 직급 상승을 원하지 않고 오직 주어진 일에만 열중할 뿐이다. 아내와 일주일을 신혼처럼 행복하고 뜨겁게 보낸 성씨는 함흥으로 갔다. 가서 먼저 재입북한, 술 중독자였던 두 사람을 만났다. 그들은 제법 얼굴에 기름기가 흐르고 부자 티가 났다.

북한의 전체 분위기는 평양이나 변방 함흥이나 어둡고 칙칙했고 많은 루머가 떠돌았다. 성씨도 왜 그런지, 무엇이 진실인지 확실한 사실은 알 수가 없었다. 그러나 두 사람이 잘 지내니 기뻤다. 그들은 올해 장가를 들 예정이라고 한다. 하지만 돈을 버니 다시 남한으로 가고 싶다고 한다. 이번에는 배가 고파서가 아니고 모아놓은 돈을 빼앗길 염려가 앞서 빨리 탈북을 하고 싶다는 것이다. 성씨는 그들이 딱해 보였고 이해되기도 했다. 장마당에 물건을 싸게 내놓아도 이익이 많이 생긴다면서 그동안 성씨에게 주려고 삼십만 달러를 숨겨놓았다고 한다. 현재 자신들의 재산은 백만 달러가 넘는다고 한다. 성씨는 그들의 노고를 치하하며 삼십만 달러는 훈통령에게 북한 장마당 두 대표가 준 거라며 청전으로 받아 전하겠다고 했다.

북한의 돈주들 중 많은 사람들이 탈북을 시도하는데 이유는 당 간부들이 그들을 목표로 삼아 돈을 뜯어내려고 하기 때문이라고 한다. 성씨는 알았다고 하면서 두 사람의 조직원 중 믿을 만하고 성실하게 일하는 세 사람을 데리고 와 하루에 한 사람씩만 만나서 면접을 볼 수 있게 해달라고 했다. 그래서 성씨는 각각 다른 날짜에 사람들을 만나서 장마당의 사정을 알아보았다. 만나는 사람마다 두 사람을 칭찬한다. 물건 대주는 양이 늘 일정하고 약속을 정확히 지키니 옮겨가며 장마당을 여는 장사치들에게 최고로 인기가 좋고 물건을 선점하려고 뇌물을 주고받는 옛날 관행도 없어지고 자기들에게 물건을 가져가는 중간 상인들에게 오히려 장마당 열 때마다 감사하다고 돈을 주면 반은 돌려주고 반은 공안 아이들에게 잘 봐달라고 뇌물을 준다고 한다. 뇌물을 안 바치면 장마당을 열지 못한다고 했다. 성씨는 잘 하는 일이라고 위로를 하며 그들에게 먼저 두 사람이 하던 일을 대신 해달라고 하면서 내일부터 백미를 밀무역선에서 받아서 창고에 보관했다가 어떻게 비밀리에 푸는지 노하우를 익히라고 했다. 그리고 두 사람을 다시 만나 한 달 동안 이곳을 탈출할 것인가를 결정하고 소개해준 세 사람에게 백미를 잘 배분해서 파는 방법과 비밀 창고 유지 방법을 교육하고 가능하면 결혼할 처자들과 함께 남한으로 내려갈 준비를 하라고 했다. 두 사람이 다시 남한에 내려가 잘 살기를 바라고 그동안 그들이 장마당에서 일을 잘한 대가로 큰 은총을 베푸는 것이라고 말해주었다.

성씨는 이튿날 두 사람이 준 삼십만 달러를 가지고 밀무역선을 타고 별장으로 와서 훈통령을 만났다. 그리고 주정뱅이였던 두 사람이 북한 장마당에서 번 돈 중에 훈통령님께 전해서 좋은 일에 쓰라고 주었다며 삼십만 달러를 내놓았다. 훈통령은 성씨와 그 두 사람에게 감사하며 돈을 받아 이 돈을 버는 데 통천마을 농사꾼들이 큰 역할을 했으니 십만 달러는 가구당 오천 달러씩 성과급으로 지급하고 누나에게도 성씨에게 북한에서 돈을 마련해준 두 사람 이야기를 하고 오천 달러를 직접 나누어주라고 했다. 그리고 그동안 농산물 수송에 고생한 정의파 조직원들에게 오만 달러를 풀고 오만 달러는 성씨의 비자금으로 쓰라고 했다. 성씨는 훈통령의 품위 있는 사랑 실천에 감사하며 모든 것이 성씨 아저씨 때문에 잘 돌아가니 기쁘다는 훈통령의 칭찬에 눈물이 솟구쳤다. 그리고 엉엉 울고 말았다. 남한에 훈통령과 같은 훌륭한 청년 지도자가 있는 것에 감동했기 때문이다. 성씨의 눈에는 문 사장의 장점만을 닮은 훈통령이 대단해 보였다. 세상은 그렇게 해서 선과 악이 공존하며 잘 돌아가는지도 모른다고 성씨는 생각했다.

통천마을의 경사

성씨는 통천마을 우씨를 만나 농산물 장사가 잘되어 훈통령이 특별하게 배려해서 가구당 아이들 양육비로 오백만 원씩 사무실 총무에게 타 가라고 했다. 강씨가 나도 애를 하나 낳아야 하겠다고 했다. 그런데 배씨 아주머니가 미소 지으며 이야기했다. "제 배 속에 아기가 있어요." 강씨와 성씨와 마을 사람들이 깜짝 놀랐다. 배씨 아주머니는 경수가 끊어진 폐경이 온 줄 알았는데 자꾸 구토가 나고 신 것이 먹고 싶고 강씨가 자꾸 그리워지는 것이 임신이 틀림없다고 공표해버렸다. 마을 사람들은 모두 축하하며 강씨와 배씨에게 늦둥이가 생긴 것에 기뻐하며 축하했다. "밤이면 밤마다 참기름 짜는 소리를 내더니 그만 그렇게 되었어." 우씨의 그 말에 모인 마을 사람들이 박장대소하였다. 누나도 무척 기뻐하며 부러워했다. 자기도 내일 모레 이십 대가 끝나고 삼십 대인데 좋은 사람 만나 결혼하고 싶다, 아니 훈통령과 강제로라도 하룻밤 자서 그분의 아기를 낳고 싶다 생각한다. 속으로는 간절하나 순수하고 깨끗한 훈통령을 감히 그렇게 하는 것은 안 되는 일임을 곧 깨닫는다. 맞다. 세상은 순리에 따라 기다리고 기다려야 한다. 그렇게 생각하고 누나의 일에 열중한다.

일을 열심히 하다 보니 어느새 일 년이 훌쩍 가버렸다. 세월이 화살처럼 빠르다. 누나는 오백만 원을 보너스로 받아서 저축하였다. 남한 자본주의 사회에서 생존하려면 돈이 꼭 필요하다. 그러니 부지런히 돈을 모아야 한다. 훈통령은 누나가 그동안 일에 지쳐 여행 한번 못 간 것을 늘 미안하게 생각했다. 그래서 일을 덜어주고 싶어 여직원을 한 명 더 뽑자고 해도 누나는 한사코 반대를 한다. 그래서 통천마을 쉼터에서 우연히 만난 여성을 소개했다.

성 총무와
리 선생님의 상봉

그 사람은 삼십 대 후반 여성이다. 북한 김일성대 공학부 전산과를 나온 여성이었다. 탈북하여 남한으로 와서 대기업 경리 파트에서 일을 하다가 남한 남자에게 실연을 당하고 회사도 그만두고 방황하다가 여기에 머물고 있다고 했다. 그 여성을 콕 찍어 누나에게 소개하니 누나도 한번 만나서 이야기를 해보겠다고 했다. 누나는 그 여성을 만났다. 얼굴을 보니 어디서 많이 본 듯한 사람이었다. 북한에 있을 때 고등학교 때 컴퓨터를 가르쳐주던 임시 선생님이었는데 미스 성과는 친하게 지냈다. 미스 성은 야윈 선생님의 가슴에 얼굴을 파묻고 울고 또 울었다. 어떻게 여기까지 오셨냐고 물었더니 좋아하는 선생님과 불륜을 저질렀는데 그게 문제가 되어 둘이 탈북을 시도하다가 그는 총에 맞아 죽었고 선생님은 무조건 앞으로 뛰어서 국경을 무사히 넘어서 중국 땅에 머물다가 몸도 더럽혀지고 해서 죽으려고 했는데 남한에서 온 어떤 프랑스 신부에게 구조되어 무사히 남한으로 왔다고 한다. 그 프랑스 신부님의 사랑과 자비에 자살하려던 마음을 접고 이렇게 모진 목숨을 유지하다 보니 남한에서 훌륭한 제자를 만나게 되었다고 기뻐했다.

두 사람은 누나의 숙소로 가서 서로 이야기꽃을 피웠다. "선생님 어디 가지 마시고 여기서 저와 일하면서 함께 살아요." 미스 성은 다정하게 선생님께 말하였다. "그래 우리 서로 아끼며 함께 살아가자." 선생님은 대답했다. 선생님은 리 선생님이다. 얼굴이 예쁘고 특히 앵두 같은 도톰한 입술에 까만 점이 있는데 매력적이다. 그래서인지 남정네들의 인기를 한 몸에 받았다. 그래서 중국에서 몸을 팔아가며 목숨을 이어갈 수 있었다. 그리고 그날도 외국인이라도 만나면 또 다른 세계를 만날 수 있다는 기대로 숙소에서 몰래 나와 외국인에게 접근했는데 그분이 한국말로 조용히 따라오라고 해서 따라갔는데 가보니 중학생 세 아이와 어떤 탈북 여성이 있었다고 한다. 그래서 그분의 안내로 옷을 깨끗이 갈아입고 홍콩을 거쳐 한국으로 와서 교육을 받고 한국에서 알아주는 큰 회사 경리 부서에서 일하는데 부서장이 저녁에 밥을 먹으러 가자고 해서 함께 밥을 먹으며 술도 한잔 권하기에 술도 마셨는데 호텔에 가자고 해서 함께 가서 하룻밤을 지냈다고 한다. 그 이후에 그 상사는 때만 되면 자기를 불러내어 괴롭혔는데 그래도 이것이 남한 사회의 직장문화인가보다 생각했는데 어느 날 그 부인이 나타나 나를 불러내서 자기 남편을 더 이상 가지고 놀지 말고 당장 직장을 그만두고 떠나라며 차비로 쓰라고 천만 원을 받았고 내 배에는 아기가 있었는데 마침 그 사람 집안에는 아기가 없다고 하면서 그 사모님이 아기는 낳아주고 가라고 나에게 조그만 전셋집을 얻어주고 감시 아주머니까지 붙여주어서 일 년을 그 집에서 살면서 그 사모님께 아기를 낳아 안겨주고 나는 쫓겨나고 오천만 원을 받고 임시로 거주하는 열세 평짜리 국가에서 주는 영세민 아파트에서 살고 있었다고 한다.

어느 날 혼자 공원으로 놀러 갔는데 잘생긴 남자가 자기에게 외로워 보이는데 함께 데이트를 하자고 해서 남자를 품은 지도 오래되었고 얼굴 생김새가 괜찮아서 데이트를 했는데 날이면 날마다 돈을 빼앗아가는데 나중에는 돈이 없다고 하니 구타까지 해서 이곳으로 도망을 온 거라고 했다. 그 외국인은 한국에서 특수 사목을 하시는 프랑스 신부님이신데 힘들면 찾아오라고 했지만 내 사는 모습이 떳떳하지 못하여 찾아뵙지 못했다고 한다. 사람이 사람의 은공을 알고 살아야 하는데 그렇지 못하니 참 슬프다고 했다. "선생님은 너무 예쁘시고 잘생겨서 그런 혹독한 시련을 겪으셨다"고 하면서 미스 성은 마음 아파하며 선생님을 위로했다. 이튿날 요양원 사무실에서 훈통령을 선생님과 함께 만나서 사연을 말하니 훈통령은 크게 안도하며 리씨를 누나와 함께 일하게 해주었다. 훈통령 눈에도 리씨가 책에서 본 황진이 같다는 생각을 지울 수 없었다. 황진이에게 빠진 남정네가 얼마나 많았던가? 매우 슬프고 애달픈 일이다. 현재 오늘날에도 직장 내에 성희롱과 성추행, 성폭력이 성행하고 있으니 이 얼마나 안타까운 일인가. 아마도 그녀가 탈북 여성인 것을 알고 더 그렇게 괴롭혔다고 생각한 훈통령은 성씨와 상의하여 리씨에게 못할 짓을 한 큰 회사 간부와 오천만 원을 사기 쳐 먹은 사람을 찾아서 리 선생님의 억울함을 풀어주기로 했다. 성씨가 내일이면 별장으로 오기로 했으니 의논해서 돈도 받아내고 억울함도 달래줄 터이니 걱정 말고 사제지간에 정을 나누며 통천마을을 위해서 일해달라고 했다.

　리씨는 두 번째 만나는 훈통령을 비범한 인물로 알아보았다. 사람을 흡입하는 멋진 카리스마를 가진 매혹적인 남자로 보였다. 리씨는 평생 저런 남자만 바라보고 살아도 행복할 것이라고 생각하였다. 아마도 자기 제자 성 총무도 그럴 것이란 생각을 했다. 그래서 성 총무는 지금까지 대규모의 통천마을을 혼자 운영해온 것 같았다. 이제는 리씨가 자기 제자 일을 열심히 도와주기로 결심했다. 성씨를 만난 훈통령은 리씨 이야기를 하면서 그를 짓밟은 한국 기업 간부와 오천만 원을 빼앗아간 사람들에게 조직원들을 보내어 조용히 그 간부한테는 삼억을 달라고 해서 해주면 끝내고 그렇지 않으면 여성단체와 연계하여 고발하라고 했다. 그리고 오천만 원을 빼앗아간 사람은 뒷조사를 철저하게 하여 어떻게 해서든지 돈을 받아오라고 했다. 성씨는 훈통령에게 그렇게 한다고 하고 "알코올 문제로 북한으로 간 사람들이 결혼할 여자와 다시 탈북을 하고자 해서 데리고 오려고 합니다" 하니 훈통령은 "그쪽 장마당 일은 차질이 없나요?" 먼저 물었다. "그곳은 이미 세 사람을 선정하여 인수인계를 마친 상태입니다" 하고 성씨는 말했다. "그러면 특별한 사정이 없으면 그렇게 하시죠" 했다. "두 사람 주거는 통천마을로 하고 밀무역선의 조직원으로 일을 하도록 조치하겠습니다"라고 했다. 훈통령은 성씨에게 "모든 것을 알아서 하시죠" 했다. 성씨는 그날 밤 월북하여 함흥시 당 위원장과 함경도 당 위원장을 만났다. 그리고 두 사람이 준비한 이십만 달러와 자기가 가져간 이십만 달러를 십만 달러씩 두 위원장 동무들에게 주었다. 그리고 함경도 내 장마당 운영권을 자기가 선정한 사람들에게 달라고 하니 그렇게 하라고 허락하며 "성 동무의 충성심은 최고 존엄과 주위 권력자들도 인정하고 성동무의 청이 있으면 무조건 들어주라고 했어요." 그리고 중간 간부들과 직원들에게도 귀한 달러를 나누어주었다. 그렇게 성씨는 북한 체제에서 중요한 인물이지만 권력이나 돈에는 관심이 없고 인민들의 먹고 사는 일에만 신경을 쓰며 일하기 때문에 이름조차 내세우지 않아도 누구도 그를 경계하거나 음해하지 않는다. 그는 혼자 공을 세우면서도 그의 상사와 주변 동료들에게 공을 골고루 나눠주고 있다. 그리고 오직 인민을 위해서 뇌물도 준다. 그 뇌물조차도 당 간부들이 인민을 잘 돌봐달라는 조건으로 주는 것이다. 자기 이익을 구하거나 권력을 얻기 위한 것은 없다. 그러니 북한에 그의 좋은 협력자 친구들은 많지만 적은 없다.

재입북하여 부자가 되어서
재탈북한 두 사람

성씨가 지정한 세 사람에게 모든 것을 인계한 두 사람은 그들의 신붓(新婦)감과 친인척 등 열두 명이 탈북을 해야 한다고 했다. 그래서 배를 이틀 더 머물게 해서 각개전투로 두 사람이 서로 감시망을 피하고 뇌물을 주고 그들을 밀무역선에 태우기로 했다. 항구 관리들에게는 이미 많은 뇌물을 바친 터라 별문제가 없다. 다만 주변 사람들의 눈에 띄어 발고가 되면 뒷수습이 어렵게 된다. 이틀 만에 별일 없이 모두 밀무역선에 무사히 승선하여 열두 명 모두 탈북에는 성공했지만 그들의 정착이 문제였다. 그래도 문 사장과 상의하여 해결하도록 하고 그들을 쉼터에 쉬러 온 사람으로 가장하여 통천마을 쉼터에 머물게 했다. 두 사람은 정의파 숙소로 갔다. 일단 남한 현 정권이 워낙 탈북 주민들을 괄시하니 대놓고 탈북을 주장하지 못하고 남몰래 해야 한다. 하루빨리 남한 정부에서 탈북민들을 같은 동포로 인정해주기를 희망해본다고 성씨는 말했다. 문 사장은 성씨를 보자 그래, 잘 다녀왔느냐고 하면서 북한 권력자가 보낸 사람이 며칠 전에 금괴를 가지고 와서 팔아달라고 했고 최고 존엄 친필 편지도 받았다고 했다. 그런데 최고 존엄의 건강 상태가 아직 좋지 않다는 증거를 친필 편지에서 발견했다고 했다. 항상 사인은 친필인데 이번에는 누군가의 대필 흔적이 있다고 했다. 성씨는 묵묵부답했다. 북한 공기가 심상치 않지만 그 말을 성씨가 직접 하고 싶지 않았다. 남자는 말을 천금과 같이 해야 한다. 39호실에서 나오지 않은 말은 거의 헛소문일 경우가 많다. 그래서 성씨는 북한에 대한 이야기는 거의 하지 않는다. 성씨는 문 사장에게 열두 명이 탈북하여 자신이 데리고 있다고 했다. 문 사장은 남한 당국자들을 움직이는 조직원을 동원하여 열두 명 모두를 간단한 서면 심사를 통하여 남한 국민으로 만들어주겠다고 했다. 그들 각자의 이름과 생년월일을 적어달라고 했다. 성씨는 이미 꼼꼼히 준비한 서류를 문 사장에게 전했다. 문 사장은 그동안의 성씨의 은공을 갚는다는 심정으로 이 일을 한 달 내로 처리하겠다고 하고 복면파 대정부 담당자에게 완벽하게 만들어오라고 했다. 국정원과 통일부 등에 전화를 걸었다. 문 사장은 대북 비선 실세 중 실세이다. 그 이유는 북한의 금광에서 무수하게 많이 나오는 금괴 때문이다. 그 모든 것을 소리소문 없이 처리해주는 사람이 문 사장이기 때문이다. 남한 권력자들도 금괴를 가지고 있는 것이 최고 좋다. 뇌물로 받은 돈을 감추기에 제일 좋은 수단이기 때문이다. 부패한 한반도에서 문 사장은 '금괴로 남북한 당국자들에게 인정을 받고 돈벌이는 잘되니 한반도는 내 것이다' 하며 혼자 있을 때 사무실에서 청와대와 경복궁을 바라보며 웃으며 외친다. 그러나 성씨는 늘 무덤덤하다. 문 사장과는 사장과 그의 일에 협조하는 조직원으로서 서로 상생하는 사이일 뿐 그 이상도 그 이하도 아니다. 그리고 예의와 규약은 지키되 그와 식사하는 것도 조심스러워 정중하게 자리를 피한다. 조직원들에게 2인자라고 낙인찍히는 것이 싫어서이다. 오직 자신도 조직원으로 충성을 할 뿐이다. 불법, 탈법, 비리를 어쩔 수 없이 눈을 감으며 살지만, 그것이 애국·애민이라는 마음으로 살지만 우리는 가능하면 개인적인 호사와 축재를 위해서는 하면 안 되는 일이다. 그래서 문 사장은 돈 버는 목적으로 남북 권력자들에게 도움을 주며 한편 인민과 국민들에게도 도움을 준다고 생각하고 자신의 비리와 재테크하는 것, 돈을 긁어모으는 것은 정당하다고 말하는 사람이다. 일견 그 말도 일리가 있다. 그러나 성씨는 모든 것을 이해하고 문 사장을 따르지만 그가 감추고 있는 발톱을 늘 조심한다. 그에게 겸손하지 못하게 나섰다가 심각한 타격을 받는 사람들을 많이 보았기 때문이다. 그래서 사람은 조직 안에서 늘 평등함을 스스로 유지하고 겸손하고 선하고 착하나 냉정한 마음으로 조심해서 살아야 한다. 그것만이 장수하는 비결이요, 하루하루 성공하는 길이다. 그렇지 않으면 늘 중간에 목숨을 잃거나 강제 수용소에 끌려간다. 북한에서 직업을 가지고 일을 하면서 수없이 보아온 현실이다.

성씨는 별장으로 내려가 훈통령도 만나고 그리운 사람들을 만나기로 했다. 성씨를 기다리던 훈통령은 성씨에게 총무를 만나 보라고 했다. 성씨는 총무에게 갔다. 지난번 조직원이 다녀갔는데 성씨를 찾았다고 누나는 말한다. 가족들과 함께 내려온 알코올 중독자들이었다. 어제 월북을 했으니 오늘 밤 아니면 내일 밤 내려오면 만날 예정이다. 그리고 탈북한 주민들을 찾아가 일이 잘되어 여러분은 완벽한 남한 사람이 될 것이니 그동안 밖으로 나다니지 말고 이곳에서 마을 일손을 도우며 잘 지내고 있으라고 당부했다. 우씨를 만나서는 농사를 잘 지어주어 북한 인민들이 배곯는 것을 면하고 사는 것이 우씨를 비롯한 농부들의 덕분이라고 위로했다. 그래도 성동지가 고생이 최고 많은 것 알고 있다고 통천마을 사람들은 이구동성으로 말했다. 누가 덜 수고하고 누가 더 고생하는 것이 문제가 아니라 서로 이 순간에도 북한에 먹을 것을 어떻게 더 많이 대주느냐가 문제이다.

이곳에서 나오는 것은 아직 소소한 부분만 채우지만 앞으로는 고기도 보낼 수 있으니 기대가 된다. 통천마을 가축들도 많이 늘어나고 이제 서서히 축산에서도 수익이 생기기 시작했다. 이제 내년부터는 유리 온실에서 온갖 과일들이 계절에 관계없이 생산될 것이다. 성씨는 통천마을에서 자기 생을 마치고 싶다는 생각을 했다. 뒷산 이십만 평을 사서 조금씩 농토로 개간 중인데 한쪽에 통천마을 납골당을 만들고 보육원도 만들 예정이다. 그러면 '요람에서 무덤까지'의 복지의 이상이 통천마을에 구현된다. 훈통령, 성씨, 우씨, 강씨, 성 총무, 리씨, 모든 농부와 목부, 그리고 요양사, 간호사, 의사들이 한 몸이 되어 통천마을 발전을 위해서 최선을 다하고 있다.

성씨는 알코올 중독자였던 두 사람을 만났다. 북한에 문제는 없는데 최근에 북한 전주들이 돈을 풀지 않아 중간 상인들이 장사를 할 수 없다고 해서 일단 그동안 만일의 사태를 대비해서 모아둔 돈을 풀었다고 했다. 성씨는 잘했다며, 대충 얼마 정도가 있어야 하느냐고 하니 최소한 삼십만 달러는 있어야 전주들의 횡포를 막을 수 있다고 했다. 성씨는 훈통령에게 보고를 하며 북한 정세가 혼란하니 전주들이 돈을 챙겨 탈북 시도를 하는 모양이라고 했다. 성씨는 훈통령이 남북한의 정세가 돌아가는 모습을 바라보는 눈이 예리함을 보면서 속으로 훈통령의 성장에 박수를 쳐주었다. 한 오십만 달러를 직접 들고 가서 장마당 동향을 살피고, 가난하고 선량한 전주들에게 주어서 중간 상인들에게 저리로 빌려주라고 했다. 모든 결정이나 운영에 대한 묘안은 북한 사정에 밝은 성씨가 알아서 하라고 했다. 그날 밤 성씨는 훈통령이 직접 준 달러를 들고 월북하여 시장 동향을 살펴보았다. 그리고 세 사람을 만나 여러 가지를 의논했다. 장마당 중간 상인들이 반이나 줄었다고 했다. 전주들이 돈을 회수해서 장사를 접은 것이라고 했다. 성씨는 우선 그들이 어디에 살며 누구인지를 파악해 오라고 했다.

장마당이라는 것이 공식적으로 허가된 것이 아니라 그야말로 번개시장이라 누가 누군지는 전주들만 알고 있는 것인데 다행히 두 사람이 전주를 알고 있어 전주들에게 약 오십 달러의 뇌물을 주고 중간 상인들 명단과 사는 곳을 알아냈다. 우선 그들에게 알려서 비밀장소를 정해 그곳으로 오라고 하고 장마당에서 일 년 이상 장사를 한 사람 중 믿을 만한 사람 서너 명을 데리고 오라고 했다. 세 사람은 다른 비밀장소에서 면담을 하였다. 모두 먹고살 일을 생각하는 일 외에는 아무 생각도 하지 않는 북한 주민들이다. 다행히 북한 주민들은 생활력이 강하고 자존심이 있고 믿음이 있고 약속을 잘 지킨다. 성씨는 그들에게 오만 달러씩 줄 터이니 중간 상인들에게 장사를 할 수 있도록 돈을 대주고 돈 관리를 잘 해달라고 했다. 그들

세 사람은 눈물을 흘리며 돈이 없어 장마당을 열지 못하는 사람들에게 연락을 하여 장마당을 다시 하도록 돈을 융통해 줄 테니 다시 장마당을 연다고 아는 중간 상인들에게 연락하라고 하였다. 그리고 오는 사람들마다 오십 달러에서 백 달러씩 이름과 사는 곳, 주소만 적고 종자돈으로 빌려주었다. 중간 상인들은 열심히 장사를 해서 빌려간 돈을 갚아주기로 했다. 그렇게 성씨는 십오만 달러만 풀고 나머지는 상황을 관망하다가 원산 쪽도 장마당을 운영해볼 예정이다. 문제는 물건을 대주어야 하는데 밀무역으로는 한계가 있다. 중국 상인들과 연계를 하면 나은데 그 사람들은 믿지 못할 사람들이다. 장마당을 하다 보면 이리저리 문제가 생기게 마련인데 그들은 손해를 보지 않기 위하여 어제까지 친하게 지내던 사람을 보위부에 고발하여 큰 고초를 당하게 한다. 그들은 돈에 목적이 있기 때문에 돈이 될 때는 손을 잡지만 돈이 안 될 때는 무조건 내치고 북한 주민이 고통당하고 죽어가는 것에는 아무 느낌도 없는 무자비한 사람들이다. 성씨는 그런 사람들과 거래할 생각이 없다.

성씨와 훈통령의
남북한 국민과 인민 사랑

사랑과 존경, 친절과 평화, 공평과 정의, 이런 형이상학적 단어들의 가치는 세상의 어느 가치보다 소중하고 귀중하다. 훈이는 어떻게 해서든지 북한 주민끼리, 그리고 남한 주민들과 연계하여 북한 주민의 자급자족을 도우며 점점 확대해나갈 예정이다. 시 당 위원장이나 도 당 위원장도 성씨의 애민 정신과 매우 깨끗한 삶을 알기에 성씨가 하는 일이라면 무조건 돕는다. 그런데 그가 하는 일이 무언지는 알 수가 없다. 대강 장마당을 통하여 북한 주민들의 기아를 막아주고 있다는 사실을 어렴풋이 알고 있을 뿐이다. 성씨는 가능하면 정체를 밝히지 않고 자기 일을 잘해나갈 예정이다. 어디에서나 자신을 내세우고 자신의 개인적 이득을 취하려고 하면 적도 생기고 탈법, 비리, 불법이 있게 마련이다. 그래서 권력자들은 그들을 몰아내고 자기를 방어한다. 온갖 비리, 탈법, 불법을 더 크게 저지르고도 자신의 면피를 위하여 주변 권력자 중 희생양을 만들어 큰 범죄의 꼬리를 자른다. 큰 벌을 받을 한심스러운 일들을 남한과 북한의 권력자들은 태연하게 자행한다. 권력자들의 술수에 북한 인민이나 남한 국민이나 모두 알면서도 속아 넘어간다. 그러나 그런 부패 정권은 얼마 가지 못하고 패망하고 만다. 남한 정부 현 장관들이나 청와대 권력 실세들은 국민 알기를 정말 우습게 여긴다. 국민을 우롱하고 선동하며 국가 빚은 계속 늘어가는데 결과가 없는 장밋빛 비전만 재탕, 삼탕을 한다. 도대체 정부가 하는 일을 믿을 수가 없다고 한다. 행정부뿐 아니라 입법부에서도 매일 '내로남불'이 터지고 국민들이 이해하기 힘든 말과 행동을 국회의원들이 한다. 우리나라의 품격이 땅에 떨어져 진흙탕에 뒹굴고 있다. 이상한 선거법으로 국회의원들이 된 사람들이 숫자만 믿고 나대기 때문이다. 성씨는 현 남한 정권의 무지몽매한 정책들은 국민과 전 세계로부터 왕따를 당하는 보기 드문 정책들이라고 한다. 주사파 친정권자들의 사익을 위한 정책들이다. 대표적인 것이 탈원전 정책이다. 무엇 하나 확실하게 하는 일이 없다고 한다. 사법부도 민주라는 미명으로 모인 법조인들에 의해서 법과 원칙이 무너지고 정권의 입맛에 맞는 코드 판결이 연속되어 나오는 것이 군사독재 시절보다 심하다고 한다. 그러나 소신 있는 판결을 법과 원칙에 따라 내리는 판사들이 아직은 있다고 한다. 검찰 조직이 바르게 서고 정도를 가는데도 법무부와 청와대가 검찰을 흔들고 있다. 국민들은 알면서도 코로나에 잡혀 일어서지 못하고 발만 동동 구르는 형국이다. 이렇게 세상은 거꾸로 돌아가고 있다. 한 가지도 제대로 돌아가는 모습이 없다.

성씨는 북한에서 비교적 자유로운 활동을 한다. 그의 신분은 최고 존엄이 완전하게 인정했기 때문에 마음만 먹으면 엄청난 일들을 할 수 있는 막강한 권력을 휘두를 수 있으나 늘 자중하고, 도탄에 빠져 있거나 위험한 처지에 있는 사람들을 돕거나 위하는 일에 그 힘을 쓸 뿐이다. 그러니 그를 아는 모든 사람들은 그를 사랑하고 아낀다. 그러나 그는 작고 하찮은 권력에게도 자신의 힘을 감추고 겸손하다. 오직 인민들을 괴롭게 하거나 가난한 인민들을 착취하는 작은 권력을 찾아가 뇌물을 주면서 인민들에게 좀 더 선정을 베풀어 달라고 개인적으로 부탁을 한다. 그에게 뇌물을 받고 부탁을 받은 도 당, 시 당 혹은 면 단위 위원장들도 감탄하고 잘못을 바로잡으려고 노력한다고 한다. 어차피 정치인들은 여론에 민감하다는 특성이 있다. 그래서 나쁜 일이든 좋은 일이든 자기의 얼굴이 신문이나 방송을 많이 타기를 바란다고 한다. 북한에서는 오직 최고 존엄만을 위한 신문과 방송이 존재한다고 한다. 그래서 북한에 무슨 일이 있는 것이 분명한데도 누구도 진실을 모르고, 알려고 하지도 않는다. 잘못 나댔다가는 큰일을 당하기 때문이다. 그러니 깜깜한 암흑천지에서 살아가는 형국이라고 한다.

무너진 역사도 존재한다. 북한은 주체연호라는 것을 사용한다고 한다. 주체연호는 김일성 주석이 태어난 연도인 1912년을 주체 1년으로 정했다고 한다. 북한의 모든 공문서에는 주체연호를 사용하고 괄호 안에 서기를 쓴다고 한다. 예를 들면 주체 108년(2020년) 이렇게 사용한다고 한다. 김일성 주석은 북한에서는 신적인 존엄이라고 한다. 그러나 최근에 와서는 그의 신성이 흔들리고 있다고 한다. 더 이상 김일성 주석을 신격화할 근거가 없기 때문이다. 생시에 '모든 인민들에게 쇠고깃국에 이밥을 배불리 먹이는 것이 소원'이라던 김일성 주석의 말은 두 대나 건너뛰고 있는 현재 오늘도 굶어 죽어가는 인민들이 고난의 시기에는 삼백만이었고 지금도 많다고 한다. 그 문제를 조금이라도 해결하려고 하는 것이 성씨의 장마당 활성화이다. 그런데 중간 돈주들이 당국의 채권 강매에 힘들어하며 돈을 회수하여 북한을 탈주하려는 시도를 한다고 한다. 성씨는 그나마 인민들의 작은 경제 활동을 도왔던 돈주들마저도 인민들에게 등을 돌린다면 인민들은 꼼짝없이 굶어 죽어갈 것이 보이는 상황을 파악한 이상 성씨는 세 사람에게 필요한 자금을 대줄 것이니 장마당 참여자들에게 초 저리로 빌려주라고 했다. 그런 효과로 장마당은 다시 활기를 되찾게 되었고 장사를 접었던 중간 상인들도 다시 일을 시작하게 되었다.

돈놀이를 접었던 돈주들이 장마당이 돌아가는 모습을 보고 그들도 하나둘씩 아예 대상이 되어 중국 등지에서 물건을 들여와 장마당 외연을 넓히며 장사하기 시작하여 다른 도시에 장마당이 많이 생겨나 더 많은 인민들이 먹을 것을 쉽게 구할 수 있게 되었다는 보고를 받은 성씨는 안도의 한숨을 내쉬며 평양 39호실로 갔다. 몇 개월 만이다. 성씨가 나타나자 모든 조직원들이 환영하였다. 최고 존엄께서 표창장을 내리고 39호실에게 특별식을 하사하였다고 한다. 가장 탁월한 외화벌이 일꾼으로 표창되었다는 것이다. 알고 보니 남한 문 사장이 39호실 금괴를 모두 처리해주었는데 성씨의 이름을 사용했고 복면파 조직원들이 금괴 대금을 정확하게 전해주어 그 공로가 성씨에게 돌아온 것이다. 이번에도 큰 권력기관으로 이동하겠느냐는 간부들의 말에 그냥 이 자리에서 일하게 해달라고 했고 일주일 쉬었다가 다시 일하러 가겠다고 했더니 금괴 담당자가 처음 보는 사람인데 금괴 백 킬로그램만 팔아달라고 했다. 성씨는 다음에 와서 해주겠다고 했다. 그 자리에 온 지 얼마 안 된 사람이 돈맛에 빠져들어 금괴를 빼돌릴 궁리를 하는 것이다. 그 자리는 큰 권력의 뒷배가 없으면 앉기 힘든 자리이다. 그러나 성씨는 39호실 말뚝 고참에다 최고 존엄의 표창장을 여러 번 받고도 꿈쩍하지 않고 한자리만 고수하는 사람이고 한번 나타나면 간부들과 기사에 이르기까지 모든 사람들에게 용돈을 달러로 챙겨주니 누구도 그에게 시비를 걸지 않는다. 그 금괴 담당자에게도 백 달러를 주면서 즉답을 못해서 미안하다고 하며 조용히 나왔다.

운전기사를 반갑게 맞았고 이번에는 오백 달러를 주었다. 좋아하면서 그동안 39호실에서 일어난 일들을 모두 보고해주었다. 그의 말을 듣고만 있어도 39호실 돌아가는 실정을 알 수 있다. 지금 현재 금괴 밀수출도 성 과장 동무만 정확하게 돈이 오고 다른 나라로 간 것은 많은 양을 도둑맞고 사기를 당해서 금괴 담당 과장 동무가 수시로 바뀌고 있다고 한다. 높은 사람 뒷배로 와서 그 자리에 앉아서 언제 잘릴지 모르니 일단 금괴를 가짜 서류로 수출했다고 하고 챙겨서 가져간다고 한다. 현재 북한 최고 존엄의 유일한 돈줄은 금괴라고 한다. 밀수출하기가 용이하고 남북이 서로 주고받기 용이하기 때문이다. 그러나 금괴를 너무 많이 보유하면 현금이 돌지 않아 경제에 도움이 안 된다고 하였다. 남한이나 북한이나, 인민이나 국민은 권력자들 마음에는 안중에 없다. 오직 정권 연장과 축재에 열을 올린다. 성씨의 눈에는 오직 국민과 인민만 보이는데 권력자들 눈에는 아무것도 보이지 않는 것 같다. 북한의 권력자들은 최고 존엄과 자신의 안위를 위해서 일을 하고 남한의 권력자들은 축재와 쾌락을 좇으며 자기의 권력을 자기 자신과 자기들 파당만을 위해서 쓰고 있다. 이미 남한은 많은 선한 법이 훼손되고 자유민주주의 시장경제가 무너지고 있다. 법과 원칙은 권력자들이 먼저 파괴하고 있다. 그러니 그들의 폭거에 국민들 등이 굽고 헤아릴 수 없는 세금 폭탄에 신음하고 있다. 그러니 부지런히 돈을 해외로 빼돌리고 있다. 다 이유는 있지만 부자들은 그렇게 생존한다 치더라도 남은 서민들은 어떻게 되는 것인지 남북한의 모든 서민들이 울부짖는다.

성씨는 착잡한 마음으로 남으로 내려와 문 사장에게 가서 몇 개월 만에 인사를 했다. 문 사장은 성씨 덕분에 돈을 많이 벌었다면서 성씨 마음대로 쓰라고 하며 백만 달러를 주었다. 금괴를 복면파 조직원들이 처리하면서 성씨의 공이 크다고 문 사장에게 말한 것 같았다. 성씨는 고맙다고 하면서 좋은 일에 쓰겠다고 하였다. 문 사장이 요즘 북한 돌아가는 이야기를 해달라고 하니 북한에서는 문 사장님도 잘 아시다시피 모든 것이 비밀로 이루어지고 누가 무슨 일을 하는지도 모르며 언로가 막혀 노동신문과 북한 방송에서 나오는 것이 전부라고 하며 최근에 발간된 노동신문을 문 사장에게 주었다. 문 사장은 그런 성씨에게 백만 달러를 주어도 아깝지 않았다. 성씨는 복면파 대북 라인을 우선 만났다. 그동안 금괴가 일 톤이 넘게 거래되었다고 하면서 그 돈이 북한 핵병기 실전화에 쓰이는 것 같다고 말했다. 그리고 최고 존엄이 지금 쓰러져 사경을 헤맨다고 이야기를 해주었다. 성씨는 입 조심하라고 하면서 그에게 만 달러를 주니 받지 않고 오히려 오십만 달러를 성씨에게 주었다. 금괴 거래를 하면서 최고 존엄에게 바치는 몫을 십 퍼센트 이상 더 바치고도 돈이 남았고 39호실 금괴 담당 과장이 부탁한 금괴를 처리해서 가지고 올라가면 금괴 값 반을 나눠 주었다며 그것들을 조직원들과 나누고 이것은 성씨를 위해서 좋은 일에 쓰라고 주는 것이라고 했다. 성씨는 그들의 마음은 고맙지만 그 돈은 받지 않기로 하고 조직의 비자금으로 쓰라고 했다. 대북 담당 조직원은 매우 난감해했으나 성씨는 한번 말한 것은 번복하지 않으니 조직원은 돈 주는 문제는 포기했다. 앞으로는 금괴 거래에서 사적인 것은 거래를 최소화하고 가능하면 모두 공적으로 처리해서 39호실에 정확히 전달하라고 했다.

그리고 남한 당국 담당자를 만났다. 일 톤의 금괴를 가지고 남한의 권력자와 결탁해 펀드 운용사를 만들어 대규모 사기를 벌였는데 주모자 몇 명이 금괴를 가격보다 비싸게 그들에게 넘겼고 주모자는 외국으로 가버렸고 그 밑 행동대원들이 몇 명 구속되어 수사를 받고 있는데 검찰이 어영부영하는 것 같다고 했다. 금괴는 이렇게 범죄 자금을 숨기는 데에도 유용하게 이용된다. 특히 북한으로부터 밀수입된 금괴는 모두 그런 식으로 악용되고 있다. 성씨는 더욱 몸가짐을 조심하고 우리의 정체가 드러나지 않도록 말조심하라고 했다. 복면파 조직원들은 자신들 위치에서 최선을 다하는데 대북 담당자가 금괴로 사적인 이익을 취하는 것이 마음에 걸렸다. 자신에게 오십만 달러를 줄 정도면 최소한 천만 달러는 챙겼을 텐데 걱정이 되었다. 일단 문 사장에게 보고하여 조직에서 손을 떼게 하도록 하고 정의파 조직원을 통하여 그의 뒷조사를 시켰다. 문 사장을 다시 만나 금괴 일에는 관계를 안 하려고 했는데 이상징후가 감지되어 여쪼어본다고 했다. 이번에 북한에서 39호실을 들러 왔는데 금괴 담당 과장이 백 킬로그램을 개인적으로 처리해달라고 해서 문 사장님과 의논 후 연락하기로 했다며 밀수 근황을 알려 달라고 했다. 문 사장은 그 일은 전적으로 성씨의 복면파들이 성씨와 암묵적인 관계에서 비밀리에 이루어지는 것으로 알고 있다고 하며 문 사장은 돈을 대주고 돈을 챙기는 일만 했다고 이번 몇 달간 거래는 천문학적 양이었고 북한으로 들어간 돈만 이십억 달러라고 했다.

복면파 조직원의
부패한 일탈

그리고 자세한 세부 내용은 자신도 모른다고 했다. 그럼 금괴로 따지면 오 톤이 넘었을 것인데 떡고물이 엄청난 것이다. 최소한 이천만 달러의 규모이다. 북한 주민 전체가 한 달 이상 먹을 식량을 살 수 있는 돈이다. 정의파 조직원이 파악한 대북 담당 조직원은 초호화 생활을 하고 있었다. 이천만 달러 정도는 가져야 하는 완전 부르주아 삶에 푹 빠져 있다고 했다. 남한에서 대재벌들도 그렇게 살 수 없을 거라고 보고를 했다. 성씨는 화가 났지만 일단 분노를 가라앉히고 침착하기로 했다. 일단 정의파 조직원에게 북한 보위부에서 내려왔다고 하면서 그가 얼마만큼의 금괴를 빼돌렸는지와 북한 누구와, 어떤 라인과 연결되었는지를 확인하도록 하였다. 잠시 북한 인민들에 대한 장마당 일로 조직을 철저하게 관리하지 못한 자신이 안타까웠다. 그래도 성씨는 그 조직원이 반성하고 다시는 그런 일이 없도록 하고 남은 재산을 정리하여 39호실로 보낸다면 유능한 그와 계속 일하고 싶었다. 그의 뒷배도 보통이 아니고 그동안 그 스스로가 북한 권력자들과 맺은 관계도 만만치 않을 거라는 생각을 하였다. 하지만 자기 것이 아닌 것을 도둑질하거나 횡령해서 자신의 쾌락을 즐긴다면 매우 모순된 일이기에 성씨는 이 일을 정리하고 넘어가려고 하는 것이다. 그러나 돈 앞에 장사가 없고 남한 졸부들의 삶을 북한 조직원이 흉내를 내며 사는 것은 삶의 정당성을 상실한 것이라고 성씨는 생각했다. 성씨는 복면파나 정의파는 정의와 공정이 통하고 법과 원칙을 지켜 새로운 삶으로 자기들에게 주어지는 급여 외에는 욕심을 안 부리기를 바라고 성씨가 몸소 실천해서 모범을 보이는데도 금괴 부정 사건이 터졌으니 성씨는 난감했다.

정의파 조직원을 보내어 그를 설득했다. 어느 날 문 사장의 사무실에 들어갔는데 그 친구가 문 사장과 함께 있었다. 마침 잘 왔다고 하면서 금괴 문제로 상의 중이라고 했다. 금괴 삼백 킬로그램을 팔아달라고 한단다. 그리고 복면파 대북 담당자는 성씨에게 따로 면담을 신청했다. 문 사장은 금괴 이야기만 나오면 신난다. 상상만 해도 기분 좋은 일이다. 돈이 들어오기 때문이다. 그래서 그는 '나는 행운아다.' 외치곤 한다. 성씨는 슬며시 먼저 나와 자기 방에서 기다렸다. 대북 담당자가 잠시 후에 노크를 하고 들어왔다. 들어오자마자 성씨에게 무릎을 꿇고 죽을 죄를 지었다고 했다. 깜짝 놀란 성씨는 동무 왜 그러느냐고 했다. 며칠 전에 평양 보위부에서 왔다 갔는데 한 달 내로 남한 생활을 정리하고 북으로 오라고 했는데 자기는 북으로 가면 죽을 죄를 많이 지어 제3국으로 망명하기로 했다고 한다. 성씨는 그가 딱해 보였다. 그러나 그 사람 덕분에 북한 최고 존엄에게 표창도 받고 제 잘난 체하지 않고 일을 잘했는데 남한의 어떤 여자에게 몸과 마음을 빼앗겨 방탕한 생활로 최고 존엄의 돈을 알겨

쓰고 좀도둑이 소도둑이 된다고 점점 대담하게 금괴를 빼돌린 것 같았다. 성씨는 그에게 지금 모두 동원할 수 있는 돈이 얼마냐고 하니 오백만 달러가 될 거라고 했다. "나와 우리 복면파를 떠나지 않고 함께하며 남한과 북한의 인민들을 위하여 일할 생각이라면 내가 그 돈을 가지고 39호실에 가서 자네를 구명하겠네. 아니면 자네 말대로 그 돈 가지고 망명하게. 명심할 것은 어느 곳으로 망명하든지 평생 불안과 두려움 속에서 살 것이네. 그래도 자네는 복면파 조직원으로 비교적 자유롭고 부유하게 마음 편하게 살지 않았나?" 성씨는 말했다. 대북담당자는 그렇다고 하며 조직원을 통하거나 남한 권력 실세들에게 가지고 있는 금괴와 몰래 사둔 아파트를 팔아서 그 돈을 만들어오겠다고 했다.

성씨는 일단 사람을 잃지 않고 자신의 입지를 강화시키고 39호실에 단비 같은 자금을 갖다주기로 하고 금괴 밀수를 위해서 대북 담당 조직원과 돈이 마련되는 대로 북한으로 가기로 했다. 그리고 오백만 달러를 39호실에 바치고 금괴 밀수출 사업에 투명한 장치를 마련하겠다고 성씨는 생각했다. 그리고 정의파 조직원이 계속 그를 감시하게 했다. 그런데 큰 사고가 터졌다. 그 대북 담당자가 자택으로 들어가고 한 시간쯤 후 어떤 차를 타고 온 두 사람이 들어갔는데 한 시간쯤 후에 두 사람은 그 집을 나와서 돌아갔고 차는 사진을 찍었는데 차량 번호는 가려서 알 수가 없다고 했다. 그런데 그 이후 그 대북 금괴 담당자는 나타나지 않았다. 성씨는 궁금하지만 일단 사태를 관망하기로 했다. 문 사장이 그에 대한 관심이 제일 많기 때문이다. 그가 어떻게 되었는지는 문 사장이 제일 먼저 알 것이고 성씨에게 말해줄 것이다. 이틀 뒤 문 사장이 성씨를 불렀다. 성씨에게 대북 금괴 밀무역을 성씨가 당분간 해달라는 부탁을 하며 복면파로부터 보고를 받았다고 하면서 그가 스스로 화장실에서 목을 매 자살을 해서 쥐도 새도 모르게 암매장했다고 했다. 어차피 유령 인물이니 그렇게 해도 문제될 것이 없다고 주장했다. 성씨는 말없이 들을 뿐 대꾸를 하지 않고 놀란 척했다. 사실 복면파는 개개인 룰이 있다. 서로 상대방 하는 일을 알아도 모르는 체해주는 것이다. 문 사장은 삼천만 달러를 39호실에 전하고 금괴를 받아오라고 했다. 그리고 믿을 만한 사람으로 대북 금괴 담당을 채워달라고 했다. 죽은 사람 전 재산이 숨겨 놓은 금괴까지 합하여 천만 달러 규모니 문 사장에게 살려달라고 한 그 조직원이 어리석었던 것이다. 문 사장 자신은 훨씬 더한 나쁜 짓을 하고 별의별 짓을 다 하면서도 조직원이 잠시 일탈한 그를 암살하여 매장하고 그가 숨겨놓은 재산을 모두 빼앗아버린 것이다. 성씨는 모든 것을 모르는 체하고 문 사장이 시키는 대로 그날 밤 돈을 들고 월북하여 미리 대기 중인 39호실 차에 돈을 싣고 평양 39호실 사무실로 갔다. 오늘따라 당 간부들과 최고 존엄 최측근까지 나와 성 과장을 환영해 주었다. 돈을 넘기고 금괴를 받아 타고 온 배에 미리 실어놓았다.

그리고 장마당 돌아가는 현황을 파악하니 꽤 조직적으로 잘 돌아가는 것처럼 보였다. 미리 심어놓은 돈주에게 물어보니 장마당의 규모가 커지고 남한의 물건들을 모두 선호한다고 했다. 그러면서 성씨에게 감사하다고 했다. 보이지 않는 손에 의하여 이렇게 장마당은 누구의 통제나 간섭을 받지 않고 자연적 필요에 의하여 착한 당 간부들의 묵인하에 날로 성장하며 바른 길을 가고 있다. 성씨는 인민에 의한, 인민을 위한, 인민의 장마당이 되어감에 뿌듯한 보람을 느꼈다. 기쁘고 행복했다. 북한의 장마당은 북한 주민 스스로가 자본주의를 체험하고 배우는 기본이 될 것이다.

북한에는 약 오십만 명의 돈주들이 있다고 한다. 그들은 대부분 중국과 가까운 국경 마을에 살아가는데 막강한 권력과 밀착하여 대규모 밀무역으로 돈을 벌었다고 한다. 지금 문 사장처럼 그렇게 돈을 버는 것이다. 북한 정권과 손을 잡고 그들 돈주들은 개인주택도 지어서 살 수 있고 식모와 조경 관리사를 두고 호화롭게 살면서 막대한 통치자금을 권력자들을 통하여 최고 존엄에게 바친다고 한다. 그러나 북한 핵무기 문제로 최고 존엄의 통치자금이 바닥이 나자 북한 경제를 떠받치고 있는 이들 돈주들, 그리고 그들과 결탁한 당 간부들을 색출하고 탄압하여 그들의 돈을 탈취해버리고 그들을 공개처형을 했다고 한다. 북한 전체 예산이 약 칠조 원이 되는데 오십만 명이 가지고 있는 돈이 삼십칠조 원 정도 된다고 한다. 엄청난 지하경제가 존재하는 것이다. 그래서 함흥과 함경도 소도시에서 있었던 장마당 파동은 돈주의 처형을 목격한 돈주들이 돈줄을 조여서 애매한 인민들만 힘들었던 것이라고 했다.

성씨는 자기가 명받은 외화 조달은 차질 없이 이백 퍼센트 달성하고 주는 권력의 자리도 마다하고 39호실 과장 자리만 고집하며 늘 평화롭고 안온하게 지내며 인민들을 돕는다. 그러나 39호실은 온갖 괴소문으로 간부들이 수시로 바뀌고 처형된다. 금괴 담당 과장은 또 바뀌었다. 지난번 대북 담당 조직원과 사적인 거래를 한 것이 들통이 나서 강제 수용소로 끌려갔다고 운전기사가 귀띔한다. 성씨는 집으로 몇 달 만에 갔다. 아내는 여전히 현관으로 나와 꿈을 꾸는 듯 남편을 반갑게 맞이하였다. 그런데 낯선 아이들 셋이 있었다. 아내가 오랜만에 장마당에 나갔는데 구걸하기에 집으로 데려와 봐주고 있다고 했다. 성씨는 아내의 고운 심정에 감사를 하며 아이들과 인사를 나누었다. 부모님이 계시느냐는 물음에 우리 동네 아버지 어머니는 모두 우리만 남겨놓고 떠나고 없고 자기들은 고아원에서 얻어먹고 살았는데 하루에 밥 한 끼도 안 주어 하도 배고파서 도망나와 꽃제비로 살아가다 좋은 아주머니를 만나 밥과 간식을 실컷 먹게 되어 좋다고 했다. 성씨는 아내에게 고맙다고 거듭 이야기를 하고 문 사장에게 받은 용돈과 39호실에서 받은 하사금을 합쳐 오만 달러를 아내에게 주었다. 그리고 장마당에 나가면 당신이 돌볼 수 있는 한 꽃제비 아이들을 집으로 데려와 보살피라고 했다. 그런데 아이들이 착한 아이들도 있고 짓궂은 아이들도 있으니 당신 품위에 맞는 아이들을 데려다 지금처럼 살고 있으면 정기적으로 와서 아이들을 남한으로 데려가 키우겠다고 하니 아내는 기뻐했다. 남편이 집을 나가면 돌아올 기약이 없어 무작정 기다리기만 했는데 꽃제비 아이들을 데리러 정기적으로 귀가한다는 말에 아내는 귀가 번쩍 트이며 속으로 쾌재를 불렀다. 아이들을 챙기고 두 사람은 신혼 허니문 같은 꿈 같은 시간을 보내며 부부간의 애정을 더욱 깊게 맺었다. 세상 살면서 부부가 겉궁합, 속궁합이 맞는다면 그보다 행복한 일은 없다.

성씨 부부의 꽃제비 구원 작전과
산 사람들

지금 북한은 경제적으로 최고의 위험 수위에 놓여 있다. 그러니 거리에 꽃제비들이 늘어나고 있는 것이다. 그들을 수용하는 고아원도 돈이 마르니 운영하기 불가하여 아이들이 거리로 나오는 것이다. 일반 시민 중에도 일거리가 없어서 깊은 산속으로 들어가 먹을 것을 구하며 살아가는 산속 자연인들이 속출하고 있다고 한다. 일반 시민들은 그들을 청석골 사람들이라 한다. 조선 순조 때 평안도 곽산을 근거지로 굶는 백성들이 산적이 되어 살던 동네인데 그곳이 홍경래 난의 근거지가 된 곳이다. 그래서 가난으로 도피한 그들에게 총이나 무기가 쥐어진다면 큰일이라는 생각으로 최고 존엄의 최측근은 함경도와 양강도를 중심으로 명령을 내려 그 형편을 소상하게 밝혀보니 그런 사람들이 수백 명에 이르며 산속에 들어가 움막을 짓고 산에서 나는 먹을 것을 채취해 먹고, 남는 것은 장마당에 내다 팔아 곡식을 비싸게 사서 먹고산다고 한다. 당국에서도 특별한 대책이 없어 그들을 방치하고 있다고 한다. 성씨는 이튿날 아내와 아쉬운 작별 포옹을 깊게 하고 아이들을 데리고 배가 있는 항구로 가서 배를 타고 월남하여 부두로 와서 문 사장이 보낸 차에는 금괴를 실어보내고 본인은 아이들과 복면파의 차를 타고 통천마을로 가다가 중간에서 정의파 차로 갈아타고 마을에 도착했다.

　마침 점심시간이 되어 마을 식당으로 가니 메뉴는 삼계탕이었다. 배고팠던 아이들에게 먹여도 되나 생각하다가 밥을 먹기 전에 아이들에게 소금물을 한 잔씩 마시게 하고 삼계탕을 먹게 했다. 성씨도 아이들과 오랜만에 삼계탕을 먹게 되었다. 통천마을에서 방사하여 키운 닭으로 만든 삼계탕은 구수하고 맛이 기가 막혔다. 아이들도 처음 먹는 것이라며 정신없이 먹는데 성씨는 많이 먹을 수 있으니 천천히 먹으라고 아이들을 달랬다. 그럼에도 아이들은 급하게 먹는다. 그런 가운데 총무와 훈통령, 우씨, 강씨 등이 점심식사를 하러 왔다. 참으로 오랜만에 만나는 동지들은 반갑게 인사를 하고 식사 후 사무실에서 뵙고 인사를 드리겠다고 하면서 성씨는 아이들과 식사를 했다. 아이들은 먹는 것에만 집중하고 옆에서 일어나는 일에는 아무 관심이 없었다. 식사 후 훈통령 방으로 아이들과 함께 가서 인사를 나누고 평양 새벽 장마당에서 구걸하던 아이들인데 집사람이 집으로 데려와 돌보아주었는데 성씨가 데리고 왔다고 했다. 훈통령은 일일이 아이들의 손을 잡아주며 이곳으로 오느라 고생했다며 이곳에서 공부도 하고 놀기도 하며 살라고 했다. 일단 아이들 숙소는 요양원 한 층을 탈북 어린이집으로 운영하기로 했다. 방 하나를 잘 꾸며서 세 아이가 자고 공부할 수 있도록 하고 리 선생님이 그들을 맡아 교육하기로 했다. 리 선생님은 사기당한 오천만 원도 찾았고 아기를 빼앗아간 남자에게도 충분한 보상을 받아 지금은 안정적으로 성 총무와 함께 통천마을을 위해서 헌신적으로 일한다고 했다. 리 선생님께 성씨가 아이들을 잘 보살펴달라고 했더니 리 선생님은 흔쾌히 수락하며 기뻐했다. 혼자 사는 것이 외로웠는데 동무들이 생겨 기쁘다고 했다. 아이들은 예쁜 엄마가 생겨 좋다고 했다. 리 선생님은 아이들을 잘 보살피기로 결심하고 틈틈이 그들을 보듬어주었다. 그리고 그들의 사정 이야기를 들어주고 리 선생님 이름으로 입적시켜서 주변 초등학교 3학년에 전학시켰다. 세 녀석이 모두 영리하고 성격이 온순하여 남한 아이들하고 잘 지냈다. 성 총무도 아이들에게 관심이 많았다.

어느 날 훈통령 어머니가 다녀갔다. 훈통령이 사는 모습을 목격한 어머니는 깜짝 놀라 잠시 기절을 해서 요양원 의료진이 긴장을 했지만 잠시 후에 정신을 차리고 병실에서 통곡을 했다고 한다. 스스로 백혈병을 극복하고 어머니와 딸들과 전혀 다른 삶을 살면서 많은 사람들에게 유익을 주며 살아가는 훈이를 보고 놀랐던 것이다. 아들의 삶에 감탄을 했다. 훈이가 그야말로 말초적 쾌락과 자기 이익만을 추구하며 살았던 자기 몸에서 태어났다는 사실에 놀랐고 방탕하게 아무렇게나 살아온 자신이 부끄러워 울었다고 한다. 부모의 역할이라곤 아무것도 한 것이 없는데 어린 나이에 이만한 인생의 성과를 이룬 아들에게 감격하여 또 울었다고 한다. 훈통령의 사는 모습에 쇼크를 받은 훈이 어머니는 지금까지 살아온 자신을 반성하며 문 사장과도 거리를 두며 혼자 당분간 인생을 모두 혁신하기로 굳은 결심을 하였다고 한다. 그래서 통천마을 근처에 있는 한적한 절에 기거할 것이라고 했다. 훈통령의 새로운 어머니로 태어나기 위하여 노력하는 훈이 어머니에게 주변 사람들은 모두 경의를 표했다. 훈통령은 여전히 조용히 겸손하게 공부를 하며 자신의 내면을 튼튼하게 만들기 위하여 하루하루 순간순간을 성실하고 꾸준하게 공부를 하며 보낸다. 특히 한국 역사를 공부하여 한국사에 대해서 권위자가 되고 싶었다. 역사를 통하여 현재를 보면 미래가 보인다.

훈통령은 공부를 하며 이 세상에는 세 가지 부류의 사람이 있다고 생각했다. 한 부류는 현재 돌아가는 정세에 맞추어 최고 권력에 반항하지 않고 그냥 불법이든 탈법이든 상관하지 않고 시류에 따라 권력자의 의지에 따라 살아가는 사람이다. 그런 사람은 그 당시에는 부귀영화를 누리며 살아간다. 그러나 풀처럼 쉽게 누렇게 되고 꽃처럼 피는 듯해도 시들어 떨어져 이름과 함께 사라진다. 예를 든다면 고려의 충신들은 천 년이 지난 지금도 모든 백성에게 큰 사람으로 기억되고 좋은 평가를 받는다. 그 당시 나라를 망하게 했던 권력에 빌붙어 부귀영화를 누렸던 사람들은 천 년 후 그 이름조차 사라져 버렸다. 시류에 따라 춤추며 각종 탈법과 불법, 비리를 저지른 지난 정권 실세들도 오늘 지금 그들은 감옥소에 있다. 아들이나 형제 모두 마찬가지이다. 현 정권 실세들도 마찬가지이다. 권력자들이 국민의 눈높이에 모두 안 맞고 낮은 수준이다. 최고 권력자가 무능하고 무식하면 그 밑에 있는 모든 자들이 그 수준이 되어 정부의 품격이 현저히 떨어지고 나라의 품격도 떨어져 나라가 제대로 성장하지 못한다. 두 번째 부류는 애국·애민하며 원칙과 법을 지키며 정의와 공정을 이루려고 노력하는 사람들이다. 이들은 그 당시 권력자들에게 핍박을 받고 힘겨운 삶을 살지만 역사는 그들을 좋은 사람, 의로운 사람으로 평가한다. 그리고 청사에 길이 남는다. 지금 시대에는 그런 사람들은 백성이 보호하고 그들이 잘되기를 바란다. 그래서 아무리 최고 권력자라고 해도 멋대로 연산군 같은 짓은 못 하지만 인사권이나 이상한 법을 만들어 원칙과 법을 지키며 살아있는 정권에 대항하는 사람들에게 핍박을 가한다. 그러나 지금은 그런 모습을 보는 국민들이 있기 때문에 정권이 바뀌면 바로 그들의 죄는 밝혀지고 그 벌을 받는다. 역사까지도 가지 않는다. 마지막 사람들은 성씨나 훈통령처럼 권력이나 돈에 집착하지 않고 보이지 않는 곳에서 묵묵히 세금도 잘 내고 자기가 가지고 있는 권력이나 금력 안에서 백성들에게 도움되는 일을 하며 정권에 상관없이 살아가는 사람들이다. 즉 평범하게 애국·애민하는 사람들이다. 그들은 이름은 널리 알려지지 않지만 그들의 혜택을 본 사람들에게는 깊은 감명을 주고 그들의 숭고한 뜻은 그를 알고 있는 사람들의 가슴 깊이 새겨져 최소한 그들의 애국·애민을 이어간다.

그렇게 숨어서 자기를 감추고 선행하는 사람들이 우리 주변에는 많이 있다. 그래서 이 난세에도 세상은 돌아가고 있다. 국가권력자들은 그런 애국·애민자들에 의하여 그들이 저지르고 있는 '후안무치 내로남불'의 죄악상을 하늘이 봐주고 있지만 끝내 모든 것이 밝혀져 최소한 그들은 우리나라에서는 살 수 없든지 살더라도 사는 것이 아닌 치욕적인 삶을 살고 말 것이다. 훈이는 훈이가 생각하는 모든 국민이 서로 화해하고 서로 상부상조하며 겸손하게 살아가는 세상이 되었으면 좋겠다고 생각했다. 그래서 훈통령은 나이는 어리지만 끊임없는 공부를 통하여 자기의 이상 세상을 펼치고 있는 것이다. 그리고 그의 주변에는 그의 삶의 방식을 따르고자 하는 많은 사람들이 모여들고 있다. 특히 성씨는 그에게 실천적 삶으로 깨끗한 청전이 무엇인지를 알려주고 행복한 공동의 삶의 길이 무엇인지를, 그리고 애국·애민하는 길이 어떤 길인지를 가르쳐 준 스승 겸 사업 동반자이다. 이념의 벽으로 전쟁까지 한 남한과 북한이 외세에 의하여 좌지우지되지만 그 가운데에서 최소한의 불법과 탈법으로 북한 인민들이 먹고사는 문제를 해결하는 그의 충성심과 사랑은 크고 아름다운 일이다. 그런 충성 속에서 남북한 모든 권력자들의 악까지도 사랑으로 품으며 그들의 욕구를 달래며 그들이 애국·애민의 생각을 깨우치기를 기다린다. 그리고 기회가 되는 대로, 틈이 생기는 대로 선하고 착한 사랑의 꽃을 세상에 심는다. 그리고 자비와 용서의 사과나무를 심는다. 남한 땅에도 북한 땅에도 핵무기가 아니라 사랑의 원자탄이 한반도에 터져 통일이 되고 남북이 화합한다면 한반도는 전 세계의 빛으로 동방의 새벽별이 되어 빛날 것이라는 타고르의 말이 증명될 것이라고 훈통령은 생각했다.

훈통령 어머니의 변신과
남편 문 사장 이중생활

훈이 어머니는 벌써 몇 달째 산사에 머물며 세파에 찌든 몸과 마음의 때를 씻고 있다. 봉사도 하고 스님들과 대화를 하며 사성제와 팔정도의 도리를 배우며 스님들의 설법을 들으며 자신을 성찰하고 있다. 사성제 중 고성제는 사람에게는 생로병사(生老病死)의 사고를 비롯해 애별이고(愛別離苦), 원증회고(怨憎會苦), 구불득고(求不得苦), 오온성고(五溫盛苦)의 팔고를 말한다. 더럽고 불안하고 고통이 만연한 세상을 바르게 보고 깨달으며 그럼에도 불구하고 그 고통에서 벗어나거나 함께 공존하는 삶을 착하고 선하게 살아가는 법이 된다. 미워하고 원한을 품는 고통과 서로 이별하는 고통, 그리고 이루고자 하나 이루지 못하고 절망하는 것 등 많은 고통이 따른다. 고성제를 통하여 그 고통들을 깨닫고 받아들여서 고통을 면할 수 있다고 한다. 집성제는 사람에게 고통을 주는 원인을 제공하는 것인데 자기중심적이며 무명(無明)에서 오는 갈애(渴愛)에서 기인된다고 한다. 갈애에는 욕애(欲愛), 유애(有愛), 무유애(無有愛)의 삼애가 있는데 쾌락을 찾는 인간의 욕망에서 오는 것을 말하는데 인간의 모든 괴로움의 원인이 된다. 유애는 존재에 대한 여러 가지 권력이나 재물의 욕심에서 오는 괴로움이라고 한다. 그래서 현실의 괴로움에서 벗어나 피안의 세계를 정하여 그곳을 목표로 현실의 고통을 벗어나려 하지만 결국 그것도 또 하나의 고통이 되는 원인을 제공한다. 주어진 고통을 당당하게 받아들이고 그 고통을 해결하려는 노력이 필요하다.

이 세상은 고해일 뿐이다. 인간이 좋아하는 일에 집착하며 탐진치(貪瞋癡) 과정을 거치는데 내가 좋아하는 것에는 집착하여 탐욕을 부리고 내가 싫어하는 것에는 분노를 발하고 결국은 어리석음에 이르러 그것에서 벗어나는 노력이 필요하다. 갈애를 벗어나는 과정이기도 하다. 무유애는 세상에 아무것도 없는 허무에 대한 문제이다. 사실 가졌어도 가진 게 아니고 살아 있어도 살아 있는 것이 아닌 현실의 고통이 얼마나 큰가? 멸성제는 모든 집착과 갈애를 끊고 청정무구(淸正無垢)의 경지에 오르는 공부 방법인데 무아의 경지에 이르는 과정을 말한다고 한다. 도성제라는 것은 모든 것에서 무아지경이 되는 도를 닦아 그 도를 실천하는 것으로 팔정도가 있다고 한다. 정견(正見), 사물을 바르게 보고, 정사유(正思惟), 편견을 버리고 바른 판단을 하고, 정어(正語), 바르게 말하고, 정업(正業), 바르게 행동하며, 정명(正命), 바르게 목숨을 이어가며, 정사(正思), 바르게 생각하고, 정정진(正精進), 바르게 깨달음에 전진하며, 정정(正定), 바르게 정해진 자리에 우뚝 선다. 이렇게 끊임없이 팔정도를 이루고 또 이루면 윤회를 끊고 열반에 이른다는 부처님 가르침에 훈이 어머니는 푹 빠져 사신다고 한다.

훈이는 어머니가 세상과 인연을 끊고 산사에서 새로운 삶을 준비하는 모습에 깜짝 놀라며 진정 새로운 어머니가 되셔서 훈이와 같은 방향을 바라보며 살아가는 것이 원이었다. 이제 어머니는 사성제를 통하여 세상과 자신을 성찰하고 모든 악습과 악연을 끊어내고 좋은 어머니로 살아가기로 했다. 가능하면 산사에 요사채를 한 채 지어 그곳에서 살고 싶었다. 어머니는 몇 달 후 주지 스님과 상의를 했다. 오십여 년을 넘게 살아오면서 여자로 태어나서 육적인 쾌락은 안 누려 본 것이 없으며 절에 오기 직전까지도 오욕 칠정에 빠져 한 없는 갈증 속에서 살았다고 했다. 부처님 가피로 새로운 인생을 살고자 하는데 불교에 귀의하여 살고 싶다고 하니 주지 스님은 보살님의 뜻은 잘 알겠지만 보살님 마음 가는 대로 세상에 나아가 새로운 삶을 살아갈 것을 훈이 어머니께 주문하였다. 수십 년 이어온 오온 체계가 하루아침에 바뀌지 않는다는 사실을 스님도 잘 알기 때문이다. 수십 년 산중 생활 중 훈이 어머니처럼 스님께 문의했으나 산사에서 내려간 사람들이 많기 때문이다.

그러나 훈이 어머니는 남다른 각오를 한 것 같다. 몇 개월을 산사에 있으며 마약에 대한 금단도 심하고 섹스에 대한 갈망도 심했지만 부처님 가피로 모두 이겨내고 지금은 어느 정도 정신적 안정을 되찾았다. 한편 문 사장은 아내가 산사로 들어갔다는 소문을 듣고 조강지처가 없으니 첫째, 둘째, 셋째 부인 집을 오가면서 육체적 쾌락을 추구하며 살지만 세 사람의 호구는 물론 그 집안 식구들과 고향 마을까지 챙기니 남모르는 그의 인생은 어쩌면 큰 도회지 시장 군수들보다 애국·애민하며 살아가는 것이다. 첫째 부인 동네에는 대단 위 과수원 농장을 만들어 동네 사람들에게 일자리를 만들어주어 부촌을 만들어 잘살게 해주었고 둘째 부인 동네에는 축산 농장으로, 셋째 부인 동네에는 대단위 간척지를 사들여 벼농사를 지어 마을 사람들에게 공동체 협동조합 형식으로 벼농사를 짓게 해서 비싼 값으로 벼를 선수매해주었고 중국 무역상을 통하여 북한으로 보내어 금괴와 바꾸는 사업을 하였다. 그렇게 문 사장도 험하게 돈을 벌지만 그 돈으로 남북한 모든 국민과 인민들에게 남모르게 도움을 주고 있다. 남한 권력자들은 문 사장이 누구인지도 모르고 그를 돕기도 하고 문 사장에게 도움을 받기도 한다. 그러나 겉으로 나타나날뛰지 않고 조용히 베일 속에서 선하고 착한 일도 하니 문 사장이 하는 일에 방해를 하는 자는 아무도 없다.

각 부인 동네에 문 사장이 나타나면 동네 사람들의 대환영을 받는다. 회장님이라고 통하지만 그에 대한 신상은 아무도 모른다. 각 부인들조차도 모른다. 문 사장에게 받은 재산은 자녀나 자기들 통장에 넣어 관리하고 호적에 입적시켜 키우면서 부인들끼리는 문 사장이 오직 원 부인을 빼고 자기하고만 연애를 한다고 생각하며 살아간다. 그러니 잡음이 일어나지 않고 늘 평안하다. 문 사장은 원 부인에게는 내어놓은 사람이라고 알고 있다. 그리고 그녀가 무슨 일을 하든 상관하지를 않는다. 조용히 살아주는 것만으로도 감사할 따름이다. 그리고 돈을 벌면 반드시 반 이상은 아내에게 송금한다. 아내가 많은 돈을 쓰지만 재테크에 능하여 돈을 벌면서 쓰기 때문이다. 그리고 자기의 유일한 적자 아들 훈이 이름으로 투자하기 때문에 비록 자기는 바람을 피우지만 아내에게 재산을 주는 것이다. 문 사장은 아내가 산사로 들어갔다는 이야기를 듣고 한두 달이겠지 생각을 했는데 몇 달째 소식이 끊기니 마음이 아팠지만 기다리기로 했다.

훈통령과
성씨의 애민 실천

　성씨는 벌써 몇 번째 북한으로 가서 아내가 평양 집으로 데려온 꽃제비 아이들을 남한으로 데리고 왔고 통천마을 어린이집에는 이십여 명의 아이들이 함께 생활하고 있었다. 리 선생님은 그들의 엄마로서 아이들에게 사랑의 물을 듬뿍 뿌리며 그들이 잘 되기만을 원했다. 한편 훈통령은 어머니가 계신 산사를 찾았다. 어머니께 초등학교부터 고등학교 과정을 공부시키는 학교법인을 설립하려고 하는데 어머니가 설립자 겸 이사장이 되어달라고 했다. 그것이 어머니가 산사에 계신다고 해도 좋은 일이기 때문이다. 어머니는 훈통령 말에 흔쾌히 답변을 하며 자기가 가지고 있는 재산을 학교법인에 오십 퍼센트 이상 출연하겠다고 했다. 훈통령은 어머니가 학교법인 일에 끼기를 바라지 않았지만 어머니의 배려에 감사드리며 훌륭한 어머니로 변모해가시는 어머니께 애정을 갖게 되었다. 성씨에게 복면과 조직원을 움직여 학교법인 부지를 알아보고 매입하라고 했다. 통천마을과 최대로 가까운 곳으로 해서 만 평 규모로 하면 좋겠다고 했다. 학생 모두가 백 퍼센트 기숙사에 입사하게 하고 전국에 흩어져 있는 탈북 주민들 자녀를 최우선적으로 교육시키자고 했다. 모든 비용은 훈이 어머니가 출연한다고 했으니 시설이나 규모를 세계 최고 수준으로 하라고 했다. 조경 설계도 최고급으로 하라고 했다.

성씨는 훈통령의 어디에서 저런 훌륭한 아이디어가 샘솟는 것일까 감탄할 따름이다. 학교를 지을 부지는 지난번 농지로 개간하기로 한 땅 옆 만이천 평을 매입했다고 한다. 시유림이라 매우 싸게 불하받기로 했단다. 훈통령과 성씨는 무엇이든 일하기 시작하면 계획을 철저하게 세우면서도 빨리 실행한다. 모든 일정은 일사천리로 진행되었다. 모두 애민사상으로 두 사람이 의기투합하기 때문이다. 교사들 아파트 백여 채, 그리고 초등, 중등, 고등학생들이 기거할 기숙사를 짓고 초등학교 백이십 명, 중학교 백이십 명, 고등학교 백이십 명 정원으로 학교 건물을 조화롭게 잘 꾸며 배치하여 짓도록 하고 한국 최고의 설계 사무실과 연계하여 설계할 것을 주문하였다. 북한 어린이들이 학교에 적응하는 데 많은 고통이 따른다. 그것을 목격한 훈통령은 학교법인을 세우기로 굳게 결심했다. 그리고 어머니의 체면과 얼굴을 되찾아드려서 그분의 남은 여생이 아름다워지기를 간절히 원했다.

아무리 돈이 많은들 인간의 갈망을 만족시키는 일은 이 세상에 없다. 알코올도, 마약도, 섹스도, 어떠한 것도 인간을 잠시 기쁘고 즐겁게 할 뿐 누구도 그런 일에서 최종적인 만족을 얻을 수 없다. 그것들은 인간들을 병들게 하고 황폐화시킬 뿐이다. 그런 면에서 돈이 있는 사람들이 명예를 얻으면 자신의 삶을 바른 방향으로 이끌 수가 있다. 그래서 훈이가 어머니께 선물할 수 있는 최고 좋은 것이 무엇인가 생각하다가 착안한 것이 통천마을에 꼭 필요한 학교법인을 세우는 데 기여하도록 어머니께 청을 드린 것이다. 훈통령은 자기가 지금까지 한 일 중에서 가장 보람 있는 일을 했다고 생각하며 미소를 지었다.

누나는 마을 일 결재를 받으러 훈통령 방으로 들어왔다. 삼십 대인데도 이십 대의 홍안으로 언제나 아름답고 예쁘다. 그런 누나가 이번에 소들을 도축하여 마을 사람들에게도 먹게 하고 북한 장마당으로도 보내고 국내에도 인터넷으로 팔았는데 통천마을 소고기의 맛을 본 사람들이 재구매를 해주어 없어서 못 팔았다고 했다. 돼지고기도 도축하면 비싸게 파는데도 늘 모자란다고 했다. 훈통령은 누나의 장사 수완이 좋아서 그런 거라고 누나를 칭찬해주었다. 누나는 늘 그런 훈통령에게 푹 빠져 기쁘고 행복하게 일한다. 누나는 훈통령 방에 들어올 때마다 가슴이 설레고 기분이 들떠 심장이 쿵쾅거린다. 훈통령의 고귀한 자태와 매너 있는 모든 것이 누나 마음에 쏙 들었다. 현존하는 성자와 같은 그와 함께 숨 쉬며 앉아 있는 자체가 기쁨이었다. "요즘 리 선생님이 많은 고생을 하지요. 북한에서 내려온 아이들 중에는 거친 아이들도 있다는데요" 하니 누나는 "리 선생님이 그들을 사랑으로 보듬어주며 눈물로 호소하고 인내하며 그들을 훈육하고 있다"고 했다. 훈통령은 "시간이 되는 대로 나도 아이들과 놀아주어야 하겠다"고 했다. 누나는 언제 주일날 아이들과 해안으로 놀러 가자고 했다. 훈통령도 그렇게 하자고 했다. 이렇게 사람이 부부가 아니더라도 서로 사랑하는 마음으로 살아가면 모든 것이 행복하고 기쁘다.

이제 마을 식구들이 늘어나고 있다. 마을 이름이 세상에 알려지지 않기를 바랄 뿐이다. 북한 인민들에게 이로운 일을 하는데 혹시라도 방해꾼이 생기면 큰일이다. 세상에는 좋은 일을 하면서도 각종 사실이 아닌 것으로 그들을 옭아매서 매도를 당하여 속상한 사람들도 많기 때문이다. 모든 것이 조용한 가운데 이루어지면 좋다. 알려지고 조명을 받을 필요가 없다. 국가 돈을 쓰는 것도 아니고 모든 것을 자급자족하며 개인 돈으로 하는 것이기 때문이다. 그래서 알려지면 좋을 것이 하나도 없다. 세월은 참으로 빠르다. 그리고 통천 마을도 빠른 세월에 따라 큰 발전을 이루고 있다. 이제 과일도 계절에 상관없이 수확을 한다. 사과, 포도, 자두, 복숭아. 북한 아이들에게 과일은 좋은 간식이다. 난생 처음 보는 과일이라고 한다. 리 선생님 얼굴이 많이 수척해졌다. 쉬러 온 여성들이 많이 도와주지만 심신이 고달프다. 아이들 중에는 사춘기를 맞은 아이들이 많아 힘들어한다. 말썽도 피워서 학교로 수없이 호출되어 간다. 그래서 돈도 물어주고 피해자 부모들께 봉변도 당하며 그렇게 살다 보니 얼굴이 좋을 리가 없다. 그래도 얼굴에서 미소를 잃지 않으려고 애쓰면서 아이들에게 희망과 용기를 주면서 '모든 것은 지나가리라' 하는 말로 자기를 자위하며 아이들을 나무라지 않고 조용히 타이른다. 아이들 중에는 그런 리 선생님을 어머니라고 부르며 잘못을 인정하고 용서를 비는 아이들이 많아졌다. 그럴 때 리 선생님은 큰 보람을 느낀다. 어느 날 이제 중학생이 된 아이가 우리 집 이름을 바꾸자고 했다. 자기는 중학생이 되었으니 어린이가 아니라고 했다. 리 선생님 생각도 그 학생의 말에 공감이 갔다. 아직은 아이들에게 말하지 않으려고 했지만 그 아이들 셋에게는 곧 중학교가 완성되어서 너희들은 그 학교로 전학을 할 것이며 기숙사로 갈 것이니 조금만 참고 기다리라고 했다. 학생들은 정말이냐고 하면서 기뻐했다. 거기가 어디냐고 묻는 아이들에게 여기서 가까운 곳인데 금년 내로 공사가 끝나면 내년에 학교를 열고 너희들은 특수학급으로 분류되어 다른 학교에서 자퇴한 아이들과 2학년 혹은 3학년이 되어 좋은 시설과 좋은 선생님이 계신 학교에서 매우 유익한 공부를 할 수 있다고 그 학생들에게 희망을 주었다. 아이들은 모두 만세를 부르며 환호했다.

초등학교에서는 이 아이들이 적응을 잘했는데 중학교에 들어가니 남한 학생들에게 놀림을 받고 심지어 공산당이라며 왕따를 시킨다고 했다. 전국 학교들마다 그런 경향이 있어 학생들이 학업을 중도 포기하는 경우가 많다고 한다. 그런 학생들을 모두 모아 교육을 시키고자 훈통령은 학교법인을 어머니 명의로 설립하고 영국의 이튼 스쿨을 벤치마킹하여 최고의 교육기관으로 만들 예정이다. 그리고 선생님들도 인덕을 겸비한 우수한 선생님들을 모두 모시기로 했다. 특히 북한에서 대학이나 중등학교에서 학생들을 가르치셨던 분들을 적극 영입하기로 하고 성씨에게 그 일을 주관하도록 했다. 아이들이 북한의 실정을 잘 아니 평화통일이 이루어지면 남한이나 북한을 위해서 큰일을 할 수 있게 아이들의 숨은 재능을 발견하여 키워주고 독서 교육 등을 강화하여 도덕적이고 윤리적 인성을 키울 수 있도록 힘쓸 것이다. 정조가 세운 규장각에서 많은 실학자를 배출하여 백성들에게 도움을 준 것을 기념하기 위하여 학교법인 종합도서관 이름을 '규장각'이라고 지을 예정이다. 초등, 중등, 고등학생들에게 필요한 모든 도서를 구비할 것이며 도서관 한 층에는 실내 운동실과 전자 게임장도 설치해서 아이들이 도서관은 재미있는 곳이라고 생각하게 해서 도서관을 이용하도록 할 것이다. 훈통령은 생각만 해도 신이 났다. 리 선생님을 불러 아이들이 많이 늘어났으니 쉬러 오신 분 중에 리 선생님을 돕고 있는 분 중에서 좋은 사람이 있으면 두 분을 뽑아서 업무를 나누어 하시라고 했다. 리 선생님은 당신을 배려해주는 훈통령에게 남자의 매력을 느끼며 감사하다고 했다. 훈통령은 그를 한번 만난 사람들은 그에게 푹 빠진다. 그렇게 매력적인 사람이다.

훈통령은 통천마을에서 가까운 대학원에서 복지 심리학을 전공으로 공부하여 논문 심사를 받고 있는 중이다. 복지 심리학은 독특한 학문인데 현대인들은 모두 심리적으로 불안하고 두려움이 가득하다고 한다. 복지 재단을 운영하는 사람으로서 구성원들이 어떻게 하면 평화를 누리며 살 것인가를 고민하다가 선택한 학문인데 공부를 하면서 실제로 본인부터 두려움과 불안을 극복하여 지금은 언제나 평화롭고 안정된 마음으로 산다고 한다. 마음이 불안하거나 정신적인 혼란이 오면 사람은 심리적으로 긴장이 되고 위축이 되어서 모든 일에 집중을 할 수 없다고 한다. 그래서 하는 일마다 실패를 하고 알코올 중독이나 마약 중독에 빠질 위험이 높다고 한다. 훈통령은 학교법인의 전체적인 설계에서 산책로나 호수를 만들고 산세를 잘 이용하여 물레방아도 재현해보려고 한다. 사람들이 옛 물건을 보면 심리적 안정에 큰 도움이 되며 신기한 물건들을 보면 엔돌핀이 생성되어 기분이 좋아진다고 한다. 산책로를 숲속으로 하고 각종 야생화를 중간중간 재배하여 철 따라 꽃을 피우게 하여 학생들이 본다면 자연에 대한 감사와 사랑도 느끼고 감성과 인성을 키우는 데도 도움이 많이 된다고 한다. 훈통령은 이런저런 설계를 하며 북한에서 어린 시절을 어렵게 살다가 남한으로 온 아이들에게 안정과 평화를 어떻게 줄 것인지 다각도로 연구를 했다. 정신과 의사를 정기적으로 초빙하여 심리치료도 병행하기로 했다. 아이들이 남은 학창 시절을 잘 보내고 훌륭하게 성장하여 큰 인물들이 되었으면 하는 것이 소망이다. 어머니는 여전히 불교 공부에 심취하시어 하산하실 생각을 하지 않는다. 오늘은 어머니를 만나 일천억 규모의 재산을 학교법인에 출연한 것에 감사드리며 연말 안으로 모든 공사가 완공되어 내년 신학기부터 학생들을 받고 2학년, 3학년들은 특수학급으로 분류되어 전국 학교에서 자퇴한 학생들을 받아서 학교를 열 것이라고 말씀드리기로 했다.

어머니를 만나러 산사로 가니 어머니와 스님들이 반겨주었다. 어머니는 승복 차림으로 우아하고 아름다운 여승이 된 듯했다. 부처님의 대자대비의 가피 덕분에 어머니는 완전히 다른 분으로 변해 계셨다. 말씀도 온화하고 따뜻하고 나긋나긋하게 하셨다. 훈이의 말을 조용히 듣고 있던 어머니가 당신이 오백억 원 정도 더 줄 터이니 대학도 열어보라고 했다. 훈이는 그 문제는 충분히 생각하고 나중에 의논을 하자고 했다. 언제 시간이 되시면 학교 현장에 가보자고 하니 어머니는 '공수래공수거(空手來空手去)', '색즉공 공즉색(色卽空 空卽色)'이라고 말씀하시며 "내 아들이 잘하고 있는데 나는 이곳에서 공부나 할 터이니 모든 것을 자네가 알아서 하시게" 했다. 어머니가 변해도 너무 변하시니 오히려 존경하게 되고 무섭기도 했다. 당신은 그동안 허깨비처럼 살아왔다고 하면서 지금에야 자신을 보았다며 아들 부처님 덕분에 당신이 부처님을 만나 호강을 한다고 말씀하신다. 훈이는 이제 어머니가 부처님처럼 보여서 존엄한 분으로 보인다고 하니 우리 아들이 최고라고 하며 훈이를 꼭 안아주었다. 모자간의 포근한 사랑을 느끼며 서로가 이심전심 행복과 기쁨을 주고받는다. 어머니는 요즘 팔정도를 의식적으로 실천하려고 노력하며 사성제도 실생활에서 적용해보려고 매일 깨어서 사는데 산사의 삶이 이렇게 만족을 주고 평안함을 주는 것인지 알 수가 없었다고 한다. 나이가 더 들기 전에 부처님께서 깨닫게 도움을 주셔서 감사하다고 한다. 훈이는 그런 어머니의 이상적인 모습에 감동을 할 뿐이다.

북한에서 온 학생들을 템플 스테이를 시키며 종교의 가치관을 심어주는 것도 좋겠다는 생각을 했다. 어머니와 작별인사를 나누고 여러 스님들의 배웅을 받으며 절 문을 나와서 사무실로 왔다. 앞으로는 최소한 일주일에 한 번씩 어머니를 찾아뵙고 서로 그동안 오랜 기간 나누지 못한 모자지간의 정을 듬뿍 나누기로 다짐했다. 어머니가 가까이 계시다는 사실만으로도 행복하고 즐거웠다. 세상에 많은 사람이 있지만 든든한 어머니가 버티고 계시다는 것은 무척 행복한 일이다. 우리가 살아가는 동안 어머니는 우리 가슴속에 계시다. 그래서 어머니는 위대하시다. 훈이에게는 어느새 과거에 어머니에 대한 미움과 원망이 모두 정리가 되고 사랑과 존경심이 생겼다.

리 선생님과 보육원과
북한 사정

　사무실에 들어오니 리 선생님께서 어여쁜 두 여인을 데리고 사무실로 들어왔다. 얼굴이 곱고 예뻤다. 두 분을 아이들 보육 선생님으로 쓰겠다고 했다. 두 분은 어린 시절 남한으로 와서 교육을 받고 대학에서 보육교사 자격증을 땄으나 남한 사람들의 편견에 견디지 못하고 직장 생활을 접고 쉼터로 쉬러 왔는데 마침 이렇게 서로 일하게 되었다고 했다. 훈통령은 새로운 보육교사들에게 어린 시절을 남한에서 보냈으니 그때를 추억하며 아이들을 잘 돌보아달라고 청했다. 그녀들은 훈통령에게 열심히 해보겠다고 했다. 모든 일이 잘될 거라며 감사하다고 하며 나갔다. 리 선생님은 아이들이 삼십 명이 되니 많이 힘들다고 했다. 그러나 좋은 선생님들 두 분이나 보충되었으니 잘된 일이라며 훈통령에게 감사했다. 좋은 사람이 있으면 보모를 더 뽑으라고 했다. 리 선생님은 고맙다고 하면서 사무실을 나갔다. 훈통령은 자기가 하는 모든 일에 하느님이 개입하신다는 생각을 늘 한다. 오후 늦게 성씨가 북한을 다녀왔다고 하면서 학교 신축 건물들이 모두 마무리 작업에 들어간 것 같다고 했다. 훈통령은 일단 일을 맡기면 보고받는 것조차도 싫어한다. 완공 상태에서 한 번 둘러보고 끝을 내는 것으로 한다.

북한에는 최고 존엄의 신상에 변고가 생긴 것 같다고 하면서 분위기가 심상치 않다고 했다. 북한의 정권이 흔들리면 백성들은 더 힘들어질 텐데 큰일이라고 한다. 한반도의 비핵화를 선언하고 한국에 있던 전술 핵무기를 미국으로 돌아가게 한 것은 지금 와서 생각하면 잘못된 처신이 되고 말았다. 차라리 주한미군이 핵무기라도 가지고 있었더라면 북한의 협박이나 위협이 덜할 수도 있었을 것이라고 성씨는 말한다. 워낙 숨기고 사는 북한의 권력자들이기에 문제가 있어도 알 수는 없지만 모두 안전하게 잘 버티고 살기를 빌었다. 핵무기를 선용을 한다면 모르지만 그렇지 못하면 인류가 망할 수도 있다. 그래서 핵무기는 한 나라의 문제가 아니라 전 세계의 문제이다. 북한 정권도 필생의 대를 이어 핵무기를 개발하였다. 그것으로 미국과 대치를 하고 있다. 그래서 미국은 유엔을 통하여 북한에 대한 경제 제재를 가하고 있다. 엎친 데 덮친 격으로 인류의 대재앙 우한폐렴 코로나19 유입을 막기 위하여 북한은 중국과의 국경을 봉쇄하였다. 그러니 모든 경제 활동이 멈추어 밀무역으로 문제를 해결할 수밖에 없다. 지금 그 밀무역 일꾼들 덕분에 그래도 죽어가는 인민들이 덜하다. 그러니 나름대로 목숨을 유지하려는 인민들에게 특별한 제재를 할 수 없는 것이다. 거기다 최고 존엄의 건강 이상설로 평양시민들까지 힘겨움을 호소하고 있다. 당 간부들의 배급까지도 어려움을 겪고 있다고 한다. 최고 존엄 권력을 비호하는 사람들까지 배급을 못 주니 그의 권력이 흔들거릴 수밖에 없다. 핵무기 개발과 그

것을 탑재할 미사일이나 잠수함을 만드는 데는 성공했는지 모르지만 전 세계적으로 왕따를 당한 북한은 세계에서 최빈국이 되고 말았다. 인민들을 살리려고 일부 권력자들과 돈주들과 39호실 조직원들이 최선을 다하고 있지만 문제 해결의 실마리를 찾을 수가 없다고 한다. 그래도 성씨는 최선을 다해서 마지막 순간까지 북한 최고 존엄도 살아나고 인민들도 살아나기를 바라며 열심히 노력하기로 했다.

이제 남한 당국과 북한 당국에 밀무역선을 이틀에 한 번씩 운항하기로 했다. 그리고 복면파 조직원과 정의파 조직원을 두 배로 늘리기로 하고 성씨와 문 사장은 인선 작업에 들어갔다. 주로 북한 주민 중에서도 운동 유단자 일부를 고용하고 탈북 주민들 중에서도 젊고 유능한 사람들을 우선으로 뽑았다. 물론 조직 운영은 철저한 상호 비밀로, 서로 하는 일을 처음 하는 것으로 해야 한다. 비밀을 누설하거나 횡령 등 중과실을 저지르면 누군가에 의해서 쥐도 새도 모르게 암살되어 처리된다. 물론 엄청난 고난을 당할 수 있지만 양파의 조직원이 되면 최소한 돈 문제는 해결된다. 성실하게 임무를 안전하고 완벽하게 수행하면 업무 보너스를 성과급으로 보상받는다. 북한에는 광물 자원이 무궁무진하다. 특히 금맥이 많아 잘 개발만 하면 금괴 생산만으로도 당분간 미국과 유엔의 제재를 이겨낼 수 있고 중국의 도움도 받을 수 있을 것이다. 그러나 중국 기업들도 지금 미국의 제재로 큰 타격을 받고 경제 성장의 급강하로 북한을 계속 돕기가 힘들 것 같다. 거기에 우한폐렴과 천재지변으로 공산당 정권이 무너질 지경에 이르렀다. 뿐만 아니라 중국의 많은 유수 기업들 총수들이 비명횡사하고 그들의 재산은 국가에서 환수한다고 한다. 그동안 중국 공산당이 중국 인민들에게 저지른 악행은 엄청나다고 한다. 반대파는 숙청하고 전 세계에 학자나 기술자로 가장한 밀정들을 투입시켜 중국몽을 키워왔으나 미국과 대항하면서 엄청난 고난을 당하고 있는데 홍콩 문제까지 터져 중국 공산당 정권이 무너지기 일보직전이라고 한다. 이러한 상황에서 과연 중국이 북한을 끝까지 도울지는 의문이다. 민족끼리라도 최소한의 도움을 주려고 하지만 세계 정세상 쉽지 않을 것이며 무식하고 무능한 남한의 주사파 정권이 삶은 소대가리로 일을 하다가는 남한이나 북한이나 쫄딱 망하고 말 수도 있다. 차라리 밀무역으로 최소한의 수준에서 서로 돕는 수밖에 없다. 그래서 성씨의 공로는 남북한 모두에게 유용한 일이다.

오늘도 통천마을에서 생산된 야채, 고기, 과일 등을 밀무역선에 싣고 성씨는 북한으로 간다. 이미 남한에서 훈통령의 학교 설립 프로젝트는 완료되어 잘 운영되고 있다. 불교 신자가 된 이사장이 학교를 보살피니 학교 모습이 갈수록 아름답게 변하고 있다. 학교의 조경과 산책로 등은 세계적 수준이라고 자부해도 된다고 성씨는 생각했다. 월북한 성씨는 싣고 간 식료품을 하역하여 정해진 창고에 입고하고 세 사람을 만났다. 그들은 큰돈을 굴리며 39호실에도 성씨를 통하여 수백만 달러를 바친다. 그들 자신들의 노력의 대가로 이윤도 많이 챙긴다. 그러니 신흥 돈주로 등장한 것이다. 그러나 그들은 성씨가 키운 만큼 늘 겸손하고 돈을 빌려가는 중간 상인들에게 최소한의 이자를 받게 하고 비가 오거나 천재지변으로 중간 상인이 손해를 볼 경우에는 그만큼 빚을 탕감해준다고 한다. 정부에서 해야 할 일을 그들이 대신 해주는 것이다. 그들의 삶 자체는 예전에 장마당 상인 중간상에서 돈주로 성장했기에 예전 장마당 상인 수준으로 돈주의 표시를 내지 않고 살아가는 것이다. 그러면서 물건 값에 오만 달러를 더 얹어 성씨에게 주었다. 오만 달러면 북한에서는 재벌 반열에 오르는 돈이다. 성씨는 세 사람에게 오천 달러씩 나눠주고 삼만오천 달러는 39호실 간부들과 직원들에게 나누어주기로 했다. 세금은 지난번 금괴 일로 충분히 바치고 또 더하여 문 사장이 일 년에 한 번 주는 백만 달러를 더하여 최고 존엄께 바쳤다.

성씨는 그동안 물건 대금을 받아서 남한으로 내려와 총무에게 주고 훈통령에게 북한에 다녀온 사실을 보고하면서 장마당의 영역이 청진, 원산, 회령 등 동해안 대부분 도시로 팽창해간다고 했다. 무역 규모도 수억 달러로 늘어나고 있다고 했다. 훈통령은 그것이 마냥 좋은 일은 아니라고 생각하면서 밀무역 규모는 이 수준에서 멈추고 그 밀무역 상권의 일부를 남한과 북한 관계자들에게 나누어주도록 하자고 했다. 우리는 기존 함경도 내 함흥을 중심으로만 하자고 했다. 성씨도 그런 훈통령 생각에 동의하고 그동안 고생을 많이 한 정의파 요원 세 사람을 불러 일정 자금을 대주고 창고도 짓도록 해서 청진, 원산 등지 장마당에 스스로 물건을 구매해서 대주되 처음에는 조금씩 시작하여 차차 외연을 넓히고 물자도 늘려갈 것을 주문했다. 그리고 그들 셋을 데리고 북한으로 가서 신흥 돈주 세 사람에게 각자 한 사람씩 맡기고 그들에게 원산과 청진의 대상들을 소개시켜주고 청진과 원산에 밀무역선이 접안할 수 있도록 조치하라고 했다. 그리고 시장 개척에 필요한 자금 이십만 달러를 전해주었다. 돈주 세 사람은 이제는 이곳 일은 자기들이 알아서 해줄 터이니 걱정 말고 물자나 많이 보내달라고 한다. 성씨는 자기의 생각을 알아주는 돈주들에게 고마웠고 이들이 가져오는 물자도 차질 없이 받고 물자 대금은 이 사람들에게 지급하고 지금까지 성씨와 거래한 돈은 성씨에게 달라고 했다. 그들은 그렇게 하기로 하고 당분간 물자를 이곳으로 가져오라고 했다. 그리고 청진과 원산에도 창고를 구하고 시 당 위원장과 뇌물 고리를 만들어 그곳 항구에서 물자를 받기로 했다.

성씨는 새 돈주들에게 단단히 다짐을 받고 세 조직원과 함께 내려와 새 창고를 만들고 문 사장과 의논을 하려다가 복면파 남한 대정부 담당자에게 부탁하여 세 사람이 더 대북 밀무역에 참여하여 밀무역선이 총 다섯 대가 움직일 것이라며 원활한 유통을 부탁하라고 하였다. 이쪽 동해 쪽 일은 문 사장이 알면서도 서로 모르는 체하는 것 같았다. 문 사장의 아량과 배짱에 고마웠다. 그러나 그는 어느 순간에 돌변할지 모르는 사람이기에 성씨는 늘 긴장의 끈을 놓지 못한다. 현재 중국 공산당의 많은 권력자들은 북한의 많은 이권을 차지하고 있다. 특히 북한의 석탄과 철광석 등 무궁무진한 지하자원들을 독점하여 개발하고 중국으로 가져가 여러 나라로 수출하고 있는데 지금은 그런 기업들이 모두 미국의 제재를 받고 사업을 포기한 상태라고 한다. 현 정부에서도 가능하면 북한을 도와주려고 다방면으로 노력하지만 유엔과 미국의 눈치를 보아야 하니 어쩔 수 없는 상태가 되었다. 그리고 말을 앞세운 남한 당국자들은 북한 당국자들이 철저히 불신을 하여 남한 정권은 계속 공수표만 날리고 아무 것도 하지 못하고 있는 형국이다. 성씨는 문 사장에게 호출을 받고 급히 서울로 올라가 문 사장을 만났다. 문 사장은 오늘따라 기분이 들떠 있었다. 또 큰 건을 한 것 같았다.

금괴를 통한
북한 자금 조달

　남한의 한 거물급 인사가 금괴 일억 달러어치를 구해 달라고 했다고 한다. 그리고 이미 일억 달러를 받았으니 당장 오늘 밤 돈을 가지고 북한으로 가서 금괴로 몇 번에 나누어서 가지고 오라고 했다. 성씨는 그렇지 않아도 북한의 최고 존엄이 중태이고 그 주변 권력자들이 돈이 말라 전전긍긍하는데 잘되었다고 생각하고 돈을 가지고 월북하여 미리 나온 자동차에 돈 보따리를 싣고 39호실로 갔다. 리 모 최고 권력자가 성씨를 만나 환영해주고 오만 달러를 보상금으로 성씨에게 주었다. 성씨는 이번에도 준다는 모든 권력을 사양하고 금괴를 차질 없이 달라고 했다. 이미 금괴는 일억이천만 달러어치를 오등분해서 다섯 번에 나누어 가져갈 수 있도록 리 동지가 가져와서 39호실 창고에 있었다. 문 사장은 가만히 앉아서 이천만 달러를 번 것이다. 그것도 금괴로 받으니 그대로 비자금으로 쓸 수가 있다. 성씨는 집에 들러 허니문을 보내고 아이 둘을 데리고 금괴를 다른 복면파 요원에게 인수시켜 문 사장에게 보내고 다섯 번으로 닷새 안에 모든 것을 인수해서 문 사장에게 완전히 갖다주라고 했다. 그리고 성씨는 아이들을 데리고 통천마을로 와서 리 선생님께 아이들을 맡기고 바로 서울로 올라갔다.

그리고 그 이튿날 문 사장을 만나서 북한에서 최고 실세 권력자 리 모 동지를 만났고 문 사장님께 감사하다고 전하라고 했다며 금괴는 일억이천만 달러어치가 닷새에 걸쳐서 도착할 것이라고 했다. 문 사장은 넋이 나간 사람처럼 좋아했다. 성씨는 북한 당국자가 성씨에게 준 오만 달러를 문 사장에게 감사금으로 주었다며 전해주었다. 문 사장은 감격을 하면서 백만 달러를 성과금으로 성씨에게 주었다. 성씨는 감사하게 받아 그동안 고생한 복면파 조직원들에게 삼십만 달러를 풀었다. 모두 좋아하며 성씨에게 충성 맹세를 했다. 그리고 정의파 조직원들에게도 삼십만 달러를 나누어주었다. 그리고 통천마을에 와서 훈통령에게 십만 달러를 주며 북한에서 꽃제비로 살다 온 어린이들에게 써달라고 주었다. 훈통령은 그런 선하고 착한 심성을 가진 성씨를 보면서 자기 자신을 되돌아보면서 늘 권력과 돈을 멀리하는 스승의 모습을 가슴에 담는다. 훈통령은 감사하다며 직접 나눠주고 싶은 사람들에게 나누어주라고 하면서 훈통령을 의식하지 말 것을 주문했다. 성씨는 그렇게 자신을 대우해주는 훈통령에게 감사했다. 그리고 성 총무를 만나서 만 달러를 주며 옷이라도 좋은 것 한 벌 사 입으라고 했다. 성 총무는 노처녀의 마음을 달래주는 아저씨가 고마웠다. 그리고 북한에 사는 부모님 안부를 물었다. 성씨 덕분에 친척들은 그런대로 대우를 받으며 잘 산다고 했다. 그리고 그동안 성 총무가 보내준 돈으로 이자 놀이를 해서 돈도 많이 벌어서 돈주 노릇을 한다고 했다. 북한에서도 어느 정도 경제 기반이 잡힌 사람들은 남한의 중산층이 사는 것처럼 살아간다. 그들도 공연도 자유롭게 즐기고 사람다운 대접을 받으며 잘 살아간다고 한다. 성 총무는 자기 덕분에 부모님께서 잘산다고 하니 다행이라고 하면서 행복해했다. 성씨가 리 선생님을 만나니 리 선생님은 성씨를 오랜만에 만난 남편 대하듯 껴안고 얼굴에 키스까지 했다. 성씨도 싫지는 않았지만 친절하게 예의를 갖추며 리 선생님과 소파에 앉았다. 그리고 먼저 십만 달러를 주면서 아이들에게 좋은 옷들도 사주고 그들에게 필요한 것들을 결재 없이 리 선생님 마음대로 해주라고 했다. 그리고 오천 달러를 따로 주며 얼굴이 안 좋아 보인다며 보약이라도 한 재 사 먹으라고 했다. 리 선생님은 성씨 아저씨 같은 분과 하룻밤 자면 내 얼굴에 환한 꽃이 필 것이라고 하며 성씨에게 자기 마음을 털어놓고 구애를 했다. 성씨는 리 선생님의 마음이 다치지 않게 자기도 그러고 싶은데 평양에 아내가 있는 것을 리 선생님도 잘 알지 않느냐고 했다. 리 선생님은 웃으며 알았으니 자기에게도 마음의 방 하나를 열어달라고 했다. 기회가 되면 아내의 허락을 맡고 그렇게 하겠다고 했다. 리 선생님은 그런 성씨를 더 사모하게 되었다.

리 선생님은 황진이 같은 미모와 지성을 가진 아름다운 여인이다. 성씨는 서 화담을 닮은 지성인이며 청백리이다. 두 사람의 고귀한 사랑이 이루어지려나. 리 선생님은 성씨 생각만 하여도 가슴이 설렌다. 성씨는 늦둥이를 본 강씨도 만나서 오천 달러를 주며 생활비로 쓰고 아내 배씨 보약을 지어주라고 했다. 강씨는 성씨를 친형님 이상으로 대하며 늘 만날 때마다 생명의 은인이라고 했다. 정이도 큰 회사에 취직하여 잘 있는데 이북 사람이라고 사원들이 왕따를 시켜 힘들어한다고 했다.

성씨는 정의파에 떼어준 대북 장마당 밀무역이 잘 진행되는지 세 사람을 만나 점검을 했다. 일꾼들을 선별하여 뽑는 데 많은 애로를 겪었다고 했다. 그러나 요즘은 일단 정상적으로 거래를 하고 있는데 북한의 상황이 점점 나빠지는 것 같다고 했다. 성씨는 그런 일에는 일절 신경 쓰지 말고 장마당에 물자만 잘 전달하고 수금만 잘 하라고 했다. 북한과 거래하면서 말을 많이 하거나 궁금증을 가지면 손해를 보고 결국 사업을 접을 수 있음을 명심시켰다. 세 사람 중 한 사람이 중간 점검 결과 문제가 있음을 확인했으나 1차로 잘 달래주고 조심시켰다. 대북 사업에서 문제가 생기면 암수를 두어 죽여야 하기 때문에 힘이 든다고 했다. 그러나 성씨는 세 번까지는 자비를 베풀며 용서를 했고 지금까지는 그 작전이 성공했지만 앞으로 걱정이 되었다. 사람들이 모여서 한 조직체로 움직인다는 것이 쉬운 일이 아니다. 그러나 성씨는 조직원들을 늘 사랑하고 본인이 청렴하고 겸손함을 보이니 조직원들이 성씨를 보호하고 감싸준다.

성씨의 인품

그런 면에서 성씨는 인복이 많다. 인복도 사람이 스스로 짓는 복이다. 아무나 누리는 복은 아니다. 성씨는 많은 사람들을 기아에서 구하고 시련과 죽음에서 구원했다. 그리고 그 공로는 모두 주위 사람들에게 돌린다. 역사적으로도 보기 드문 한반도의 인물 중 한 사람이다. 젊은 나이에 그러한 덕과 학문을 갖추고 충성을 다하는 성실한 스승과 함께 일하는 훈통령도 행복하다. 그리고 조직원들에게 함부로 갑질을 해대는 문 사장도 알지 못하는 사이에 큰 깨달음을 가지고 새로운 인간관계를 맺게 해준 사람이 말없이 정직하고 법과 원칙을 지키며 살아가는 성씨일 것이다. 성씨는 악인도 조용히 감화시켜 자기의 악행을 반성하도록 하는 힘을 가지고 있다. 모든 사람들에게 부처님이나 예수님처럼 보일 수가 있는 인물이지만 그는 늘 도학적인 삶으로 한 인간으로 살 뿐이다. 조용히 침묵하며 자기가 머무는 자리마다 평화가 있기를 원하며 살아간다. 넉넉하고 자유롭게, 복되게, 조심하며 겸손하고 성실하게 주어진 하루를 여전하게 살아간다. 어떠한 권력도 사탄의 힘도 그를 이겨내지 못한다. 그의 신념은 늘 선하고 착하게 숨어서 선하고 착한 일을 실행하는 것이다. 그리고 그런 가운데 평화롭게, 배고프지 않게 가난한 사람들의 소박한 삶을 관조하는 것이다.

세상에는 많은 인맥들이 서로 인연을 맺는다. 학교로 맺어진 학연, 지역민들로 이루어진 지연, 북한 탈북민으로 이루어진 인연 등 그 인맥에 의하여 파당이 생겨나고 정치 세력화되어서 많은 사람들에게 영향을 주면서 살아간다. 특히 한반도에서 살아가는 사람들은 자주 큰 지도자를 중심으로 이합집산을 이루며 정치 세력화하여 나라를 만들기도 하고 망하기도 했다. 그러나 그런 와중에도 천 년을 지켜온 신라와 오백여 년을 지켜온 고려나 조선은 전 세계적으로 보아도 보기 드문 장기 왕국이었다. 이제 자유 대한민국이 건국된 지는 칠십이 년이 되었다. 그러나 그 세월의 격변은 지난 천 년보다 더 심했다. 어떻게 되었는지 알 수는 없지만 세상에는 참으로 애매모호한 특별한 정권이 생겨나 요즘은 오 년마다 한 왕국이 생성되고 망하는 느낌이 든다. 모든 정책들이 오 년을 못 넘기고 바뀐다. 물론 정책이나 법률이 좋은 방향으로 바뀌면 좋은데 모든 정책이 권력자들에게 유리하게 바뀌고 있다. 그것이 많은 백성들을 힘들게 할 뿐이다. 그러니 남한은 오 년마다 한 왕국이 일어섰다가 그 권력자들이 그들의 정책을 실험하다가 망하고 또 새로운 왕국이 세워진다. 그런 와중에 국가 채무는 눈덩이처럼 늘어간다. 그리고 세금 폭탄으로 국민들은 도탄에 빠지고 만다. 그렇게 한반도는 수시로 바뀌며 간신히 버텨나가고 있다. 그러나 한 왕조가 그렇게 많은 악행을 했음에도 하늘은 그 왕조에게 최소한 오백 년의 시간을 주었지만 요즘은 얼마나 그 세월이 빨라졌는지 지난 과거의 백 년이 일 년으로 변했다. 요즘 십 년은 지난 천 년과 맞먹는다. 그것이 요즘 시간이고 역사이다. 참으로 아쉬움이 많다고 성씨는 토로한다.

성씨는 조선 중종에게 공부를 하도록 한 조광조를 좋아한다고 했다. 그러나 조광조 역시 반대파들에게 시달리다 자기를 발탁해준 어리석은 임금 중종에게 사약을 받고 죽었다. 그처럼 수많은 출중한 학자나 정치 인재들이 졸지에 역적으로 몰려 죽는 경우가 많았다. 그런데 지금 민주주의 이 시대에도 그런 경우가 있다. 정권에 대적하는 선량한 사람들이 피해를 본다. 정권의 잘잘못을 지적하고 바로잡아야 할 사람들이 그렇지 못하고 살아간다. 정권을 잘못 비판하면 보복을 당한다. 제발 앞으로 최고 권력자는 감이 되는 사람을 세워야 한다. 최소한 제왕학의 수업을 수십 년 동안 한 사람들이 나라를 다스리고 국가를 경영해야 국민들이 편해진다. 현재 지금 미국 국민들은 호황을 누린다. 트럼프 대통령이 미국 대통령이기 때문이다. 그러나 그는 달러의 힘만을 믿고 자국민만 생각하는 국수주의파이다. 잘못된 사고방식의 소유자이기도 하다. 다른 나라가 자기 말을 듣지 않으면 정당한 보복을 한다. 물론 세계 평화를 위하여 위험한 나라들이 핵무기를 갖는 것을 제재하는 것은 좋은 일이지만 일반 인민들에 대한 인도적인 식량은 제공해주는 것이 옳다.

성씨는 패권 정치를 하는 미국이나 일본, 그리고 러시아, 중공을 무척 싫어한다고 했다. 성씨가 싫어하는 것은 정치인들이지 국민들은 모두 사랑하고 존중을 한다. 민주주의나 공산주의나 사상이 인민들의 배고픔을 해결해주지 못한다. 자유시장경제 민주주의만이 인민을 살릴 수 있고 권력자들은 시장경제에서 생성된 부를 정당하고 공정하게 인민들에게 나누어주는 역할을 해야 한다. 아파트 가격의 폭등을 막으려면 공급과 수요를 잘 맞추어야 하고 다가구 주택자 중 한 가구를 빼고 나머지 주택의 보유세를 소유해도 이득이 하나도 없게 만들어 매물로 나오게 해야 한다. 그리고 최초로 주택을 사는 사람들 에게 다양한 혜택을 주되 한 집에서 오래 살수록 보유세를 차등을 두면 좋을 것이다. 그리고 오 년 이상 살면 그 집을 팔고 새 집을 살 수 있게 하면 아파트 값이 안정될 것이라고 성씨는 생각했다. 북한에도 급격한 체제 변화는 인민들에게 도움이 안 된다. 현실은 서서히 조용히 변해야 한다. 그때까지 성씨는 조용히 인민들이 배고프지 않게 사는 데 집중하여 돕기로 했다.

미래는 식량이
최고의 무기가 된다

앞으로 북한 식량 사정은 더 힘들어질 것 같다. 중국이 극심한 재해를 당하고 있기 때문이다. 곡창 지대마다 모두 홍수로 휩쓸려 내려갔기 때문에 올해 식량 생산이 급감할 것이며 홍수 후에는 황충(메뚜기)떼가 중국 전역을 뒤덮어 농산물의 씨를 말릴 것이라고 한다. 문 사장은 태국과 베트남에 큰 창고를 임대하거나 직접 짓고 도정되지 않은 벼와 보리 등 수십만 톤을 확보했고 직접 그 나라 정부와 협의해서 잉여 농산물 독점권을 확보하고 있어 대중국 식량 수출로 엄청난 돈을 벌고 북한 당국에도 식량과 금괴를 바꾸는 밀무역을 해서 큰돈을 벌 것이라고 했다. 하여간 문 사장은 돈을 버는 귀재라는 소리를 듣는다. 세계의 흐름을 감각적으로 읽는 그의 지혜는 도대체 어디에서 기인하는가? 문 사장을 가만히 살펴보면 여자들을 만나도 배우고 능력 있는 사람을 만난다. 이 사람 저 사람 아무나 만나지 않는다. 세 부인 모두 정치학, 경제학, 외교학을 공부한 재원들이다. 그들은 문 사장의 훌륭한 특별 보좌관이다. 그런 연유로 세상 돌아가는 상황을 기민하게 파악하여 자기 사업에 적용하는

데 문 사장은 앞으로 전 세계적으로 대기근이 올 것이며 그때는 식량이 최고의 가치를 가질 것이라며 앞으로 연구소를 만들어 대체 식량을 만드는 일에 열중해보겠다고 했다.

문 사장은 한다면 하는 강한 추진력도 가지고 있다. 특히 그의 IT 기업은 세계의 미래를 점칠 수 있는 대용량의 데이터들을 모두 사모으고 있는 중이다. 요셉이 이집트의 대기근을 잘 대비하여 이집트의 국력을 크게 신장시킨 것에서 착안한 문 사장의 세계 식량 문제의 해결은 매우 큰 성공을 거둘 수 있을 것이다. 그리고 케냐 등에 진출하여 농경지를 확보하고 농사도 지어볼 예정이라고 한다. 이미 복면파 조직원들이 파견되어 일을 진행 중이라고 한다. 케냐는 땅이 매우 비옥하고 노는 땅들이 많아 농사를 짓는다고 하면 싼 가격에 구입할 수도 있고 수십 년을 무료로 대여해준다고 한다. 이미 한국 천주교에서 선교사들을 파견해서 그들은 한국인들에게 호의적이라고 한다. 문 사장은 조직원 세 사람과 함께 케냐에서 농사를 지을 수 있는 젊은 청년들에게 월급을 주기로 하고 오십여 명을 모집하여 케냐로 파견하기로 했다. 케냐 실권자는 문 사장이 보낸 금괴에 눈이 휘둥그레졌다. 그 나라 권력자는 비교적 지하수가 풍부하고 농사짓기 쉬운 평야를 삼백만 평이나 농사를 지라고 내어주었다고 한다. 천주교 선교사의 도움도 컸다고 한다. 각종 농기계와 건설 장비도 농장을 열고 임시 막사를 설치한 곳으로 보냈다.

케냐는 동부 아프리카에 속한다. 아프리카 대륙에는 54개국의 나라가 있는데 케냐는 비교적 다른 나라들보다는 경제 사정이 나은 편이라고 한다. 현재는 GNP가 약 이천 달러 수준이라고 한다. 주산업은 커피 농사이며 커피를 가장 많이 수출하는 나라라고 한다. 커피를 수확하면서 어린 아이들을 동원하여 문제가 되기도 했지만 현재는 비교적 안정적으로 발전해가는 나라라고 한다. 다이아몬드가 많이 생산되어 수출도 한다. 문 사장은 다이아몬드에도 관심이 있다고 했다. 하지만 지금은 식량을 생산하는 것을 최우선시하기로 했다.

케냐 정부로부터 허가받은 땅에 울타리 공사를 하고 태양열 발전, 풍력 발전 시설과 대형 발전기도 설치해서 생활 기반 시설을 만들었다. 그리고 농사에 필요한 관정도 몇 개 파기로 했다. 거의 일 년을 그렇게 농토를 개발하고 생활 시설을 만드는데 심혈을 기울였다. 케냐 사람들도 교육수준이 높은 사람들은 일도 열심히 하고 근면성실하다고 했다. 케냐 사람들은 한국을 부를 때 삼성 나라라고 한다. 그들이 쓰고 있는 생필품에 삼성 상표가 붙어 있기 때문이다. 그래서 불법인지는 모르지만 농장이름을 삼성농장으로 했다. 일단 벼농사를 지었는데 일 년에 두 번을 수확할 수 있고 조생종 벼를 심으면 세 번까지 벼를 심어 수확을 할 수도 있다고 한다. 현장 노동자들도 일을 시켜보니 일을 잘하고 농장 규칙도 잘 지킨다고 한다. 문 사장은 일단 첫 농사를 지은 쌀 약 이백 톤을 케냐 밀무역상을 통하여 북한으로 보냈다. 북한 39호실에서는 매우 흡족해하고 그에 상응한 금괴를 문 사장에게 보냈다. 밥맛이 몹시 좋다고 하면서 당 간부들에게 나누어주고 일부는 주민들에게도 특식 형식으로 나누어주었다고 했다. 문 사장은 처음으로 좋은 사업에 투자한 것이 결실이 되어 북한 인민들과 당 간부들에게 인도적인 도움을 준 것에 매우 기뻤다. 그리고 모든 농법을 기계화하고 과학과 첨단장비를 접목하여 최고 농사 기술로 생산하여 매우 값싼 비용으로 농산물을 생산할 수 있으니 매우 만족하였다. 그리고 농토를 조금씩 늘려서 농사를 짓기로 하였다. 문 사장은 벼농사를 지으면서 신기한 생각을 했다. 앞으로 식량은 다이아몬드나 금괴나 달러보다 더 소중하게 돈 되는 자원이 될 것이라고 생각했다. 북한의 39호실에 금괴가 수십 톤 쌓여 있어도 북한 인민 일천만 명 정도가 하루에 한 끼 반으로 목숨을 유지하고 있는 형편이니 벼만 많이 생산되면 북한에 보내면 된다. 한편으로는 보리와 밀도 심어볼 예정이다.

그리고 댐을 만들거나 저수지를 만들어 물 관리를 하기로 했다. 물론 우기에는 물 걱정이 없는데 건기가 문제이다. 지하수로 현재까지 농사짓는 데 큰 문제는 없지만 앞으로 농사를 많이 짓기 위해서는 계속 물 관리를 잘해주어야 한다. 그리고 커피 농사를 기계화하는 방법도 연구해볼 예정이지만 어린이까지 동원하여 인건비로 가난한 사람들의 생명을 유지하는데 혹시 반대하는 사람들이 많을 것 같다는 생각을 했다. 기계화로 농산물의 단가를 낮추어 많은 사람들에게 싼 먹거리를 공급하는 일도 좋지만 그로 인하여 생긴 실업자들은 일자리를 잃고 살 방법이 없어 더 큰 문제가 생길 수도 있다. 그래서 실업을 해소할 수 있는 고부가 사업을 일으켜 사람의 고용을 창출해야 한다. 그것이 미래 먹거리 사업이 될 것이다. 특히 신소재 산업이나 원자력 산업을 일으켜 후진국에 진출하면 국가적으로도 이익이 될 것이다. 가장 안전하고 단가가 싼 전기를 생산하는 원자력 발전 산업은 많은 노동력이 필요하기 때문에 꼭 국가사업으로 추진해야 한다. 정신 나간 사람들이 편파적 잘못된 이론이나 주장을 내세워 원자력 발전을 막은 것이 혹시 친일 의혹을 받는 모 그룹을 죽이기 위한 한 방편으로 했다면 역사의 혹독한 심판을 받을 것이다. 국가의 부흥과 발전을 위해서는 반드시 사상을 초월해야 가능하다. 중국의 부흥은 등소평이 자유경제체제를 인정하고 자본주의 일부를 받아들였기 때문에 오늘날의 중국이 있을 수 있었지만 중국 공산당 간부들의 부패와 그들의 권력자들에게 부가 편중되어 오늘날과 같은 경제 위기를 겪고 있다. 그 부가 전 인민에게 골고루 공평하게 나누어졌다면 중공이 현재처럼 큰 위기는 겪지 않았을 것이다. 시진핑 주석도 장기집권을 하다 보니 한 왕조를 이루고 그동안 자신에게 반대한 많은 사람들을 무자비하게 짓밟아버리고 최근에는 홍콩 자치권도 공산당에 의하여 무참하게 빼앗아버렸다. 그러니 그의 정권도 말기적 재앙을 맞게 되는 것이라고 문 사장은 생각하며 이제는 제대로 좋은 일을 하면서 살아야겠다는 생각을 했다. 자기를 위하여 수고하는 모든 사람들에게 이제부터 친절하고 관대하게 대하기로 하고 몹쓸 짓을 한 사람들에게는 사과하기로 했다. 문 사장은 IT회사의 전 임원들에게 한 계급씩 올려주는 임원 인사를 단행하며 그들이 쓰는 방을 독방으로 직급에 맞게 잘 꾸며주고 승용차들도 고급차로 바꾸어주기로 했다. 그리고 승진한 임원들과 간부들에게 일일이 찾아가 그동안 회사를 키우고 자기에게 시련을 받느라고 고생했다고 하면서 과거의 갑질에 대하여 정중하게 사과를 하였다. 회사 간부들과 임원들은 갑자기 태도가 바뀐 문 사장에게 감사를 하면서 의아해했다. 그들의 현실이 믿어지지 않았다. 그러나 그동안에도 어떤 때는 미친 사람처럼 보였지만 급여나 보너스는 회사 사정이 어려운 것이 뻔한데도 자기의 사비로 꼬박꼬박 주었다. 그리고 그가 하는 행동이 이해가 안 가는 경우도 많았지만 그의 사업 수완에는 모두 감탄했다.

빅데이터라는 말이 정식으로 나오기도 전에 문 사장은 앞으로 유망 사업은 빅데이터를 구축하여 정보를 팔아먹는 사업이 고부가가치 사업으로 각광을 받을 것이라고 했다. 하는 행동은 터프하고 입도 걸은 데 그의 두뇌는 늘 미래의 사업에서 맴돌고 임원들에게 공포의 대상이 되었다. 그의 그 모든 테스트에 견딘 사람들이 오늘의 호강을 누리는 것이다. 그동안 문 사장의 기이한 갑질에 회사를 그만둔 사람들이 부지기수였다. 임원들이나 간부들이 알아야 할 상식이나 지식을 묻는 순간 대답을 못 하면 바로 조인트가 가격되고 며칠 안에 사표를 내야 했다. 그렇게 혹독한 훈련에 익숙해진 사람들이 지금은 문 사장에게 충성한 대가를 받으며 그의 예언대로 빅데이터로 정보 제공을 해주고 버는 돈이 수억 달러가 된다. 연기 없는 청정사업을 하는 것이다. 지금 한국 최초로 허준을 비롯한 조선 왕조를 이끌어온 각종 처방전들을 발굴하여 데이터 작업을 하여 유명한 한의학 처방 빅데이터를 구축 중이다. 각 병명에 따라 다양한 처방이 될 수 있는데 그중 가장 합리적이고 가장 합당한 처방전이 나오게 하는 것이다. 그러한 작업이 마무리 단계에 놓여 있다. 그리고 전 세계의 골프장 설계와 토목 사업, 조경 사업 등을 데이터화하여 간단하게 어느 지역에 골프장을 설립할 때 가장 좋은 설계로 가장 자연 친화적인 골프장을 설계할 수 있는지 빅데이터도 구축하고 있다고 한다. 그 외에도 다양한 빅데이터를 구축 중이다. 정부에서도 문 사장의 사업에 수백억을 투자했다고 했다.

성씨는 탈북하여 남한에서 사범대학을 나온 사람들과 북한에서 교사를 하다가 탈북한 사람을 학교법인 교사로 채용하도록 했다. 재단 법인실장과 각 학교 서무 및 관리실장은 정의파 요원 중 경영학을 전공한 세 사람을 뽑아서 세웠다. 그들은 학교에 필요한 예산과 교비 등을 투명하게 운영하여 학교 발전에 크게 기여하고 있었다. 초등학교, 중학교, 고등학교가 우수한 교사들로 채워지고 교장은 공모해서 대학 교수를 지내신 분들 중 고결한 인품을 갖추시고 올바른 사상과 덕성을 겸비한 분들을 뽑아 모셨다. 일생을 살아가면서 아름답고 감사하며 학생들에게 깊은 영감을 주신 분들이다. 중학교 교장을 리 선생님으로 모시려 했지만 본인은 아직 그럴 때가 아니라며 교육학 석사를 마치고 심리학 전공으로 학위를 받으면 도전을 하겠다며 고사했다. 그리고 북한에서 온 아이들에게 집중하기로 했다. 그들의 상처를 사랑으로 매만지며 복되게 하려 한다고 했다. 그중에는 정신과 진료를 받는 아이들도 있는데 꽃제비로 배는 고팠지만 고삐 풀린 망아지처럼 살아온 아이들이라 작은 공간에서 사는 것이 답답하다고 호소하는 아이들이 많았다. 성씨는 리 선생님과 아이들에 대한 이야기를 끝내고 가벼운 포옹과 함께 리 선생님의 등을 다독여주면서 여러 가지로 수고가 많다고 하며 선생님을 사랑한다고 했다. 리 선생님도 성씨의 가슴에 얼굴을 묻고 흐느껴 울었다. 리 선생님을 다정하게 달래고 다음에 만나자고 하고 훈통령에게 갔다. 그리고 장마당에서 벌어들인 이문을 보고했다. 모든 경비를 빼고도 이번 분기에 이백만 달러를 벌었다고 했다. 훈통령은 흡족한 미소로 답했다. 학교법인도 이제 틀이 잘 잡혀 안정되었다고 했다. 특히 임상 경험이 많으신 정신과 의사를 학교법인 상주 의사로 뽑아 학생들 심리 안정에 기여를 한다고 했다. 훈통령은 몹시 기뻐하며 이사장 어머니에게 보고하기로 했다. 학교 운영은 교장과 법인실장과 교사들이 자율적으로 운영하도록 하고 재단 사무실과 이사장실은 통천마을에 작고 아담한 2층 건물을 지어 일을 보기로 했다. 성씨는 보고를 마치고 바로 상경하기로 했다.

　이번에는 케냐에서 보내는 벼 백 톤을 중국을 거쳐 39호실에서 직접 받는데 성씨가 그 대금을 금괴로 받아오기로 했다. 거기에 그동안 성씨에게 임원급 대우를 해왔는데 이제부터는 부사장급 대우를 해주겠다며 보너스로 삼십만 달러를 문 사장은 성씨에게 주었다. 그날 밤 북한으로 간 성씨는 제일 먼저 집으로 달려갔다. 아내는 오밤중에 집에 온 남편을 데리고 안방으로 들어가 꿈인지 생시인지 남편에게 안겨서 기쁨의 눈물을 펑펑 흘렸다. 그리고 성씨는 샤워를 하고 아내와 꿀맛 나는 사랑을 나누었다. 그리고 아내에게 고민 하나를 털어놓았다. 당신에게 미안한데 자기 사정 좀 봐달라고 했다. 아내는 남편에게 아무 말을 하지 말라고 하면서 당신이 지금까지 나에게 믿음과 사랑을 주신 것만 해도 자기는 행복하다고 했다. 그러니 나는 당신을 지금처럼 믿고 있을 테니 당신이 무슨 일을 하든 상관하지 않을 것이니 세상에서 나만이 진정 당신 조강지처라고 해주면 그것으로 족하다고 했다. 성씨는 할 말을 하지 않기로 하고 그러한 아내의 사랑과 배려에 감사했다. 그리고 아내에게 십만 달러를 건네주며 처가 쪽을 챙기라고 했다. 요즘 식량 사정이 안 좋아 돈보다 백미를 구해달라고 했다. 성씨는 알았다고 하면서 이튿날 39호실로 출근했다. 금괴지기는 또 갈렸다. 간부들은 급히 벼 백 톤을 가져온 성 과장을 열렬히 환영하였다. 그리고 최고 존엄의 감사장과 함께 백미 백 킬로그램을 하사받았다. 모든 39호실 직원들이 부러워하였다. 성씨는 오십 킬로그램은 조직원들에게 일 킬로그램씩이라도 나누고 오십 킬로그램은 아내에게 주어서 서로 나누어 먹으라고 했다. 북한 아낙네들은 백미 일 킬로그램이면 며칠을 먹는다. 나물 등을 채취하여 죽을 쑤어서 먹기 때문이다. 이렇게 북한에는 주민들끼리 서로 나누어 먹는 정이 살아 있다. 아파트에서는 위아래층, 옆집 누구와도 형제처럼 살아간다. 그렇게 살아가니 그나마 식량난이 심각해도 버텨나가는 것이라고 한다.

성씨는 받은 금괴를 조직원들을 통하여 문 사장에게 보내고, 39호실의 사정을 챙기고 장마당 사업을 점검하고 장마당에서 곡식을 사서 아내에게 갖다주기로 했다. 오랜만에 성씨는 아내에게 남편 노릇을 하기로 했다. 시 당 간부들도 찾아가 수백 달러씩 나누어주었다. 그러니 평양시에서 성씨는 유지 중 유지이다. 시 당 위원장은 큰 단독 주택으로 이사를 하라고 하는데 성씨는 정중하게 사양하며 지금 사는 아파트도 충분하다고 했다. 시 당 위원장이나 모든 권력자들이 성씨를 받아주고 도와주는 것은 그의 인간적인 매력 때문이다. 때에 맞는 예스와 노가 확실하고 모든 행동거지가 검소하고 청렴하고 자기 노력의 대가도 서로 나누려고 온 힘을 다 쓴다. 그러니 성씨의 주변 사람들은 그로 인하여 행복하다. 곡식들을 잔뜩 가지고 아파트로 온 성씨는 윗집, 아랫집과 양 옆집을 찾아가 인사를 했다. 성씨는 아파트에 산 지가 오래되었지만 다른 집들은 그리 오래되지 않은 상태다. 그리고 그중 한 사람은 당 간부인데 가끔 특식이 나오면 주민들에게 골고루 나누어주며 이웃 간의 정을 돈독하게 하는 사람인데 이번에 내부 갈등으로 원산으로 옮겨 가게 되었다고 했다. 그동안 성씨가 집을 비울 때면 그분이 많이 보살펴주었다고 했다. 그는 김씨였다. 성씨는 김씨에게 직책이 무엇이냐고 하니 원산 시 당 부위원장으로 간다고 했다. 김씨가 권력자에게 돈을 주고 그렇게 해달라고 했다고 한다. 북한에서는 뇌물로 모든 일이 가능하다고 한다. 그래서 원산에서 장마당을 하는 사람들을 잘 봐달라고 하며 천 달러를 주었다. 김씨는 깜짝 놀라며 성씨를 데리고 아내가 없는 방으로 데리고 가 성씨에게 큰절을 하고 고맙다고 하며 이번에 원산 조선 공작소로 노동자로 쫓겨날 판인데 먼 친척뻘이 최고 권력자 측근이라 무려 삼천 달러를 뇌물로 주고 시 당 부위원장으로 가는데, 가서 시 당 위원장과 시 당 간부들에게 인사할 돈이 없었는데 고맙다고 감동의 눈물을 흘렸다.

성씨는 예감이 좋았다. 잘하면 지지부진한 원산 장마당을 활성화할 여건이 되었기 때문이다. 서로 앞으로 돈독한 정을 나누기로 하고 헤어졌다. 그리고 아내와 작별 인사를 하고 함흥으로 갔다. 평양서 함흥까지 가려면 꼬박 하루가 걸린다. 도로 사정이 좋지 않기 때문이다. 함흥, 회령 등지의 장마당은 성씨의 파라다이스를 이루고 있다. 원산 상황은 창고와 항구 문제가 안 풀려 장마당에 물건 값이 비싸다고 하였다. 시 당 부위원장 김씨가 부임하는 시기를 맞추어 원산 담당 그 사람을 보내어 만나서 창고와 밀무역선에 대한 항구 이용권을 따보라고 했다. 원산 담당은 무척 좋아했고 이번에 평양 시민 분산 정책에 의하여 함흥에도 수천 명이 이사를 와서 장마당이 잘 된다고 했다. 원산으로도 수천 명이 올 것이니 장마당에 큰 도움이 될 거라고 했다. 원산 담당은 모월 모일 모시에 시 당 부위원장에게 뇌물 이천 달러를 들고 가 장마당 관련 부탁을 했고 김씨는 적극 도와주기로 했다. 담당자는 김씨에게 장사가 잘되는 대로 이문 일부를 주겠다고 약속했다. 우선 큰 창고가 필요하다고 하니 원산에는 빈 창고가 많으니 알아보고 지정해주겠다고 했다. 그리고 항만 관리자들에게 일주일에 두 번 심야에 항구를 이용할 수 있도록 조치하겠다고 했다.

김씨는 장마당 돈주에게 무슨 일이든 도움을 주고 뇌물을 챙겨 상관들과 보위부 간부들에게 주어서 자기 입지를 빨리 굳히기로 했다. 원산 장마당 담당자는 모든 일이 잘되어 다음 주부터는 원산항에 밀무역선을 댈 수 있다고 했다. 북한 최고 권력자의 지시가 있어서 모든 일이 일사천리로 처리되었다고 했다. 성씨는 보고를 받고 원산에 창고 일부를 개조해서 가게도 열라고 했다. 백미를 돈 많은 부자나 당 간부들에게는 비싼 값에 직접 팔라고 했다. 그리고 거기서 남는 이문만큼 장마당에서 싼 가격으로 넉넉하게 근수를 늘려주라고 했다. 즉 1킬로그램을 사려는 인민에게 1킬로그램 값을 받고 1.2킬로그램을 주라고 했다. 장마당에서라도 인민들의 정과 인심이 살아나 서로 위로가 되기를 빌었다. 성씨는 원산 일도 어느 정도 돌아가는 것을 파악하고 남으로 내려와서 훈통령을 만났다. 그리고 백만 달러의 장마당 수익금을 받아왔다고 보고했다. 장마당에서 장사하는 사람 중 성실하고 인심좋은 사람들을 선발하여 당과 의논하여 가게를 내주면 어떻겠느냐고 성씨에게 훈통령이 말했다.

성씨와 리 선생님의 사랑과
북한의 가게

　요즘 평양 인구를 전국으로 분산하여 이사를 시킨다고 하는데 그 평양 사람들이 각 지역으로 나갈 때 그들에게 가게를 내게 하고 중간 상인을 시키면 일이 잘되지 않겠느냐고 훈통령은 성씨에게 말했다. 성씨는 좋은 생각이라고 하면서 다시 월북하여 함흥, 원산을 거쳐 평양으로 가기로 하고 지난번 이익금 백만 달러 중 오십만 달러는 총무님에게 입금을 시키고 나머지 오십만 달러를 가지고 북으로 가기로 하고 오늘은 리 선생님과 만나서 서로 회포를 풀기로 했다. 리 선생님 방으로 가니 맨발로 나와 성씨를 맞아주었다. 둘이서 서로 뜨거운 포옹을 하며 깊은 키스를 주고받았다. 그리고 자리에 앉아서 그동안 있었던 일을 이야기하고 조금 일찍 나와 리 선생님의 작은 승용차를 타고 호텔로 갔다. 둘이서 첫날밤을 보내야 하니 고급 관광호텔 스위트룸으로 들어갔다. 센스 있는 리 선생님은 미리 준비한 성씨의 속옷과 잠옷을 주며 먼저 샤워를 하라고 했다. 성씨는 새신랑이 된 것처럼 얼굴이 붉게 상기되었다.

　샤워실에 들어가 샤워를 하고 잠옷을 입고 나왔다. 리 선생님도

욕실로 들어가 샤워를 하고 속이 살짝 비치는 고급 잠옷을 입고 화장을 급히 하고 침대에 누워 있는 성씨 옆에 살포시 누웠다. 성씨는 이미 몸에 불이 났다. 그러나 리 선생님께 에피타이저로 온몸에 골고루 키스를 해주며 성감대를 자극해주었다. 아내가 원해서 아내에게 배운 대로 리 선생님에게 애무를 하니 리 선생님은 탄성을 지르며 주요 부위에 물이 흥건했다. 두 사람은 밤새도록 운우지정(雲雨之情)을 나누었다. 두 사람은 서로를 진심으로 몸과 마음으로 깊게 사랑하였다. 두 사람은 저녁을 맛있게 먹고 잠은 각자의 통천마을 숙소에서 자기로 했다. 미스 성 눈도 있고 해서 조심스러웠다. 리 선생님은 아쉬웠지만 서로 이렇게 진정으로 사랑하는 사람과 아름다운 사랑을 나눈 것에 기쁜 만족을 가졌다.

꿈 같은 시간을 보내고 각자의 일터로 갔다. 리 선생님은 애는 안 낳았지만 어제의 일은 평생 잊을 수 없는, 여자가 느낄 수 있는 최고의 희열과 행복을 느꼈다. 그리고 새로운 삶의 의욕을 갖게 되었다. 그래서 더 열심히 자기에게 입적된 아이들을 정성껏 돌보아주기로 했다. 그리고 성씨를 평생 지아비로 모시기로 다짐했다. 리 선생님은 제자 성 총무에게 자신의 비밀을 털어놓으려 했으나 자신만의 비밀로 남기고 싶었다. 혹시 노처녀에게 잘못 말실수를 하면 마음만 상할 듯했다. 성 총무도 삼십이 넘고 좋은 사람을 만나 결혼을 했으면 좋을 텐데 훈통령에게 마음을 빼앗겨 시집 갈 생각은 안 하고 일만 하니 걱정이 된다. 리 선생님이 생각해도 훈통령은 날이 갈수록 공부를 많이 해 지식과 덕을 겸비한 훌륭한 지도자로 성장하는 모습이다. 리 선생님도 그가 한 남자로서 손색없는 자격을 갖추고 있다는 것을 직감한다. 사람을 끌어들이는 자상하고 다정한 성격과 매너가 그것이다. 늘 미소를 짓고 화낼 일을 보아도 화를 내지 않는다. 아이들이 학교에서 큰 사고를 치면 리 선생님 대신에 학교에 가서 선생님들과 학부모님께 정중하게 사과를 한다. 그리고 얼마간의 배상금도 즉시 지급해준다. 그리고 사고를 친 아이를 데리고 리 선생님께 와서 조용히 말로 타이른다. "어머니를 생각해서라도 이제는 다른 아이들을 때려서 피가 나는 일은 하지 말아라. 바르고 온유하게 살아가야지 미래에 큰 부자가 되어서 행복하게 살 수 있단다. 물론 너만 잘못이 있다는 것은 아니다. 상대 아이가 너를 무시하고 괴롭게 한 것을 나도 잘 알고 있단다. 그러나 상대방을 먼저 때린 것은 네가 잘못한 것이다. 참고 인내하고 복수하는 길은 열심히 공부하여 공부로 그들을 앞서면 그들이 오히려 너를 보호해줄 것이다"라고 했다. 학생은 리 선생님께 "어머니 잘못했습니다. 앞으로는 싸움을 안 하겠습니다" 하고 단단히 약속한다.

리 선생님은 그럴 때마다 훈통령을 보면서 젊은 총각이 어디서 저런 심성과 사랑과 인내력이 나오는지 신기한 생각이 들곤 한다. 어느 낭자든지 훈통령과 결혼하면 좋을 것이라고 실제 있지도 않은 상상의 인물에 리 선생님은 질투를 느낀다. 배씨와 강씨의 딸 정이가 생각났다. 정이는 이십대 초반 꽃다운 나이에 성격과 인물이 매우 좋았다. 미스 성이 정이만 오면 눈에 쌍불을 켜고 훈통령과 만나지 못하도록 한다. 훈통령도 일정이 바쁘고 학위 논문 때문에 서울에 머무는 일이 많다. 학교법인 이사장인 훈이 어머니도 산사에서 거의 나오시지 않고 그곳에 머물며 학교 중요한 행사 때나 가끔 나오셨다가 볼일이 끝나면 즉시 산사로 가신다. 법인실장과 성씨가 모든 심부름은 다 하고 있다. 훈통령을 교장이나 선생님들조차도 잘 모르고 북한 아이들을 돌보는 고아원 원장으로만 알 뿐이다. 이렇게 훈통령은 남몰래 수신(修身)에 전념하며 제왕 수업을 스스로 철저하게 받고 있다. 정의파 조직원들이 그야말로 사심 없이 멸사봉공하는 덕분에 모든 어려움을 잘 견디고 움직이며 일을 해나간다. 그리고 훈통령은 자기 내면의 실력과 능력을 쌓고 있는 중이다.

성씨는 평양으로 가서 다른 시로 가는 사람 중에서 예전에 39호실에서 함께 근무하다가 여러 가지 이유로 협동 농장이나 기업소로 쫓겨난 사람들 중 억울한 누명을 쓴 사람들을 몇 명 만났다. 그들에게 평양을 떠나서 다른 도시로 가서 점포를 얻어 장마당에 물건을 대주는 중간 상인을 해보라고 했다. 본인들도 돈을 벌어 좋고 인민들에게도 돈을 벌 수 있게 해주고 먹을 것도 공급하여 배를 곯지 않게 하니 매우 좋은 일이라고 했다. 그리고 기본 자금은 성씨가 대주겠다고 했다. 가능하면 동해 쪽으로 내려가거나 국경 도시로 가면 좋겠다고 했다. 39호실 현직 실세가 하는 말이고 지금까지 살면서 성씨를 보아온 사람들은 모두 그를 신뢰한다. 비록 자신들의 잘못이나 주위의 음해로 39호실을 떠났지만 성씨는 언제나 그대로였고 아무도 모르게 많은 공을 세워 그의 신분과 자유는 최고 존엄과 많은 권력자들이 보장해주고 있다. 지금도 일개 과장 직급이지만 그에 대한 신뢰는 총리급이다. 삼십 년 가까이 39호실에서 세 분의 최고 존엄을 모시고 39호실에서 잔뼈가 굵은 사람이다. 사상도 늘 중도를 지키며 남한 권력자들에게도 멋지고 믿음 가는, 보이지 않는 북한통으로 통한다. 특히 남한의 권력을 등에 업은 문 사장에게는 최고의 북한 사업 파트너다. 그런 성씨에게 가게를 해보겠다는 사람들이 많았다. 그들 모두를 면담하여 우선 열 명을 뽑고 지금까지 39호실 운전기사 겸 성씨의 집사였던 기사가 그들을 관리하기로 했다. 그 기사도 성씨 덕분에 가끔 비리를 저지르고도 잘리지 않고 용케 버텼다. 최근에는 성씨의 청렴결백한 삶을 본받아 그도 정직하고 성실하게 주어진 여건에서 기쁘게 산다. 어려움이 있으면 성씨의 아내에게 부탁을 해서 일을 처리하곤 한다. 그러니 기름 도둑질을 안 해도 된다.

남한보다
좋은 것이 있는 북한

남한에는 없지만 북한에는 있는 좋은 것이 있다고 한다. 남한을 동경하는 아내에게 이야기하며 감사하며 살자고 하면서 가끔 하는 말이다. 평양 시내 공기는 매우 청정하고 산소가 풍부하다. 맑고 투명한 날씨가 대부분이다. 그래서 남한에는 공기청정기라는 것이 필요하지만 북한에서는 그런 것이 필요 없다. 그러니 북한 평양에서 사는 당신은 행복하다고 했다. 서울 공기는 오염되어서 대낮에도 뿌옇고 시내를 한 시간쯤 걸으면 콧속이 새까맣게 된다고 했다. 아내가 그만큼 차가 많고 부자가 많다는 증거가 아니냐고 하면 성씨는 좋은 차들은 돈이 있으면 살 수 있지만 좋은 공기와 자연은 돈으로 살 수 없는 것 아니냐고 말해준다. 또 하나, 우리는 북한에서 똑같은 아파트에 살면서도 윗집, 아랫집, 옆집이 서로 인사를 하며 콩 하나라도 반쪽씩 나누어 먹으려 하지만 남한에서는 윗집, 아랫집은 말할 것도 없고 바로 옆집에 누가 사는지도 모른다고 했다. 따뜻하고 안온한 정이 없다고 했다. 서로 경계를 하고 이웃을 못 믿고 으르렁거리며 살고 있다고 했다. 그래서 탈북민들이 그 정 때문에 남한 사람들에게 사기를 당하고 망하는 경우가 많다고 했다. 아내는 성씨가 말할 때마다 그러냐고 맞장구를 치며 성씨의 말에 공감하며 지금 이웃과 정을 나누며 사는 것에 만족했다. 남북한에서 동시에 살아가는 사람의 말이니 정확할 것이라고 성씨의 아내는 믿는다. 그리고 남한에는 실업자가 많고 그러다 보니 그들 중에는 술을 많이 마셔서 술 중독자들이 거리마다 수두룩하고 정신병자들도 병원마다 넘쳐난다고 했다. 그만큼 남한에는 빈부의 격차가 커서 큰 혼란을 겪으면서 살아간다고 말해주었다.

성씨 아내는 가끔 텔레비전으로 보는 것보다 심각한 이면이 있음을 알았다. 사람들마다 여러 가지 빚으로 쪼들리고 파산하여 자살하는 사람들도 많다고 했다. 자본주의의 단점을 이야기하고 있는 것이다. 북한은 그래도 가난해도 같이 가난하고 먹어도 같이 먹고 안 먹어도 같이 안 먹으니 불평불만이 없지만 남한은 시끄럽고 다른 사람이 잘되는 꼴을 못 본다고 했다. 특히 정치하는 사람들이 대부분 썩어 빠져 있고 국민들을 기만하고 권력을 잡는 데만 혈안이 되어 있다. 북한은 위에서 하는 일에 관심이 없지만 남한에서는 그렇지 못하다고 했다. 북한에 사는 것이 정신적인 건강에는 훨씬 좋다고 하면서 구태여 남한으로 가겠다는 생각은 버리라고 했다. 남한은 그야말로 돈의 천국이라고 했다. 돈으로 권력을 얻을 수 있고 돈으로 모든 탈법, 불법, 비리를 감출 수 있고 대통령이나 시장도 돈이 있어야 될 수 있어 돈을 버는 데 혈안이 되어 있다. 남한 사회는 그 돈 때문에 엄청난 고난을 당할 것이라고 했다. 그러니 39호실 만년 과장으로 북한에서 이렇게 자유를 누리며 먹는 것, 자는 것 걱정

안 하는 우리는 지구상에서 가장 행복한 사람들이고 가족이라고 했다. 성씨의 사상과 이념을 초월한 인생관을 읽으며 아내는 그런 남편을 더욱 사랑하게 되었다.

아내는 또 남한보다 북한이 좋은 것을 말해달라 했다. 성씨는 남한에는 노숙인들이 많아 역전 등에서 노숙하는 사람들이 많다고 했다. 집세를 못 내서 쫓겨나고 아파트 값은 천정부지로 올라가 우리 같은 월급쟁이들은 평생을 살아도 북한에서 우리가 사는 정도 아파트를 서울에서 구할 수 없다고 말해주었다. 그것이 현실이라고 했다. 북한에는 잠잘 집 걱정은 하지 않는다고 했다. 남한은 그 집값 때문에 난리가 나고 있다. 그 집을 사면 웃돈이 붙어 몇억에서 몇십억까지 불로소득을 얻고 있다. 그래서 집 없는 서민들은 상대적 박탈감으로 분노하여 술을 많이 마신다. 그래서 사회적으로 큰 문제를 일으킨다. 밤에 번화가에 가면 마치 미친개들이 날뛰는 것처럼 길거리에서 술에 취해 망나니처럼 살아가는 사람들이 많다. 그리고 일을 해야 할 낮에는 잠만 늘어지게 잔다. 그런 남한 모습을 보면 성씨의 가슴이 찢어진다고 말한다. 북한에는 그런 일은 어디에도 없다. 배고픈 것을 빼고는 오히려 북한의 인민들 삶이 순수하고 아름답다. 북한에 빨리 먹는 문제가 해결되고 남한에는 실업 문제, 주택 문제가 빨리 해결되기를 바란다고 말한다.

북한에서 핵무기는 최후의 보루이다. 최고 존엄이나 군부에서 핵을 포기하려고 해도 할 수 없다. 북한의 핵문제를 미북이 잘 합의하여 좋은 길이 모색되어 윈윈하는 길이 열리기를 성씨는 원했다. 그럴 때까지 남한 문 사장의 노력으로 일부나마 북한의 식량 문제가 해결되니 성씨는 속으로 기쁘다. 아내도 무슨 일인지는 모르지만 남편 성씨가 표시나지 않게 북한 인민들을 위하여 하는 일들이 잘되기를 기원했다. 그들은 영혼과 마음과 몸이 하나인 듯하다. 그러니 잠자리에서 나누는 사랑은 서로에게 극락세계가 되었다. 밤일도 부부가 세상이나 개인에게서 받는 스트레스가 없을 때 행복해질 수가 있고 소위 말하는 오르가즘에 이를 수 있는 것이다. 사람이 동물적인 성적 욕구에만 치중하다 보면 일시적인 잠깐의 쾌감을 남자만 느낄 뿐 여자들은 평생 애 낳는 기계로서의 삶으로 전락할 수가 있다. 옛날 우리 어머니들이 그랬다. 남녀평등 페미니즘 시대에 사는 우리는 서양처럼 여성을 존중하고 사랑해주어야 한다. 그런 의미에서 남자의 우월적 입장에서 여성을 대하면 법적 문제가 일어난다. 성추행이나 성폭력, 모욕 등이다.

우리는 그동안 남성 위주의 문화에서 살아왔지만 이제는 아니다. 여성 우위 시대에 살고 있다. 남자는 여성들을 보호하고 보살펴줄 의무가 있다. 그리고 남한에는 유명 정치인들이 여성 편력 때문에 망신을 당하는 경우가 많다. 특히 권력자들의 여비서들이 당하는 경우가 많다. 북한에서는 그런 일이 드물다. 물론 먹고살기 위해 몸을 파는 여성들도 가끔 있지만 간부들이나 공직자들이 자기 여비서에게 못된 짓을 하는 경우가 없다. 남한에는 매우 작은 권력이라도 있으면 그것을 이용하여 여성에게 나쁜 짓을 하고 돈 버는 일에 골몰한다. 그것은 남한이나 북한이나 권력자들의 특징이지만 남한이 북한보다 기회가 많고 자유가 많으니 더하다는 것이다. 그리고 기본적으로 공직 기강이 북한보다 남한에서 많이 해이해져 있다. 작은 단체나 기관도 마찬가지이다. 틈만 보이면 부정과 비리로 돈을 챙기려고 한다. 그러다 보니 검찰을 무서워해서 검찰의 힘을 빼려고 권력자들이 혈안이 되어 있다. 지금까지 지은 죄가 태산 같고 앞으로도 모두 해 먹어야 하는데 강력한 검찰 때문에 권력자들 마음대로 하지 못하니 검찰의 힘을 빼려고 온갖 공작질을 다 하는 것이 성씨 눈에 보인다. 그러나 그런 짓을 하는 많은 사람들이 국민의 지탄을 받고 있다.

이런저런 이야기를 아내에게 들려주던 성씨는 아내 품에 안기어 잠이 들어버렸다. 이튿날 운전기사에게 장마당 일을 하되 39호실 일도 소홀히 하지 말 것을 당부했다. 운전기사는 명심하겠다고 했다. 요즘 39호실은 일하는 사람이 성씨 한 사람뿐이라는 생각이 든다. 코로나19 우한폐렴으로 국경을 봉쇄하여 북한에서 많이 생산되는 철광석이나 석탄들 수출이 중단되어 39호실 당 자금이 모자라 모든 건설 현장도 중단되었고 유엔에서 최소한의 생필품을 사고팔 수도 없다. 남한에서의 밀무역으로 들어오는 생필품이 전부라고 할 수 있다. 그러니 성씨가 하는 일이 많아진다고 한다. 북한에도 작은 조직이 필요한데 최고 권력자에게 보고한 후 그 조직을 운영하려면 인민의 일을 하려고 만든 조직이 권력자들을 위한 조직으로 변질되고 사적인 조직을 만들면 제 무덤을 파는 경우가 될 수도 있다. 그래서 철저하게 개인 위주로 행동하되 조직 규칙에 어긋나면 읍참마속의 심정으로 잘못한 당사자를 없애버린다. 그것이 원칙이다.

이번 장마당 조직은 운전기사가 북한 총괄을 하되 늘 성씨와 소통하기로 했다. 열 명은 자본금 오천 달러씩을 받아 동해 북쪽 국경

도시로 이사를 했다. 그들은 이사하자마자 함경도 당 위원장을 개인적으로 만나 그들이 사는 도시에서 점포를 열겠다고 신고를 하고 내락서를 받고 뇌물 백 달러를 주고 장사를 하면서 수입이 생기면 정기적으로 또 뇌물을 바치겠다고 하였다. 도 당 위원장도 십여 명이 평양 이주 정책에 따라주고 장사를 한다며 돈까지 바치니 기꺼이 허락해준 것이다. 세상 살아가는 이치가 주고받는 데에서 상생이 있는 것이니 도 당 위원장도 다른 인민들에게 먹을 것과 생필품을 파는 점포를 장려하는 것이 백 번 옳다고 생각했다. 그리하여 또 다른 평양발 성씨의 장마당 사업은 국경 도시에서도 시작되었다. 잘된 일이다. 성씨는 현재 북한 장마당 사업의 규모가 연간 일억 달러는 되는 것 같다고 생각했다. 동해를 통한 것이 삼천오백만 달러이고 문 사장이 서해를 통해 하는 사업이 육천오백만 달러 규모이다. 앞으로 동해 쪽의 규모를 일억 달러 규모로 성장시킬 예정이다. 문 사장의 일은 거의 복면파 조직원들이 알아서 잘해준다. 통천마을과 관계된 거래를 잘 챙기고 김씨를 통한 원산 사업과 세 사람을 통한 청진, 내륙 도시와 재탈북한 두 사람이 하는 사업, 그리고 이번에 국경 도시들에 자리 잡은 열 명, 특히 그 열 명은 코로나19 우한폐렴 사태가 진정되고 국경봉쇄가 풀리면 중국에서 싸게 곡식이나 밀가루 등을 장마당에 푸는 데 그 열 명의 역할이 중요할 것이다.

오십만 달러 중 이십만 달러가 이번 북중 국경 도시 장마당을 열기 위한 개척 자금으로 쓰였다. 그리고 함흥을 비롯한 동해 벨트에서 함흥을 중심으로 하는 물건 대금과 수익 일부를 받아 통천마을로 왔다. 수익금을 성 총무에게 입금시키고 훈통령을 만나러 갔다.

마음에는 리 선생님 만날 생각으로 가득해서 설레었다. 성씨의 마음을 훈통령도 미리 알았는지 훈통령은 어머니 재단 이사장을 만나러 산사로 갔다고 한다. 성씨는 리 선생님의 방문을 노크했다. 리 선생님은 다정한 목소리로 들어오시라고 했다. 문을 열고 성씨가 들어서니 리 선생님은 반갑게 맞이하며 방문을 톡 하고 잠갔다. 리 선생님은 성씨에게 키스 공세를 가하며 "너무 많이 보고 싶었다"며 펑펑 울었다. 성씨는 다정하고 부드럽게 리 선생님을 살포시 안아주며 "나도 당신이 무척 그리웠어요" 했다. 그리고 삼만 달러를 내어주며 필요한 데 쓰라고 했다. 리 선생님은 눈물을 거두고 차 한잔을 정성껏 만들어 성씨에게 주었다. 두 사람은 서로 사랑한다고 하며 헤어진 후 단 일 초도 잊지 않고 살았다고 했다. 성씨는 호텔에서 리 선생님과 나눈 사랑의 기억으로 새로운 힘이 생겨 모든 일이 잘되었다고 하면서 당신의 기운이 나를 젊게 해준다고 고마워했다. 빨리 퇴근하고 호텔에 가고 싶다고 했다. 내일이 휴일이니 오늘은 정식으로 하룻밤을 함께 밤을 새우자고 했다. 성씨는 흔쾌히 그렇게 하기로 약속하고 훈통령 방으로 갔다.

훈통령은 어머니를 만나서 학교재단에서 각 학교별로 필요한 재단 전입금 결재를 받고 어머니도 뵙고 싶어서 산사를 다녀왔다고 하면서 어머니는 부처님 경지에 오르신 것 같다고 했다. 그렇게 세상의 온갖 호사스러운 생활을 하신 분이 모든 것을 끊고 산사에서만 생활하니 이해하기 힘들다고 했다. 벌써 몇 년째 산사에 계시면서 평생 해보지 않았던 설거지나 청소 일을 봉사로 하면서 스님들과 시간마다 예불을 드린다. 그런 어머니께 감사를 드린다고 훈통령은 말했다. 성씨는 훈통령에게 "혹시 정이를 기억하느냐"고 물었다. 그러나 훈통령은 누구냐고 반문했다. "강씨와 배씨의 딸이잖아요. 제가 두만강 중국 국경 마을에서 데려와 공부시킨 아이 말이에요" 하니 언젠가 성씨에게 들었고 쉼터에서 만난 적이 있다고 훈통령은 정이를 기억했다. 당시 당돌하고 곱고 예쁘게 보았는데 지금은 숙녀가 되어서 한 달에 한 번은 통천마을에 온다고 성씨가 말했다. 지난번에 보너스를 나누어주러 가서 강씨에게 들었는데 정이가 훈통령을 면담하고 싶다고 말했다. 훈통령은 학교법인 재단 사무실에 여직원이 갑자기 그만두어 사람이 필요한데 미스 강을 고용하자고 말했다. 그렇지 않아도 직장에서 왕따를 당하고 성희롱에 시달리며 직장 생활하기가 힘들다고 했다는데 당장 내려오라고 연락을 한다고 성씨는 말했다. 훈통령은 그렇게 하라고 하고 내려오면 면접 겸 한번 만나보자고 했다.

이제는 성씨의 눈에도 훈통령의 위엄과 카리스마와 인격이 보였다. 그가 큰 시련을 딛고 몇 년간 수신을 한 결과이다. 문 사장은 그런 아들에게는 관심이 아직도 없다. 어쩌면 그 아들이 몹시 그리우면서도 참고 인내하며 사는지도 모른다. 성씨는 통천마을로 가서 강씨에게 정이에게 다니던 회사에 사직서를 내고 서울 생활을 정리하고 집으로 내려오라고 전했다. 앞으로 정이는 학교법인 재단 사무실에서 근무할 것이라고 했다. 그리고 월급도 지금 서울서 받는 월급거의 두 배를 받을 수 있을 것이라고 했다. 그런데 갑자기 문 사장에게 지금 당장 서울로 올라오라는 연락을 받았다. 리 선생님과 좋은 약속을 했는데 고민하다가 리 선생님께 어차피 내일 휴일이니 보모들에게 아이들을 잠시 맡기고 서울에 같이 가자고 하니 그럴 수 없다고 하며 다음에 서울 다녀와서 만나자고 했다. 일도 일이지만 리 선생님에게 서울은 추억하기도 싫은 지옥이었다. 순수하고 착한 자기 마음과 몸을 앗아간 나쁜 사람들이 우글거리는 서울은 생각만 해도 분노가 치밀고 슬퍼진다. 그런 생각이 갑자기 들어 서울에 안 간다고 단호하게 이야기를 했다. 얼른 올라가 일 보시고 빠른 시일 안으로 다시 만나자고 했다.

성씨는 급히 서울로 올라가 문 사장을 만났다. 남한 권력자가 북한 최고 존엄에게 주는 오억 달러를 밀무역선으로 39호실로 옮겨야 한다고 했다. 성씨는 오억 달러가 든 돈자루들을 용달차에 싣고 모항구에 대기 중인 밀무역선에 실어서 바로 북으로 갔다. 39호실 실장부터 당 간부와 최고 존엄 실세 권력자가 나와 성씨와 오억 달러를 열렬히 환영하였다. 그리고 최고 존엄이 문 사장에게 오백만 달러를 내주고 갖다주라고 했다. 성씨는 즉시 다시 남으로 내려와 오백만 달러를 문 사장에게 주었다. 문 사장은 이미 남한 권력자에게도 천만 달러를 받아 챙겼다. 문 사장은 눈먼 돈 먹는 놈이 광땡이라며 성씨에게 수고비 백만 달러를 주었다. 한두 달 후에 또 한 번 보낼 거라고 한다. 문 사장과는 가능하면 긴 시간 이야기를 안 하는 것이 상책이다. 복면파 조직원들에게 삼십만 달러를 풀었다. 이번에 전한 것은 최고 존엄에게 전하는 약재로 위장했기 때문에 돈이라는 것을 아는 사람은 문 사장과 성씨뿐이다. 돈이라는 사실이 알려지면 한국은 미국과 유엔의 제재를 받는다. 그러니 이런 일은 쥐도 새도 모르게 하는 것이 원칙이다. 복면파는 완전한 룰 속에서 옆 동료가 무슨 일을 하는지도 모른다. 각자 하는 일은 두목을 통해서 성씨에게 전달된다. 문 사장도 지시나 보고는 성씨를 통해서 받는다. 그러니 복면파는 문 사장이 만들었고 문 사장의 월급을 받지만 차명 계좌로 받고 누가 누군지는 서로 철저하게 모른다.

그렇게 임무를 완수하고 성씨는 통천마을로 와서 세 사람에게 그동안 장사를 한 내용을 보고받았다. 세 사람 모두 제법 규모를 갖추고 차질 없이 북한 장마당에 물자를 대고 있었다. 그동안의 수익 일부를 좋은 데 써 달라고 십만 달러를 세 사람이 모아서 주었다. 성씨는 고맙다고 하며 좋은 데 쓸 것을 다짐하고 돈을 받았다. 그리고 정의파 조직원들에게도 문 사장에게 받은 돈에서 삼십만 달러를 풀었다. 성씨는 문 사장이 주는 돈으로 친구를 사는 데 최우선적으로 쓰기로 했다. 그리고 자기가 챙겨야 할 탈북 어린이들과 탈북해서 남한에서 정착하지 못하고 헤매는 사람들을 돕는다. 특히 최근 정권에서 핍박을 받는 탈북민들을 남몰래 돕는다. 그것이 그가 선하고 착하게 사는 방법이라고 생각한다. 우리들은 무엇이든지 하는 일에 장애가 오면 포기하는 경우가 있지만 성씨는 그 장애를 역전의 기회로 만드는 선수라고 강씨가 말한다.

훈통령, 정이, 성 총무,
리 선생님과 성씨의 인연

 정이가 서울 생활을 마치고 시골로 내려왔다. 갓 피어난 한 송이 장미꽃을 닮아 예쁘고 귀엽고 단아하였다. 성씨는 정이를 데리고 훈통령을 만나러 갔다. 훈통령은 성씨와 정이를 반갑게 맞아주었다. 정이는 경영학과 전산학을 복수 전공하였다. 죽을 고생을 하다가 성씨에게 구원받아 지금은 부모님과 꿈 같은 생활을 하고 있다. 성품이 좋고 예의범절도 있고 규수로서 수업도 잘 받은 것 같았다. 그러나 누나에게 익숙해진 훈통령은 정이가 숙녀처럼 보이지 않았다. 그래도 그의 미모와 인품은 매우 인상적이었다. 훈통령은 정이와 이런저런 이야기를 하면서 전공한 학문으로 학교법인의 가장 효율적인 운영 방법에 대해 학교 측 관계자들과 잘 소통하면서 연구해보라고 했다. 정이는 열심히 배우며 일하겠다고 하면서 밖으로 나갔다. 통천마을 총무에게 인사를 했다. 미스 성은 정이를 보자 그녀의 소녀 같은 모습이 부러웠다. 앞으로 자주 만나자고 했다. 언니가 많이 가르쳐주라고 주문했다. 알았다고 하면서 훈통령과 무슨 이야기를 했느냐고 물었다. 훈통령은 정이에게 학교 측과 상의하여 재단이 잘 운영되게 해달라고 했고 자기는 그렇게 한다 했다고 했다. 지금은 성씨 아저씨와 이야기를 나누고 있다고 했다. "언니가 나보다 더 예쁘고 어리게 보여요. 그 비결이 뭐예요?" 하고 정이는 엉뚱한 질문을 성 총무에게 했다. "그 비결은 내가 하는 일에 열중하고 이상적인 사람들과 사랑을 나누며 사는 것이지"라고 했다. 정이는 "언니! 오늘부터 언니를 친언니처럼 대해도 괜찮지요?" 했다. 정이의 그런 태도가 성 총무는 마음에 들었다. 그래서 정이에 대한 모든 경계를 풀고 친자매처럼 지내기로 했다.

훈통령은 어느덧 누나에게 반하여 웬만한 여자들은 여자로 보지 않는다. 벌써 누나는 삼십이 넘었고 훈통령도 꽉 찬 이십 대이다. 훈통령 어머니는 훈통령에게 결혼 이야기를 하지 않는다. 결혼에 대하여 회의적인 생각이 많고 결혼을 안 하고도 잘 살고 있는 스님들이 좋아 보이기 때문이다. 그런데 엉뚱한 사람들이 훈통령의 결혼을 부추긴다. 통천마을 주민들이다. 훈통령만 만나면 이제 적령기이니 함께 사실 사모님을 만나 장가를 가라고 한다. 훈통령은 별 신경을 쓰지 않고 살아간다. 누나가 알뜰살뜰 챙겨주어 불편한 것이 하나도 없다. 훈통령은 누나에게 자기는 누나만 있으면 되니 결혼할 생각이 없다고 했다. 그럴 때마다 누나는 쾌재를 부르지만 은근히 걱정도 된다. 훈통령이 자기를 영원히 누나로 대하면 서로 오누이로 평생을 살자는 것인데 그것이 큰일이다. 그래도 어찌되었든 지금에서 훈통령과 함께 살아가고 있는 지금이 행복했다. 현재 누나는 훈통령과 함께 침대만 쓰지 않을 뿐 부부생활을 하는 거와 같다. 아침도 일찍 챙겨주지, 점심도 함께 먹지, 저녁도 챙겨주고 별장에서 함께 지낸다. 그러니 모르는 사람들은 두 사람이 부부인 줄 안다. 그러나 아는 사람들은 두 사람의 인품을 알기 때문에 오해를 하지 않고 다정한 오누이로 지내는 것으로 알고 있다. 성씨도 두 사람의 관계를 너무나 잘 안다. 그러나 훈통령은 미스 성을 친누나로 대하고 누나는 훈통령을 상상의 남편으로 생각하며 사는 것이 누나의 입장이다. 이렇게 서로 남남으로 태어나서 친 남동생과 누나처럼 한 지붕 안에서 살아간다는 것은 어디에서도 찾아보기 힘들다. 별장이 넓고 누나 이외에도 경호원들도 있고 운전기사도 있지만 그래도 두 사람은 서로 존중하며 사랑을 나누며 살아간다.

그러나 밤마다 누나는 외롭고 고독하다. 훈통령 방으로 가고 싶지만 참고 견디고 있다. 성씨는 북한 사정을 훈통령에게 알리고 북한에서 걷어온 수익금은 성 총무에게 주었다고 했다. 훈통령은 그동안 학교를 위하여 고생한 성씨에게 어머니 이사장이 전해주었다고 말하면서 이십만 달러가 든 가방을 성씨에게 건네주었다. 모든 것을 투명하고 공정하게 일을 처리하여 재단법인에 백억 이상의 돈을 절약할 수 있게 했다는 것이 공인회계사의 결론이라고 말해주었다. 성씨는 감사하게 받았다. 그리고 리 선생님에게 갔다. 리 선생님은 꿈인가 생시인가, 이번에는 짧은 기다림 속에 나타난 낭군님이 고마웠다. 성씨는 자랑스럽게 이십만 달러에 얽힌 이야기를 하면서 돈 가방을 리 선생님께 전해주며 시내에 큰 아파트라도 하나 사서 신접살림을 하자고 했다. 리 선생님은 당신을 잠깐 만나고 기다리는 시간이 많은데 넓은 아파트에서 하세월 기다리는 것도 괴롭고 그냥 이곳에서 지내는 것이 좋으니 이 돈은 자기가 보관하고 있을 테니 당신이 필요할 때 언제든지 갖다 쓰라고 했다. 성씨는 그렇게 하겠다고 하고 서로 당분간은 호텔에서 사랑을 나누기로 했다.

　퇴근 시간만 기다리다 리 선생님은 차를 몰고 '칼퇴근'하여 미리 가서 샤워를 하고 성씨가 기다리는 호텔로 갔다. 둘은 호텔에서 만나자마자 이성을 잃은 듯 부둥켜안고 서로를 애무하며 깊은 사랑을 나누었다. 두 사람은 서로 꼭 껴안으며 한 몸, 한 마음, 한 영혼이 되었다. 리 선생님은 아직도 잉태가 가능하다. 성씨와 같은 멋진 아들을 하나 가지고 싶었다. 성씨는 그날 밤 이상한 꿈을 꾸게 되었다. 꿈에 땅에서 하늘로 올라가는 용트림을 보았다. 무슨 좋은 일이 있을 것 같았다. 성씨는 그 이튿날 하루를 숙소에서 푹 쉬고 그날 밤 밀무역선을 타고 북한으로 가서 함경도 중국 국경 마을에 열어놓은 점포들을 일일이 방문하여 장사 현황을 살펴보았다.

북한을 방문한 성씨
그리고 가게들 현황

　돈주 겸 전포주들이 평양 출신들이라 머리도 잘 돌아가고 당 간부들의 도움으로 장사가 잘되는 것 같았다. 점포마다 남한서 올라온 물자로 가득 찼다. 장마당 장사가 잘된다고 했다. 모두 잘되어서 부자도 되고 인민들에게도 큰 도움이 되어 배를 곯지 않았으면 좋겠다. 각 점포마다 물건을 사가려는 장마당 사람들과 직접 물건을 사러온 당 간부들로 문전성시를 이루고 있었다. 국경이 열리면 이들은 큰 부자가 될 것이다. 가는 곳마다 먼저 자본금으로 준 돈을 갚겠다고 해서 그것은 그냥 준 것이니 갚아줄 필요가 없으니 그 돈으로 쌀을 사지 못하는 인민들에게 도움을 주고 돈을 많이 벌면 더 겸손해지고 돈 욕심 내지 말고 자나깨나 굶주리는 인민들이 없나 살펴보라고 했다. 돈주 겸 점포주들은 모두 성씨의 그런 태도와 인품에 감화되었다. 성씨는 이렇게 국가에 충성하고 인민들을 사랑하였다. 이렇게 모든 인민들이 남한의 쌀을 먹으며 물자들을 쓰며 남한 국민과 동질감을 가졌으면 좋겠다고 성씨는 생각한다. 언젠가 북한의 인민과 남한의 국민이 서로 환호하며 만날 그날을 꿈꾸며 성씨는 오늘도 보이지 않게 숨어서 조용히 일한다.

　시간이 빠르게 지나간다. 점포 열 곳을 들르는 데만 삼 주나 걸렸다. 함흥, 원주, 청진으로 가서 그곳 상황도 챙겼다. 이번에는 쌀 이백 킬로그램을 사람들을 사서 지게에 지도록 해서 시내에서 산속으로 들어가 움막 생활을 집단적으로 하는 산골 마을을 방문하기로 했다. 큰길에서 네 시간 정도 좁은 산길로 걸어 들어가야 한다고 했다. 마침 일꾼 중에 그 마을에 곡식을 가지고 가서 귀한 약초로 바꾸어 오는 사람이 있어서 그 마을을 찾기가 쉬웠다. 쉬엄쉬엄 걸어서 산길 몇 굽이를 돌아 그곳에 도착하니 점심시간이 되었는데 산에 따비밭을 일구어 고구마, 감자, 옥수수를 심어서 수확을 하고 장터에 내다 팔았다. 이십여 가구 오십여 명이 살고 있었다. 이들은 선구자적인 사람들이다. 국가에서 주는 배급을 포기하고 산속으로 이주해 들어와 자연이 내주는 열매, 뿌리, 나물, 약초 들을 채취하거나 캐고 뜯어서 먹고 산비탈에 밭을 만들어 농사도 지으며 살았다. 성씨는 이십여 가구에 백미 십 킬로그램씩 나눠주고 돈도 백 달러씩 나누어주며 열심히 살라고 하고 함께 간 일꾼들 중 면식이 있는 그 사람이 마을에 오면 마을에서 채취한 나물이나 약초들을 그 사람과 함께 가져와 장마당에서 거래하다가 못다 판 것들은 그 일꾼이 알려주는 중간상 점포로 가면 모두 사줄 것이니 그렇게 하라고 했다. 그리고 여러분 처지를 당에서도 이해하고 눈감아주고 있으니 기죽지 말고 당당하게 살아가라고 했다. 성씨는 마을 사람들이 싸준 약초와 산나물을 한 짐 짐꾼에 지워서 가지고 나왔다. 그리고 중간상에 가져다주니 이런 것들은 당 간부 부인들이 잘 사가는 것이라고 하며 귀한 약초라고 했다. 그 사람에게 산에 사는 산사람들이 장마당에 나오면 잘 대해주고 가격도 잘 쳐서 사주고 당 간부들에게 제대로 돈을 받고 팔라고 했다. 그는 성씨의 말대로 그렇게 한다고 했다.

이제 서서히 늦여름이 되어간다. 그래도 지금은 수확철이 다가오니 북한 경제 사정이 나아지겠지만 근본적인 문제가 해결되려면 최소한 십억 달러는 있어야 이런저런 최고 존엄 치적 사업도 완성되고 외국에서 정제유도 들여오고 식량도 해결될 것 같다는 것이 39호실 만년 성 과장의 추측이다. 성씨는 이번에는 평양으로 가서 39호실 동향도 살피고 아내도 만날 예정이다. 39호실 사무실로 갔는데 모두 풀이 죽어 있었다. 일단 급한 대로 삼십만 달러를 실장 간부에게 주고 분위기가 왜 그러냐고 하니 어떤 놈이 금괴 삼백 킬로그램을 중국으로 빼돌리려다 보위부에 걸려서 39호실 모 과장이 연루되어 퇴근도 못 하고 대기 중이니 성 과장은 빨리 집으로 가라고 했다. 삼십만 달러라도 전했으니 급한 불은 끌 것이다. 운전기사 말에 따르면 압록강에서 소형 배로 금괴를 싣고 가다가 보위부 감시선의 검열을 받아 걸렸는데 거기서 돈을 주고 해결하거나 금괴 몇 개를 꺼내주면 될 것을 권총을 들고 날뛰다가 체포되고 보위부에 신고되어 불똥이 39호실까지 튀었다고 했다. 금괴는 39호실에밖에 없다고 하면서 저 난리가 났다고 했다.

오늘은 집으로 가기 싫었다. 문 사장을 만나서 의논하기로 했다. 일억 달러를 다시 가져오면 분위기가 반전될 것 같았다. 바로 항구로 가서 어선을 가장한 공작선을 타고 남한으로 가서 서울 문 사장을 만나서 북한의 최고 존엄에게 주기로 한 일억 달러를 하루빨리 북한에 보내야 한다고 했다. 문 사장도 그것을 잊고 있었다면서 모처로 전화를 했더니 그렇지 않아도 내일까지 사무실로 물건이 갈 거라고 하면서 천만 달러는 이미 송금했다고 했다. 문 사장은 이번에는 북한에서 돈을 주면 성씨가 알아서 쓰라고 했다. 그러나 성씨는 거래는 거래라고 하며 얼마를 주든 받아 오겠다고 했다. 이튿날 물건을 밀무역선에 싣고 무사히 항구에 도착하여 급하게 39호실로 연락하여 차를 보내라고 했다. 큰 것 하나가 도착했다고 했다. 보위부 트럭이 금방 왔다. 39호실 분위기가 급반전하고 최고 권력자들이 몇 명이나 달려왔다. 최고 권력자 중 한 사람이 오백만 달러를 다시 주며 당장 문 사장에게 전하라고 했다. "성 과장은 우리 공화국의 최고 보배로운 일꾼이요. 최고 존엄 동지가 이 사실을 알면 최고 훈장을 줄 것이요" 했다. 아무튼 문 사장 덕분에 39호실 분위기가 급반전한 것에 성 과장은 만족하고 오백만 달러를 싣고 내려와 문 사장에게 전하였다. 문 사장은 이번에는 이백만 달러를 가져가라고 했다. 성씨는 그냥 사무실을 뛰쳐나왔는데 문 사장이 따라나와 저거 안 가져가면 인연을 끊겠다는 엄포에 할 수 없이 가지고 나와서 복면파에게 보관하라고 했다. 일단 탈북민 중 빚으로 고생하는 몇 사람을 뽑아서 그들 빚의 족쇄를 풀어주기로 했다. 선량하고 착한 사람인데 북한에서 핍박을 받다가 남한으로 온 사람 열 사람을 골라서 십만 달러씩 백만 달러를 쓰기로 했다. 그리고 복면파와 정의파 조직원 중에 가난하게 사는 사람들을 돕는 데 오십만 달러를 쓰기로 했다. 성씨가 하는 그런 선행을 문 사장은 잘 알고 있다. 그리고 문 사장이 하는 모든 일을 다 알면서도 한번도 말을 실수하여 문 사장을 곤란하게 한 적이 없다. 문 사장과는 완전히 다른 사람이다. 문 사장이 오죽하면 성씨를 자기 마음속 스승으로 삼았을까? 하는 일마다 세상 사람들을 놀라게 해놓고 본인은 숨어버린다. 문 사장은 나머지 삼백만 달러를 복면파 조직원을 시켜서 성씨에게 전달하였다. 성씨는 말없이 문 사장 사무실이 있는 곳을 향하여 절을 했다. 문 사장이 돈 출처를 비밀로 하라고 했기 때문에 출처도 모르는 돈을 받았지만 성씨는 그 돈이 문 사장이 보낸 것이라는 것을 알았다.

이번에는 복면파 조직원과 함께 삼백만 달러 중 백만 달러는 남겨 두고 이백만 달러를 들고 다시 평양으로 가서 백만 달러를 최고 존엄에게 바치고 백만 달러는 최고 권력자 다섯 명에게 남한의 문 사장이 보낸 돈이라고 하며 전해주었다. 그리고 바로 집으로 가서 아내에게 십만 달러를 주면서 마음대로 쓰라고 했다. 지금까지 아내에게 준 돈 중 최고액수이다. 성씨는 잠시 소파에 앉아서 졸았다. 잠시 존 것 같았는데 착한 아내는 남편을 소파에 누이고 푹 자도록 했다. 깨어보니 땅거미가 지고 있었다. 오늘은 아내와 옥류관 냉면을 먹으러 가자고 하니 저녁식사로 산삼 삼계탕을 준비했다며 함께 먹자고 했다.

성씨와 아내의 깊은 사랑과
성씨의 활약

아내는 성씨와 밤새워 만리장성을 쌓고 싶은 마음뿐이다. 삼계탕을 먹고 아내는 설거지를 할 생각도 안 하고 샤워를 하러 갔다. 그리고 당신도 빨리 샤워하고 방으로 오라고 했다. 오늘 따라 아내가 급하게 서둘렀다. 성씨도 싫지 않았다. 오히려 행복했다. 성씨는 샤워를 하고 실오라기 하나 걸치지 않고 침실로 갔다. 아내의 온몸이 이미 촉촉했다. 성씨도 아직은 건강하다. 아내의 달아오른 모습을 보자 이미 모든 것이 완벽하게 준비되었다. 두 사람은 엉겨서 한 시간 넘게 여러 번의 오르가즘을 느꼈다. 세상에서 이렇게 황홀하고 기쁜 일은 없을 거라고 서로 생각했다. 오로지 성씨를 기다리는 마음으로 힘이 들면 자위를 하면서 남편을 오매불망했다. 성씨는 그런 아내에게 최상의 기쁨을 주고 싶을 따름이다. 두 사람은 두런두런 남한에 사는 여인네들 삶을 이야기했다. 솔직하게 이야기하면 남한 여인들은 북한 여인들에 비하여 화려하고 멋지지만, 도덕적 윤리 관념은 북한 여성 같지 않고 여성들도 모두 일을 해야 하니 부부간의 금슬이 북한보다 못하다고 했다. 남자는 남자대로 여자는 여자대로 자기 마음대로 좋을 대로 살아가고 이혼을 쉽게 하도록 해놓아 누구든 싫으면 바로 헤어져 남남이 되고 만다고 했다. 여성 운동가들도 있는데 그들이 여성을 희롱하고 농락하는 경우도 종종 있다고 한다.

북한 사람들보다 남한 사람들은 종종 거짓말을 잘하고 허풍과 과장이 심하다고 했다. 이제 그만 이야기하자고 했다. 아내는 성씨에게 우리처럼 이렇게 나이를 먹어서도 성생활을 할까 물었다. 글쎄, 자세히 알 수는 없지만 성씨가 아는 어떤 유력한 사람은 아내를 넷이나 거느리고 산다고 했다. 아내는 깜짝 놀랐다. 그런 일이 남한에 있다면 여자가 살기에는 북한이 훨씬 좋다고 아내는 말했다. 그러나 일단 부부 금슬이 좋으려면 경제적으로나 정신적인 문제가 서로에게 없어야 하는데 남한 사회 체제가 정신적인 스트레스가 많고 빚을 많이 지고 살아서 부부가 금슬이 좋을 리가 없다고 했다. 그러니 남한은 이혼율과 자살률이 세계에서 최고라고 했다. 남편의 말을 들은 성씨 아내는 남한에 대한 동경이 모두 사라졌다. 오히려 북한에서 한 남자를 그리워하며 살다가 이렇게 가끔 만나서 깊은 사랑을 나누며 사는 자신이 행복하다고 생각했다. 아내는 남편이 일로 나가서 안 들어오는 날마다 가슴에서 남편을 꺼내서 보려는 생각을 하면서 잠든 남편을 찬찬히 보며 남편 모습을 가슴에 담는다.

이튿날 성씨가 39호실에 들르니 문 사장에게 보낼 최고 존엄의 친필 감사 편지와 훈장 메달이 와 있고 성 과장에게도 외화 벌이와 장마당 활성화에 기여한 공으로 최고 존엄의 훈장과 부상을 받았다. 상금으로 오만 달러를 받았다. 최고 존엄의 훈장은 코로나 바이러스 우한폐렴으로 간접 수여로 받았다. 상금은 39호실 조직원들에게 골고루 나누어주고 임무 수행을 위해서 원산으로 가면서 운전기사 에게 훈장과 부상들로 나온 소고기와 술, 백미를 아내에게 가져다 주라고 했다. 그리고 일하러 갔다고 하라고 했다. 그리고 문 사장에 게 전달할 것들은 함께 하는 조직원에게 전하라고 했다. 이번 선물 은 최고 존엄도 아껴 마신다는 이백 년 된 백사가 살아 숨 쉬는 듯 하는 백사주와 산삼 등 귀한 선물이다. 문 사장이 흥분해서 기뻐할 그림을 그리며 성씨는 피식 웃었다. 이번 일로 성 과장은 자유롭게 마음껏 선하고 착한 일을 무한정 할 수 있다. 어떤 이념도 그를 해 치지 않는다. 최고 존엄도 이해하고 남한 권력자들의 행태도 이해하 려고 노력한다. 이 세상에서 착한 사람의 향기를 누구도 싫어하지 않는다. 남한 국민들도 북한 인민들도 그 향기에 환호한다. 문 사장 도 이해하고 그 아들 훈통령도 사랑한다. 성씨는 자신이 살아온 인 생의 궤적에 오점을 남기지 않으려고 애를 썼다. 무슨 일을 하든지 조직원들과 함께 최선의 길을 택하고 한 사람도 피해를 볼 일은 하 지 않았다. 사전에 치밀하고 현명하고 세심하게 챙기고 또 챙겼다. 무슨 일을 하든지 여지를 남기고 최선의 길을 선택하고 그 길을 가 면서도 신중하고 정직하게 걸어갔다. 그의 그런 인격과 품격, 사상 을 초월하고 체제를 초월하고 돈과 권력을 초월하여 아무런 제재도 받지 않고 착하고 선한 길을 뚜벅뚜벅 걸어서 가는 데 지장이 없는 것이다.

성씨는 세 사람과 두 사람 북쪽 국경 도시들 열 사람을 만나서 셈 을 하여 현금을 받아서 오라고 조직원들에게 시켰다. 원산에서 김씨를 만났는데 시 당 부위원장이 자기에게는 딱 맞는 자리라고 했다. 김씨는 성 과장처럼 직책에 상관없이 만년 부위원장으로 살면서 고통받는 인민들 마음을 달래주고 사랑하는 데 여생을 바치겠다고 했다. 성 과장 덕분에 이제 나이 육십줄에 정신을 차렸다고 한다. 평양에 있을 때 어떻게라도 당 간부들을 쥐어짜서 상부에 아부하여 한 직급이라도 더 올라가려고 애를 썼는데 이제 그런 생각을 버리니 만사가 편하다고 했다. 그리고 점포들을 몇 개 운영하면서 장마당 중간 상인들과 손잡고 도와주니 매월 일정액의 세금이 들어와 그 돈으로 산속으로 들어가 초근목피로 연명하는 사람들에게 먹을 것과 입을 것을 대주고 그들이 그곳에서 자립할 기반을 마련해주고 주거 환경도 개선해 주고 있다고 했다. 김씨는 자신의 부와 힘을 인민들을 위하여 쓰기로 했다며 즐거워했다. 그런 모습을 보면서 성씨도 한시름 놓으며 기뻐하였다. 성씨는 산속에서 살아가는 북한판 자연인촌은 어떤 모습으로 변했을지, 추위가 가까워오는데 덮을 담요라도 잘 갖추고 있는지 걱정이 되었다.

일단 약초를 모으기로 한 중간상을 찾아갔다. 그런데 그곳에 산삼 몇 뿌리를 들고 산에서 내려온 사람을 만났다. 얼굴은 처음 만났을 때보다 많이 좋아 보였다. 그리고 성씨를 보자 감사하다고 했다. 마을 사람들이 여러 가지 약초들 씨도 뿌려서 재배를 하면서 평화롭고 행복하게 살아간다고 했다. 이번에 백 년 된 산삼과 그 새끼 삼을 캤는데 선생님께 그냥 드릴 테니 가져가라고 했다. 성씨는 이천 달러를 주면서 천 달러는 산삼 값이고 천 달러는 가구당 오십 달러씩 나누어주고 겨울용 옷이나 이불을 사라고 했다. 그렇게 하겠

성씨와 아내의 깊은 사랑과 성씨의 활약

다고 하면서 그 산 사람은 성씨에게 큰절을 하고 점포를 떠났다. 물건 값들은 물건 댄 정의파 조직원과 탈북하여 남한에서 가족들과 정착한 사람들이 수금해가고 이익금 계산은 성씨에게 했다. 이제 그 규모가 매우 커졌다. 북한 인민들에게 장마당 식구들이 운영하는 고아원을 운영하든지 아니면 함흥시에서 운영하는 최고 존엄 고아원을 지원할까 생각을 한다. 그런데 그 고아원에 지원한다는 소문이 퍼지면 상당한 문제가 생길 것 같았다. 북한 내에 꽃제비들이 먹을 수 있고 잘 수 있는 시설을 만들고 싶었다. 길거리마다 많은 꽃제비들이 있다. 물론 이곳과 원주 등 신흥 돈주들은 그들 나름대로 남몰래 돈도 나누어주고 먹을 것도 주었다. 꽃제비 출신이 남한에서 우여곡절의 삶을 살다가 국회의원이 된 사람도 있다. 꽃제비들도 누군가 잘 보살펴주면 그 고난을 이기고 나라에 필요한 인재가 될 것이다.

시내와 떨어진 깊은 산중에 집을 짓고 그들이 모여 살면서 배고프지 않게 공부도 할 수 있는 공간을 만들고 싶었다. 그래서 돈주에게 지형을 보아 건물을 지어보라고 삼십만 달러를 주었다. 돈주는 그 일은 일단 당 간부와 상의를 해서 그들의 묵인을 받아내는 것이 우선이라고 했다. 그러니 알아서 한번 추진해보라고 했다. 건물은 물건을 쌓아놓을 창고를 짓는다고 하고 터를 넓게 잡아 운동시설도 만들고 공부방도 만들고 해서 사오십 명이 살 수 있게 해달라고 했다. 돈주는 세 사람이 모여서 숙의를 해서 그들의 활동 구역에서 가까운 깊은 산중에 건물을 근사하게 짓기로 하고 당 간부와 보위부에 뇌물을 주고 허가를 받고 땅도 사용승인을 받았다. 그리고 건설

팀 상무를 만나 상담을 했더니 땅 삼천 평에 방 열두 개짜리와 목욕실, 공부방 등 오십 명 정도가 먹고 자고 놀고 할 집을 짓는 데 이십만 달러만 있으면 되는데 내장재 등 건설 자재가 없다고 해서 성씨는 필요한 자재는 모두 대줄 터이니 건설비에서 빼달라고 했다. 상무는 흔쾌히 대답하고 노임은 매일 지급하는 걸로 해주기로 하고 건설을 시작했다. 정의파 조직원 일부와 밀무역선 하나를 건설 자재와 아이들이 쓸 이불 등 침구와 주방용품 등 일체를 구입해서 북으로 보내어 육 개월 내로 모든 공사를 마치기로 했다. 봄부터 공사를 하면 가을쯤 아이들이 입주하여 마음껏 자유롭게 살아갈 수 있는 그림 같은 단층집과 창고를 몇 개 지어 물자 보관을 그곳에 할 예정이다. 장마당에서 수익 일부를 북한 어린이들을 위하여 쓰게 되어 성씨는 기뻤다. 공사는 당장 시작되었다.

　상무도 상당히 통쾌한 사람 같았다. 꽃제비들이 모여 살 집이라 하니 공기를 단축시켜 하루빨리 아이들 일부라도 거리를 떠돌지 않고 살게 해야겠다고 결심하고 공사에 전념하였다. 그 아이들을 돌보는 사람들 몇 가족은 평양을 떠나야 하는 사람들 중 다섯 가구를 뽑아서 데리고 오라고 운전기사에게 말해놓았다. 다섯 가구가 살 집도 단층으로 드문드문 지으라고 했다. 일사천리로 공사가 마무리되었다. 드디어 성씨는 그곳으로 평양에서 이주해온 사람들과 만나서 앞으로 꽃제비를 수용해서 살아갈 계획을 짰다. 우선 해안가나 역전 등에 있는 아이들을 한 일주일씩 머물다 가도록 했다. 자유롭게 살던 아이들이 또 가둔다고 생각하면 십중팔구 도망을 간다. 그러니 그것을 방지하기 위하여 일주일만 먹여주고 재워준다 하라고 했다. 그리고 한 끼만 먹고 가는 아이들도 잡지 말고 자유롭게 드나들게 하라고 하였다. 그리고 갔던 아이가 다시 와도 밥을 주고 잔다고 하면 반드시 목욕을 시키고 옷을 갈아입히고 재우라고 했다. 아이들이 외계인처럼 초췌하고 옷이 꼬질해서 안돼 보였다. 일주일을 머무는 아이들에게는 마침 미용 기술이 있는 분이 계셔서 머리도 깎아주어 깔끔해 보였다. 와서 밥만 먹고 가는 아이들이 대부분이다. 먼저 있던 고아원에서 선생님들께 매를 맞은 아이들도 있고 배가 고파도 말을 못 하게 체벌을 받은 경험이 있기 때문이다. 그래서 아이들에게 모든 자유를 주고 그들이 머물고 싶다는 의사를 표시하면 그 기간을 조금씩 늘려가는 방식을 취하는 것이다. 한번 다녀간 아이들은 다시 올 때는 몇 명씩 와서 배고픔을 달래고 갔다. 아예 점심식사 시간은 무료 급식소로 운영하기로 했다. 주변에 배고픈 사람들이 많이 온다. 어떤 때는 통천마을에서 오는 통돼지를 바비큐로 만들어 주기도 하고 소고깃국에 이밥도 준다. 주변에 많은 어린이들이 모여들어 백 명이 넘을 때가 많다. 모든 비용은 돈주들이 대지만 특별히 쌀과 고기는 통천마을에서 대주고 있다. 각 장마당 지역마다 무료 급식소를 운영하면 좋겠다는 의견을 성씨가 내자 모든 돈주들이 흔쾌히 수락하고 각 장마당 근처에 점포를 이용하여 무료 급식을 실시하기로 했다. 하루에 한 번, 열두 시부터 네 시까지 운영하기로 했다.

성씨는 오랜만에 문 사장을 만나러 갔다. 문 사장은 성씨를 반갑게 맞이하며 조만간 이쪽 권력 핵심부에서 삼억 달러를 북으로 보내는 용역을 문 사장이 따냈다고 하면서 성씨가 그 일을 맡아달라고 했다. 성씨는 조용히 고개를 끄덕였다. 지난번 최고 존엄이 보내준 백사주와 산삼을 먹고 큰 효험을 보았다고 좋아했다. 산삼이 있으면 얼마든지 살 테니 구해달라고 했다. 그러면서 그동안 밀린 성과급과 월급이라며 백만 달러를 주었다.

문 사장의 변신과 원대한 꿈
그리고 위대하지만 작은 성씨

성씨는 고맙다고 받았다. 그리고 문 사장에게 문 사장이 하는 것으로 하고 북한의 큰 도시마다 무료 급식소를 운영하자고 했다. 그리고 그 경비는 문 사장이 운영하는 장마당 수익금 일부를 출연하고 케냐 농장에서 나오는 쌀로 운영하자고 했다. 문 사장은 좋은 아이디어를 준 성씨에게 감사했다. 그리고 대북 복면파 라인을 통해서 북한 최고 존엄에게 전하여 허락을 받았다. 이제 미리 펼쳐놓아 내심 불안했던 성씨의 무료 급식 사업이 문 사장에 의하여 공식화되었다. 일주일 후 성씨는 일억 달러를 기지고 39호실에 갔다. 이번에는 39호실 조직원과 당 간부들이 도열하여 성 과장을 환영하였다. 그리고 최고 권력자들도 세 명이나 왔고 오백만 달러를 문 사장에게 갖다주라고 하며 행랑을 하나 주었다. 세 최고 권력자들에게 십만 달러씩 나누어주면서 문 사장이 개인적으로 쓰라고 주었다고 하니 성 과장 공이 크다며 크게 기뻐했다. 그들은 돈 행랑들을 차에 신고 어디론가 사라졌다. 성 과장은 자기가 받은 성과급을 39호실 간부들에게 오백 달러씩 풀고 직원들에게는 백 달러씩 풀었다. 성 과장은 북한에서 영웅 대접을 받는다. 그러나 그는 늘 순수하고 언제나 여전하고 겸손하고 말이 없다. 늘 평안한 얼굴로 미소를 띨 뿐이다.

운전기사는 열심히 자기에게 주어진 임무에 대해 착실하고 성실하고 청렴했다. 자기 주인을 닮아가고 있었다. 예전에 기름을 훔쳐 팔다가 죽을 처지에서 구해준 성 과장에게 충성하는 길은 그가 그렇게 변화된 삶을 사는 것이라고 생각했다. 그리고 사람이 책임을 가지고 돈을 버니 책을 보며 공부를 많이 했다. 그리고 주인의 덕을 본받아 착하고 선한 일에 동참하는 것이다. 운전기사에게 각 시마다 있는 돈주들을 중심으로 무료 급식소를 열라고 했다. 하루 한 번 열두 시부터 네 시까지 하는 걸로 하고 꽃제비 아이들을 우선 먹이라고 했다. 그리고 차차 터를 마련하여 집을 짓고 창고로 쓰면서 아이들이 마음대로 드나들며 잠자고 놀고 밥 먹게 하라고 했다. 운전기사는 돈주들과 의논해서 급한 대로 급식소를 운영하면서 다른 일도 추진하겠다고 했다. 그리고 시간을 내서 함경도 모처에 가서 꽃제비들을 위한 무료 급식소 겸 숙소를 보고 그곳을 건설한 상무를 만나 계획대로 집을 지으면 된다고 일러주었다. 집에서 며칠 꿈 같은 시간을 보내며 평안도, 황해도 쪽 무료 급식소를 여는 문제를 해결하고 남한으로 내려와 문 사장을 만났다. 북한에서 돈 오백만 달러와 많은 선물을 가져왔다고 했다. 그러면서 무료 급식 사업에 대하여 보고했다. 한 달 후부터 아직 무료 급식을 하지 않는 각 시에 무료 급식소가 운영될 것이고 그러다 꽃제비들 쉼터도 준비될 것이라고 했다. 거기 들어가는 경비는 문 사장이 모두 댄다고 하면서 이번에 북한서 내려온 오백만 달러와 수수료로 받은 삼천만 달러 중

천만 달러를 줄 터이니 모든 사업을 계획대로 하라고 했다.

　문 사장도 정말 많이 변했다. 이제 건설 자재를 몰래 나르는 배가 필요하다고 하니 작은 중고 화물선을 사라고 했다. 요즘엔 한 백만 달러만 주면 명의 변경 없이 용선으로 쓸 수 있는 배가 많다고 했다. 그런 배를 수소문해서 구하라며 그들이 배를 가져오면 인수할 선장, 갑판장, 기관장, 조타수 등 선원들을 먼저 구해놓으라고 했다. 그리고 가능하면 그들이 북한 사람이면 좋겠다고 했다. 성씨는 북한 사람보다 제3국 사람들이 더 나을 것이라고 했다. 현재 아무리 몰래 드나들어도 보는 눈도 있고 위성도 있는데 그런 배를 운영하는 자체가 어려운 일이니 있는 배를 최대로 이용하자고 대북 라인 복면파 조직원이 주장했다. 문 사장과 성씨도 그의 말에 일리가 있다고 생각하고 현재 어선을 가장한 선박을 이용해 모든 물자를 나르기로 했다. 지난번의 건설 상무를 만나러 가기 전에 성씨는 훈통령과 정의파 조직원들을 만나기 위하여 통천마을로 갔다. 훈통령 사무실에 들르니 훈통령과 성 총무, 리 선생님이 무엇인가 의논을 하고 있었다. 리 선생님은 시치미를 뚝 떼지만 얼굴에는 좋다는 기색이 나타났다. 훈통령은 성씨를 반갑게 맞이해주었고 성 총무도 기쁘게 성씨를 맞았다. 어디를 가나 환영을 받는 성씨이다. 넷이서 어린이집 이전 문제를 의논했다. 아이들도 오십여 명이 되어서 함께 살기는 힘들고 고등학생들과 중학생들은 기숙사에서 생활하지만 방학이 되면 그들만을 위해서 기숙사와 식당을 운영하기가 힘들기 때문이다. 그래서 통천마을에 어린이집과 학생관을 신축하기로 했다. 이제 통천마을은 숨겨진 탈북 주민들을 위한 최고, 최대의 시설이 되었다. 마을 분위기는 평화롭고 아름다웠다. 철마다 제철 곡식과 채소들이 풍성하고 아이들도 잘 성장하고 특히 마을 주민들 사이에는 정이 넘치고 궂은일은 서로 먼저 하려고 나선다. 북한의 풍습에 따라 전통 음식을 서로 만들어 나누어 먹기도 한다. 가끔 꿩을 사냥해오면 꿩 만두를 만들어 별미로 훈통령을 초청하여 잔치를 열기도 하고 소나 돼지를 도축하는 날이면 잔치를 연다. 강씨 부부는 늦둥이 재롱에 늘 기쁘다. 그들은 냉면 틀을 만들어 북한식 냉면을 종종 만들어 마을 사람들에게 별미를 맛보게 한다.

지상 낙원이 바로 통천마을이다. 눈물 없는 진정한 세상이 바로 이곳 통천마을이다. 모든 일은 이장 우씨를 중심으로 똘똘 뭉쳐서 일하고 모든 수익금은 공동체 적립금을 빼고 나머지는 마을 사람들에게 균등하게 나누어준다. 사회주의와 자유민주주의의 좋은 점만 취해서 현실에 적용하는 것이다. 물론 자유시장경제 체제의 좋은 점도 원칙으로 정하고 있다. 이제 과일도 많이 생산되어 전량 북한으로 보내어 꽃제비들을 위한 무료 급식소에 보내고 과일 대금은 북한 돈주들이 계산한다. 보내준 과일은 일부 당 간부들과 중간 상인들에게 비싸게 팔리기도 한다. 권력자가 존재하지 않는 통천마을은 스스로 주민 자치에 의하여 잘 돌아간다. 그들에게 세금 내라고 하는 사람도 없고 뇌물을 바치라고 하는 사람도 없지만 그들은 열심히 노동을 하여 농사를 짓고 스스로 충분히 먹고 남는 것은 가난한 이웃들이 먹을 수 있도록 싸게 북한 장마당에 판다. 그렇게 서로가 행복을 주고받으며 살아간다. 그들의 자녀들은 모든 교육이 무료이다. 그동안 공동체 기금으로 모아놓은 돈이 훗날 그들의 자녀들 교육비가 되고 그들 노후 대책도 될 것이다. 그러니 통천마을에 사는 사람들은 하루하루 하늘로부터 부여받은 일을 하며 하늘과 구름, 비바람이 내어주는 곡식들을 수확하면서 스트레스 없이 단란한 가정에서 서로 인생을 즐기며 살아간다. 마을 안에서 몇 년간 서로 다투거나 싸움을 하는 모습을 보지 못했다고 한다. 얼굴에는 늘 미소가 가득하다고 했다. 그런 것은 모두 북한 체제에서 공산사회주의를 체험했고 남한 체제에서 자유시장경제 민주주의를 경험하며 쓰라린 사상의 허구를 몸으로 느끼며 스스로 절묘한 진리를 깨닫고 두 사상의 좋은 점을 구현하는 그들의 노력 덕분이다.

통천마을 학교 발전과
이상적 비전

통천마을 학교에서는 북한에서 내려와 사상 전향을 한 선생님들이 전교조에 가입하지 않고 역사도 올바르게 가르친다고 한다. 학교도 모두 교장을 중심으로 토론을 하면서 자율적으로 운영된다. 특수학교 법인 사학으로 운영되나 국가의 도움을 전혀 받지 않으니 복잡하고 잡다한 행정업무에서 벗어난 선생님들은 자유롭게 자신의 교과 과목을 깊이 연구하여 학생들을 가르치는 일만 하고 출퇴근도 자율적으로 해서 선생님이 배정받은 수업 시간에만 충실하면 나머지 시간은 선생님 시간이고 날마다 학생들 일과를 담당할 선생님 몇 분씩 당직을 하는데 한 달에 두 번만 하면 된다고 한다. 학생들 수업도 자율에 맡겨 수업하기 싫으면 수업에 꼭 들어오라고 강요를 하지 않는다고 한다. 학생 스스로 필요하면 수업을 듣는 방식이라고 한다. 하지만 기말 시험에서 육십 점이 넘지 못하면 과락을 하여 상급 학년으로 올라갈 수가 없다고 한다. 그러니 자율적인 환경에서도 공부를 열심히 한다고 한다. 학생들의 사상도 강요하지 않는다고 한다. 공산주의를 공부하든 민주주의를 공부하든 수업 시간 외 그들이 하는 공부에는 누구도 그들의 사생활을 침범하지 않는다고 한다. 그러나 선생님들은 거짓이나 왜곡을 가르치지 않고 사실 그대로 가르친다고 한다. 남한의 좋은 점도 가르치고 북한의 좋은 점도 가르친다고 한다. 그러니 학생들은 남북한에 대한 편견이나 갈등이 없이 스스로 배우며 느낀 것이 그들의 사상이 된다고 했다. 김일성 주석의 주체사상도, 이승만 대통령의 자유민주주의에 근거한 반공주의도 지금은 그 간격이 많이 줄어들고 있다. 하지만 현실은 그 사상이 권력자들에 의하여 극단적으로 반목하지만 국민과 인민들은 그저 정다운 이웃일 뿐이라고 선생님들은 가르친다고 한다. 아무리 사상이 중요하고 권력을 누린다 해도 그 사상 때문에 전쟁을 유발시켜 수백만 명을 죽이고 유엔군 및 미군이 그 사상 때문에 이십여만 명이 죽었다면 그 사람의 과거의 치적이 아무리 크다고 해도 그는 전범일 뿐이다. 마찬가지로 극단적인 반공을 자기 정권 유지 수단으로 삼고 무고한 백성들을 희생양으로 삼았다면 이루 헤아릴 수 없는 큰 과를 저지른 것이다.

정권 권력자들은 동서고금을 막론하고 자기 자신을 보호하기 위해서 반대파를 죽이거나 핍박을 했다. 하지만 이제는 선진국 대열에 끼일 만큼 우리나라 국력이나 품격이 세계적으로 유명해졌다. 그래서 이제는 모든 과거사를 사실 기반으로 논하고 과를 부풀리거나 잘한 것까지 왜곡하지 말고 사실 그대로 가르치며 훈통령이나 성씨처럼 그렇게 살아가면 되는 것이다. 김일성 주석은 해방을 맞으며 일제 잔재를 확실하게 청산하고 소련의 막대한 원조를 받아내어 북한 인민들이 잘살도록 해주었다. 특히 빈민이나 소작농으로 살던 사람들에게 자유와 해방을 주고 지주들의 횡포를 없앴다. 그리고 한동안 북한을 잘 통치하였다. 그러나 권력욕에 사로잡혀 그때까지도 나라 형태도 갖추지 못한 남한을 공산화하려고 한국전쟁을 일으켜 수백만 명이 죽어갔다. 그리고 지금까지 서로 권력자들은 앙숙으로 살아간다. 그러나 인민과 국민들은 서로 뭔가를 나누며 깊은 정으로 살아가고 있다. 그렇게 학교 교육도 정의와 공정으로 이루어지고, 최고 권력자들도 거짓과 속임수로 다른 사람들을 곤경에 빠뜨리지 말고 법과 원칙을 따른다면 진정한 행복을 누릴 수가 있을 것이다. 그래야 국민과 인민도 평화롭게 살아갈 것이다.

리 선생님은 만나기로 한 호텔로 먼저 가서 성씨를 기다리는데 성씨가 오지를 않는다. 성씨는 훈통령과 여러 가지 일들을 의논하고 지금까지 모든 수익을 성 총무에게 주고 그간의 대차대조표를 확인했다. 성씨는 성 총무가 혼자 애쓰는 모습이 측은해 보였다. 일도 좋지만 좋은 짝을 맞아 행복하게 사는 것이 더 좋을 텐데 하는 생각을 했다. 남녀 간의 참다운 사랑으로 이루어지는 부부간 혹은 남녀 간의 잠자리의 환희는 세상에서 가장 멋진 하늘의 선물이라고 성씨는 생각한다. 성씨는 리 선생님이나 아내 모두 한 몸이라고 생각했다. 저녁 늦게 택시를 타고 호텔에 도착하여 리 선생님이 기다리는 방으로 갔다. 리 선생님은 성씨를 보자 성씨 품에 안기어 마구 울었다. 성씨도 왠지 모르게 울컥했다. 지난번 헤어질 때는 약속만 하고 정도 나누지 못하고 서로 아쉬운 이별을 했다. 반년이나 지나서 만나는 날이다. 그러니 서로가 만나는 것도 기쁘며 서럽고 짧은 시간 정을 나누고 이별을 해야 하니 매우 슬픈 일이다. 그것이 서로의 운명이니 어찌하랴. 하여간 오늘은 이렇게 만났으니 그동안 쌓였던 회포를 풀고 서로 사랑을 밤새워 나누자고 리 선생님이 성씨에게 다정히 속삭였다. 성씨는 리 선생님을 소중한 보석을 다루듯 조심하여 그가 이끄는 대로 장단을 맞추며 그의 온몸을 달구어 촉촉하고 행복하게 해주었다. 시간이 몇 시간 흐른 것 같다. 두 사람은 새벽에 개운한 마음으로 샤워를 하고 남의 눈을 피하여 각자 숙소로 돌아갔다. 그리고 그날 밤 성씨는 북으로 갔다. 이제 또 겨울이 다가오는데 거리의 아이들은 어떻게 지내는지 살펴보기 위해서이다. 성씨는 어느 순간부터 꽃제비 아이들이 눈에 밟혀 가끔 잠을 이루지 못한다. 지난겨울에는 함경도 길거리에서 어린 아이가 네 명이나 동사한 것을 성씨가 사람을 시켜 수습하여 매장을 해주었다. 올해는 그런 일이 없도록 돈주들과 장마당 식구들에게 부탁을 했지만 겨울이 다가오면서 직접 그들을 독려하고 무료 급식소 운영 실태도 점검해보려고 한다. 성씨는 일단 함흥에서 세 사람의 돈주를 만났다. 무료 급식소와 고아원은 잘 운영되고 있다고 했다. 그리고 상무는 창고 겸 숙소 급식소 건물을 서해 쪽 도시에 함흥과 똑같은 규모로 여덟 개나 짓고 아홉 번째를 짓고 있다고 했다. 남한의 이름 모를 사람이 거액의 건설 자재를 대주어서 건물들을 짓고 있다고 했다. 참 세상에는 비밀은 없구나 하는 생각을 하면서 성씨는 그들이 하는 말만 들었다. 한 돈주가 산 사람들이 가져온 산삼을 잘 보관해 놓았다. 모두 삼십 뿌리가 되는데 백 년이 넘은 것들이라 삼십억은 갈 거라고 했다. 성씨는 이번 수익 배당금은 산삼으로 달라고 하니 반은 돈을 주었고 반은 성 과장님께 드리라고 산 사람들이 놓고 갔다고 한다. 산 사람들이 일군 산촌 마을은 도 당 위원장이 정식 마을로 인정해주어 지금은 도시 사람들보다 소득 수준이 높다고 했다. 그들이 산으로 먹을 것을 찾으러 온 꽃제비들을 죽을 고비에서 구해주고 그곳에서도 열 사람을 보호하고 있으며 고아원으로도 데려온다고 했다. 성씨는 산촌 마을에 가보고 싶었다. 그곳에 가서 살펴보고 산촌 마을이 가난한 북한 인민들에게 또 다른 대안이 될 것이라는 생각을 했다. 정의파 조직원에게 산삼 삼십 뿌리를 남한의 통천마을 성 총무에게 갖다주고 마을 냉장창고에 잘 보관하라고 했다. 그리고 수익금 일부 오십만 달러는 늘 가지고 다녔다. 원산 김씨도 이제는 만년 부원장이지만 돈주의 반열에 올랐고 무료 급식소를 운영하며 중간 상인들에게도 덕망 있는 사람으로 인정받으며 살고 있었다. 모든 것이 성 과장 덕분이라며 삼만 달러를 좋은 일에 쓰라고 주었다. 이렇게 북한에서 성씨와 인연을 맺은 사람들 수십 명이 재벌 수준의 신흥 돈주들이 되었다. 그리고 그들은 굶주리는 인민들을 구제하는 데 앞장서고 있었다. 청전(淸錢)으로 부를 축적하였다. 그리고 그 돈을 선하고 깨끗하게 쓰고 있다.

이튿날 함흥으로 와서 장마당에 나온 산촌 사람을 만났다. 돈을 벌어서 작은 원동기 자전거에 물건을 잔뜩 싣고 나왔다. 취나물, 도라지, 고사리 등 산에서 나온 것을 채취하여 파는데 중간 상인들에게 인기가 좋았다. 당 간부 사모님들이 좋아한다고 했다. 그 사람은 그 산촌의 촌장이다. 북한 인민들은 서로 모이면 자율적으로 공동체를 만들고 함께 공동으로 살아가는 길을 모색한다. 그리고 대표를 뽑아 그 사람을 중심으로 뭉쳐서 모든 문제를 해결해나간다. 산촌 마을은 성씨가 다녀간 후 각종 기구를 구입하고 산을 개간하여 옥수수 농사를 많이 지어 식량도 충분히 비축해두고 남는 것은 장마당 중간 상인들에게 넘긴다. 산삼도 캐서 돈주에게 맡겨서 팔았고 열다섯 뿌리는 성씨에게 전해주라고 했다고 했다. 촌장에게 성씨가 산촌에 며칠 머물고 싶다고 하니 손님이 올 것을 대비해서 손님 방도 따로 만들어놓았다고 했다. 누추하지만 지내는 데 지장이 없다고 했다. 산촌으로 들어와보니 몇 년 전에 다녀갈 때와는 딴판이었다. 마을 회관을 한옥으로 훌륭하게 지어놓았고 태양열 발전시설을 해서 마을 회관에 큰 냉장, 냉동 시설도 해놓아 사냥한 멧돼지, 꿩 등 고기들이 가득 있었다. 꽃제비들이 머무는 집도 남녀 구분을 해서 돌과 흙을 이용해 잘 지어놓았다. 모든 것이 제대로 잘 갖추어진 산촌 마을이 되어 있었다.

촌장도 사람이 정직하고 성실하며 인정이 많은 사람이라고 마을 사람들이 모두 인정했다. 성씨는 마음이 흐뭇했다. 손님 방도 제법 잘 꾸며놓았다. 이런 산촌 마을도 몇 군데 더 발굴하여 도와주면 도시에서 살면서 배급에 의존해 살면서 강제 노역에 동원되지 않고 국가 체제에도 위협이 안 되어 국가적으로도 도움이 될 것이라고 성씨는 생각했다. 최고 존엄과 주변 권력자들도 이들의 삶을 어느 정도 인정을 했으니 큰 걱정은 안 해도 되지만 언제 어느 때 이들의 삶이 무너질지 걱정도 된다. 성씨는 문 사장에게 이야기를 해서 최고 존엄에게 산촌 마을을 잘 육성하여 북한과 왕래가 잦아질 때 관광 산업으로 육성하면 많은 돈을 벌 것이라고 이야기하기로 했다. 꽃제비 청소년들을 만나서 "이곳에 좋은 책들을 보내줄 터이니 겨울에 사냥도 즐기며 짬짬이 책을 읽으며 공부도 해라. 그리고 너희들도 자치 공동체를 만들어 어른들을 도와주며 놀 때는 놀아도 최소한의 노동도 하도록 해라. 그러면 노동의 대가를 받도록 해주고 각자의 이름으로 달러로 모아놓도록 하겠다. 그리고 겨울에 산에서 사냥하는 것들도 따로 장마당에 내다 팔아서 너희들 몫으로 모아주겠다"고 했다. 아이들은 "정말이요?" 말하며 기뻐했다. 그 아이들은 어른들을 믿지 않는다. 부모들이 그들을 고아원에 맡겼기 때문이다. 그래서 성씨는 십 달러씩을 나누어주면서 "너희와 약속의 증표이다. 함께 노력하여 배 곯지 않고 눈물 없는 좋은 세상을 만들어보자"고 했다. 그곳에 얼굴도 잘생기고 기골이 범상치 않은 녀석이 있었는데 그가 왕초로 나섰고 모두가 박수를 쳐서 그를 따르기로 했다. 왕초는 담요와 겨울옷이 필요하다고 했다. 성씨는 아이들이 필요한 옷과 따뜻한 침낭을 보내줄 것이라고 약속을 했다. 산촌에서 순수하고 다정한 사람들, 아이들과 지내다 보니 시간이 빨리 흘러갔다. 아이들은 자기들도 아저씨를 따라가고 싶다고 했다. 시간을 가지고 고민하자고 하고 일단 산촌을 나와 평양으로 가서 아내를 만났다.

두 사람은 서로 반가워했고 꿈만 같았다. 이번에는 꽤 오랜만에 만나는 기분이 들었다. 반년은 넘은 것 같다고 했다. 나이가 들고 세월이 갈수록 두 사람의 사랑은 더 살가워지고 도타워지며 애틋해졌다. 사랑의 연륜이 쌓일수록 더 큰 행복을 누렸다. 아내가 차려주는 밥상은 서로 마주 앉아 먹는 것만으로도 기쁘고 즐겁다. 그리고 아내는 언제 올지 모르는 남편을 위하여 끼니를 정성껏 준비하여 남편과 함께 먹는 것처럼 먹는다고 한다. 그렇게 식사 준비를 하는 것이 행복하다고 했다. 성 과장은 이튿날 아내가 차려준 아침식사를 하고 39호실로 출근하였다. 오랜만에 39호실에 오니 직원들과 간부들이 열렬히 환영해주었다. 늘 받는 환영이지만 매번 새롭고 기분이 달랐다. 이번에는 39호실에서 무료 급식소를 열어 인민들에게 큰 도움을 주고 있다며 성 과장과 39호실에 최고 존엄의 특별한 배급권이 나왔다고 했다. 모두 문 사장 덕분에 이렇게 된 것이다.

산촌 마을과
문 사장의 관광 사업

요즘 다른 사업은 변변치 않은데 성 과장 사업이 39호실 존재감을 크게 하고 있다고 모두 좋아했다. 이번에도 문 사장에게 보내는 친필 서한과 백두산 최고급 산삼을 최고 존엄이 하사했다며 문 사장에게 전달하라고 했다. 운전기사에게 맡긴 임무는 모두 완성되었다며 보고를 받았다. 각 시별로 열 군데에 무료 급식소를 만들고 창고와 쉼터를 완성하여 꽃제비 아이들이 이용하고 있으며 무료 급식 시간에는 나이 지긋한 일반 인민들도 와서 이용한다고 했다. 장마당도 활성화되어 많은 돈을 벌고 있다고 했다. 그러면서 운전기사의 활동 구역에서 번 수익금 중 이만 달러를 성씨에게 주면서 좋은 일에 쓰라고 했다. 운전기사가 기특했다. 성씨가 생각해도 북한 사람들은 정직하고 성실한 것 같다는 생각을 해본다. 벌써 몇 년째 장마당을 하면서 사기를 치거나 돈을 떼어먹고 도망가는 사람들이 없었으니 말이다. 그리고 자기가 번 돈으로 무료 급식소를 운영하며 꽃제비들도 적극 도우니 말이다. 이기심이 있거나 탐욕을 부리지 않기 때문이다. 아마도 성씨의 사랑과 인덕의 실천을 그들이 모두 본받을 것이다. 그리고 워낙 큰 가난과 배고픔을 경험한 터라 다른 사람의 입장을 이해하고 그들을 돕는 데 익숙한 것이다.

일단 성씨는 그날 밤 남한으로 와서 문 사장 사무실을 방문했다. 문 사장은 언제나 여일하게 성씨를 환영한다. 먼저 최고 존엄의 친필 서한과 천 년이 된 고급 산삼을 전해주었다. 문 사장은 만면에 희색을 띠고 기뻐하며 친필 서한을 보고 고개를 갸우뚱했다. 친필이 아니고 누군가가 대필한 것 같다는 느낌을 받았기 때문이다. 그러나 내색은 하지 않았다. "문 사장님 지원 덕분에 39호실 사업으로 열 군데 시에 열 개의 무료 급식소와 꽃제비 숙소와 창고 등을 무사히 잘 지었고 그 공로가 모두 문 사장님으로 돌아가 북한의 최고 권력자들은 문 사장님을 영웅시하고 있지요" 했다. 말이 없던 성씨가 그런 말을 하니 문 사장도 사실로 믿으며 좋아했다. 그리고 성씨는 문 사장에게 산촌 마을 이야기를 나누며 문 사장이 북한에 산촌 마을을 조성하여 미래에 북한의 관광 사업으로 육성하겠다고 하면 미래 사업으로 매우 유망할 것이라고 했다. 문 사장도 성씨의 의견에 백 퍼센트 맞장구를 쳤다. 우선 산속으로 이주하여 이삼십 가구씩 모여 사는 산촌들을 마을로 조성하여 그들에게도 잘살 수 있게 해주고 그곳에 산촌에 걸맞은 숙소를 지어서 산촌 체험 사업을 하면 좋을 것이라고 성씨는 문 사장에게 정보를 주었다. 문 사장은 당장 대북 라인을 가동하여 도시를 탈출하여 산속에서 살아가는 사람들에게 주거를 안정시키고 그들에게 산촌 마을을 정식으로 인정해주면 문 사장이 그런 곳을 선택하여 주택도 지어주고 그들의 생활을 안정시킬 자금도 북한 최고 존엄 이름으로 대주겠다고 했다. 북한에서 최고 권력자들 생각도 좋은 사업이라 생각하고 북한 산촌 체험 관광 사업 독점권을 문 사장에게 주었다.

문 사장은 대남 정부 라인을 가동하여 북한이 이런 사업을 허락했다며 남북한 협력 기금에서 이억 달러를 지원해줄 것을 요청하고 남한 당국자에게 백두산 산삼을 바쳤다. 결국 문 사장은 이억 달러를 지원받아 일억 달러를 39호실에 바치고 나머지 일억 달러는 산촌 마을을 설립하는 데 필요한 건설 자재와 장비를 구입하여 북한으로 보내기로 했다. 일단 일억 달러는 당장 성씨를 통하여 39호실에 전달하도록 준비하여 밀무역선에 싣고 대북 복면파 조직원과 함께 북한으로 오밤중에 갔다. 꼭두새벽인데 부두에는 돈을 실어 갈 보위부 차량이 기다리고 있었다. 차에 달러 행랑을 실어 보내고 운전기사가 몰고 온 차를 타고 아내가 기다리는 아파트로 갔다. 아직은 꼭두새벽이다. 성씨는 운전기사에게 백 달러를 주었다. 또 다른 운전기사였기 때문이다. 운전기사는 차문을 열어주면서 무척 기뻐했다. 북한에서 백 달러 가치는 운전기사가 만져보기 힘든 돈이기 때문이다. 북한 돈으로 백미 이백 킬로그램을 살 돈이 된다.

성씨는 다른 사람들, 특히 북한 인민들에게 준 돈이 많이 있다. 자신이 자신을 생각해도 인복과 돈복을 타고난 사람이라고 굳게 믿는다. 좋은 상사들과 좋은 아내, 좋은 이웃들, 누구나 성씨를 만나면 좋은 사람으로 변한다. 성씨는 아파트 초인종을 눌렀다. 아내가 바로 나와 문을 열어주며 성씨 목에 매달렸다. 간신히 떼어놓고 문을 잠그고 거실로 갔다. 아내는 성씨가 오는 꿈을 꾸면서 새벽을 맞았는데 꿈에서 깨자마자 초인종 소리가 들려서 누구냐고 물어보지도 못하고 문을 열어주었다고 하였다. 아내에게 그런 말을 들으니 성씨는 눈물을 글썽이며 고맙다고 하면서 평생을 기다리며 살게 해서 미안하다고 했다. 아내는 그 기다림은 늘 행복과 기쁨을 주었다고 말해주었다. 성씨는 샤워를 하겠다며 샤워실로 들어갔다. 성씨가 나오자 아내도 잠깐 화장실 겸 샤워실로 들어갔다. 성씨와 아내는 침실로 들어가 둘이 다정하게 깊은 잠에 빠졌다. 이튿날 점심식사를 아내와 한 후에 39호실 사무실에 가니 최고 존엄 주변 권력자들이 39호실에서 성 과장을 학수고대했다고 한다. 물론 십만 달러의 효과도 컸지만 요즘 39호실에 다른 실적이 없는데 성 과장은 여전히 일억 달러씩을 가져오니 최고 존엄이나 모든 최고 권력자들에게 힘과 용기를 주는 것이다. 그러니 그를 만나려고 오는 것이다. 오는 사람들마다 북한의 최고 권력자로서 성 과장을 자기 사람으로 만들고자 하지만 권력에는 미동도 하지 않으니 그들의 애를 태운다. 성씨는 권력이라는 속성을 너무나 잘 알고 있고 잘못 줄을 섰다가는 어느 순간에 아무런 이유나 죄도 없이 목숨을 잃는다는 사실을 너무나 잘 알기에 그런 일은 절대로 하지 않는다. 다만 그들을 인정하고 그들을 정중하게 대하며 그들의 수고에 감사할 뿐이다.

이번에도 어김없이 문 사장에게 오백만 달러를 하사했다. 그것을 복면과 조직원을 통하여 문 사장에게 보내고 최고 권력자들에게 십만 달러씩 삼십만 달러를 주어 보냈다. 그리고 39호실 조직원과 실장에게도 달러를 나누어주었다. 금괴도 팔아달라고 금괴 과장이 애원하였다. 알아보겠다고 했다. 요즘 남한에서는 권력 심장부를 겨눈 검찰의 칼이 무서워 권력자들이 미동도 하지 못하여 금괴 거래가 쉽지 않다고 했다. 운전기사와 산촌 마을에 대한 이야기를 했다. 산으로 들어간 사람들 중 부락을 이루고 사는 곳을 열 군데만 찾으라고 했다. 모든 조직원을 동원하여 찾으라고 했다. 운전기사는 이제 39호실 중요 요직의 차석이 되었다. 운전과장이 된 것이다. 스스로 거기까지 차고 올라갔다. 자세히는 모르지만 성 과장의 덕도 보았을 것이다. 운전과장은 성 과장과 마찬가지로 더 이상 권력이나 자리에는 관심이 없다. 39호실 과장 직책 그 하나로 모든 것이 다 이루어진다. 어디든지 갈 수 있고 북한 내에서 본인 처신만 겸손하고 정직하고 청렴하며 뇌물을 잘 쓸 줄 알면 모든 일을 다 할 수 있는 위치이다. 그런 자유를 누린다는 것은 본인의 성품과 자기 상관의 성격과 인격, 그리고 부단한 겸손과 충성이다. 처음 시작한 자기의 소신을 끝까지 변함없이 지키는 것이 장수의 비결이다. 상관이 누구든 그 상관을 잘 모시고 그에게 도움이 되는 일을 하여 행동으로 실천하여 임무를 잘 수행하고 책임을 다한다면 모든 일이 만사형통이다. 하루하루가 내 운명을 가르는 날로 생각하며 최선을 다한다면 아무리 엉터리 군주라도 백성을 사랑할 수 있게 할 수 있다는 것이 성씨의 생각이다. 군주에게 겸손하고 백성을 진실로 사랑하여 그들의 배를 굶기지 않는 애민사상으로 가득하다면 그가 공산주의든 민주주의든 아무 상관이 없다. 오직 애국·애민으로 나라와 국민을 생각하며 작은 개인이라도 그렇게 힘을 쓴다면 나라는 나라대로, 국민은 국민대로, 그 개인은 개인대로 발전할 것이다. 최고 권력자가 국민을 최우선적으로 생각하지 않고 자기 개인적인 사심과 자기 파 감싸기에 나선다면 그 최고 권력자는 미련하고 어리석어 그 권력을 잃고 비참한 최후를 맞고 만다는 생각을 성씨는 늘 명심하고 있다. 나 한 명이라도 정의와 공정을 생각하며 살아가고 그것을 위해서 나의 욕심을 자제하고 현명하게 살아가는 기틀을 마련하고자 늘 용기를 내는 성씨이다.

성씨는 한 달 동안 운전과장의 보고를 받으며 북한에 여러 산골에 이십여 가구씩 혹은 삼십여 가구씩 숲이 우거진 산골마다 주민들이 오륙십 명씩 모여서 산다는 사실을 파악하고 남한으로 내려가 문 사장에게 보고할 예정이다. 그곳까지 건설 장비를 옮기려면 군의 도움으로 헬기로 건설 물자를 나르든지 주민들을 동원하여 지게로 날라야 한다. 그 일은 건설팀 상무에게 맡기기로 했다. 운전과장은 주민을 동원하여 하자고 했다. 그러는 것이 인민들에게도 도움이 되고 산촌 사람들에게도 도움이 될 거라고 했다. 군을 동원하면 뇌물도 들어가고 소문이 나면 좋을 것이 없을 것이라고 했다. 그리고 사람들에게 노임을 주면 장마당 경제에도 큰 도움이 될 것이라고 했다. 건설 자재를 큰길 옆에 쌓아놓고 나르려면 창고를 짓는 것이 우선이라고 하며 그 일을 먼저 하기로 했다. 성씨는 모든 일을 운전과장에게 위임하고 건설 자재는 상무와 의논하여 복면과 대북 담당자에게 요구하라고 했다. 평양으로 돌아와 집에 들렀다. 아내와 오붓한 정을 나누고 기약 없는 길을 나섰다. 아내는 담담하게 잘 다녀오라고 인사를 했다. 성씨는 그날 밤 밀무역선을 타고 남한으로 내려와 숙소에서 쉬다가 오후에 문 사장을 만나러 갔다. 문 사장도 케냐 등 여러 나라에 출장을 갔다가 이틀 전에 귀국했는데 금괴 1톤과 다이아몬드를 밀수입하여 엄청난 돈을 벌었다고 이야기를 하며 성씨가 많이 보고 싶었다고 했다. 그리고 북한에서 온 오백만 달러는 성씨가 알아서 쓰라며 북한서 온 행랑채 성씨에게 주었다. 성씨는 고맙다고 하면서 복면파 조직원에게 잘 보관하라고 했다. 문 사장에게 보고를 끝낸 후 문 사장 방을 나와서 성씨는 복면파 조직원들에게 백오십만 달러를 성과급으로 지불했다. 그리고 이백만 달러를 차에 싣고 통천마을로 갔다. 정의파들에게 백만 달러를 나누어주고 십만 달러를 통천마을 주민들에게 나누게 했다. 마을 아이들이 벌써 많이 컸고 강씨 늦둥이도 많이 컸다. 그리고 리 선생님을 만났다. 훈통령은 성 총무와 신입교원 채용 문제로 산사에 결재를 받으러 갔다고 했다. 성씨와 리 선생님은 거의 일 년 만에 만나는 것이다. 서로 껴안고 키스를 주고받으며 서로의 만남을 사랑으로 불태우고 있었다. 그런데 갑자기 노크 소리가 났다. 리 선생님은 성씨에게 시간을 주기 위해 잠시 기다리라고 소리쳤다. 성 총무 목소리였다. "잠시 후에 올게요" 하고 성 총무는 돌아갔다. 두 사람은 거울을 보며 헝클어진 옷매무새를 고치고 얼굴에 화장도 고치고 둘이 이런저런 대화를 나누는데 성 총무가 노크하고 들어왔다. "아저씨 오랜만에 오셨네요. 거의 일 년은 된 것 같아요." 성 총무는 눈치가 백 단이다. 이미 리 선생님 과 성씨 아저씨의 관계를 알면서도 모르는 척하는 것이다. 최근 몇 년 동안 리 선생님이 안정되어 보이고 누군가를 그리워하며 피식 웃기도 하고 무엇보다도 성씨 아저씨가 다녀간 후 며칠은 리 선생님 얼굴에 꽃이 피었다. 여자의 육감은 예민하다. 그리고 전에 없이 얼굴을 가꾸고 옷 입는 스타일도 변했다. 성 총무는 태연하게 리 선생님께 각 학사에 훈육감 한 사람씩 뽑기로 하고 인선에 들어갔고 리 선생님은 어린이집 원장 겸 학사 관장으로 선임되었다며 축하드린다고 했다. 리 선생님과 성씨는 기뻐했다. 그리고 성 총무가 나가자 성씨는 이번에도 십만 달러를 주면서 개인적으로 쓰라고 주었다. 그리고 오늘밤 호텔서 만나자고 한 후 성 총무에게 가서 오만 달러를 주며 개인적으로 요긴하게 쓰라고 했다. 성 총무는 감사하며 받았다.

결재를 하러 산사에 갔는데 이사장님께서 시집도 안 가고 내 아들 훈이를 잘 챙겨주며 사업 파트너가 되어주어 고맙다고 몇 번이나 인사를 해서 죄송해서 죽는 줄 알았다고 했다. '어머니, 저는 아드님을 진정으로 사랑합니다'라는 말이 막 나오려는 것을 참았다고 했다. 성씨는 그런 성 총무가 측은해 보였다. 성씨는 훈통령에게 성총무 마음을 전할까 생각하다가 그렇게 하지 않기로 했다. 그러다잘못하면 지금 누리고 있는 성 총무의 행복마저 날아갈 것이라는 생각도 들었기 때문이다. 남녀의 문제는 오묘하고 기이하여 서로 모르는 일이다.

훈통령과 성 총무의
합방과 결혼

언젠가 뜻이 통하여 일이 진척되든지 아니면 영원히 지금처럼 친 오누이처럼 살아가든지 그런 일은 자기들이 알아서 할 일이다. 훈통 령 방으로 가니 "스승님, 왜 이리 적조했어요. 갈수록 일이 많아 바 쁘시죠" 하였다. "그냥 성씨라고 불러주세요. 그것이 저에게 더 편합 니다." 성씨는 말하였다. 훈통령은 환하게 웃으며 그렇게 하겠다고 했다. 성씨 덕분에 어린이집 건물과 중학생 학사와 고등학생 학사가 통천마을에 세워져서 아이들이 무척 좋아하면서 성씨를 많이 찾았 다고 했다. 불쌍한 아이들에게 많은 사랑을 쏟으며 그들에게 가능 하면 좋은 환경을 만들어주려고 노력하는 훈통령에게 존경심과 충 성심이 생겼다. 훈통령은 지도자로서의 모든 수업을 마치고 한가한 시간도 가지며 자신의 인생을 관조하며 선하고 착한 일을 하려고 한 다. "이제 결혼도 하셔야죠?" 하고 성씨는 말했다. "지금 누나하고 살 면서 불편한 것이 전혀 없고 둘이서 부부처럼 사는데 결혼이 뭐가 필요하나요?" 훈통령은 반문했다. 그래도 "아가는 있어야죠" 했다. 훈통령은 얼굴이 빨개지며 아무 말도 하지 않았다. 성씨도 더 이상

이야기를 하지 않았다. 성씨는 훈통령에게 다음에 오겠다고 하면서 정의파 아지트 사무실로 갔다.

재탈북한 두 사람은 밀무역으로 큰 부자가 되었다. 그들은 농촌에 집을 지었는데 그 일대의 농토를 사서 두 사람이 공동으로 농장을 만들어 함께 내려온 일가 친척들과 한 마을을 이루어 행복하게 살아가고 있다면서 성씨의 별장도 지금 짓고 있다고 했다. 속으로 잘되었다고 생각했다. 그 위치가 통천마을과 이십 리 정도 떨어져 있어 완공되면 그림 같은 집에서 리 선생님과 함께 살 수 있어서이다. 성씨는 두 사람에게 고맙다고 하며 내 별장을 짓는 데 보태라고 오만 달러를 주었다. 그들은 절대로 받을 수 없다고 했다. 그들은 형님 덕분에 지금까지 우리는 즐겁고 행복하게 살아왔다며 그 은혜를 갚을 길이 없다고 했다. 성씨는 뜻을 굽히지 않고 그들에게 오만 달러를 주었다. 사람이 과거에 베푼 좋은 일에 대가를 받는 것은 올바른 일이 아니다. 그들이 그만큼 노력하고 힘썼기 때문에 성씨도 보람을 갖는 것이다. 그렇지 않으면 지금의 그들도, 성씨의 보람도 없을 것이다. 두 사람은 성씨의 고귀한 뜻을 따르기로 했다. 그리고 성씨의 인품에 감탄하였다. 그리고 그 별장을 그 동네에서 제일 넓고 큰 집으로 짓고 정원도 잘 꾸미기로 했다.

성씨는 학교도 겉으로라도 둘러보고 싶었다. 자기가 만든 작품이지만 개교 후 한번도 못 가보았기 때문이다. 차를 학교 근처에 세우고 학교로 들어가 교정을 한 바퀴 돌면서 북한에서 온 아이들이 이 교정에서 행복하게 보내길 바랐다. 그리고 웅지를 품고 공부를 잘하여 한반도 통일의 일꾼들이 되기를 빌었다. 학교는 시설로나 환경으로나 한국에서 최고의 수준이다. 조경으로 꽃이 필 계절에는 꽃이 만발하고 과일나무에서 갖가지 과일이 열리게 해서 학생들이 자연의 이치를 알 수 있도록 해주었다. 대추나무, 밤나무, 매화나무, 벚나무, 감나무, 사과나무, 배나무, 호두나무 등 각 삼십 주 정도씩 전체 교정에 어울릴 수 있도록 조경을 했고 논과 밭도 만들어 학생들이 스스로 농사를 지으며 식량의 귀중함을 깨닫게 하였다. 배가 고픈 경험을 했으니 아이들이 식량 생산 과정을 알고 미래에 식량 산업을 연구하고 일으키도록 미리 준비하도록 했다. 미래 산업으로 수경재배로 빌딩에서 농사를 지을 수 있다. 성씨는 산촌 마을 한 곳에 식량 공장을 운영해볼 예정이다. 5층짜리 건물을 지어 채소와 벼농사를 지어볼 꿈을 가져보았다. 여기 학교 학생들이 다양한 방향으로 진출하여 큰일을 할 수 있게 할 것이다. 성씨는 늘 학교 발전과 학생들 미래를 위하여 빌고 빌었다. 학교 이사장님께서도 날마다 예불을 드리며 학교 발전과 학생들과 교직원들의 건강과 행복을 빌고 계신다. 그러니 학교가 평화롭고 좋은 방향으로 발전하고 학생이나 교직원이나 학교에만 오면 마음이 평온해지고 세상 근심걱정이 없어진다. 선생님들은 말과 행동으로 학생들을 사랑으로 정성껏 훈육한다고 한다. 학생들도 자유롭고 자율적으로 공부를 열심히 하고 편안하고 온유하게 학교 생활을 잘한다고 한다.

국유림인 학교 뒷동산과 연결하여 올라갔다가 동산 반대편으로 돌아서 학교로 다시 내려오는 탐방로는 자연의 계절을 느끼도록 했다. 탐방로는 방수 목재를 사용하여 언제나 가벼운 복장으로 다닐 수 있게 했다. 그러니 학생들은 사계절이 변하는 모습을 직접 볼 수 있고 과수원에서는 꽃이 피고 벌들이나 나비들로 수정되어 열매를 맺고 자라는 모습을 볼 수 있다. 그리고 가을이 되면 각 과일마다 예쁜 빛깔을 띠고 탐스럽고 먹음직한 열매를 따서 수확하는 기쁨을 누린다. 그리고 겨울이 되면 과실나무 주위를 깊게 파고 통천마을에서 가져온 유기농 퇴비를 준다. 과일나무는 유기농 퇴비를 많이 주어야 과일도 많이 열리고 맛도 좋다고 한다. 성씨는 이런저런 생각으로 학교를 돌아보고 기숙사로 가서 식당으로 가니 마침 저녁식사 시간이었다. 식권을 사서 식권을 내고 식판에 음식을 받아보니 최고급 정식이다. 통천마을에서 가져온 소고기로 끓인 무국에 멸치조림, 김장배추김치, 다시마, 쌈, 야채와 참치 샐러드이다. 성씨가 식사하는데 성씨를 알아본 아이들이 함께 성씨가 앉은 식탁을 중심으로 와서 식사를 함께 하는데 아이들이 한결같이 인사를 하며 "아저씨 감사합니다. 식사 맛있게 드세요" 했다. 성씨도 일일이 답변을 하면서 밥 잘 먹고 건강하게 공부 열심히 하라고 말해주었다.

식사가 끝나고 아이들과 식당에서 서로 이야기를 나누었다. 학생들은 한결같이 아저씨 덕분에 우리는 잘살고 있는데 북한에 있는 가족들이 보고 싶다고 했다. 그들을 버리고 어디론가 가버린 아버지, 어머니가 보고 싶다는 것이다. 한 아이가 눈물을 글썽이며 울자 모든 아이들이 울었다. 성씨도 함께 울었다. 식당이 갑자기 눈물바다가 되었다. 주방에서 일하는 아주머니들도 울었다. 성씨는 그들에게 "너희들이 열심히 공부하면 언젠가 너희들의 어머니와 아버지를 만나게 될 것이다. 너희들의 부모님들도 너희들을 무척 그리워하며 너희들 만날 날을 학수고대하고 있을 것이다. 이제는 아저씨가 과일

파티를 열어줄 터이니 맛있게 먹고 즐겁게 놀자"고 하자 운전기사가 가져온 여러 가지 과일들과 과자, 음료수를 식탁에 풀었다. 아이들은 "우와! 아저씨 최고!" 하면서 간식을 먹기 시작했다. 성씨는 안도의 한숨을 내쉬며 그들과 어울려 팔씨름도 하고 노래도 부르며 동심으로 돌아가 행복한 시간을 보내다 아쉬운 작별을 하고 자기 숙소로 돌아왔다. 열다섯 평 되는 작은 빌라이다. 그런데 자기의 비밀 아지트 빌라를 어떻게 알았는지 리 선생님이 와서 깨끗하게 청소를 하고 빨래도 해놓고 옷과 이불들을 깔끔하게 세탁해서 정리해놓았다. 성씨는 리 선생님께 감사하는 마음을 가지고 잠에 빠졌다. 꿈을 꾸는 듯한데 누군가가 침대 옆에 와 있는 듯했다. 리 선생님이었다. 침대에서 일어나 어서 오라고 했다. 그리고 둘은 금방 한 몸이 되었다. 이 집을 찾느라고 돈도 많이 들어갔다고 했다. 심부름센터를 통해서 간신히 찾았다고 했다. 그래서 가끔 와서 청소도 하고 빨래도 했다고 한다. 동네까지는 찾았는데 더 이상은 못 찾겠다고 해서 그때부터 리 선생님이 기지를 발휘했다고 했다. 성씨가 언젠가 내 아지트는 작은 빌라라고 해서 동네 빌라를 다니며 전기 요금 미터기를 보고 제일 안 돌아가는 빌라를 찾아 알아보고 당신 빌라를 찾았다고 했다. 성씨는 당신은 머리 회전도 빠르고 대단한 지혜가 있는 사람이라고 리 선생님을 칭찬해주었다. 당신과 이렇게 당신 아지트에서 한 침대에 누워 있으니 행복하다고 리 선생님은 말했다. 남한에 있을 때는 가능하면 이곳에서 일 보며 자기와 함께 있어달라고 리 선생님은 애원했다. 성씨는 말을 못 했다. 늘 긴장하며 급한 일들을 처리해야 하기 때문이다. 성씨는 리 선생님에게 자기의 일과 이런저런 사정을 이야기하고 리 선생님에게 이해를 구하고 가능한 대로 힘써보겠다고 했다. 성씨의 일이란 언제나 유동적이라 한 곳에 머물수가 없다. 남북을 오가야 하고 동서를 떠돌아야 했다. 그러다 보니 길에서 일 년을 보낸다. 요즘은 일 년이 한 달처럼 흐르고 한 달이 하루처럼 흐른다. 세상의 세월이 노래 가사처럼 나보다도 먼저 간다. 어제도 세월도 가고 청춘도 금세 가버리고 내일이 어김없이 오고 오늘은 또 지나간다. 세월의 흐름이 무척 빠르다. 그 사이에 성씨는 많은 일을 이루었고 지금도 일은 계속 진행되고 있다.

한편 누나와 훈통령은 어린 아기를 하나 입양하여 친자식처럼 키우고 싶었다. 어차피 합방하는 것을 서로 원하지 않는다면 지금처럼 살면서 아기를 키우고 싶은 것이다. 한 명뿐만 아니라 열 명이라도 키우고 싶었다. 훈통령은 갓난아기를 키우는 보육원을 만들어보자고 성 총무에게 제안했다. 성 총무는 감사한 마음을 표하며 갓난아기를 키울 수 없는 사람들 아이들을 받아서 키워주기로 했다. 그리고 통천마을에 어린이집 하던 자리에 육아원으로 시설을 보강하여 허가를 받아 운영하기로 했다. 지금까지는 리 선생님에게만 입적시켰던 아이들을 성 총무와 훈통령 이름으로 입적시켜 갓난아기들을 키우기로 했다. 첫 번째 쌍둥이 아이를 받게 되었는데 어떤 보육시설에 임시로 맡기고 금방 돌아온다고 했는데 안 돌아와서 경찰에 신고했으나 그들은 법원에 친자 포기 소송을 해서 이곳으로 데려왔다고 했다. 쌍둥이는 예쁘고 귀여운 딸들이었다. 성 총무는 좋아서 흥분을 했고 사진을 찍어서 훈통령에게 보냈다. 훈통령도 아기를 보러 육아원으로 왔다. 일단 요즘에는 엄마나 아빠 누구에도 입적을 할 수 있으니 한 아이는 훈통령 앞으로, 한 아이는 성 총무 앞으로 호적에 올리자고 말하니 성 총무는 기절할 정도로 기뻐하며 환호를 했다. 한 아이 이름은 반지, 다른 아이 이름은 한지라고 문반지, 성한지, 한반도에서 한 자와 반 자를 따오고 땅 지를 썼다. 두 아이가 잘 자라서 한반도가 통일된 세계에서 살라는 뜻이다.

훈통령은 성 총무와 함께 한집에 살면서도 남한과 북한의 습관과 풍습을 서로에게 영향을 주며 살아가고 있다. 북한은 어찌 보면 남성보다 여성들이 더 대우를 받으며 가정의 중심 역할을 잘 견인하며 일부종사의 삶을 살아간다. 훈통령은 그런 누나를 아끼고 사랑하며 그녀에게 최고의 예우를 하며 사업 파트너로, 오누이로 살고 있는 것이다. 한반도의 비극을 서로 경험하며 이해하고 권력자들을 배제하고 인민과 국민이 서로 아끼고 사랑하며 살아가는 방법을 익히고 있는 것이다. 남북 관계에서는 정치적인 목적을 가지고 통일 운운하는 것은 불가능한 헛구호일 뿐이다. 서로 줄 것은 주고, 받을 것은 받으며 상대에게 이익을 주도록 노력하는 국민과 인민들의 교류에서 이루어져야 한다. 즉, 지금 장마당 지원 등으로 인민 스스로 삶을 지탱해나가며 작은 부자들을 많이 만들고 그들이 정당한 세금을 내어 통치자들의 생활을 보장해주는 방식을 취하면 된다. 강력한 권력자가 국민과 인민을 통치한다면 거기에도 장점이 있겠지만 그 통치자의 생각과 다른 엄청난 주변 권력자들의 만용과 부정, 부패, 비리로 국민과 인민은 도탄에 빠져 결국 통치자들이 인민과 국민을 살상하는 일을 벌이게 된다. 그것이 바로 한반도의 불행을 지금까지 이어온 6·25 동란, 한국전쟁이다. 그 전쟁으로 현재 휴전된 우리나라는 말할 수 없는 큰 고통에 처해 있다. 북한은 공산당 최고 존엄이 72년간 철권 통치로 북한 인민을 다스려왔고 그들의 주체사상으로 무장한 남한에 공산당 지하 조직을 대학생들을 중심으로 운영해오고 현 정권은 바로 그 지하 운동 조직이 최고 권력 상층부를 지배하고 국민들을 우민으로 만들어 독재 국가를 만들어가고 있다. 성 총무는 북한 체제보다 남한 통치권자들 모습이 훨씬 잘못되어 있다고 생각한다. 소위 말하는 주사파 권력자들은 자기 파들의 권익과 이권 챙기기에 바쁘고 반대파들은 모조리 엮어 넣으려고 별의별 공작을 다 벌이고 있다. 그런 일은 이제 그만 멈춰야 한다. 남남 갈등을 멈추고 바른 길을 가야 한다. 서로 화합해서 조화로운 정치를 해야만 남북한도 조화를 이룰 수 있다. 아니면 결국 서로 분열만 되어 국민과 인민들만 힘들어진다. 지금은 어찌되었든 서로 이해하고 용서를 해야 한다. 그렇지 않으면 한반도는 엄청난 혼란에 빠지고 외세에 의하여 커다란 곤경에 빠질 수 있다. 최고 통치자의 청렴결백함과 정직, 그리고 애국·애민의 중간자 역할을 잘할 때 우리나라는 세계에서 최고의 나라가 될 수 있고 남북한 관계도 호전되어 민간 교류가 잘 이루어지도록 될 것이다.

현재 남한 정부는 독재 국가 형태로 되어가고 있다. 언로가 주사파에게 완전 장악되어 언론이 편향적이고 조작되는 경우가 많다. 검찰 개혁이라는 미명하에 그들의 선거 부정, 권력형 비리인 사모펀드 사건, 대통령 가족과 연루된 사건들이 지금 이 나라를 풍전등화로 만들고 있다고 성 총무는 생각한다. 북한 체제, 남한 체제 모두를 이해하고 긍정하면서 자유민주주의를 표방하는 나라에서 군사독재

보다 더 지독한 문민독재는 주사파들이 공산당 독재를 시험하려는 데에 있다. 작금의 사태들은 자유민주주의 국가 어디에서도 찾아보기 드문 행태들이다. 대통령은 국민들의 비판의 대상이며 유머의 대상이기도 하다. 그런데 대통령을 비판하는 유튜버들을 탄압하고 언론을 탄압하는 것은 큰 넌센스이다. 전제주의 왕조 국가에서나 있을 법한 일들이 일어나고 있다. 행정부, 입법부, 사법부 어느 한 곳에도 성한 곳이 없다. 모두 찢어지고 상처가 나 있고 주사파 인사들이 장악을 하고 있다. 정말 아는 것도 없는 작자들이 공부도 안 하고 아는 척 날뛰고 있는 형국이니 남한은 난세라고 성 총무는 말한다. 훈통령은 누나의 말을 들으며 앞으로 차차 좋아질 것이라고 했다. 요즘 실세 권력자들이 실력도 없고 무능하다는 느낌을 받지만 중요한 것은 강력하고 선명한 대안 세력도 부족한 것이 사실이라고 말한다. 강력한 여당에 대응할 뛰어난 야당 지도자가 없는 것이 문제이고 실세들과 관련된 불법, 탈법, 비리 사건들이 많아 검찰을 핍박하는 것이 큰 문제라고 한다. 성 총무와 훈통령은 이제는 나랏일도 서로 걱정하는 처지가 되었다. 그리고 둘 사이에 아기가 생긴 것이 신통하고 행복했다. 남한과 북한 문화의 충돌로 한 지붕 밑에서 각방을 쓰며 다른 아이를 입양하여 살아야 하는 그들만의 문제는 어떻게 해결되어야 할 것인가. 훈통령과 누나는 고민은 하지만 현실이 즐겁고 행복하기만 하다.

추운 겨울이 지나고 새 봄이 시작되었다. 삼라만상이 새로운 계절을 맞이하여 새로운 힘을 발하며 새 세상을 만들고 있다. 통천마을 사람들도 한 해의 풍년을 기원하며 농사지을 준비를 하고 있다. 설과 정월 대보름 행사도 잘 마쳤다. 과수나무들에게 밑거름도 충분히 주고 유리 온실 덕분에 딸기 농사로 큰 수입을 올렸고 북한 장마당에서 딸기의 인기가 최고였다고 한다. 장마당 덕분에 북한 인민들의 소득이 올라가고 세금도 많이 바쳐서 최고 존엄 통치 사정도 좋아졌다고 했다. 산촌 마을도 열한 개나 조성되어 그들의 소득 수준이 도시민과 같아지고 그들과 한겨울을 난 꽃제비 아이들이 많아 지난겨울에는 추위가 혹독했는데도 동사자가 없었다고 한다. 성씨의 아이디어를 문 사장이 받아들이고 최고 존엄의 배려로 이루어진 일이다. 이렇게 현실의 문제점들을 실행 가능한 일부터 해나간다면 남북한의 모든 문제가 해결될 것이다. 실행 가능한 일들을 인민 위주로 이루어지도록 하면 그 일이 결국 최고 통치자의 이익이 되는 것이다.

우리는 그렇게 한반도의 문제에 접근하여 처리하면 된다. 아무런 결과도 없는 헛된 일을 하며 서로 정치적인 이익을 누리려 하면 남북한은 영원히 원수지간으로 살아갈 수밖에 없다. 국민이나 인민들이 늘 깨어서 권력자들을 주시하여 그들의 잘못을 치열하게 감시하고 탄원해야 한다. 그들을 긍정하면서 그들이 변하기를 바라며 살아가야 한다. 아무튼 두 사람은 이제 쌍둥이를 키워야 한다. 리 선생님은 아기에게 필요한 젖병을 비롯한 기저귀 등을 가져왔고 쉼터에서 착실한 보모도 한 사람 선택해서 보내주었다. 훈통령은 육아에 대한 지식을 쌓기 위해서 인터넷을 보며 공부를 하고 아기들에게 시간을 맞추어 수유를 하고 기저귀도 갈아주었다. 성 총무도 수시로 틈만 나면 아기를 보러 별장으로 왔다. 아기들을 통하여 이들의 관계는 더 가까워졌다. 함께 있는 시간이 많아진 것이다. 밤에는 거의 하루도 함께 하지 않았는데 아기들 때문에 밤에도 잠옷 차림으로 만나기도 했다. 훈통령은 그럴 때마다 누나에게 여자의 향기가 나고 가슴이 뛰었다. 누나도 얼굴이 빨개지고 수줍어하였다. 그러나 서로 의 관계는 계속 누나와 동생의 관계였다. 그렇게 아이들은 엄마와 아빠의 지극한 보살핌 속에서 무럭무럭 자라고 있었다.

어느 날 훈이 어머니가 별장에 와서 황당한 모습을 목격했다. 훈이가 우유병을 들고 아기들에게 수유하는 장면을 보았다. 어머니 자신도 한번도 해보지 않은 일을 아들이 하고 있으니 놀라지 않을 수가 없었다. 그러나 어머니는 침착하게 아들에게 인사를 하며 집 안으로 들어왔고 훈이도 어머니를 기쁘게 맞이하였다. "어서 오세요. 어떻게 오셨어요?" 하니 "어제 꿈에 이 별장에 큰 연꽃이 피는 꿈을 꾸고 무슨 경사가 있나 하고 왔지. 그래서 이런 모습을 보게 되었다네" 하면서 어머니도 미소를 지었다. "어머니는 이제 부처님이 되셨네요" 하면서 훈이가 어머께 덕담을 하니 어머니도 "자네는 대통령처럼 보이네" 하셨다. 그리고 아이들에 대한 사연을 물어 성 총무와 의논하여 아이를 입양해서 키우기로 했는데 마침 쌍둥이 아기가 생기게 되어서 성 총무와 훈통령 앞으로 각자 입양했다고 하니 더 나이 먹기 전에 합방을 해서 너희들 아이를 가지면 더 좋지 않겠느냐고 했다. 훈통령은 워낙 오랜 시간을 누나와 동생으로 지내다 보니 서로 마음이 동하지 않고 서로 겁이 나서 합방을 못 하고 있다고 했다. 어머니는 "나무관세음보살"을 연호하며 부처님의 자비로 두 사람이 남녀의 기쁨도 누리도록 기도해주었다. 어머니는 아들이 이룩해놓은 여러 가지 일에 감탄을 하면서 집안 정리도 하고 청소도 깨끗하게 해주었다. 훈통령은 그런 어머니의 모습에 감탄하고 존경심이 생겼다. "이 집에 연꽃이 왜 피었는지 알았으니 이만 갑니다" 하면서 훈통령 볼에 키스를 해주며 산사로 가셨다. 훈통령은 아기들에게 정신이 팔려 어머니께 제대로 인사도 하지 못했다.

우리들이 살아가는 방식이 많이 있지만 훈통령과 누나가 살아가는 방식은 특별하다. 그런데 그들이 살아가는 방식에 누구도 이의를 제기하거나 관심을 갖지 않는다. 어떤 사람은 두 사람이 진짜 오누이 사이인 줄 안다. 얼굴도 비슷하게 늘 만면에 미소가 가득하고 부티가 난다. 그리고 조용하고 과묵하고 지적이고 예의범절이 있고 겸손하다. 그리고 일처리에 늘 꼼꼼하고 성실하며 정직하다. 그리고 다른 사람들에게 도움을 주려고 애쓰는 모습이 보인다. 그러나 오누이 지간이 맞다. 더러는 부부라고 해도 이들은 아무 대꾸도 안 한다. 이제 아기까지 키우니 정말 부부가 되었다. 아기들을 키우면서 누나와 훈이는 호흡까지 같아지기 시작했다. 아기들이 놀아달라고 울면 각자 방에서 나와 아이들과 함께 놀아주고 눈을 맞추어준다. 그리고 배가 고프다고 울면 누가 먼저랄 것 없이 즉각 분유를 맛있게 물로 타서 아기들 입에 젖꼭지를 물린다. 그런 가운데 얼굴끼리 자연적으로 스킨십이 되면 서로 놀라면서도 행복해했다. 훈통령은 누나의 볼에 키스를 해주었다. 누나는 수줍어하며 훈통령 팔을 툭 치곤 했다. 그렇게 그들은 부부 연습을 하면서 서로에 대한 애정을 키우고 있다. 누나는 여전히 훈통령이 친동생으로만 생각된다. 조금도 부끄러워하지 않고 일상을 그렇게 지금까지 살아왔다. 속옷 차림으로 아기를 돌보아도 서로가 아무렇지도 않았다. 그러나 늘 가슴 한편은 텅 비어 있었다.

외롭고 고독이 밀려올 때는 훈통령 방으로 뛰어가고 싶어졌다. 그럴 때는 훈통령도 그런 생각을 할까? 차라리 오빠라면 진작 합방을 하여 자신들의 아기를 키우고 있을 것이다. 그러나 누나이다 보니 북한 문화에서는 동생과 결혼은 상상도 안 되는 일이기 때문이다. 훈통령도 마찬가지다. 아직은 연상의 여인이 대세는 아니다. 특히 보수적인 집안에서는 그런 점이 더 심하다. 훈통령은 거의 스스로 지금까지 살았다고 생각하지만 문화적인 관습에서는 보수적인 색채가 강하다. 그러니 누나와의 결혼은 안 된다는 생각을 하는 것이다. 옛날 조선시대에는 십 년 연상의 남편에게 시집을 가서 신랑을 키워서 합방을 한 경우도 있지만 지금은 아니라고 생각하는 것이 훈통령이다. 마찬가지로 누나도 똑같은 상황이다. 그러니 합방하기가 힘든 것이다. 서로 잘못 시도했다가 실패를 하면 지금의 행복도 깨져버린다. 그러니 서로 신중한 것이다. 서로 오랫동안 오누이로 살다 보면 남남이 분명한데도 합방을 하면 아무런 감정이 생기지 않아 남녀 간의 정을 나누지 못한다고 한다. 그런 사실을 이미 두 사람이 잘 알고 있다. 좀 더 일찍 서로 오누이로 발전하기 전에 관계를 맺었으면 모르지만 지금은 서로 잠자리가 이뤄지지 않을 거라는 생각이 드는 것이다. 수많은 사연이 우리를 애달프게 하지만 남녀가 진정으로 사랑하고 아끼는데 남녀가 나눌 수 있는 몸의 사랑과 정을 나눌 수 없다면 그것은 비극적인 일이다. 차라리 결혼을 하지 않고 오누이로 지낸다면 날이 갈수록 고상한 사랑으로 그 사랑이 깊어가겠지만 만약 결혼을 했는데 오누이 관계로 유지된다면 큰 혼란을 겪으며 사랑도 정도 날아가고 죽고 싶은 생각이 든다고 한다.

훈통령 친구 중에 유치원 시절부터 남매처럼 지내고 유명 대학도 함께 나와서 결혼을 했지만 신혼여행지에서부터 문제가 생겨 결국 파혼을 했는데 심리적 치료를 받아도 되지를 않았다는 말을 들었다고 했다. 한 지붕 아래에서 아무렇지 않게 지내며 서로 살아가는데 무슨 합방이 되겠느냐고 훈통령은 실토한다. 지금처럼 행복하게 누나와 아기들을 키우며 살기로 다짐했다. 성 총무는 그런 훈통령과 한집에 산다는 것만으로도 즐겁다. 거기에 예쁘고 참한 쌍둥이가 있으니 행복했다. 반지와 한지는 그들의 사랑을 끝까지 지켜줄 것이다. 학교법인에서 근무하는 정이는 성실하고 근면하게 맡은 바 책임을 다하며 일을 하고 퇴근하여 집안일을 도우며 늦둥이 동생을 부모님보다 더 사랑하며 보육을 한다. 세상살이에 찌들지 않고 학교법인 사무실에서 근무하며 이사장님과 성씨만 상대하여 보고하고 학교 경영 전반에 대한 회계 처리만 하고 나머지는 교장 선생님과 서무과에서 처리하여 법인 사무실로 넘겨주니 정이에게는 공부할 시간이 많이 주어진다. 정이는 정신 심리학을 공부하고 싶었다. 탈북한 이후 많은 일들을 겪으며 우울증을 앓아가면서도 심리치료를 받지 못한 것이 한이 되어 가슴에 맺혔다. 그래서 시간이 되는 대로 심리 상담사 자격을 딸 수 있는 학업을 하기로 하고 지금 열심히 공부를 하고 있다. 그리고 수시로 북한에서 내려온 여학생들과 어울려 그들의 고민을 들어주곤 하였다. 정이도 이렇게 남북이 갈라져 사는 것은 비극 중 비극이라고 생각했다. 그리고 남한으로 내려오면 모든 것이 해결되고 행복할 것이라고 생각했다. 그러나 내려와서 보니 좋은 것도 보였지만 북한보다 못한 면도 많다는 사실을 알았다. 그래서 죽음을 각오하고 어머니, 아버지를 잃고 내려올 만한 가치를 찾을 수 없어 고민하고 좌절했다. 그리고 자살 충동도 여러 번 가졌다. 그래도 살아서 부모님을 만나고 싶었고, 만났을 때 최소한 남한에서 적응하는 모습을 보이기 위하여 이를 악물고 공부를 하였다. 물론 성씨 아저씨의 돌봄이 큰 역할을 하였다. 성씨 아저씨의 구출 작전과 남한에서 적응하고 공부하는 데 뒷바라지가 없었다면 정이에게 오늘의 행복은 없다. 그리고 아버지와 어머니를 만나 행복하게 살면서 훈통령을 그리워하고 사모한다. 그리고 이사장님의 훌륭한 언행에 매료가 되었다. 학교 교장님들과 선생님들도 한결같은 사랑과 배려로 학생들을 가르친다. 학교 교정을 걸으며 자연과 하나되는 것도 일상의 기쁨이다. 눈이 내리면 교정은 조용하고 영화의 한 장면 같다. 겨울 왕국이 되어버린다. 이런저런 생각으로 훈통령을 잊으려 해도 잊을 수가 없다. 정이는 집으로 가 늦둥이 동생과 놀 생각으로 즐거운 마음으로 퇴근을 한다. 집에 도착하니 엄마와 아빠가 반갑게 맞아주셨다. 열여덟 평에서 네 식구가 살아가지만 그들의 행복과 건강은 백 평이다. 늦둥이로 인하여 엄마, 아빠는 신혼으로 복귀하였다. 은근히 아빠, 엄마가 부럽고 질투가 났다.

북한에서 살 때에도 엄마, 아빠는 늘 다정다감하고 사랑이 깊으셨지만 먹고사는 일로 걱정을 많이 했다. 지금은 모든 걱정 근심이 사라지고 행복할 일만 남아 있다. 통천마을 식구들이 많이 늘어났다. 농지가 늘어났기 때문이다. 통천마을을 휘감고 돌아가는 천이 있는

데 그 천을 건너면 약 오십만 평의 육지 안 섬이 있다. 그 섬에는 한 가구, 한 할아버지만 살고 있었다. 훈통령은 그 할아버지의 사유지 천 평 땅값을 넉넉하게 지불하고 시유지인 나머지 땅은 관광 농원으로 개발하기로 하고 도청으로부터 불하받아 성씨와 함께 오십만 평을 개발하기로 했다. 섬 둘레에 십 미터 이상 둑을 쌓기로 했다. 큰 물에 대비하기 위해서다. 그러나 자연 친화적으로 자연스럽게 둑을 쌓아 몇 개의 수문을 만들어 평소에는 물이 자연스럽게 흐르게 만들고 장마나 큰비로 문제가 생기면 수문을 닫는 형식이다. 그리고 둑 안쪽에 물놀이 시설을 만들어 통천마을 어린이와 학생들이 놀수 있는 놀이 시설을 만들 것이다. 그리고 겨울에는 겨울대로 눈썰매를 탈 수 있도록 할 것이다. 강과 가까운 쪽으로 섬 둘레로 약 십만 평의 논을 개간하고 그다음 단계에는 밭을 오만 평을 일구고 다시 위로는 과수원을 삼만 평을 만들고 상층부에 나즈막한 농막과 숙박 시설과 매실밭을 만들 계획이다. 오수와 폐수는 최고급 정화시설로 정화시켜서 천으로 흘려보내는 과정에서 잉어나 붕어도 정화된 물을 이용하여 키워볼 예정이다. 그렇게 하면 오십여 명의 노동자들이 또 일자리를 얻을 수 있어 통천마을에 또 공동 주택을 지어야 한다. 이번에는 24평짜리 아파트 오십 가구를 지을 예정이다. 지금까지 고생한 사람들에게 좀 더 넓은 아파트를 제공하고 새내기들은 좁은 아파트를 새로 리모델링하여 제공하기로 했다. 그래서 약 이십여 쌍을 모집하여 합동 결혼식을 올리기로 하고 탈북 단체들을 통하여 추천을 받았으나 대놓고 광고는 하지 않았다. 알음알음으로 소개를 받으니 모집에 어려움이 있었지만 급하지 않으니 서서히 착실하게 모든 계획을 추진하기로 하고 북한 산촌 마을에서 처녀 총각이 만나 가슴앓이를 하면서 살아가는 여섯 쌍 정도를 성씨가 데려올 예정이다.

북한 산촌 마을 모두가 규모를 갖추고 마을을 이루어갔다. 꽃제비 아이들이 한번 들어오면 나가지 않아 산촌 마을에 인구가 늘고 있다고 한다. 그들을 먹이고 입히는 데 들어가는 돈은 문 사장이 많이 도와주고 있고 북한 신흥 돈주들도 보탠다. 돈주들은 지금은 돈을 벌어 최고 권력자들에게 세금도 많이 낸다. 그들의 비호 없이는 돈주 노릇을 하기도 힘들고 장마당 활성화에도 혹시 문제가 생길 것이 두려운 것이다. 모든 것이 별 문제 없이 잘되기를 바라고 바랄 뿐이다. 이제 성씨가 북한에서 할 수 있는 일은 다 한 것 같았다. 성씨의 자녀들은 외국어 실력이 뛰어나고 아버지의 후광으로 미국에서 외무성 공무원으로 일한다. 사십여 년간 공직생활을 만년과장으로 최장수 39호실 조직원으로 일해온 성 과장은 이제 공직에서는 물러나지만 프리랜서 조직원으로 남북한을 자유롭게 드나들며 여생을 살 수 있으면 남북한 모두에게 이로운 일을 죽을 때까지 할 예정이다. 남한 문 사장과의 관계도 일정하게 유지하며 복면파와 정의파들을 도울 것이다. 그리고 재탈북한 마을에 있는 별장도 자주 가서 리 선생님과 좋은 추억을 만들 것이다. 퇴직 기념으로 더 좋은 아파트로 갈 수 있었으나 모두 사양했다. 그동안 개인적으로 모아놓은 삼백만 달러도 최고 존엄과 권력자들에게 나누어 바쳤다. 최고 존엄을 만난 자리에서 성씨는 만수무강을 빈다고 하며 이 노신은 끝까지 최고 존엄께 충성하겠으니 제가 지금까지 해온 것들을 계속하도록 배려를 해달라고 했다. 그리고 저에게 친필 서한으로 어디를 가서도 당 간부들 도움을 받도록 해달라고 하니 최고 존엄도 흔쾌히 그러한 내용으로 친필 서한과 옛날 마패와 같은 정표를 주었다. 아내와 국내 및 외국 여행도 자유롭게 해달라고 하니 그것도 허락했다. 그동안 최고 존엄의 위기 때마다 돈을 댄 것이 39호실에서 최고 액이다. 앞으로도 문 사장과 대북 사업을 하면서 최고 존엄과 인민들에게 도움이 되는 일을 하겠다고 맹세를 하고 나왔다.

당장 금괴 이억 달러어치를 남으로 가져가 문 사장에게 주고 이억 달러를 가져와야 하고 산촌 마을을 짓고 남은 돈 삼천만 달러도 받아올 예정이다. 성씨는 퇴직한 다음 날 금괴를 밀수선에 싣고 모 항구에 도착하니 복면파 조직원들이 차를 가지고 나와서 금괴를 문 사장 특별 창고로 보내고 이억 달러를 싣고 바로 NLL 선을 넘어 북한 항구로 와 39호실 조직원들에게 넘기고 성씨도 39호실로 갔다. 39호실에서는 그를 특별하게 환영해주었다. 그리고 문 사장에게 따로 줄 금괴 삼백 킬로그램을 주었다. 성씨는 다시 금괴를 싣고 남쪽으로 내려와 복면파 조직원의 차를 타고 오랜만에 문 사장 사무실로 그를 방문했다. 문 사장은 그를 환영하며 그를 끌어안고 김일성 주석 식 인사를 나누었다. 서로 오랜 세월을 사업 파트너로 일을 하면서 한번도 배신이나 배반을 하지 않고 최선을 다해 살아온 지난 날들에 대한 보답을 하기로 하고 성씨는 금괴 삼백 킬로그램을 문 사장에게 주었다. 문 사장은 이천만 달러를 퇴직금으로 주었다. 서로 이제 사업적으로는 정리를 한 것이다. 그래도 앞으로 대북 라인 고문으로 서로 케이스 바이 케이스로 사업과 우정을 계속 이어가기로 했다. 문 사장은 매우 아쉽다고 말했다. 성씨는 그동안 감사했고 큰 선물을 주어서 고맙다고 했다. 부인과 시간이 되면 세계 여행을 하라며 비자카드 법인용 하나를 선물로 주었다. 얼마를 쓰든 결제가 될 것이니 언제나 필요할 때 쓰라고 했다. 스위스 비밀계좌 카드인 것 같았다. 현금은 찾을 수 없고 여행경비를 쓰거나 생활용품을 사는 데 쓸 수 있다. 물론 남한에서도 무제한 쓸 수 있는 것이다. 그러나 성씨는 그렇게 낭비를 좋아하지 않는다. 필요한 곳에 적당히 잘 쓸 것이다.

　이제 대북 사업 관계는 복면파 대북 라인과 39호실 누군가와 이루어질 것이다. 산촌 마을 사업과 장마당 사업은 성씨가 관여하기로 했다. 남한 최고 권력자들도 아쉬워한다고 전해주었다. 사십여 년을 한번도 배달 사고 없이 모든 거래를 완벽하게 한 사람은 없었다고 한다. 성씨는 남은 여생 동안 북한과 남한에 도움 되는 일을 하기로 했다. 정의파들이 있는 곳 별장으로 갔다. 그곳에는 아내 다음으로 성씨를 존경하고 사랑해주는 리 선생님이 직녀로 견우를 오매불망 기다리고 있다. 식은 몸을 뜨겁게 달궈주는 몸과 마음이 건강한 북한 여자이다. 황진이처럼 연인을 위해선 거리에서 몸을 팔아서라도 지아비를 섬기는 여성들이 북한의 일편단심 여인들이다. 수많은 곡절을 겪은 리 선생님은 성씨를 지극정성으로 섬긴다. 오늘도 성씨가 별장 대문으로 들어서니 맨발로 달려나와 성씨를 맞아들인다. 몸의 여기저기를 만져보면서 볼일 다 잘 보고 오셨느냐고 인사를 한다. 성씨도 다정하게 리 선생님 어깨를 토닥이며 당신 덕분에 많은 족쇄들을 풀어버리고 이렇게 귀가했다고 했다. "이제는 번개처럼 왔다가 바람처럼 사라지는 일은 없겠네요" 하면서 리 선생님은 기뻐했다.

　오늘은 마침 일요일이라 집에서 집안 청소를 하고 빨래도 하였다. 늘 넓은 별장을 청결하게 정리정돈을 하면서 즐겁게 성씨를 기다리며 살아간다. 리 선생님은 학위도 받아 주변 대학의 강의도 맡아 한다고 했다. 성씨는 잘했다고 하면서, 늙어가면서 할 일이 있다는 것은 행복한 일이라고 리 선생님을 칭찬해주었다. 이튿날 훈통령을 만나러 갔는데 기적이 일어났다고 하며 우연히 성 총무가 훈통령 방에 들어갔는데 그날따라 훈통령 마음이 동했는지 누나에게 키스 공세를 퍼부어서 누나는 훈통령이 하는 대로 따라주기만 했는데 그날 밤 이후로 매일 두 사람은 그동안 나누지 못한 뜨거운 사랑을 나누고 성 총무가 임신을 하여 산사에서 조용히 결혼식을 올렸다고 했다. 한지와 반지도 한성으로 만들어주어서 다행이고 두 사람은 십년간 한 지붕 다른 방을 쓰다가 결국 부부가 되었다면서 남북한이 통일된 기분이라고 했다. 이제는 이상동몽에서 동상동몽을 꾸며 정식 부부로 사니 서로 더 조심스럽고 서로에게 예의범절을 지키며 살아가고 있는데 훈통령이 지금도 누나라고 할 때가 마음이 아픈데 인내하며 여보, 당신이라는 말을 하려고 노력한다고 했다. 결혼식에 아버지와 친척들은 아무도 오지 않고 통천마을 식구들과 정의파 식구들만 참석했다고 했다. 결혼과 동시에 시어머니 이사장이 약 오천억을 학교법인에 출연하고 훈통령에게 이사장직을 넘겼다고 한다. 시어머니는 산사에서 여생을 보내기로 결정했다고 한다. 훈통령은 앞으로 미국 유명 대학 한국 캠퍼스를 조성하여 국제적인 인재들이 한국에서 공부하여 한반도를 위하여 세계 곳곳에서 일할 수 있도록 할 것이라고 했다. 특히 저개발국 및 아프리카 등 나라에서 학생들을 뽑아 전액 장학금 지원을 하여 그들이 한국에서 공부를 하고 본국으로 돌아가 본국의 발전에 이바지하도록 할 것이라고 했다. 성씨는 그 사업에 이천만 달러를 쾌척했다. 훈통령은 다시 한번 스승님께 감사드렸다. 북한 사람들도 적극 입학할 수 있도록 북한 김일성 대학과도 학생 교류 협정을 체결하도록 스승님이 노력해 달라고 부탁했다. 그리고 성씨에게 학교법인 사무총장을 맡아달라고 했다. 북한 최고 존엄과 의논하고 한국 통일부와 서로 의논하여 합법적인 절차를 밟자고 했다. 복잡할 것 같으면 옥스퍼드나 프린스톤 대학교의 교원으로 북한 인민으로서 취업하고 한국에 캠퍼스 조성사업 요원으로 파견되는 형식을 취해도 된다고 했다.

성씨는 아직 현역으로 뛰고 싶다. 아직 칠십이 되려면 몇 년이나 남았지만 북한에서는 육십 세면 과장 자리에서는 정년이고 북한에서 더 이상 간부로 올라가는 것이 두렵고 싫어서 최고 존엄과 면담하고 프리랜서로 일하기로 하고 북한의 산촌 마을과 장마당을 지키는 일만 맡았다. 그러나 그 일들은 스스로 자연적으로 잘 돌아가고 있다. 관계자들 모두가 협동하여 일을 잘하고 있기 때문이다. 그래서 훈통령의 제안을 받아들이고 훈통령을 돕기로 했다. 통천마을은 남한에 있는 유일한 남북한의 완충지대이다. 남한 사람들과 북한 사람들이 서로 어울려 사상을 떠나서 통치자가 누구냐를 떠나서 스스로 자율적으로 남한의 자본과 북한의 노동력이 합쳐져 부를 창출하고 골고루 정의롭고 공정하게 분배하고 남는 것은 북한 인민들 장마당에 공급하여 북한 경제와 권력자들에게 도움을 준다. 최고 통치자들은 그들 나름대로 인민과 국민들을 위하여 일을 하고 인민과 국민들이 비밀스럽게 이렇게라도 교류를 한다면 한반도에 새로운 시대가 올 것이라고 훈통령과 성씨는 동시에 말한다. 늘 겸손하게 사심 없이 애국·애민하며 살려고 노력하는 두 사람 덕분에 많은 북한 인민이 배를 곯지 않고 제대로 살아간다. 통천마을은 늘 평화롭고 희망이 가득하다. 그리고 학교법인도 세계적인 훌륭한 학교 시스템으로 정부의 지원을 전혀 받지 않고 재단의 수익으로 운영되니 좌·우파의 시달림 없이 중립적인 입장에서 학교를 운영하여 글로벌 인재들이 육성되고 있다. 이 학교를 통하여 이 세상이 평화로워질 것이다. 지구의 멸망도 많이 늦춰질 것이다. 한반도 문제는 통치자들에 의하여 풀리지 못한다. 오직 국민과 인민들에 의하여 풀릴 수 있다. 아무리 정치가 오염되어도 국민과 인민은 순수하고 깨끗하다. 그들만이 한반도 문제를 해결할 수 있다. 하늘은 정의롭고 공정한 국민과 인민을 위하여 거짓과 선동으로 그들을 탄압하는 통치자를 제거하신다. 그러니 국민과 인민은 오직 기도로 순수함을 지키며 통치자가 회개하도록 빌어야 한다.